Le Bastien des Sources

Le Bastien des Sources

Claire Van-Kinh

Du même auteur

*** Les routardes du Bon Dieu**

(Une synthèse entre routardise et spiritualité…)

De rebondissements en anecdotes, sur fond d'amitié de ces deux femmes, pèlerines pédestres, emportant dans leurs sacs à dos tant d'intentions confiées, nous vibrons sur les chemins de : La Salette ; Lourdes ; Saint-Jacques-de-Compostelle ; Fatima ; Ars.

***"La Louise"… Paysanne en Côte Roannaise**

Prix Louis Mayol 2006

(Le livre du terroir)

À travers la biographie fidèle de cette humble paysanne, c'est toute l'histoire authentique de la ruralité au siècle dernier dans ce coin du Massif Central qui nous est contée, par sa fille. Les traditions locales, professionnelles et festives…

***Les bons bougres !…**

(Voici les blagues d'autrefois !)

Un recueil d'anecdotes authentiques, toutes aussi drôles les unes que les autres et fleurant bon le terroir… Ainsi riaient nos ancêtres !

ISBN 2-9525235-3-3

Devoir de mémoire…

Malgré une liberté d'adaptation concernant les personnes et les lieux,

ce livre est tiré d'un fait réel.

Les noms sont fictifs. Toutes concordances, quelles qu'elles soient, seraient donc fortuites.

Les recherches historiques sont rigoureusement authentiques, le style et l'orthographe des textes originaux, *(en italique),* intégralement respectés.

Je remercie chaleureusement les très nombreuses personnes, qui, par leurs connaissances, mémoires locales ou autres témoignages, ont aidé à la réalisation de cet ouvrage.

Le poids du passé est lourd pour tout le monde,
La façon de l'appréhender diffère selon chacun,
Mais ce n'est simple pour personne…

Les regards se tournèrent en direction “du patron” qui, d’un claquement sec, venait de replier la lame de son couteau. Il recula sa chaise en raclant les tomettes rouges de la grande cuisine.

Sébastien Grange se leva et dit :

– Le temps menace ! Il faut aller ramasser les patates dans “la grand’terre”.

Les hommes encore attablés délaissèrent leur assiette et sans dire un mot lui emboîtèrent le pas.

Il décidait. Ils obtempéraient.

D’ailleurs, qui aurait osé contredire la décision du patron ?

Oh ! Pas mauvais bougre du tout, mais il était le maître, donc pas question de discuter ses décisions… forcément les meilleures !

Son épouse, restée debout près de l’âtre de l’immense cheminée, attendait patiemment que son mari sorte.

Question d’habitude. Presque normal ! Cet homme ne lui apportait-il pas une sécurité financière que beaucoup lui enviaient ?

Assise, seule, la tête penchée dans ses mains croisées, elle balbutia quelques mots inaudibles. Mais dans son cœur, ces mots revêtaient un sens profond. Elle priait, tout simplement… et surtout secrètement, car son époux affichait un virulent athéisme doublé d’un anticléricalisme que nul, dans ce hameau, n’ignorait.

Ses yeux magnifiques à demis clos dans la profondeur de la contemplation, Violetta laissa vagabonder son esprit.

Elle se souvenait…

Ses parents le lui avaient si souvent répété, alors que, petite fille, son père la faisait sauter sur ses genoux en chantant :

– À dada sur mon bidet, quand il trotte il fait des pets… “Prout, prout”.

Et l’enfant, riant aux éclats, reprenait :

– “Prout, prout, prout” !

Rita, sa mère, femme maigrichonne et typée, attisait le feu et souriait.

– Vois-tu, ma fille, disait-elle, dans notre pays… Là-bas… Loin, si loin…

Rita semblait percevoir au travers de la croisée, en direction de l’infini, la marche du temps. Puis elle racontait, d’une voix douce quasiment langoureuse, ce qui n’était plus qu’un lointain, très lointain souvenir. Et cependant, là, enfouis au fond de son âme, des moments merveilleux, puis d’autres plus tragiques, plus douloureux, qui embuaient ses yeux.

Ignorant les branches dépouillées du gros tilleul, agitées par le vent froid de l’hiver, sa mémoire errait sur les coteaux de cette région d’Ombrie, le cœur vert de l’Italie. Sans doute en humait-elle encore les odeurs. La vigne du côté de Montefalco produisant le bon “sagrantino”, compagnon indispensable des soirées animées… Sans oublier le traditionnel vin d’Orvieto que le Pape Paul III Farnèse, connaisseur s'il en est, aimait à déguster. Les oliviers accrochés sur les versants, à perte de vue, conféraient un semblant de richesse à qui en possédait quelques hectares, mais eux… les poverellos !

Les vallées verdoyantes offraient un contraste, tel un prélude aux ravissements de l'extase.

Pas de merveilles époustouflantes, non, mais dans sa modestie originelle, tout devenait grandiose aux dires de l'Ombrienne.

Les nombreux cours d'eau dévalant la montagne, rafraîchissaient le bétail l'été, tandis que le soleil dardait ses rayons, accablant de chaleur les jolis villages aux maisons de pierres décorées de terrasses fleuries, accrochés aux flancs des collines… Des aqueducs majestueux, vestiges de la puissance romaine, paraissaient vous narguer par leurs insolentes statures, défiant à loisir les épopées historiques successives. Les oliviers centenaires aux troncs torturés, à l'écorce rugueuse, portaient la précieuse récolte future. Cette huile réputée pour sa saveur délicate et fruitée, à nulle autre semblable. La légende, franchissant les âges, raconte l'histoire de cet olivier de mille sept cents ans, toujours visible aujourd'hui près de Trévi, à Bovora, sur lequel St. Emilien aurait été décapité. Les chemins caillouteux, les murets de pierres sèches retenant quelques lopins de bonne terre et le cimetière où ses parents reposaient… Emportés trop vite, trop tôt.

– Ils dorment en paix sous les grands cyprès balancés au gré du vent, répétait-elle fréquemment à la petite. En passant sous le porche d'entrée, on peut lire :

"Résurrection".

Elle narrait, avec de temps en temps un éclair illuminant son regard ou un frêle sourire sur ses lèvres fines.

L'Ombrie ne possède pas une grande histoire aux yeux du monde. Mais que connaît le monde, aux yeux des Ombriens ?

Comparativement au faste architectural de la Rome antique et impériale, à l'envoûtement des amours fougueuses napolitaines, nous serions amenés à imaginer que cette région fait figure d'enfant pauvre ; Mais il n'en est rien. Ses charmes se font plus discrets, il faut les chercher, les découvrir au détour d'une ruelle empierrée, sous l'ombrage frais d'une tonnelle où une treille s'enlace nonchalamment… C'est ici, un patio fleuri où glougloute une fontaine, c'est là, au cœur des villages, le tintement de la cloche de la très vieille église bâtie sur quelques ruines de temple qui semble déchirer, imperturbable, le ciel d'Italie et se perdre en écho dans les bourgs avoisinants. Ce sont également ces discours animés, interminables, qui fusent par les portes entrouvertes… Cette ambiance chaude, lourde, enveloppe de sa moiteur les hameaux ombriens, ajoutant une sorte de magie supplémentaire aux venelles qui s'enroulent en labyrinthe autour de la piazza centrale… Ou encore un bourg médiéval orné d'allées majestueuses de cyprès, ceint par un amphithéâtre de collines.

Certes, moins prisée par les amoureux que Venise ou Vérone, de belles histoires naquirent sur ces terres : des contes de fée quasiment. Une bonne fée descendue du ciel et qui, de sa baguette magique, aurait couvert l'Ombrie d'une nuée de grâces divines. Ombrie ! Terre de saints ! Assise ! Cascia ! Et d'autres aussi.

– Ah Cascia ! Roccaporena ! La voix de Rita tremblait en prononçant ces noms. Les yeux fermés, ses mains maigres jointes sur sa poitrine, elle se taisait. Comme pour préserver au fond de son être, un secret, un merveilleux trésor.

Adriano l'écoutait en berçant leur fille endormie sur ses genoux, puis son regard couvrait furtivement les murs de pierre de la cuisine avant de se perdre dans le vague…

– Tu sais, Violetta, reprenait-elle, tu dois toujours te souvenir …

– Elle dort, tranchait Adriano.

– Comment, elle dort ? questionnait Rita visiblement agacée.

– Oui, elle s'est endormie, affirmait son mari en caressant tendrement la joue de l'enfant. Laisse, Rita, laisse, elle est si fragile. Laisse-la grandir, allons ! Dans quelques années, elle comprendra.

Rita haussait les épaules en affichant une mimique qui se voulait mi-sévère, mi-indulgente.

Elle aurait aimé lui narrer sa jeunesse laborieuse et la rencontre avec Adriano, son futur mari… Elle aurait… Oui… Mais il se faisait tard, il était l'heure d'aller se coucher. Alors, selon un rituel immuable, elle ôtait son foulard noir, retirait les peignes qui maintenaient ses cheveux relevés en chignon, et laissait tomber en vague souple jusqu'au creux de ses reins, sa magnifique chevelure d'ébène.

On ne savait pas trop quel âge lui donner.

Quelques rides naissantes, sur son visage cependant très beau, stigmatisaient sa souffrance.

Elle avait l'âge des rêves évanouis, celui des espoirs déçus ; elle avait l'âge des regrets amers et des souvenirs perdus. Mais, suspendu à ses lèvres, un sourire évanescent où fleurissait l'espoir de lendemains plus cléments.

Couchée dans son lit, la petite souriait à cette chansonnette que son père, tendrement, susurrait à son oreille endormie :

– À dada sur mon bidet… Quand il trotte, il fait des pets… "Prout… Prout"…

Cette maisonnette simple mais bien tenue, jouxtait la belle propriété de la famille Grange. Une ferme fortifiée, au nord-est de la Loire, dominée d'une tour carrée, dissimulée par un écran boisé, "aux communs" imposants. Dans ces riches domaines, "les communs" étaient le nom donné aux bâtiments agricoles abritant bétail, fourrage et tout le matériel.

Adriano Portini et son épouse arrivèrent dans cette région, se louant pour quelques sous et une bonne soupe dans les fermes. Eugénie et son fils Sébastien leur proposèrent de travailler sur leurs terres. La mère Grange, une femme hautaine et peu sympathique, après les avoir toisés du regard, s'adressa à eux en ces termes :

– Si vous êtes courageux tous les deux, il y a de quoi faire ici ! C'est que... La propriété est grande et mon fils Sébastien a de l'ambition... Il n'a pas l'intention de végéter comme la plupart des paysans du coin, lui !

– Madame, répondit Adriano qui maniait avec un peu plus de dextérité la langue française que son épouse, c'est pas le courage qui nous manque. Moi, je viens de la terre, Rita aussi. C'est une excellente cuisinière et une bonne femme de ménage. On n'est pas exigeant. Vous verrez, vous ne serez pas déçue.

– Déçue moi ? Mais vous plaisantez j'espère, répondit dédaigneusement Eugénie. Il ne manquerait que ça, tiens ! Vous travaillerez pour nous, vous serez logés et nourris et si vous ne faites pas l'affaire, vous serez renvoyés immédiatement. Bastien, debout, les mains dans le dos, se taisait. C'était un jeune homme d'une vingtaine d'années, grand et mince, le regard assombri par un chapeau de feutre noir. Ses épais sourcils barraient son front, durcissant ses traits réguliers et fins.

– Suffit ! trancha-t-il sèchement.

Adriano croisa son regard. Rita ne pipait mot, terriblement impressionnée par cet accueil froid, quasi inhumain. Bien qu'accoutumée à ce genre de réflexions désobligeantes… Elle, l'émigrée… La ritale qui bouffait le pain des Français, comme certaines mauvaises langues se plaisaient à la qualifier, se sentait humiliée. Elle demeurait en retrait, tenant fermement le timon de la remorque dans laquelle leurs maigres paquetages étaient enveloppés.

Eugénie reprit la parole, mais il leur sembla que le ton se voulait, si ce n'est plus doux, en tout cas moins véhément.

Sébastien la pria poliment de le laisser seul avec les nouveaux venus. Elle tourna les talons prestement, haussa les épaules et marmonna des paroles imperceptibles dont il était facile d'imaginer les aboutissants.

Rita, angoissée, laissa échapper un soupir furtif qu'elle essaya de dissimuler.

– C'est à moi que vous aurez affaire, dit Sébastien d'un ton rassurant. Puis dirigeant son regard en direction de la cuisine où sa mère s'engouffrait il ajouta :

– Ici, il n'y a qu'un patron, c'est moi.

Quelques semaines plus tard, Rita et Adriano, fort satisfaits de cette nouvelle “place”, s'installèrent définitivement dans la petite maison de gardien située au bout de la cour. Leur employeur, sous son abord austère, cachait un homme de grande humanité, juste et respectueux de son personnel. Un jour, Adriano le questionna :

– Dites, patron, pourquoi nous avoir embauchés, nous qui sommes étrangers ? Il y a tous les jours des commis qui se présentent…

– Pourquoi mon bon Adriano ? Pourquoi ? Je vais te le dire. Viens, assieds-toi là.

Il lui proposa une chaise, posa deux verres sur la table de la cuisine, déboucha une bouteille et, servant à chacun un “canon”, ajouta :

– Parce que toi, tu viens d'un pays lointain, et que tu ne connais pas notre façon de travailler. Tu apprendras sur le tas, comme on dit chez nous, et tu n'auras pas les mauvaises manies qu'ils ont tous ici. Tu vois, dans notre contrée, les paysans vivotent chichement. Une année bonne, et l'autre, non. Ils peinent comme des imbéciles. Quand la récolte est abondante, ils se saoulent, quand elle est mauvaise, ils récitent des prières !

– Franchement, patron, j'vois pas où vous voulez en venir…

– Ce que je veux t'expliquer, c'est que dans la vie, y a pas de fatalité. La vie, elle est comme on se la fait. Et moi, je veux me la faire belle, et bonne, et riche… Très riche !

– Mais vous l'êtes ben déjà, allons. Avec une propriété pareille ! s'exclama le brave Adriano.

Sébastien éclata de rire, et tapant amicalement sur l'épaule de son commis, lui expliqua :

– Ma mère s'échine à fabriquer ses fromages, son beurre qu'elle va vendre sur le marché de Saint-Jean toutes les semaines, mais ça, mon ami, ça… C'est ce que j'appelle du “gagne-petit”. Il y a mieux à faire, crois-moi, avec beaucoup moins de peine. Suffit d'avoir un peu de bon sens et de l'ambition. Moi, je veux me lancer dans l'élevage des vaches de race charolaise… *lu vatses tsarolaises* comme ils disent en patois !

– Qu'est-ce que c'est que ça au juste ? Heu ! Enfin, je veux dire… Heu ! Qu'est-ce qu'elles ont de plus que les autres ? Les… tsa… tsarolaises ? bégaya le commis.

– Je t'expliquerai plus tard. Pour le moment, contente-toi de faire ce que je te dis.

Adriano souriait, heureux de la confiance accordée par son employeur, gage de leur complicité.

Le soir venu, alors qu'il retrouvait son épouse bien aimée, dans cette maisonnette où il faisait bon vivre, son cœur bondissait d'espérance. Il savait que désormais leur avenir dépendrait de la réussite de Sébastien. Mais pas le moindre doute ne ternissait son enthousiasme. Il réussirait ! Forcément ! Car, pensait-il, ce genre d'homme audacieux et volontaire ne peut qu'aller de l'avant et vaincre les écueils. Il est de la race des gagneurs… Celle des seigneurs !

Malgré son jeune âge, Sébastien Grange inspirait le respect aux villageois. Un respect empreint d'une certaine crainte… Voire de méfiance.

Certes, ce fils unique, héritier d'un domaine bien situé, au cœur d'une plaine luxuriante entre Loire et Charolais Brionnais au lieu-dit "les Blandins", attisait les convoitises, mais les anciens de Saint-Jean, village situé à trois kilomètres de la propriété, se montraient nettement plus réservés.

De mémoire d'homme, la famille Grange traînait comme une sorte de secret trahi par certains regards faux-fuyants et désobligeants. Aussi s'était-elle façonnée une carapace derrière laquelle le clan se retranchait.

"Les Grange" n'avaient que peu d'amis, ne se souciaient nullement de la vie du village, se repliant derrière les murs épais de leur magnifique bâtisse en pierre jaune du Brionnais, et, selon les dires des uns et des autres, ne s'intéressaient qu'à leur fortune. Car fortune, il y avait… Vraisemblablement.

Cette histoire remontait à des temps anciens. Tout au moins le pensait-on. Dans la contrée, chacun y allait de ses suppositions fantaisistes à souhait ! Entre le véridique, l'imaginaire, la médisance et les déductions hâtives, pas facile de connaître la véracité des faits.

Pour certains, qui juraient leurs grands dieux de détenir la vérité, d'un bond dans le passé, ils se replongeaient au cœur de l'épopée plus ou moins rocambolesque de Mandrin. En l'année de grâce 1754, ce bandit de grand chemin, qui, en fait, n'était qu'un justicier au grand cœur, dévalisait à la tête de sa horde de révoltés tout ce que représentait l'administration des Fermes. (L'organisation des Fermes remontait à Colbert qui affermait à une compagnie financière la levée des contributions indirectes ; ce qui se nommait les Fermes générales). Depuis quelques mois, il sévissait dans la région, soutenu, il faut bien le reconnaître, par la sympathie des malheureux ; ce que le gouvernement appela "le mauvais vouloir". Partout, Louis Mandrin et ses contrebandiers, armés de mousquets, de pistolets de ceinture, de pistolets d'arçon et de pistolets de poche à deux coups, de couteaux de chasse et de carabines, arrivaient bride abattue, montant des chevaux de petite taille, robustes et agiles, harnachés à "la contrebandière". Mandrin, dont la devise était :

«S'enrichir en faisant plaisir aux pauvres»,

écumait aussi bien le Dauphiné, non loin de sa ville natale : Saint-Etienne-de-Saint-Geoirs, la Bresse, le Rouergue, le Bugey que le Beaujolais et le Forez, proposant à bas prix ses marchandises de contrebande achetées en Suisse ou en Savoie.

Consuls, exacteurs des deniers royaux, entreposeurs des tabacs, se voyaient en quelques instants délestés, rançonnés et fréquemment malmenés.

Le 9 octobre, Mandrin, resplendissant, le visage basané quoique légèrement vérolé, vêtu d'un habit gris à boutons jaunes, d'une veste de panne rouge à carreaux, d'un mouchoir en soie noué autour du cou et chapeauté d'un beau feutre noir festonné d'or d'où s'échappait une queue de cheval, entra dans Charlieu, puis Roanne. Monsieur Hue, receveur des gabelles[1] fut contraint de lui remettre la coquette somme de dix mille livres, partagée aussitôt entre ses hommes. Le receveur des tailles[2] se vit délesté de deux mille quatre cents livres ; quant à l'infortunée fille de

1. Gabelle : impôt sur le sel. Le Lyonnais et le Forez font partie des régions soumises à "la petite gabelle" ; c'est-à-dire moins taxée. La Loire fournissait 113 greniers à sel .

2. Taille : impôt direct mis sur les roturiers, aboli en 1789.

l'entreposeur monsieur Forest, brinquebalée dans les rues de la ville, terrorisée, elle assista impuissante à la mise à sac de sa maison. Mille deux cent quatre vingt quinze livres.

Cela ne leur suffisant pas, elle dut se remettre en route avec eux et emprunta aux amis de son père mille deux cent six livres. En échange desquelles, ils laissèrent un reçu signé "Mandrin," et du tabac !

Ensuite, le célèbre contrebandier se rendit à la prison de Roanne, et exigea de dame Antoinette, la femme du geôlier absent, la comparution devant lui de chaque détenu. En effet, se dressant en juge, il s'octroyait le droit… et le devoir, de relaxer séance tenante tout prisonnier digne de sa confiance ; le plus souvent des hommes enfermés pour rébellion contre la maréchaussée, désertion, contrebande ou faux-saunage. Ainsi, Antoine Sauvageau, dit "Lebon" et son acolyte Jacques Audonie recouvrèrent la liberté. Les compagnons quittèrent Roanne le 9 octobre à 18 heures, emmenant avec eux quelques nouvelles recrues, dont, soi-disant, un aïeul de Sébastien Grange qui aurait de par ce fait, acquis une solide fortune. Nous savons que Mandrin payait largement ses camarades : 10 louis d'or à l'engagement et une part très honorable des "bénéfices". De quoi se constituer un solide pécule… Le tout couronné d'une réputation honorable aussi bien dans les meilleures maisons que dans les chaumières. Les pauvres bougres choisissaient ce défenseur comme parrain pour leurs enfants et le qualifiaient tout bonnement de héros.

Le faux-saunage, autrement dit la contrebande du sel, denrée rare et précieuse, contrait la gabelle, l'impôt le plus abusif qui fût et était sévèrement sanctionné.

La mémoire locale racontait encore les drames survenus dans des villages. Ainsi, la tour de Milamperle à Marcigny, remplie de sel, défendue par une trentaine de soldats, fut-elle prise d'assaut une nuit et le bourg de l'Espinasse entièrement incendié par représailles.

Le valeureux Mandrin, en Robin des Bois, bien décidé à ce que cesse le hideux asservissement du peuple affamé par une monarchie éclaboussant de dorures, de fastes et d'orgies Versaillaises, n'avait que l'embarras du choix quant aux injustices à faire cesser.

Le procureur du roi écrivit dans un procès-verbal rédigé en bonne et due forme :

«Comme ces sortes d'incursions attaquent plutôt l'intérêt des Fermes que le bien public, nos concitoyens, en gens raisonnables, ont paru indifférents à leur arrivée».

Monsieur Hue, receveur des gabelles, s'entretint confraternellement avec Louis Mandrin qui proposa de lui communiquer le nom des gens de sa troupe, car, dit-il :

«Nous agissons à visage découvert».

De loin en loin, les paysans, les mains burinées en visière sur leur front blanc et ridé, accompagnaient, à grand renfort d'applaudissements dans une liesse générale, le départ de leurs bienfaiteurs qui, soulevant un nuage de poussière, au rythme effréné du galop de leurs chevaux, disparaissaient en direction de Saint-Just en Chevalet, Thiers, Ambert et la région du Puy en Velay.

Dix-neuf heures sonnèrent au clocher de la vieille église. L'angélus égrena son rituel qui s'évanouit dans le ciel automnal, auquel le bon peuple répondit respectueusement en se signant. Tous courbèrent la tête en gage de soumission, croisèrent leurs doigts déformés par le trop dur labeur sur leur faible poitrine en une prière simple, espérant la clémence divine, avec au fond de leur cœur, au fond de leur âme, cette résignation innée empreinte de confiance en Dieu.

Dans leurs humbles demeures, la soupe arriverait-elle à réchauffer ces cœurs meurtris, ces corps en souffrance ? Devraient-ils refouler cette dignité que pour un instant, pour un instant seulement, Mandrin et sa troupe leur avaient redonnée ?

Le 24 octobre de cette même année, voici Mandrin revenu à Charlieu, accompagné de l'aïeul des Grange. Le bougre ! Il connaissait bien le coin… Du coup, il le conduisit jusqu'à un château… Noblesse oblige… Roture se venge… Rusé comme pas deux, pour défier d'éventuels poursuivants, Mandrin et ses acolytes ferrèrent leurs chevaux à l'envers… D'où le nom donné dès lors à ce château de Malfaras (en patois mal ferrés)… Légende ? Histoire ?…

*«L'année 1754 a été bonne, la récolte de bled et celle de vin auroient été plus copieux sans la gelée d'hyver et une gelée et pluye surabondante qui tombèrent au mois de may, ce qui a fait qu'il n'y a eu qu'à moitié de vin. Les Parisiens ne l'ont pas enlevé promptement et il n'a valu que 25 et 26 livres. Communément il y a eu dans la présente année des contrebandiers dans le forest et roannais qui ont fait des (concussiences) etonantes et la contrebande à force ouverte. Le chef de ces brigands se nomme MANDRIN.»**

*Les noms, lieux et dates cités dans ce paragraphe sont authentiques.

Alors que certains soutenaient cette version des faits, d'autres, tout aussi ignorants d'ailleurs, affirmaient que, pendant la Révolution, les ancêtres du Sébastien ne s'étaient pas montrés scrupuleux, imageant leurs propos de détails bigarrés aussi pittoresques que diffamatoires.

– Paraît qu' le vieux grand-père Grange, eh ben, y valait pas grand-chose ! critiquaient les hommes attablés au bistrot.

– Rien du tout, te veux dire ouais ! Une belle saleté qu'ça !

– Ah ! Parce que vous croyez qu'y a quèque chose d' nouveau ! Le sang, c'est le sang. Et le sang qui coule dans les veines du gamin…

– Taisez-vous donc ! criait l'Angèle, la tenancière du café. Vous rabâchez des trucs qui sont vieux de cent ans. Qu'est-ce que vous en savez vous tous, hein ?

– Pardi ! Défendez-la donc cette race de… voleurs ! hurla l'un des clients qui, d'un violent coup de poing sur la table de bois, envoya valdinguer un verre qui se brisa sur le sol. Ça leur a pas coûté trop cher le domaine !

Moi, mes vieux, y m'ont toujours raconté qu'au moment de la Révolution, y' z'avaient acheté pour quelques assignats[3] toute la propriété appartenant, j'crois, à des bonnes sœurs, ou à des curés, enfin, j'sais pas trop… Et puis après, alors là, comment diable qu' ça c'est-y passé ! Y'a eu une histoire de notaire véreux ou va savoir…

En tout cas, y z'ont jamais redonné un sou, et les voilà

3. *Assignats : papier-monnaie créé sous la Révolution dont la valeur était assignée sur les biens nationaux.*

propriétaires des meilleures terres du coin. Ah ! Z'ont pas pris les "patuches" va, ces charognes !

– C'est pas la faute du Sébastien toutes ces histoires, trancha l'Angèle. Oh ! Puis, à quoi bon toujours rabâcher le passé. Pendant la Révolution, y z'ont pas été les seuls à s'enrichir va !

L'acuité des critiques montait crescendo, au fur et à mesure que les chopines du petit vin des coteaux alentour se vidaient.

– Sont pas aimés "par chez nous" ces gens-là, grommela le sabotier qui, en levant son verre, appelait une tournée. Amène donc une bouteille vain Diou Angèle, à la santé de tous ces pourris…

– Le père du Sébastien, y trouvait les sources. Eh ben, tiens, y a pas bien longtemps, p't'être deux ou trois ans avant sa mort, "j'suis été" le chercher un jour. J'aurais ben voulu qu'y vienne voir dans la terre de derrière si des fois, y aurait pas l'eau… Qu'l'été, mes vaches "pâtissent combien", eh ben, l'a jamais voulu se déplacer.

Une voix se fit entendre, calme et inattendue, alors que la porte du bistrot s'ouvrait en grinçant :

– Eh bien ! Mon ami, si mon père ne s'est pas déplacé, comme vous le dites si bien, moi je peux le faire.

Sébastien Grange venait d'entrer, très digne, avec un léger sourire au coin des lèvres. Un silence glacial tomba dans la salle du café. Les hommes attablés baissèrent la tête, penauds.

– Quand vous voudrez, faites-moi signe, ajouta Sébastien, ce sera avec plaisir. J'étais bien jeune quand papa est mort mais il m'avait appris à manier la baguette. Je trouve l'eau, la profondeur et le débit en moins de temps qu'il n'en faut pour vous saouler !

Le ton s'était voulu presque ironique et le regard d'acier.

– Je vous sers quelque chose, monsieur ? demanda l'Angèle timidement.

Un canon s'il vous plaît, puis jetant un coup d'œil dans leur direction, il ajouta :

– Mettez donc une chopine là-bas.

Il paya et s'en alla après avoir, très respectueusement, salué Angèle et les clients. Il abandonna son verre plein sur le bord du comptoir…

Quelques mois plus tard, alors que la bise glaciale de l'hiver figeait la campagne dans une léthargie sculpturale, Sébastien s'en vint frapper à la porte de Rita et d'Adriano. Il faisait nuit et la pleine lune qui éclairait loin alentour peignait des ombres muettes sur la neige gelée. Les milliers d'étoiles habillaient le ciel, conférant un sentiment de grandeur, d'infini et d'impuissance aussi, face à l'immensité de cet univers indomptable.

Lorsque Adriano ouvrit, il aperçut le visage très pâle de Sébastien que sa lampe-tempête, au gré de la bise, obscurcissait ou au contraire, illuminait. Il secoua ses vêtements sur le pas de la porte et entra, non sans avoir, fort poliment, tapé ses grosses chaussures contre le mur.

– Qu'est-ce qui vous arrive, patron ? demanda Adriano.

– Rita, répondit le jeune homme, je vais avoir besoin de vos services. Il soupira longuement ; ses yeux trahirent la souffrance, le désarroi. Il ajouta d'une voix tremblante :

– Ma mère va très mal.

Le feu dans l'âtre crépitait, dessinant sur le sol en terre battue des formes bizarres. Quelques étincelles venaient mourir à leurs pieds, et la lampe à pétrole exhalait son odeur typique.

Sébastien couvrit du regard la cuisine, chichement meublée mais coquette néanmoins, puis se ravisant, ajouta :

– Je vous ferai poser un carrelage.

Rita et son mari, surpris par cette déclaration saugrenue étant donné les circonstances, ne pipèrent mot. Alors, il redressa la tête, ajusta son manteau de drap gris chiné et s'apprêta à sortir.

– Attendez patron ! cria Adriano. Bien sûr qu'on va vous aider. Laissez-nous le temps de recharger la cheminée, et on arrive…

Sébastien se trouvait déjà dans la cour, et sans se retourner, ajouta d'une voix monocorde :

– Rita seule !

La petite Italienne entra timidement dans la chambre. Taillaut, le chien de berger noir et blanc, à l'oreille cassée et au pedigree incertain, lécha cette main amie qui, fréquemment, le caressait.

Eugénie, recroquevillée dans son "lit bateau" respirait avec peine. Un sifflement sortait de sa poitrine à chaque expiration, arrachant un gémissement entrecoupé d'une toux grasse, qui au fil des heures se transformait en râles. Ses cheveux trempés de sueur, enserrés dans une coiffe blanche, bordée d'un volant de broderie anglaise, collaient sur son front brûlant. Ses yeux mi-clos, vitreux, s'étaient immobilisés sur un point précis, mais lequel ? Était-ce l'image dessinée à l'encre de Chine d'Ernest, son mari, aux impressionnantes moustaches, trônant dans le cadre ovale en bois sculpté, suspendu face à son lit de souffrance ? Étaient-ce les deux vases en grès qui ornaient le linteau de la cheminée ? Était-ce cette peinture représentant le profil d'une jolie jeune fille, coiffée d'un foulard noué sur la nuque ? Ou était-ce l'infiniment grand, l'infiniment… autre ? Celui dont on ne sait, si ce n'est rien, en tout cas, ce que l'on croit savoir… ce que l'on croit espérer . Mais "chez les Grange", de génération en génération, la connaissance et l'espérance ne préoccupaient guère leur quotidien.

Rita s'approcha, effleura la main inerte et froide dont les doigts violacés aux extrémités tranchaient avec la blancheur immaculée du drap brodé d'un jour échelle et de deux initiales entrelacées. Sébastien restait assis sur un fauteuil Voltaire en velours bordeaux, dans un coin de la chambre, sans parler.

Rita vint près de lui et murmura à son oreille :

– Mais patron, elle va mourir votre maman !

Opinant de la tête, il soupira, croisa ses bras sur sa poitrine et regardant sa mère avec tendresse, répondit :

– Faites ce qu'il faut pour l'aider, Rita.

Alors qu'un long silence enveloppait la pièce, il susurra :

– Vous n'aurez pas à le regretter.

Rita veilla la mourante toute la nuit, humectant son front, mouillant ses lèvres décolorées et sèches, guettant à chaque minute le moindre signe, le plus petit clignement d'yeux, mais, non, Eugénie n'était déjà plus de ce monde.

Alors, forte de sa foi latine, elle demanda :

– Dites, patron, ça ne me regarde pas... Mais, est-ce qu'elle a reçu les derniers sacrements ?

La réponse tomba nette, tranchante :

– En effet, ça ne vous regarde pas.

La jeune femme rougit, terriblement honteuse de s'être permis une telle incursion dans leur intimité, ce qui arracha un sourire à Sébastien.

Quel homme bizarre, pensa-t-elle ! Il peut être aussi gentil qu'imprévisible. Difficile d'analyser son comportement.

Que craignait-elle au juste, tenaillée par ce sentiment étrange, fait d'un curieux mélange de peur et de fierté ?

Était-ce l'appréhension de la mort qui mortifiait son âme, ou le fait de se retrouver seule, sans son mari, face à cet homme qu'elle connaissait... Certes, mais tout de même.

Pour la première fois, elle affrontait une situation inhabituelle pour une épouse, et ce mal-être empira lorsque, soudain, elle sentit la main de Sébastien se poser sur son épaule.

Elle eut un mouvement de recul. Surpris, il s'excusa prestement :

Je ne voulais pas vous faire peur, voyons ! Juste un geste amical pour vous remercier.

Il s’éloigna, s’arrêta, puis sans se retourner ajouta d’une voix quasi inaudible :

– J’aimais beaucoup ma mère vous savez, puis il sortit.

Deux jours plus tard, sans que Rita n’ait quitté son chevet, Eugénie Grange mourut à l’age de 55 ans d’une fluxion de poitrine.

À cette époque, selon la situation financière et la notoriété du défunt, les funérailles étaient scindées par classe : Première ou deuxième classe, voire troisième classe pour les indigents.

Il va sans dire que dans le cas présent, Eugénie bénéficia de l’enterrement réservé aux richissimes notables.

Le brave percheron réquisitionné pour les enterrements, préalablement pansé, étrillé avec minutie, crinière et queue brossées, attendait. Sa robe baie soigneusement lustrée brillait sous le harnachement noir. Les pieds curés, les sabots graissés… tout ce cérémonial qui se devait d'être parfait, surtout lorsqu'il s'agissait de funérailles de première classe, s'écourtait passablement pour les gens humbles. Inutile d'épiloguer sur l'enterrement des indigents, pour lesquels la fosse commune était réservée.

– Bof ! *vouétau ben bon par lour !* (C'était bien bon pour eux !)

Mais pour les "gens bien comme il faut", pensez donc !

– Où fallaut c'qu'avaut d'mieux ! (Il fallait ce qu'il y avait de mieux.)

Le cercueil fabriqué sur mesure par le menuisier du village dans le meilleur bois, du chêne sans nœuds, avec des poignées très cossues et capitonné du plus beau des velours attirait immanquablement les regards… et les déductions.

– Ho ! *S'étin pas foutu de lour ! L'avaut un cercueil ! Fallaut veir !* (il s'était pas foutu de lui ! il avait un cercueil ! Fallait voir…)

Le glas sonnait, autant de coups que d'années du défunt, triste, lugubre, comme écrasé par le brouillard givrant qui habillait de cristal le toit des maisons aux cheminées fumantes.

Le corbillard arrivait lentement, au pas régulier du cheval aux naseaux embués. Il semblait s'adapter à la circonstance. Des tentures noires drapaient le mur extérieur de la belle église romane de Saint-Jean. Le ciel brionnais se hérisse de magnifiques édifices, comme autant d'empreintes indélébiles du passage des communautés clunisiennes. Raoul Glaber, moine et chroniqueur en son temps, aux alentours de 1030, écrivit :

«On eut dit que le monde se secouait et rejetait sa vieillerie pour revêtir une blanche robe d'églises.»

Sous le porche, le prêtre ayant revêtu ses habits de deuil, à savoir l'étole et la lourde chape noires en velours, brodées de motifs argent sur l'aube de dentelle blanche, attendait, entouré par cinq enfants de chœur, immobiles, quasi stoïques, dans leurs soutanelles noires également, rehaussées du surplis blanc immaculé.

Un solennel *Miserere mei Deus* accompagnait le corps lors de son entrée dans la grande nef où les voisins, amis et… curieux, bien emmitouflés, se signaient pieusement. Une couronne confectionnée en perles de couleur, déposée sur le cercueil attestait d'une certaine forme de richesse, de puissance, ainsi que le nombre de cierges allumés dont la flamme dansante se reflétait sur le bois fraîchement verni.

Chacun par ici connaissait les idées socialisantes de Sébastien et se demandait s'il oserait franchir le seuil, mais il entra, très digne.

Le prêtre arborait maintenant la chasuble noire et officiait en latin, selon le rite en vigueur de l'époque, le dos tourné à la foule, face à l'autel endeuillé, et à grand renfort d'harmonium entonna *le requiem*.

Sébastien suivit d'une oreille lointaine l'office et ne s'approcha pas de la table de communion. Les bonnes âmes guettèrent ses moindres faits et gestes, mais restèrent sur leur curiosité. Pas une prière ne sortit de sa bouche ; pas un signe de croix ne vint trahir ses appartenances à cet athéisme virulent qu'il revendiquait.

Sa harangue passionnée pour les nouvelles tendances

républicaines, laïques et revendicatrices de libéralisme à la Proudhon, Raspail ou Barbès, n'excluait pas la bienséance, et présentement, sa présence pour accompagner, en sa dernière demeure feu sa mère.

À la fin de la messe, le cortège s'ébranla en direction du cimetière. Le curé et ses enfants de chœur en tête, suivis par la famille. En l'occurrence, Sébastien et quelques vagues cousins lointains, venus plus par tradition que par affliction.

Cependant, ce qui surprit immanquablement les ouailles, et délia les langues, ce fut la présence en première place, de Rita et de son mari. Décidément, ces "Grange"- là, des Blandins, surprendraient donc toujours.

Le printemps fleurissait ici en rose, là en blanc et la campagne s'éveillait de sa torpeur hivernale au son des gazouillis d'oiseaux. L'herbe déroulait son tapis vert et les bêtes, sorties récemment des étables, s'en donnaient à cœur joie, de galipettes, la queue en l'air et de festin !

Sébastien depuis quelque temps, passait des heures à arpenter sa propriété, muni d'une baguette de noisetier taillée en forme de fourche qu'il tenait de ses deux mains, face à lui. Il marchait lentement, d'un pas régulier, presque solennel, les yeux rivés au sol. Parfois, il stoppait net. Un pas légèrement sur la gauche… Encore quelques centimètres sur le côté… Pivotait sur lui-même … Reprenait sa place initiale… Cherchait sur la droite… Reculait d'un pas… Avançait de nouveau… Fixait sa baguette, puis, hochait la tête en affichant une moue dubitative. Alors, il continuait, sans modifier son allure, ses mains continuellement serrées sur le bois, ce coudrier qui devrait lui délivrer ses secrets. Taillaut, couché à l'ombre d'un pommier, la tête reposant sur ses pattes croisées, ne quittait pas son maître des yeux.

Il poursuivait ses recherches, au milieu du champ dit de "l'Odrau", il resta figé. Tout à coup, la baguette se mit à tourner avec une telle puissance que Sébastien dut lâcher prise ! Il frotta ses mains sur le devant de son pantalon de velours noir côtelé, fit quelques pas en arrière et recommença. Très lentement, il avança, et dès que son pied foula l'emplacement, aussitôt, la baguette vira avec force. Quelques mètres plus avant, rien ! À droite, rien… À gauche, rien… Non ! C'était là, ici même et nulle part ailleurs. À cet endroit précis, dans le sous-sol, le trésor était enfoui.

Il s'assit, la baguette à ses côtés. Mordillant son index, Sébastien demeura ainsi longtemps. Adriano arriva :

– Patron ! Qu'est-ce qui vous arrive ?

– Ah mon bon Adriano ! Ce qui m'arrive ! Tu veux savoir ce qui m'arrive ? répondit Sébastien, dodelinant de la tête.

– Ben… c'est que… j'ai pas l'habitude de vous voir assis au milieu d'un pré, moi !

– Tu sais ce qu'il y a là-dessous ? La fortune. La for-tu-ne. Tu entends Adriano ? La fortune !

– Non patron. Moi j'y comprends rien du tout.

D'un bond, il se leva et saisissant sa baguette, recommença :

– Regarde bien, dit-il à son ouvrier.

Et de nouveau, la force de la pression lui tordit les poignets et le contraignit à laisser choir le bout de bois bizarrement taillé et à secouer ses mains. Alors, il ajouta en pointant son index :

– Là-dessous, il y a de l'eau.

Ils restèrent ainsi tous deux, fixant ce bout de pré, que rien ne différenciait du reste, et sans lever les yeux, Sébastien questionna de sa voix qui se voulait à certains moments des plus déstabilisantes :

– Rita est enceinte ?

– Hein ?

– Bon, il faut maintenant que je cherche la profondeur…

– Mais, patron ! bégaya Adriano, vous… vous…

– Ben, oui ! Avoir de l'eau c'est bien, mais il faut savoir à quelle profondeur, bien sûr… et aussi le débit.

– Rita ! Rita ! balbutia le petit Italien…

Lui coupant la parole, Sébastien intima :

– Va me chercher des petits cailloux.

– Patron ! répliqua Adriano avec une audace inhabituelle, écoutez moi.

Il lui fit face et le regardant droit dans les yeux, déclara :

– Oui, Rita est enceinte de presque six mois maintenant. On n'a pas osé vous le dire de peur que… Enfin, vous comprenez… Que vous nous renvoyiez. Mais il fallait bien que vous le sachiez à un moment ou à un autre, alors voilà, c'est fait. C'est pour courant septembre, enfin… on croit comme ça. Mais vous savez, elle travaillera dur pour vous tant qu'elle pourra…

– Adriano ! Je t'ai demandé d'aller me chercher des petits cailloux… j'attends, trancha Sébastien.

Le brave commis baissa la tête, penaud. Sans aucun doute, ils devraient quitter cette ferme où Rita se sentait si bien. Abandonner leur jolie maisonnette. Elle voulait justement planter une treille qui lui rappellerait son Ombrie. Oh ! lui, cela lui était bien égal ! Mais Rita, avec le bébé, où devront-ils aller ? Reprendre leur vieille remorque et se louer encore et encore, à la journée ou à la semaine ? Avec un peu de chance, au mois, pour les gros travaux d'été… Traîner leur misère sur les chemins terreux de la Côte Roannaise ? Des vignes du Beaujolais ? Ou des fruitiers de la vallée du Rhône ? Adriano plongé au plus profond de ses pensées, restait cloué sur place, le regard dans le vide. Une main se posa sur son épaule. Il sursauta.

– Il nous faudra bien de l'eau pour mes bêtes, pour ton bébé et tout le reste, non ? susurra la voix du patron à son oreille.

Adriano leva vers Sébastien ses yeux emplis de larmes.

– … Alors va me chercher ces putains de cailloux que je me tue à te demander nom de Dieu !

– Oh ! J'y cours patron… hurla l'ouvrier en levant les bras au ciel. J'vous en ramène une pleine brouette si vous voulez et même plus !

– Non, pas une brouette ! Mets-les dans tes poches, ça devrait aller !

Adriano, accompagné de Taillaut qui jappait en faisant la fête, détala comme un lapin. Il agitait sa casquette en riant ; se retournant en direction de Sébastien, il s'écria :

– Merci ! Merci ! Mama mia ! Mama mia !

– Mes cailloux nom de Dieu…

– Oui, oui patron ! Une pleine brouette qu'j'vous dis.

Dans son for intérieur, Adriano exultait de joie et remerciait la providence d'avoir mis sur leur route un homme d'une si grande bonté. Ne pouvant contenir son euphorie, il courut auprès de sa femme.

– Rita ! Rita ! hurlait-il en approchant de la maison.

Occupée à plumer une poule, elle sortit, son tablier noir replié sur le côté dissimulait tant bien que mal la rondeur de son ventre. Les manches retroussées, les mains mouillées sur lesquelles du duvet roux restait accroché, elle toisa son époux avec appréhension. Mais très rapidement son visage s'illumina d'un sourire.

– Rita ! Je lui ai dit ! soupira Adriano. Ça y est, il est au courant… pour le bébé.

– Et alors ? s'inquiéta la future maman.

Il la serra tendrement dans ses bras et murmura au creux de son oreille :

– Il ne nous renvoie pas ! Il nous garde. Tu te rends compte… Il nous garde.

Riant aux éclats, Adriano saisit sa frêle épouse à bras le corps et se mit à tourner, tourner en répétant : Il nous garde, Rita ! Il nous garde, ma femme bien aimée. Il nous garde.

Un bonheur incommensurable les envahit. Ensemble, ils riaient en dansant, et tournoyaient, unis dans ce coin du monde empreint d'amour, de bonheur et de paix, pour toujours… Tout au moins, le croyait-il. Un tendre baiser pudique essuya une larme de joie qui courait sur la joue de la jeune femme.

Adriano revint près de son maître, les poches gonflées de cailloux. Il le trouva arpentant pour la énième fois son pré, baguette en main. Sans se retourner, il questionna :

– Contente ?

– Hein ? Qui ?

– Ta femme pardi !

– Heu... Ben, heu ! C'est que… Comment vous savez patron que je suis allé à la maison ? demanda-t-il d'une voix hésitante.

– Tu m'as ramené mes cailloux ? trancha Sébastien.

– Ah ! vous alors ! s'exclama l'ouvrier, on peut dire que vous nous surprenez toujours… vous posez une question et hop ! vous passez à une autre qui n'a rien à voir.

Il avait assorti sa réplique d'un geste de la main évasif, et ajouta :

– Oh oui ! Elle est bien, bien contente. Même qu'elle a pleuré ! Vous pouvez pas vous rendre compte ce que ça représente pour nous et…

Sébastien, sans détourner le regard de ce morceau de terrain qu'il frappait du bout du pied, lui coupa la parole :

– Tu vas te tenir à quelques pas de moi et à mon signal me passer les cailloux par petites poignées.

– Bien patron.

– Crois-tu que ce soit bien nécessaire que Rita aille tous les matins à la messe à Saint-Jean ?

– Ben, c'est que…

– Vu son état, trancha Sébastien, je préfèrerais qu'elle s'en abstienne.

– Ben, c'est que…

– Passe-moi une dizaine de cailloux maintenant, répliqua-t-il en tendant la paume de sa main.

Je pensais que la source serait meilleure, murmura-t-il, en fronçant les sourcils. Il se gratta le front du bout de sa baguette, souleva le bord de son chapeau de feutre noir en réfléchissant.

Son regard s'aventura par-delà le champ, derrière l'épaisse haie d'arbustes bourgeonnants et d'aubépines en fleurs blanches enracinés au travers des pierres sèches du muret. L'herbe poussait verte et drue dans cette parcelle légèrement vallonnée ; plus verte et plus drue que partout ailleurs. Alors, Sébastien se redressa fièrement, croisa ses mains dans le dos, marcha encore un peu sans se départir de cet air hautain qu'il savait afficher.

Un sourire illumina son visage, et se mordillant les lèvres, il avança en direction du pré voisin. Il tapotait ses cuisses avec la fourche de coudrier, en secouant la tête. Adriano ne pipait mot. Alors, reprenant la position du sourcier en pleine concentration, le jeune homme avança lentement… et elle tournait… et elle tournait. Il avait “trouvé le filon”.

Dans sa propriété, l'eau arrivait, oui, mais “le gros de la source” se trouvait bel et bien chez son voisin, le Joseph Bonbois.

Oh ! Un brave bougre ! Un bon vieux, pauvre comme Job, qui crevait de misère dans son “chtit petat” de quatre hectares. C'est dire si la vie était rude pour lui, d'autant que sa femme, la Léa, était morte en le laissant seul avec une enfant de huit ans à élever. Elle était née sur le tard… une gosse de vieux… comme on dit. Elle en avait maintenant vingt-deux et l'aidait bien, sa gamine ! Lui qui, avancé en âge, était perclus de douleurs, à tel point que sa colonne déformée le pliait chaque jour un peu plus en avant. Marcelle… Elle devenait toute sa vie. Son bâton de vieillesse quoi ! Hélas, pas une fille facile à marier. C'est que, dame ! La dot serait guère conséquente. De plus, elle n'était pas très attirante, quoique loin d'être laide. Mais, disons peu avenante, pas des plus sympathiques, et surtout d'une timidité quasi maladive. Oh ! Cela dit, une bonne ouvrière !

Les soirs, à la veillée, avec les voisins, la plupart des mariages "s'arrangeaient" devant le feu de la cheminée. Les filles d'un côté, les gars de l'autre… et chacun lorgnait à qui mieux-mieux celle qui "pourrait faire son bonheur" ! Bien sûr, les jeunes demoiselles auraient leur mot à dire, enfin, en principe… Mais les pères discutaient fermement, entrevoyant quelques accords ou transactions en vue d'agrandir les propriétés. Les sentiments naîtraient ensuite, avec le temps. Quelle importance ! Le principal n'était-il pas d'assurer à la descendance une respectabilité qui se mesurerait souvent en hectares ?

– Ah ça oui ! L'homme qui la prendrait pour femme serait pas à plaindre va donc, insistait le père. Mais force était de constater que les prétendants ne se bousculaient pas à la porte ! Hormis l' Gaston, l' gars du grand Marc, qui "faisait bon semblant" à la jeune fille, mais sa réputation suscitait une appréhension au brave Joseph qui, malgré son souci, n'était pas prêt à donner sa gamine à un *guerdaux* ("bon à rien" en patois *Tsarolais*). Un type buveur, fainéant, paraît-il peu "commode", disons qu'il "avait le vin mauvais". Après lui, que ferait-elle, seule ? Il ne pouvait imaginer ce devenir sans que ses yeux, à demi-voilés de cataracte, ne s'assombrissent. Pouvait-il encore se lamenter ? En avait-il encore la force, lui qui, des années durant, avait soigné sa défunte épouse emportée par la tuberculose ?

«Veille bien sur la Marcelle» lui avait-elle confié sur son lit de souffrance. Mon Dieu ! Combien de fois avait-il entendu ses recommandations ? «Et trouve-lui un bon mari. J'voudrais surtout pas qu'elle soit malheureuse ma gamine !»

Alors les jours s'écoulaient au rythme des saisons et des travaux des champs. Marcelle gardait les trois vaches et les deux chèvres, les après-midis, dans le pré attenant à la vieille bicoque, dont la toiture s'affaissait lamentablement. Assise sur une pierre plate, elle tricotait pour son père un chandail en laine de pays, la tête recouverte d'un fichu noir noué sur la nuque, baissée sur son ouvrage, avec son chien couché à ses côtés pour compagnon. De temps en temps, elle appelait une bête qui s'éloignait un peu trop :

– Tè tè tè ! *Vins don iti... vins don !* tè tè tè !

– (Viens donc là ! Viens donc !)

Puis elle reprenait son tricot.

Dans la propriété adjacente, la Marinette, une pauvre gosse de l'assistance publique placée dès son plus jeune âge dans une ferme voisine, celle des Labouré, la hélait. Elles s'aimaient bien toutes les deux. Lorsqu'au travers de la haie, elles s'apercevaient, chacune “ramassait son bazar” et, s'adossant respectivement à quelques arbrisseaux, elles papotaient.

La Marinette parlait de cette mère qu'elle détestait pour l'avoir abandonnée à sa naissance ; elle l'imaginait : un jour grande et belle, un autre, ronde comme elle. Elle n'était pas malheureuse chez les Labouré, il y avait tellement pire ! Des gosses affamés qui mangeaient dans l'auge du cochon, d'autres battus sans ménagement ; non, elle mangeait à sa faim et ne subissait aucun mauvais traitement, mais elle manquait de tendresse, d'amour, de la douceur d'une caresse, de la chaleur d'un baiser. Alors, elles se comprenaient ces deux filles-là ! Échafaudant des projets irréalisables, rêvant du prince charmant qui, vraisemblablement tardait à se manifester…

– Y en a ben qui sont allées en pèlerinage à Vernay, y paraît que là-bas, si t'y vas avec foi, t'es sûre de trouver un mari.

La Vierge est toute noire à ce qu'on dit… c'est sa spécialité ! Y faut dire comme ça :

Boune Viarge de Vernay !	Bonne Vierge de Vernay !
Douny me un houme,	Donnez moi un homme,
Qu'o saille blun, qu'o saille nère	Qu'il soit blanc, qu'il soit noir
Porvu qu'au sye tot par mè!	Pourvu qu'il soit tout à moi !

– Taratata ! Des histoires que tout ça oui. À Saint-Jean, y en a plusieurs qui sont allées, même qu'elles ont jeté des sous et tout et tout… eh ben *ni nè, ni blun* (ni noir ni blanc), la Sainte Vierge, elle les a pas exaucées… Même qu'elles ont coiffé Sainte. Catherine, alors…

– Et à Régny ? T'en as-t'y écouté causer ? La *piarre frede* (la pierre froide). Elle est devant l'église et si te t'assois cul nu dessus, en faisant ton vœu, à tous les coups ça marche !

– Ah ! J'y crois guère à toutes ces sornettes ; j'croirais plutôt à une grosse dot et un bon trousseau bien cossu. Ça oui, ça les intéresse les gars du coin, mais toutes tes prières… moi, en tout cas, j'y crois pas.

– Dis ! La première de nous deux qui se mariera, eh ben, elle racontera tout à l'autre, d'accord ?

– Tout quoi ?

– Ben… c'que ça fait ! Y paraît que ça fait des choses… Qu' même qu'y en a qu' sont prêtes à damner leur âme ! Elles ont le feu au derrière qui disent… Alors, c'est ben qu'ça fait des choses…

Assises, dos à dos, elles conversaient, tortillaient un brin d'herbe, arrachaient un pétale de fleur, entrechoquaient leurs sabots. Le regard scrutant le ciel, devinant au contour d'un nuage innocent une prédiction certaine, elles quémandaient le secours d'une bonne fée qui voudrait bien, d'un coup de baguette magique, les envelopper de ses bonnes grâces.

Le soir venu, Marcelle rassemblait le petit troupeau :

– Tè tè tè ! *Vin don là* ! Tè tè ! et s'en retournait tranquillement, les yeux rivés sur le bout de ses sabots qui heurtaient les cailloux du chemin. Si par hasard, un voisin la saluait, alors elle accélérait l'allure en croyant nécessaire d'asséner un méchant coup de trique sur le cul d'une de ses bêtes qui, surprise, partait en courant.

À la bonne saison, la Rosette, une vache de race normande, laissait échouer derrière elle une traînée de lait tant ses tétines regorgeaient. Médor lapait ce qu'il pouvait, et tout le monde rejoignait l'écurie.

Ils n'entretenaient aucune relation avec leurs plus proches voisins. Les Grange n'appartenaient pas au même monde. Joseph prétendait, à juste titre d'ailleurs, qu'il ne fallait pas mélanger les torchons et les serviettes. Alors, un geste de la main lorsque les deux hommes se rencontraient par hasard, exprimait-il, si ce n'est de la sympathie, tout au moins de la politesse.

– Tout de même, entre voisins, faut ben se saluer… sommes pas des sauvages, que bougre !

Ils ne s'entraidaient jamais. Sébastien optait pour une toute autre politique de travail. Au moment des gros travaux, il embauchait des saisonniers. La main d'œuvre ne manquait pas à cette époque… dans les années 1860. Le bouche à oreille fonctionnant plutôt bien, il n'était pas rare que des ouvriers viennent frapper à sa porte, proposer leurs services. Il faut dire que chez les Grange, la soupe était bonne et abondante, le pécule non négligeable. Pas comme chez certains qui payaient ces pauvres bougres en monnaie de coucou ! Ce terme, couramment usité par la suite, proviendrait d'une légende régionale :

«Le coucou, paresseux et moqueur emprunta autrefois du grain à la tourterelle, lui promettant -comme la cigale à la fourmi- de rendre ce grain à la première gerbe levée ; mais il part aussitôt qu'il voit le premier moissonneur, de peur de payer sa dette ; en vain, la tourterelle lui crie-t-elle en son langage :

"tourne, retourne"... Il la paye en monnaie de coucou !»

Tout bon paysan sait bien que le coucou cesse de chanter dès le commencement des moissons.

C'était une chance pour qui se voyait confier une tâche, fût-elle temporaire ; les foins principalement, car dans cet important domaine, "ça faisait gros d'foin".

Pensez donc, ils se payaient le luxe de posséder une paire de bœufs, et un cheval, ce qui attestait d'une certaine richesse, voire d'une forme de noblesse terrienne, bien à l'encontre des idées soi-disant socialistes du jeune homme.

Finalement, tout un chacun dans le coin se plaisait à penser que la seule explication logique à cette ambiguïté se trouvait dans le profit que le Sébastien pouvait tirer de ces deux casquettes.

Les fermiers se contentaient généralement d'une paire de vaches attelées. Un jour, alors que l'un d'eux pressait un peu trop son attelage, son épouse le tança fermement :

– Elles pâtissent les bêtes ! Elles soufflent, elles soufflent… Ne les presse donc point tant ! Elles donneront pas d'lait ce soir dans ces conditions !

– Y saufflaut... Y saufflaut... mè étout y saufflaut

(Elles soufflent… Elles soufflent… Moi aussi, je souffle)…

– Ouais, mais tè, te doune point d'lait ! (oui, mais toi, tu ne donnes pas de lait !)

Sébastien, soucieux depuis quelques jours, ne cessait d'arpenter sa propriété dite "de l'Odrau". Il avait beau réfléchir, la source se trouvait bel et bien de l'autre côté, chez le vieux Bonbois.

– On rentre, déclara-t-il, visiblement agacé.

– Ça va pas comme vous voulez patron ? susurra Adriano.

– Je trouverai une solution… parce que je trouve toujours des solutions à tous les problèmes, répliqua-t-il avec aplomb, en insistant lourdement sur le mot -toujours-.

Puis il sourit en tapotant amicalement l'épaule de son ouvrier.

Dès le lendemain matin, quelle ne fut pas la surprise de Rita et de son mari d'ouvrir la porte à deux ouvriers qui leur signifièrent devoir carreler la cuisine. Pour ce faire, ils venaient se rendre compte sur place, car, dirent-ils, nous devons œuvrer rapidement. Ils se crurent obligés de rajouter quasiment avec dédain : ordre du grand patron !

Les travaux débutèrent immédiatement sous l'œil attentif de Sébastien qui donna ses directives.

– Rita, dit-il, je veux vous parler. Venez chez moi.

La petite Italienne s'empressa de lui emboîter le pas. Poliment, il la pria d'entrer et lui offrit une chaise.

– Voulez-vous boire un café ? demanda-t-il.

– Je ne voudrais pas déranger, répondit-elle timidement.

– Pas de ça entre nous, voyons ! répliqua-t-il avec un large sourire, en hélant Lucie, la "bonne", à son service depuis le décès de sa mère.

– Un café, je vous prie, cria-t-il en entrebâillant la porte de la cuisine. La jeune employée de maison apporta sur un plateau d'argent, une magnifique tasse en faïence de Charolles, rescapée du service coutumièrement offert en cadeau de mariage. Une bonne odeur s'exhalait.

Rita tremblait de tout son être. Voyait-elle les contours fins et réguliers de ce village peint en noir, vert et rouge sur la cafetière fumante ? Et face à elle, le splendide vaisselier ciré où de belles assiettes affichaient, l'une un coq en majesté jaune et bleu, l'autre des œillets rouges et vert foncé et le plat central paré d'un bouquet champêtre échevelé ? Que voulait-il ? Pourvu qu'il n'ait pas changé d'avis… À cause du bébé… Pourtant… Les ouvriers… Le carrelage… Elle porta la tasse à ses lèvres d'une main hésitante, son visage s'empourprait, ce qui n'échappa nullement à son patron. Il sourit.

– Je vous fais si peur que ça Rita ? questionna-t-il en scrutant sa réaction.

– C'est que, vous savez… bredouilla-t-elle dans un mauvais français, j'ai peur que vous nous renvoyiez maintenant que je suis "grosse" et que je peux moins travailler dur.

– Il faut que les choses soient bien claires, trancha-t-il. Je ne vous renvoie pas, soyez sans crainte. Si je vous ai demandé de venir, c'est justement pour savoir. Vous avez pu constater qu'ici, je n'attends rien de personne. Rien, aucun service que l'on se rend et qu'on ne finit plus de se rendre… Du temps perdu tout ça. Quand j'ai besoin, j'embauche ; je paie et c'est tout. Pour votre accouchement, je dois savoir. Il n'y a ici aucune dame qui puisse vous aider, mise à part Lucie, mais… Il me faudra donc faire venir une sage-femme, vous comprenez ? La layette, vous y avez pensé ? Le berceau et tout ce qu'il faut pour le bébé. Vous devez vous en inquiéter. Ce n'est pas le moment venu qu'il faudra courir partout ! Réfléchissez à tout ça Rita, et Adriano me transmettra. Je ferai le nécessaire. Compris ?

– Oui, oui patron. Bien compris et merci, merci pour tant de gentillesse. J'y suis guère habituée. J'avais pensé me débrouiller toute seule avec mon mari.

Rita, horriblement gênée de parler de… ces choses là, avec un homme, célibataire de surcroît, tortillait ses doigts, la tête baissée, fixant les paysages sur la tasse.

– C'est ça, oui ! et si ça se passe mal, hein ? on fait quoi ? Quand est-ce que les gens prendront conscience une bonne fois pour toutes que la soumission est ce qu'il y a de pire… enfin bref, ajouta-t-il en passant sa main dans son épaisse chevelure. D'autre part, j'ai dit à Adriano que je ne voyais pas la nécessité de vous rendre à la messe à Saint-Jean tous les matins.

– Patron… hasarda-t-elle, les yeux désespérément baissés, je vais vous dire quelque chose. Quand on a fui la misère chez nous en Italie, on n'a emporté que quelques affaires, mais dans ces affaires, j'avais le chapelet de ma maman…

Alors, enfouissant sa dextre au fond de la poche de son tablier noir, elle le retira et le lui montra, comme on montre un précieux trésor en ouvrant la paume de sa main.

– Tenez, dit-elle en relevant sa tête, il ne me quitte jamais. Je lui ai promis à ma mère, juré même, que jamais je me détournerai de la religion et que j'élèverai toujours mes enfants dans la foi. À lui, ajouta-t-elle, en plaçant ses mains sur son ventre rebondi et en souriant, je lui parle déjà de Sancta Maria mater Dei.

– Et puis, faites donc comme bon vous semble ! coupa Sébastien en se levant, visiblement peu passionné par ces histoires de bonne femme.

Elle s'en retourna dans sa maisonnette, où les hommes s'affairaient à déménager les quelques meubles. Adriano la fixa d'un air interrogateur et anxieux…

Pour toute réponse, elle lui sourit.

Juin pointait son nez. Les campagnes s'enflaient aux bruits familiers des travaux des champs. Beaucoup d'ouvriers déambulaient sur les chemins, besace sur l'épaule contenant quelques maigres effets. Ces "journaliers" comme on les nommait… Des hommes, commis de fermes en majorité, et plus rarement des femmes en quête de lessives à faire, de gros travaux de ménage dans les richissimes demeures de cette contrée, tout ce qui pouvait améliorer leur ordinaire. Elles ne rechignaient pas non plus à prendre le râteau, la fourche ou même tenir le cheval par la bride pour la corvée des foins.

Aux Blandins, parmi cette manne ouvrière, arrivèrent une femme et son fils âgé d'environ dix-huit ans. Son patois trahissait une appartenance à une région éloignée, sans doute l'Auvergne, car on avait bien de la peine à les comprendre, d'autant que le jeune homme, outre un physique ingrat, souffrait d'une anomalie linguale qui n'arrangeait pas sa situation.

Le pauvre type traînait sa misère en suivant sa mère comme un animal talonne son maître. Il bavait coutumièrement, et semblait ne pas savoir ce qu'il faisait sur la terre. Il faut dire que la vie ne l'avait pas épargné, le malheureux ! Par contre, on eût dit que, par effet compensatoire, Dame Nature, dans un sursaut bienveillant daigna accorder à ce misérable une musculature herculéenne. Dans la jungle des hommes, la plus impitoyable qui soit, la seule chance de survie pour ces amochés de la vie restait la force physique à l'état brut. Ceux-ci devenaient alors, sans discernement aucun et caricaturalement, la brute tout entière !

À cette époque, une femme sur les routes de France, avec un fils handicapé[4] accroché à ses sabots intriguait doublement. Était-elle veuve ? Dans ce cas, la charité imposait qu'on lui fasse l'aumône, tout au moins d'une soupe. Mais si elle était fille-mère ?

Alors là, en voilà une affaire. Elle ne méritait rien de plus que le malheur qui la frappait ! C'était bien fait pour elle ! Y a des choses dans la vie qu'on ne fait pas…

Toujours est-il que la pitié se lisait au fond de ses yeux. Des yeux noirs enfoncés telles des billes dans un faciès ravagé par la souffrance. Bien que peu âgée, elle s'en allait déjà voûtée, comme écrasée par tant de privations. Ses habits déguenillés semblaient trop lourds pour ses épaules décharnées, et son fichu noir accentuait l'aspect émacié de son visage. Elle allait et venait, une main derrière le dos, l'autre enfouie dans une poche, alors que son fils, deux ou trois mètres en retrait, tirait une carriole où s'entassaient des paquets enveloppés avec de la toile de sac à patates. Dans les cahots des chemins, les roues heurtaient les cailloux… On entendait un bruit de casseroles qui s'entrechoquaient.

Ils s'arrêtaient dans les fermes, et le soir venu, les paysans leur offraient pour gîte, la grange.

Alors, elle se couchait dans la fenière[5], son gars à ses côtés. Quelquefois, une âme généreuse leur apportait un bol de soupe, un bout de lard et une tranche de pain. Sinon, ils essayaient de s'endormir, blottis au fond de leur misère, au fond de leur souffrance, leurs estomacs tenaillés par la faim… inhumaine.

Des conditions de vie indignes pour une bête, et néanmoins courantes pour ces braves bougres, les chemineaux, errant sur les routes, en quête non pas d'aumône, mais de travail ; juste de quoi manger… seulement de quoi manger.

---

4. Le terme "handicapé" n'était alors jamais usité.

5. Grange où se stockait le foin.

Pour une misérable pitance, ils devaient galérer toute la journée dans les champs, traîner derrière les bœufs, trimer à s'en rompre les os. Pauvres diables !

Leur désarroi n'échappa nullement à Rita. Elle ne connaissait que trop bien cette situation et décida d'en toucher deux mots à son mari. Des fois que… Si jamais… Il y aurait bien de l'ouvrage chez le Sébastien, avec ses histoires de puits à creuser…

Le Lucien semblait fort et résistant. Mais qui était-il, lui, Adriano, pour oser telle requête ? Devant l'insistance de son épouse, il tenta sa chance auprès de Sébastien.

À première vue, l'idée d'embaucher un "pas d'aplomb", même pour quelques jours, ne lui convenait guère ; il bougonna d'un air agacé.

– Nom de Dieu ! Occupe-toi de ce qui te regarde, Adriano ! Je te paye pas pour penser à ma place.

– Excusez-moi bien, patron, bredouilla le commis fort embarrassé.

– Et à l'avenir, dis à Rita de ne pas se mêler de mes affaires, compris ?

– Ben… C'est que…

– C'est que… rien du tout. Je sais que l'idée vient pas de toi, va ! Ces bonnes femmes, toutes les mêmes ! Et toi, comme un con, tu suis. Bon, et puis après tout… Eux ou d'autres ! Je les embaucherai deux ou trois jours, le temps de me rendre compte.

Effectivement, Sébastien tint son engagement. Benoîte Chevassagne[6] et son fils commencèrent à travailler Aux Blandins. Lucien, bon ouvrier, exécutait sa tâche sans rechigner ; finalement, il n'était pas sot du tout et s'adaptait vite et bien. La saison des foins battait son plein, et partout la campagne

6. *Nom d'emprunt.*

s'égayait aux sons des rires et des chants des ouvriers. Il semblait que l'air tout entier fleurait bon la fenaison, se nappant d'une fine poussière qui planait autour des fermes. Les bruits familiers montaient ; c'était ici le crissement des roues cerclées de fer du char de foin sur les cailloux des chemins ; là, le sifflement de la pierre à aiguiser sur la lame de la faux ; ou encore les cris des hommes dirigeant les bœufs ou les chevaux écumant sous la chaleur accablante : Hue, hue ! Bijou ! Hue ! Quelques jurons ronflants accompagnaient certaines réticences de l'animal.

– Bon Dieu d' charogne, vas-tu avancer ? Et alors qu'un méchant gourdin s'écrasait sur sa croupe, dans un ultime effort, d'un coup de reins puissant, l'animal arrachait à grand' peine le char d'une traîtresse ornière.

Sébastien Grange avait bien prévenu tous ses ouvriers :

– Moi, mes bêtes, on ne les touche pas ! Si j'en vois un qui lève la main dessus, je le fous à la porte séance tenante.

D'une propriété à l'autre, on se saluait.

Les hommes s'arrêtaient quelques minutes, histoire de causer :

– *Où z'a t'y qu'vaille c'tannée ?* (Y a-t-il beaucoup cette année) ?

– *Oh ! où z'a prou! où z'a prou!* (Oh ! il y en a pas mal ; il y en a pas mal!)

Puis, ils épongeaient leurs fronts trempés de sueur avec le mouchoir à grands carreaux violets, remettaient leur casquette, envoyaient une chique noirâtre sur le côté, s'essuyaient d'un revers de manche la moustache, réajustaient leur ceinture et reprenaient le manche. Le dos courbé, ces forçats de la terre récoltaient le précieux foin qui nourrirait le cheptel tout l'hiver. Dans ce coin, aux confins du Brionnais, la campagne se voulait plus riche que sur les versants de la côte Roannaise, le fourrage plus dru aussi.

Sur la façade de la mairie de Saint-Jean, une publication des bans attira particulièrement la curiosité des gens. En bonne et due forme, ils pouvaient lire, et cela avec toute l'attention requise pour semblable nouvelle, que monsieur Sébastien Grange convolerait en justes noces avec mademoiselle Marcelle Bonbois en date du premier septembre. Une nouvelle à faire dresser les cheveux sur la tête d'un chauve. Personne ne comprenait rien. Pourtant cette affiche rédigée à l'encre noire, aux majuscules élégantes où pleins et déliés attestaient d'une calligraphie soignée, annonçait bel et bien les futures épousailles. Pas d'erreur possible ! Les conversations s'animaient, nous l'imaginons.

– C'est fou, grognait Angèle la bistrotière, comme les affaires des Grange vous intéressent ! Moi, je m'en moque complètement… Que le Sébastien se marie avec la Marcelle, qu'est-ce que ça peut vous faire, hein ? Ça en f'ra une qui s'ra sortie de la misère au moins. Et puis qu'ils se marient civilement ou pas… Occupez-vous donc de vos femmes, vous autres !

– Il a sûrement une idée derrière la tête, va ! C'est pas gratuit ! renchérissaient les hommes attablés. Elle doit être enceinte, sinon, pourquoi ? C'est pas pour la dot, ni pour le trousseau, parce que la pauvrette…

Leurs rires moqueurs, leurs médisances gouailleuses, leur humour grinçant enflaient le bistrot d'une ambiance malsaine et pernicieuse.

– Vouè séqué itien ! Parsoune n'en voulot d'la Marcelle, et pi astur, vous êti jaloux comme d'pioux ! (C'est quelque chose

ça ! Personne n'en voulait de la Marcelle, et puis maintenant vous êtes jaloux comme des poux !) grommelait Angèle, en apportant une chopine.

– Fais donc pas de "faux cols" lança l'un d'eux ! Elle est même pas pleine à ras bord, nom de Dieu.

– Sacrée vieille baderne, répliqua Angèle en haussant les épaules et en soupirant, *bè don, bè don et tè te !* (bois donc, bois donc et tais toi)!

Aucune information supplémentaire ne fusa de quelque part que ce soit, et le premier septembre, dans la plus stricte intimité, Marcelle Bonbois devint, devant monsieur le maire de Saint-Jean, madame Sébastien Grange. Selon le rite du 20 septembre 1792, officialisant le mariage civil et non religieux jusqu'alors le seul valable, il promit assistance à son épouse qui répondit en acceptant la soumission et l'obéissance à son mari.

Le socialiste Proudhon n'entérinait-il pas, dans sa réponse à Jeanne Deroin désireuse de se présenter aux élections législatives en 1849, cette soumission ancrée dans nos mœurs :

«L'humanité ne doit aux femmes aucune idée, morale, politique, philosophique. L'homme invente, perfectionne, travaille, produit et nourrit la femme. Celle-ci n'a même pas inventé son fuseau et sa quenouille.»

À cette époque où l'anticléricalisme montait crescendo, et que la religion essuyait une sérieuse persécution précédant la future loi sur la séparation de l'Église et de l'État en date du 9 décembre 1905, les mariages civils, dans les villes principalement, se multipliaient. Mais dans nos campagnes, lorsque les cloches n'égrenaient pas les sons joyeux du carillon, comme ce fut le cas en cette belle matinée de fin d'été, et que les portes de l'église restaient désespérément closes, l'indignation générale se lisait sur les visages outrés. Force était de constater que la discussion menée rondement satisfaisait apparemment les deux partis. Le vieux Joseph était tout fier, le pauvre, de voir sa fille au bras du Sébastien. Eh ben ! Qui aurait deviné, hein ? Cré Diou ! Il pensait bien fort à sa défunte épouse. Ah ! si elle voit ça, elle doit être contente tiens donc.

Pas de pot au bistrot de l'Angèle, pas de cortège, rien de tous ces signes extérieurs démonstratifs d'une joie débordante.

Le cheval mené par Adriano attendait patiemment que la brève cérémonie officielle fut terminée, puis ils disparurent sans plus attendre.

Oh ! Le père Bonbois aurait bien payé une tournée générale, et de bon cœur pour sûr, mais le Sébastien répondit simplement qu'à la maison, Lucie, la bonne, avait cuisiné un bon repas et que le vin, bien meilleur qu'au café, coulerait en abondance. Alors, il avait ramassé sa casquette posée sur le dossier de la chaise en paille de la mairie, saisi sa canne et emboîté le pas aux jeunes mariés.

La Marcelle baissait la tête, comme toujours, tenant une jolie ombrelle dans sa main gantée et affichait un léger sourire.

Avait-elle levé les yeux une seule fois sur son époux ? D'ailleurs, avait-elle eu son mot à dire dans cette histoire ?

N'était-ce pas plutôt un arrangement entre les deux hommes ? Qu'importait. La voilà "casée" ! Et bien fait pour les mauvaises langues… elle ne coifferait pas Sainte Catherine ! Là !

La semaine suivant les épousailles, Sébastien arpentait, baguette de coudrier en main, le pré du père Bonbois. Et elle tournait, et elle tournait avec une force incroyable ; toujours au même endroit ; en suivant "le filon" qui courait jusque dans sa propriété, mais ici, à cet endroit où, d'ailleurs, quelques joncs poussaient, une source, énorme, se trouvait à quelques mètres sous ses pieds. Une source, qui, à elle seule, suffirait à ravitailler tout son cheptel. D'après ses approximations, quatre, cinq mètres…

Le "don" du sourcier, ou plus exactement l'art de se servir de la baguette remonterait aux temps les plus reculés. Les légions romaines, dit-on, ne se séparaient jamais de leurs précieux rhabdomanciens. Des pendules retrouvés au cours de fouilles archéologiques en Egypte tendraient à prouver que bien avant notre ère le problème de l'eau se posait déjà.

Alors, que des légendes naissent autour de ces "pouvoirs" supra sensoriels, il n'y a qu'un pas. Que l'amalgame entre sourcier et sorcier, largement entretenu d'ailleurs par les protagonistes eux-mêmes, ait nourri des polémiques au cours des millénaires, rien de surprenant.

Certaines croyances fondées ou farfelues ne revendiquent-elles pas Moïse, faisant jaillir la source du rocher d' Horeb, comme étant leur grand maître. Rien de plus excitant en effet que d'entretenir une espèce de légende autour de ces pratiques hermétiques. Car, il faut bien l'avouer, certaines choses ne s'expliquent pas ! Ce qui valut au cours des siècles à nos bons chercheurs d'eau moult interdictions, fussent-elles luthériennes ou papales. Sous le joug inquisitorial, certains furent frappés d'excommunication. Plus sérieusement, l'académicien Chevreul, soutenu par des scientifiques de la fin du XIXe concluait : *«la baguette est la conséquence d'un acte de la pensée de cet homme.»*

Marie-Antoinette, passant outre les extrapolations du clergé, pria le célébrissime Barthélemy Bléton, fort estimé à la cour, de trouver des sources à Trianon et dans les jardins de grands seigneurs du royaume.

Sébastien Grange ne se souciait nullement des rituels, des théories cosmiques ou telluriques et ne prêtait pas la moindre attention aux lieux prétendument chargés d'ondes bénéfiques, appelés les "hauts lieux" ou a contrario "les bas-lieux", comme se complaisaient à argumenter la plupart des sourciers. Il n'y croyait pas un instant. Non, ce don, il le tenait de son père qui lui avait tout simplement transmis "les bonnes formules", les ayant lui-même apprises de ses ancêtres et ce depuis plusieurs générations. Il n'était qu'un enfant quand, pour la première fois, la baguette vibra dans ses menottes. Il se souvenait très bien avoir crié fièrement :

– Papa ! Papa ! Elle tourne ! Elle tourne ! Regarde…

– C'est bien ! Tu seras un bon sourcier mon fils.

Le principe paraissait enfantin. En se concentrant, les mains serrées sur le coudrier, quelques petits cailloux dans le creux de sa dextre, il se tenait immobile, et laissait choir un de ces cailloux qui correspondait environ à un mètre de profondeur. Mentalement, il posait la question :

– Est-elle à un mètre ? La baguette restait fixe. Un deuxième caillou tombait de sa paume alors qu'il reformulait sa demande :

– Est-elle à deux mètres ? Aucune réaction.

Pour la troisième fois, il réitéra son geste en échappant de nouveau le caillou, et alors… alors là ! Sébastien ressentit dans le creux de ses mains cette sensation de vie. Le coudrier s'activait doucement… Sébastien se concentrait… Quatre, cinq… Hop ! voilà que la pression devenait si forte que la baguette bougeait, se levait si violemment qu'il lui fallait tout lâcher… Oui, l'eau était sûrement sous ses pieds. Il suffisait de creuser un beau puits.

Le vieux Bonbois, les pognes noueuses croisées sur sa canne, regardait son gendre d'un air admiratif, ne posait aucune question, mais semblait apprécier ses décisions d'un mouvement de tête perpétuel. Il ne voyait que la moitié de son soûl, le pauvre vieux, mais comprenait bien que cet homme de parole oeuvrait pour le bien de tous.

Ne lui avait-il pas promis, durant “les accordailles”, de le laisser dans sa maison et de lui assurer ses vieux jours ?

Le fidèle Adriano n’attendait que le signal du patron pour donner le premier coup de pioche, juste au bon endroit… marqué d’un pieu.

Mais Sébastien tenait à s’assurer de la véracité de ses prédictions. Alors, il changeait de formule ; plus question de cailloux cette fois, simplement en maintenant le coudrier dans ses mains bien serrées, il formulait sa demande en tapant avec son pied droit. Chaque impact au sol correspondait également à un mètre, et arrivé au quatrième, de nouveau, ses poignets se tordirent sous la pression indomptable du bois. Nul doute cette fois. Il ne restait plus qu’à creuser. L’eau devrait jaillir abondamment entre quatre et cinq mètres.

La brume matinale flottait au-dessus de la Loire et suivait ses méandres le long de la plaine, alors que les fines gouttelettes de rosée couvraient les talus encore verts. Les feuilles commençaient à peine à s'ocrer et dans les vignes, de lourdes grappes bien mûres se gorgeaient des derniers rayons du soleil. La campagne semblait respirer après les chaleurs de l'été. Les bêtes, dans les prés, moins agacées par les mouches et les taons, se régalaient de la repousse d'automne. Chacun vaquait à ses occupations et le pays tout entier semblait calme et serein.

Aux aurores, le 21 septembre 1860, en la fête de Saint-Matthieu, les cris d'un nouveau-né retentirent dans la maisonnette…

Adriano sortit en courant :

– Patron ! Patron ! Rita vient de mettre au monde mon bébé ! Patron ! Patron ! C'est une belle petite fille ! Tout va bien, patron !

Sébastien, alerté par les éclats de voix de son commis, ouvrit la fenêtre de la cuisine.

– Patron ! Patron ! J'ai une fille ! Et Adriano, tremblant de tout son être, s'écroula à genoux, en larmes au milieu de la cour. La lune descendait vers l'ouest, enveloppant de son halo blafard Les Blandins endormis qui s'éveillaient sur cette nouvelle vie. Taillaut fut le premier, d'un généreux coup de langue, à le congratuler.

Sébastien se précipita auprès de lui et le prit dans ses bras.

Félicitations mon bon Adriano. Comment va Rita ?

– Bien ! Bien ! Tout va bien. La femme-sage est encore là.

– Sage-femme !

– Hein ?

– Sage-femme. Pas : femme-sage !

Ils éclatèrent de rire tous les deux ; rire mêlé aux larmes de joie du petit Italien… De l'émigré… De celui qui ne croyait plus possible qu'un tel bonheur existe et qu'il puisse lui arriver.

– Je suis si heureux patron, vous savez !

– Oui, je vois. C'est normal ! Et tu veux que je te dise… Eh ben moi aussi ! Allez, retourne vite près de Rita, va.

– Oh non, pas tout de suite ; la femme-sa… Euh non ! La sage-femme… Elle a pas tout à fait fini de s'occuper de Rita ! Vous savez ben, patron, c'est pas ma place. Quand je pense que grâce à vous, on a pu avoir notre bébé dans une bonne maison, je vous remercierai jamais assez. Qu'est-ce qu'on aurait fait sans vous ?

Marcelle arriva à son tour.

– Patronne ! C'est une fille !

Marcelle qui ne manquait jamais de tirer oracle de tels ou tels prémices, s'accorda à dire en jetant un coup d'œil en direction du ciel étoilé :

– Ah bien ! C'est la pleine lune. En voilà une qui devrait pousser comme un champignon !

Sébastien demanda avec délicatesse à son épouse de faire du café et d'avoir la gentillesse de se rendre auprès de la jeune maman afin de s'assurer qu'elle ne manque de rien. Marcelle, dont la timidité semblait s'atténuer quelque peu, acquiesça volontiers, insistant sur le fait qu'elle devait veiller toute la journée sur Rita. Les deux hommes se trouvèrent donc devant un bon casse-croûte et bavardèrent :

Comment l'appelles-tu cette fille ? Demanda Sébastien.

– Je crois que ma femme avait une idée derrière la tête. Parce que, vous savez, patron, sa défunte mère avait des yeux d'une rare beauté… ils étaient violets !

– Hein ? Que me dis-tu là ? Des yeux violets ? Ça n'existe pas, voyons !

– Si, si patron ! Enfin, ils étaient pas… Violets, violets… Mais ils avaient des reflets violets. Comme ils étaient beaux ses yeux ! Et tout au long de sa grossesse, Rita a espéré que son bébé aurait les yeux de sa mère ; elle était sûre que ce serait une fille, à cause de la lune… Et puis aussi qu'elle le portait tout autour… Enfin… Des histoires comme ça quoi. Alors elle me disait : Si c'est une fille, je veux l'appeler Violetta ; mais vous la connaissez, elle est tellement croyante, pas question de ne pas mettre Maria, pensez ! Je crois que ce sera Maria Violetta. C'est joli, hein ?

– Très. Moi, je l'appellerai Violetta… Tout court.

– Alors, faut que je vous demande patron… Comme on connaît personne et qu'il faut… qu'il faut… un parrain…

– Ah je te coupe Adriano ! C'est non ! Je ne crois pas à toutes ces sornettes, de baptême, de communion, de messe et tout le diable et son train. Tu trouveras à Saint-Jean une bonne âme qui se fera un plaisir. Tu sais de ces bonnes âmes qui vont à la messe et qui disent du mal de leurs voisins… C'est pas ce qui manque à Saint-Jean, va !

– Et madame Marcelle patron ? Elle pourrait pas ?

– Si elle veut, ça ne me pose aucun problème.

– Oh merci ! Merci !

Le bébé tétait vigoureusement le sein de sa mère, profitait à vue d'œil et se portait comme un charme. Le bonheur rayonnait dans cette maison.

Marcelle, prenant son rôle de marraine très au sérieux, couvrait Maria Violetta de baisers et de cadeaux. Sébastien se laissait attendrir également et passait de longs moments, penché sur le berceau. Rita priait en égrenant son chapelet, mettant sa fille sous la miséricordieuse bienveillance des protecteurs ombriens : Sainte-Claire, Saint-François d'Assise et surtout la bienheureuse Rita de Cascia. C'est dans cette ambiance chaude et sereine que Marcelle annonça en rougissant, presque honteuse, quelques semaines plus tard :

– Ce sera bientôt à mon tour d'être maman !

Eh bien ! Quel chambardement chez les Grange ! La vie poussait la vie. Les gazouillis de chérubins allaient bientôt retentir et égayer ce domaine d'aspect austère.

En novembre, le jour de la Sainte Catherine, où il est de tradition "qu'à la Sainte Catherine, tout bois prend racines", Sébastien offrit à Rita un cep de vigne, car, lui dit-il, je crois savoir que vous vouliez une treille grimpant sur la façade. Histoire de vous rappeler des souvenirs, n'est-ce pas ? Ainsi, elle grandira en même temps que Violetta.

Décidément, cet homme, malgré un abord plutôt froid, n'était que bonté.

Pioches et pelles en mains, Adriano et quelques "journaliers" se dirigèrent dans le pré du père Bonbois. Sébastien se tenait debout, les mains dans les poches, l'air confiant. Les hommes se mirent au travail séance tenante, alors que le vieux Joseph se campait sur sa canne en répétant *qu'ou s'pourrau ben qu'ou z'ait d'ieau par ichi* (qu'il se pourrait bien qu'il y ait de l'eau par ici.) Chacun y allait de toutes ses forces, piochant, creusant, arrachant avec vigueur les premières mottes qu'il envoyait dans le tombereau.

Bijou, le docile cheval de trait, impassible, attendait que le chargement soit suffisant, puis de son pas lourd et régulier, mené par un ouvrier, se dirigeait jusqu'à "la combe" où l'on "détrapperait" sur le versant son contenu. Les allées et venues se succédèrent sans que le brave Taillaut ne ratât une seule occasion de courir à cent mètres devant, se retournant de temps à autre, langue pendante, comme pour s'assurer de la bonne marche du convoi.

La journée se passa sans problème. Marcelle, dont le ventre s'arrondissait un peu, apportait "le boire" aux hommes. Elle jetait un coup d'œil sur le trou d'environ 3 mètres de diamètre qui commençait à avoir une certaine profondeur.

Au retour d'un déchargement, Bijou, les oreilles en arrière, menaçantes, montra une nervosité inhabituelle, ce qui n'échappa nullement à Sébastien. Le soir venu, Adriano s'acquitta de la tâche de pansage. Mais quelle ne fut pas sa surprise devant une réaction violente du cheval, ordinairement si placide ! Il cherchait tout simplement à "botter" de ses postérieurs au passage de l'étrille sur sa croupe, en bougeant avec nervosité.

– Allons, mon vieux, dit Adriano ! Quelle mouche t'a piqué aujourd'hui ?

Il le caressa, le mit en confiance, et reprit l'étrille. Mais dès qu'il brossait son dos, Bijou trépignait, piaffait.

Consciencieux, le commis l'inspecta de plus près, passa sa main sur l'encolure et descendit doucement au niveau de la croupe, en prenant garde de se tenir sur le côté. Il évita de justesse un magistral coup de pied envoyé avec force. Sans aucun doute, la pauvre bête était blessée. Sachant à quel point Sébastien se souciait de l'état de ses animaux, il tint à l'en informer.

– Patron ! Le tombereau a dû blesser le cheval. Il arrête pas de botter !

À son grand étonnement, il l'entendit répliquer, sans lever les yeux, de cette voix grave et déstabilisante qu'il connaissait maintenant :

– C'est pas le tombereau… Laisse-le tranquille, mets-le à l'abri pour cette nuit dans son écurie et donne-lui une bonne ration d'avoine et du foin. Veille bien à ce qu'il ait de l'eau, hein !

Le petit Italien ne chercha pas à comprendre. De toute façon, son patron savait toujours tout avant les autres, alors !

Le lendemain matin, les ouvriers se retrouvèrent autour de la grande table et mangèrent la soupe de choux dans laquelle un joli morceau de lard dégageait une bonne odeur. Certains ajoutaient une rasade de vin dans leur assiette…"faire chabrot" , comme ils disaient !

Sébastien coupait la tourte de pain en la tenant contre lui et distribuait une bonne tranche à chacun. Personne, hormis Adriano, ne remarqua son regard d'acier en direction d' un journalier, surnommé Rizel. Un fromage de vache clôtura le repas et lorsque Sébastien referma la lame de son couteau et se leva, tous lui emboîtèrent le pas sans hésiter.

Direction le pré, où le puits les attendait. Les mêmes gestes, les mêmes commentaires. Rizel reprit les rênes du Bijou pour aller vider le tombereau, puis revint plusieurs fois.

En fin de matinée, des hurlements tirèrent les hommes de leur tâche. Adriano bondit hors du trou et courut en direction de la combe.

– Au secours ! Au secours les gars ! Venez vite, hurla-t-il en direction des autres, restés pantois.

Sébastien, fou de rage, tabassait le Rizel à grands coups de bâton.

– Patron ! Patron ! Arrêtez ! Arrêtez ! Vous allez le tuer ! Patron ! Non ! Non…

– Le tuer ! Le tuer ! Mais ce serait bien trop doux pour cette ordure. Occupe-toi du cheval, toi, et ferme ta gueule, t'entends !

Pour la première fois depuis des mois, Adriano était témoin d'un accès de violence de la part de son employeur. Lui d'ordinaire si calme, si tempéré…

Les autres arrivèrent en courant.

– Mais qu'est-ce qui se passe ?

– Ce qui se passe… Cette saloperie battait mon cheval. Je vais lui faire voir moi, ce que ça fait de prendre des coups ! Et tiens, tiens…

Le bâton cinglant l'air s'abattait sans relâche à toute volée, sur la tête, les épaules et le dos… un coup n'attendait pas l'autre. Et vlan, à droite… et vlan, à gauche…

Le Rizel, tout recroquevillé essayait de protéger son visage avec ses bras, mais les coups redoublaient d'intensité.

Plus il criait –Arrêtez ! Arrêtez patron–, plus il cognait, cognait encore et encore. Dans sa rage folle, la trique se cassa.

Le Rizel en profita pour riposter et sauta à son tour sur Sébastien. Une empoignade s'ensuivit à coups de poings, de pieds. Des insultes fusaient des deux côtés. Le journalier traitait son employeur de voleur, de profiteur, de fils de salaud.

– Ah ! C'est moi le salaud, hurla Sébastien, en proie à une furie épouvantable. Je vais te faire voir le fils de… Ce qu'il va te faire… Je vais te tuer… Crevure… T'entends… Te tuer ! Moi mes bêtes, on les touche pas, espèce de bon à rien…Minable… Adriano ! Donne-moi ta pelle que j'en finisse avec lui ! Les mâchoires serrées, les yeux exorbités, et le teint blême, il tapait, tapait, s'acharnait…

– Non… non patron ! Jamais ! Je veux pas ! Vous allez le tuer… Vous irez en prison !

– Nom de Dieu Adriano, donne-moi cette pelle ou j'te fous à la porte toi aussi…

– Renvoyez-moi si vous voulez, mais je vous la donnerai pas… Patron… Pensez donc à madame Marcelle…

– J'en ai pas besoin de ta pelle, garde-là. On règlera ça après…

Redoublant d'énervement, il se jeta sur le Rizel à demi-sonné qui se tenait "acassé" (à croupetons,) les bras repliés sur le ventre, le souffle coupé. Il lui asséna un magistral coup de pied en pleine figure. Un jet de sang jaillit d'une arcade sourcilière et dégoulina sur la joue boueuse. La douleur le contraint à s'affaler de tout son long, face contre terre, inanimé.

Adriano, terrifié, tenait toujours le bon cheval qui hennissait, complètement affolé. Il le caressait et essayait de le calmer en sommant les autres d'intervenir.

– Allez-vous les séparer enfin ! Vous voyez bien que ça va mal finir cette histoire…

– Laisse donc. Ça lui fait les pieds… il est mauvais comme une charogne après les bêtes… Ça lui apprendra.

– Arrêtez-les ! Mais arrêtez-les ! Il va vraiment le massacrer !

N'y tenant plus, il lâcha le cheval qui partit aussitôt au triple galop ; le tombereau valdinguait d'un côté à l'autre.

Adriano s'interposa au milieu de la bagarre en ceinturant Sébastien. Pauvre malheureux bonhomme qui vola le cul par terre d'un revers de geste… Ce qui ne l'empêcha nullement de repartir à l'attaque, alors que Sébastien, à grands coups de pied, écrasait la face du Rizel contre le sol.

– Patron ! Patron ! Je vous dis d'arrêter… Il a son compte ! Vous allez vous retrouver en prison… Si vous continuez, vous allez vraiment le massacrer ! C'est pas ce que vous voulez… Arrêtez !

Sébastien se recula de quelques mètres et, en crachant avec dégoût sur cette loque inanimée, hurla :

– Je vous interdis de lui porter secours vous tous. C'est bien compris… Il a qu'à crever… Ça f'ra une belle pourriture de moins. Je veux pas qu'on batte mes bêtes, nom de Dieu ! Il a de la chance que je lui ai pas foutu un coup de fusil !

Le malheureux Rizel revint à lui tout doucement, le visage en sang, pitoyable, boueux, crotté et en fâcheuse posture.

Sébastien lui ordonna de quitter sa propriété sur le champ et le somma de ne jamais y remettre les pieds. Quant à son salaire… il pouvait aller se faire foutre !

Se tournant vers le pauvre Adriano, pas très rassuré d'ailleurs, il lui demanda de s'occuper du brave Bijou qui, bien que "sur l'œil[7]", se laissa attraper doucement.

– Bouchonne-le bien comme il faut, elle est tout trempe cette pauvre bête. Il écume, regarde-moi ça ! Ah Vain Dieu…

Ensuite, il le remit dans son pré. Le travail reprendrait l'après-midi.

Sans dire un mot, tous regagnèrent la ferme, un peu penauds. Il faut avouer qu'ils n'en menaient pas large.

Adriano tremblait dans son for intérieur, mais à son grand

7. *Un cheval sur l'œil signifie méfiant, prêt à réagir.*

étonnement, Sébastien ne fit jamais aucune allusion à cette incartade.

N'était-ce pas là le plus beau gage de fidélité de la part de son commis, préférant sans hésitation le renvoi plutôt que de laisser son patron commettre l'irréparable ?

A environ trois mètres de profondeur, les hommes ressentirent sous leurs pieds, comme une sensation d'enfoncement. La terre devenait plus meuble, et chaque coup de pioche arrachait une motte humide qu'un système de seaux en fer blanc accrochés à une corde extrayait du fond. Sur le bord, penché au-dessus du trou, Lucien Chevassagne, dont la force convenait à ce genre de besogne, les remontait.

Sébastien supervisait, prenait de temps à autre une poignée de terre, la pressait dans ses mains boueuses ; en effet, elle était plus humide qu'auparavant. D'un clin d'œil complice, il souriait à son commis qui avait repris son service auprès de Bijou. La brave bête un peu rétive au départ, remise en confiance, tractait les tombereaux gentiment. Oui, il ne s'était donc pas trompé ! Il y avait bel et bien de l'eau là-dessous !

La ronde se poursuivait, les seaux s'alourdissaient, la terre étant de plus en plus mouillée et les pierres arrachées à coup de pic de plus en plus grosses. Le Lucien ne rechignait pas à tirer la corde trempée et sale qui collait à ses larges pognes.

– Fais donc attention quand t'les renvoies bougre de sauvage ! T'finiras ben par nous assommer, bon Diou !

– Patron, cria un journalier, ça y est ! Y'a l' filon qu' arrive su l'côté. *Avisy ! Iti* ! (Regardez ! ici !)

Il grattait du bout de sa pelle, libérant une crevasse d'où sourdait un filet d'eau claire qui traçait son chemin dans la boue et emplissait les trous piétinés par les deux tâcherons .

Sébastien descendit par l'échelle en bois et constata l'arrivée de l'eau, mais parut déçu. Les mains sur les hanches, il secouait la tête en signe d'insatisfaction. Il offrit aux ouvriers une pause jugée bien méritée, sortit la chopine et le "quatre heures", alors que lui, baguette en mains, marchait autour du creux.

Taillaut lapait les bouts de peau de saucisson jetés à la volée et balayait le sol avec sa queue.

Le coudrier tournait, tournait avec force.

Les hommes, qui avaient essuyé grosso modo leurs mains sur les côtés du pantalon, cassaient la croûte. La bouteille posée dans le bourbier, grossièrement décrottée sous le coude, passait de bouche en bouche. Ils suivaient avec intérêt le savoir-faire de leur patron. L'un d'eux sortit de sa poche un paquet de feuilles, sa blague à tabac et roula une cigarette qu'il alluma avec son briquet à essence. Une grande flamme jaunâtre, odorante, crama le bout du papier. Quelques flammèches s'envolèrent, balayées d'un geste de la dextre. Une large inspiration aussitôt suivie d'un :

– Vain Dieu ! Ouè bon…

Un autre se curait le dessous des ongles à l'aide de la pointe de son couteau et étalait la crasse noire sur la couture de la culotte.

Finalement, Sébastien conclut que ce mince filet n'était pas la source principale. Il fallait creuser encore, peut-être un mètre, environ.

Le travail reprit. Au fur et à mesure de sa progression, d'autres arrivées d'eau apparurent ; il fallait vider sans interruption, car le niveau montait rapidement. Ah ! Ça trimait dur autour de ce chantier. Le Lucien bavait tout son soûl le pauvre bougre, mais ne se plaignait pas… C'est que… Les seaux en fin de journée, ça pesait lourd dans les épaules… dans le dos ! Et la corde… ça blesse les paumes ! Mais jamais aucune plainte. Au contraire, il s'échinait tant qu'il pouvait.

Lorsque tout à coup, un magistral : vain Dieu ! Venu du

fond ! Sébastien se pencha et vit les deux hommes empoigner l'échelle et remonter en vitesse. Une source énorme venait de jaillir des entrailles de la terre.

– Ce coup-là, patron, faut envoyer du renfort en bas… On n'y arrive plus ! Ça crache gros comme ça, dirent-ils en montrant leur avant-bras ! Que si on reste, on va ben s'noyer !

– Oui, n'exagérons rien, renchérit Sébastien qui affichait un air ravi.

Le vieux Joseph Bonbois n'en croyait pas ses yeux. Ah ben ! *Qui wé qu'aurin pinsa qu'j'avin autun d'ieau iti !*

(Qui aurait pensé qu'j'avais autant d'eau ici) !

Les jours suivants, Sébastien Grange décida de creuser, non plus un puits, mais une grande serve[8].

Il embaucha d'autres journaliers ; le trou s'agrandit, s'élargit, encore et encore plus grand, ordonnait-il. Des mois de labeur, quelquefois suspendus par les intempéries hivernales furent nécessaires. Le pré du vieux Bonbois, ravagé par les roues de char et du tombereau, ressemblait plus à un champ de bataille qu'à une belle pâture.

Pendant ce temps, Marcelle dut garder le lit, sa grossesse se passait mal. Le bon docteur Pérelle, homme quelque peu bourru mais d'une grande générosité pour ses patients, se montra très réservé quant à cette future naissance.

Prématuré, à six mois, l'enfant ne serait pas viable ; il fallait absolument que la future maman reste allongée sans bouger. De violentes contractions s'accéléraient de jour en jour.

Lucie la petite bonne, aidée de Rita, réconfortait et soignait la pauvre Marcelle complètement affolée. Son père lui rendait visite tous les matins :

– *Commin qu'où va ma chtite inneu* (Comment ça va ma chtite aujourd'hui) ?

---

8. *Serve : trou d'eau appelé aussi en Saône-et-Loire, un cros.*

– *Comitien* ! (comme ça !) répondait-elle, des larmes dans la voix.

Sébastien se voulait attentif mais ne disait mot. Son regard trahissait son angoisse.

Une nuit, le brave médecin fut tiré de son sommeil par des coups assénés violemment contre sa porte d'entrée. Encore endormi, il entrouvrit le volet de sa chambre ;

– Docteur, ça va mal ! Marcelle accouche !

La sage-femme m'a dit de venir vous chercher, ça se passe très mal ; faites vite !

– Nom de Dieu de nom de Dieu ! J'arrive tout de suite. Attendez-moi.

Il referma le volet qui grinça lugubrement et traversa la cour à toute vitesse. Il enfila sa veste en marchant bon train, un pan de sa chemise mal boutonnée pendouillait sur son pantalon.

– Ah nom de Dieu de nom de Dieu ! répétait-il l'air anxieux. Elle en est où exactement ?

– Je sais pas trop. La sage-femme, Rita et Lucie sont auprès d'elle. Moi, j'y ai pas mis mon nez, que voulez-vous ? J'attendais la suite des évènements en faisant les cent pas dans la cuisine. Tout ce que je peux vous dire, c'est que la pauvre a beaucoup souffert. Je l'écoutais crier, crier. Ah bon Dieu ! Ce gamin qui voulait pas venir…

Ils montèrent en voiture et Sébastien, d'une pression sur les rênes, fit allonger le trot à son cheval. La lune filtrait son œil torve à travers les nuages dans la nuit noire. Une chouette hululait et quelques chiens jappaient, se répondant de maison en maison. Les deux hommes, trop soucieux sans doute, n'échangèrent aucun commentaire le long du chemin.

Les roues crissèrent sur le gravillon de la cour, le praticien sauta du véhicule à peine immobilisé et grimpa les marches d'escalier quatre à quatre. Il ouvrit la porte de la chambre.

Une odeur bien caractéristique de sang chaud et de placenta planait.

– Oh nom de Dieu de nom de Dieu ! cria-t-il en balançant sa serviette à terre.

Il se précipita près de la jeune parturiente et secoua la tête, consterné. Les trois femmes restaient immobiles, l'air hagard. Lucie cachait son visage dans ses mains quant à Rita, discrètement, elle égrenait son chapelet enfoui dans la poche de son tablier.

– J'ai fait tout ce que j'ai pu, s'excusa timidement la sage-femme. J'ai eu beau comprimer le bas-ventre après la délivrance… Vous comprenez docteur… Ça continuait à saigner, à saigner !

– Nom de Dieu de nom de Dieu ! rabâchait le docteur Pérelle en soupirant.

Bien sûr qu'il comprenait, il ne connaissait que trop bien cette situation, ce brave toubib de campagne.

Combien de fois avait-il été tiré de son sommeil par un mari affolé qui demandait son aide ?

Combien de fois avait-il eu à lutter de toutes ses forces contre l'implacable fatalité ? Il se devait de sauver à tout prix, à n'importe quel prix, une vie qui foutait le camp ; au prix d'efforts incommensurables ; de jours de garde épuisants en terribles nuits sans sommeil, de dimanches passés à courir les chemins par tous les temps, à patauger dans la neige, le froid ou à crever de chaleur.

Mais que pouvait-il faire ? Avec pour seuls instruments fourrés à la hâte dans sa vieille serviette de cuir noir, un garrot, une lancette pour pratiquer les saignées, mais également “ouvrir” les abcès ou encore faire des scarifications avant de placer les ventouses ; un davier pour extraction dentaire… Des pinces hémostatiques de Péan ou de Kocher, inventées récemment, ainsi que le premier stéthoscope en bois, très rudimentaire. La trompette perfectionnée par un pavillon s'appliquait contre l'oreille du médecin et, à l'opposé, un évasement se plaquait contre la poitrine du malade ou le ventre gonflé de la future maman, afin d'écouter les battements du cœur fœtal. Et puis quelques fioles… Dans l'une d'elles, grouillaient les sangsues alors que l'autre contenait du phénol en cristaux ou en liquide obtenu par chauffage qui, appliqué sur les plaies, servait d'antiseptique et de cicatrisant. Enfin, du laudanum, dérivé de l'opium, puissant antalgique et somnifère.

Que faire avec si peu de moyens ? Le plus souvent, il était trop tard. Impossible de transporter la malheureuse jusqu'à l'hôpital. Le temps de trouver une voiture à cheval… Peu en possédait à l'époque ! Et les cahots des chemins… Non, impossible ; il était de toute manière trop tard.

On l'appelait toujours en dernier recours ; alors nom de Dieu ! Que pouvait-il faire de plus ? Oh oui ! Il ne connaissait que trop ces regards accusateurs, lorsque, baissant les bras et rabattant ses manches sur ses poignets, d'une voix tremblante, il devait annoncer la terrible nouvelle. Il devinait sans se retourner les mines défaites de la famille, l'angoisse terrible qui leur nouait la gorge et les sanglots refoulés… Oui, il était à chaque fois l'acteur et le témoin de ces scènes déchirantes, celles qui vous ôtent en quelques minutes une mère, une épouse, une sœur. Et lui, merde alors ! Il se retrouvait comme un con face à cette misère. Et la question… La question… Cette horrible question qu'on lui posait chaque fois et qui le hantait :

– Pourquoi vous avez pas pu la sauver ? hein ? pourquoi ? Qu'est-ce qui s'est passé ? Vous pouviez donc rien faire ?

Sous entendu, à quoi servez-vous ? Alors, il savait qu'il quitterait cette maison endeuillée, ses jambes fatiguées flageolantes, son cœur en berne, sans avoir osé prononcer le sempiternel : – désolé ! –

Marcelle qu'il connaissait depuis sa première rougeole

était étendue, inerte, les yeux à demi-clos. Pauvre ! La flamme dansante de la lampe à huile dessinait des ombres sur la pâleur de son visage et de ses lèvres décolorées. À peine un souffle de vie, imperceptible embuait la glace placée devant sa bouche par le docteur. Ses cheveux mouillés de sueur, s'étalaient sur la taie d'oreiller blanche, brodée par ses soins pour son trousseau, sans doute un après-midi, alors qu'elle papotait avec la Marinette, sa copine, en gardant leurs bêtes. Puis, tout à coup, ils la virent sourire… un sursaut d'espoir naquit alors. Quasi inaudibles, quelques mots murmurés à l'oreille du médecin.

– Je suis bien… J'écoute… J'écoute des cloches…

– Nom de Dieu, Marcelle, cria Pérelle : Reste… Reste avec nous…

Il savait que ce seraient ses derniers mots.

Elles disent souvent ça avant de partir. L'hémorragie qu'il n'avait pas réussi à stopper lui provoqua ses derniers spasmes. Elle sentait sa vie ficher le camp, lentement, sans souffrance dans une douce chaleur qui lui baignait jusqu'au creux de ses reins. Un flot bouillonnant s'écoulait et tombait maintenant goutte à goutte sur les lames du parquet de la chambre qui buvait sa vie. Floc ; floc… Alors elle se mit à grelotter. Son pouls irrégulier faiblissait, faiblissait puis s'arrêtait, repartait, s'arrêtait de nouveau, une fois, deux fois… Plus rien. Sa tête roula sur le côté, ses yeux se figèrent dans le néant. Une larme roula sur sa joue livide et s'écrasa sur l'oreiller.

– C'est fini ! dit le brave docteur en abandonnant la main inerte.

Le petit Charles Grange, orphelin de mère, se vit confier à la garde de la gentille Rita qui, sans sourciller, accepta de l'allaiter. Ainsi, Violetta et Charles devinrent-ils “frère et sœur de lait”.

Né prématurément, on le gardait bien emmailloté dans une boîte garnie de coton et de laine de mouton près de la cheminée allumée en permanence. Mais, très rapidement il fallut se rendre à l'évidence. Charles présentait des troubles du comportement. Un retard moteur visible vraisemblablement dû à une anomalie cérébrale.

Furieux, Sébastien agressa la sage-femme :

– Vous n'avez pas été foutue d'accoucher ma femme et en plus, le gosse est pas normal ! Qu'est-ce qui s'est passé ? Hein ? Quoi ? Moi quand mes vaches vêlent, je m'en occupe et je n'ai jamais de pépins…

Elle eut beau argumenter, expliquer qu'elle n'était responsable de rien, que ce n'était pas de sa faute… Que malheureusement ça arrivait… Le bébé était resté trop longtemps “ au passage”… Le cordon était noué autour de son cou… Il n'avait pas pleuré alors qu'elle le suspendait la tête en bas. Sébastien se montra intraitable. Il la somma sans détour de taire cette histoire.

– Mon fils ne sera jamais l'idiot du village. Personne… Vous entendez bien… Personne ne doit savoir.

Il avait insisté sur le mot –personne– en levant un index menaçant. Ce qui se passe chez moi, ça ne regarde pas les autres, c'est bien compris ? Vous êtes cinq à connaître la vérité. Rita et

Adriano, j'en réponds comme de moi-même ; Pérelle, c'est un vrai tombeau cet homme, Lucie aurait bien trop peur de perdre sa place, donc si jamais, j'entends des "qu'en dira-t-on" à ce sujet, je vous tiendrai pour responsable, et croyez-moi, vous aurez de mes nouvelles !

Alors que son regard haineux fusillait la sage-femme, il flanqua un énorme coup de poing sur le bord d'une commode en hurlant un magistral : bordel de Dieu…

Un cadre tomba à ses pieds, le verre se brisa. Instinctivement il jeta un coup d'œil sur la photo parsemée de débris ; une mère affichant un beau sourire tenait dans ses bras un nourrisson. Alors il la piétina méchamment et jeta au visage de la malheureuse praticienne déconfite, avec un effroyable dégoût : Charogne ! Incapable ! Bonne à rien !

La porte violemment claquée se referma sur ces terribles invectives et ce non moins tragique secret.

À cette époque, un handicapé était perçu comme la pire des tares dans une famille. Elle devait affronter, outre les regards curieux pour ne pas dire… moqueurs de la plupart des voisins, le fait qu'elle aurait sur les bras une bouche à nourrir inutile. Un enfant devait nécessairement "gagner sa croûte" dès son plus jeune âge. Qu'adviendrait-il de ces pauvres bougres après la mort de leurs parents ?

Alors, évidemment l'honneur des Grange venait d'en prendre un bon coup ! Ce qui pouvait se produire chez les gueux, bien que très mal accepté, l'était d'autant plus dans les maisons honorables. Ben voyons !

Dorénavant, Charles devrait vivre coupé du monde. Sébastien installa une pièce à l'étage spécialement pour son fils, où seule Rita avec son bout de chou, Maria Violetta qui commençait à marcher à quatre pattes en gazouillant comme un vrai pinson, pourraient entrer.

Oh ! Une belle chambre au mobilier fleurant bon la cire

d'abeille et l'essence de térébenthine. Le joli berceau en bois de cerisier aux colonnes tournées, d'où partait un support en forme de canne et se terminait par une tête de canard sculptée supportait un léger voilage blanc retombant de chaque côté. Le même tissu servait au capitonnage de ce nid douillet, qui, depuis des générations accueillait la fière lignée. Les nourrices successives, renouvelant les mêmes gestes, ôtaient la goupille placée en tête du berceau et libéraient ainsi le doux mouvement qui endormait le nourrisson. Abandonné dans les bras de Morphée, les poings serrés, la bouche en cœur, il suffisait de replacer la dite goupille afin de bloquer la bercelonnette.

Sébastien le remisa au grenier, lui en préférant un autre acheté discrètement dans un magasin roannais.

– Un bien bel événement que voilà, monsieur ! déclara le marchand dans un large sourire. C'est pour bientôt ? C'est votre premier ?

Quelque peu surpris par le silence glacial de son client avare de commentaire, il se contenta d'encaisser, lui ouvrit poliment la porte qui tinta au son de la clochette suspendue et le salua : Au plaisir monsieur et… longue vie à ce futur héritier ! Voulez-vous de l'aide pour charger ?

Mais déjà, Adriano se précipitait, et rapidement les fers du cheval retentirent sur les pavés de la rue.

– À vous re…voir cher monsieur… ajouta en sourdine le marchand surpris d'une telle froideur.

Une grande cheminée en pierres trônait sur le mur du fond avec une avancée en marbre gris fendue par la chaleur du feu. Le parquet, impeccablement entretenu à la paille de fer et à l'encaustique, brillait à la lueur des flammes.

Rita, en bonne nourrice, entourait ce bébé de tout son amour. Réitérant les mêmes gestes maternels prodigués à sa fille, elle le berçait en lui chantonnant :

– À dada sur mon bidet… Quand il trotte, il fait des pets… Prout, prout, prout…

Violetta ânonnait en riant : out, out… Alors qu'aucune lueur d'éveil ne transparaissait dans le regard vide du garçonnet. Force était de constater que son père ne lui témoignait pas vraiment de tendresse, restant quelquefois deux ou trois jours sans l'embrasser alors qu'il couvrait "sa poupée", comme il aimait surnommer Violetta, de douceur.

Hélas, les semaines passant, le handicap devenait flagrant. Le docteur Pérelle ne se prononçait pas vraiment sur l'avenir de cet enfant, répétant à chaque consultation quasiment les mêmes constatations, à savoir une anormalité physique certaine et probablement une anomalie cérébrale dont il était bien incapable, en l'état, de prévoir les aboutissants. Charles ne pouvait tenir assis et ses membres ne se développaient pas correctement. Hormis ses pleurs, il n'acquerrait aucunes prémices du langage.

Les mois passèrent ainsi.

Violetta, pour le plus grand bonheur de ses parents grandissait sans problème et afficha dès son plus jeune âge un esprit vif soutenu par un regard d'une rare beauté. Eh oui ! Comme l'avait tant souhaité Rita, sa fille avait hérité des magnifiques yeux aux reflets violets de sa grand-mère, que la noirceur de ses cheveux déjà épais accentuait encore. Jamais autre prénom n'aurait pu lui convenir davantage !

Dès ses premiers mots, au ravissement du patron, elle balbutiait : ma… maman ; pa… pa… papa… Ba… Batien. Largement encouragée par Adriano et son épouse qui se plaisait à lui répéter en articulant :

– Sé…baas…tien…

– Ba…tien !

– Essaie ma poupée : Sé…baasss…tien !

– Ba… tien !

Dans un éclat de rire généreux, ces séances de balbutiements se terminaient par une profusion de gros baisers que la coquine quémandait en tendant son adorable frimousse.

La vie aux Blandins reprit son cours, et des journaliers achevaient dans le pré du vieux Bonbois ce qui aurait dû être préalablement un puits, puis devint par la suite un cros aux dimensions impressionnantes. Travail colossal d'un diamètre d'à peu près une vingtaine de mètres. De la source principale au centre, on creusa une forme de cuvette d'environ deux mètres de profondeur et qui se terminait par un plan incliné prévu pour l'accès du bétail. Une énorme réserve d'eau, rarement égalée, même dans les plus grands domaines.

Comme toujours, à cette époque, on prévoyait les conséquences de telles réalisations et le bon sens paysan prévalait contre le "vite fait". Un cros se devait d'être nettoyé de temps à autre, ce qui signifiait le vider et le curer à la saison des pluies, avant l'hiver. Pour ce faire, il devait posséder une bonde étanche dans le fond qui pouvait être retirée à la demande. Cette bonde fabriquée en bois de chêne bouchait un caniveau empierré par lequel l'eau pourrait s'écouler. Tout était minutieusement calculé, et nous retrouvons encore de nos jours, ces creux d'eau à l'étanchéité parfaite.

Le pauvre vieux Joseph semblait encore un peu plus cassé en avant. La mort de sa Marcelle achevait la destruction de ce corps tordu qui, malgré tout, s'accrochait à la vie. Pourquoi ? Le savait-il seulement ? Pour son petit Charles sans doute… Parce que lui… Il ignorait ! Son gendre cachait la terrible vérité. Ne dites rien au vieux Joseph avait-il ordonné. Il a assez de chagrin comme ça. On verra par la suite. Laissons faire les choses !

Judicieuse décision, car les mois suivants lui furent fatals.

Trop c'était trop ! Le bon vieux s'en allait "de langagne", comme ils disaient par ici ; autrement formulé, il s'éteignait doucement, un peu à la façon d'une bougie dont la flamme s'amenuise malgré quelques sursauts jusqu'à se perdre dans la nuit du temps.

Le brave père rejoignit pour l'éternité sa bonne Léa et sa Marcelle. Il quitta sa ferme des Blandins où, chichement, il avait arraché leur survie, au prix de sacrifices acharnés qui petit à petit, l'avaient fracassé.

Aujourd'hui son gendre en était propriétaire et, de cette terre ingrate, allait surgir, non seulement l'eau nécessaire au bétail, mais par un ingénieux système d'irrigation, une véritable manne pour une bonne partie de sa propriété située légèrement en contre-bas.

Quant à la vieille bicoque, la toiture rénovée, elle servirait aux ouvriers. Désormais, chez Sébastien Grange, plus aucun commis ne coucherait dans la fenière. Oh certes ! Ce n'était pas Byzance !

Mais nous pouvons imaginer la qualité de vie pour les pauvres hères habitués aux écuries. Ils pourraient donc réchauffer leurs corps et leurs cœurs près du vieux poêle à bois. Un fil de fer maintenait le cornet tordu et cabossé à un clou fiché dans le chevron noirci par des années de fumée.

Craignant quelques méchantes fuites, Sébastien décida de glaiser une partie du cros. Dans cette contrée, l'argile ne manquait guère ; il ne faut donc pas s'étonner qu'à cette époque-ci, des tuileries hérissaient le paysage de leurs longues cheminées rondes un peu partout : Le Coteau, Ambierle (à Taillefer), Coutouvre, Bussières, Champoly, Charlieu, Cordelle, Dancé, Juré, Neulise, Noailly, Ouches, La Pacaudière, Montagny, Perreux, Parigny, Pouilly-sous-Charlieu, Pommiers en Forez, Pouilly les Nonains, Pradines, Renaison, (aux petits Bérands), Régny, Riorges (la tuilerie des poupées), le Mayollet, entre Fleury la montagne et Mailly où une argile bleue, car riche en fer convenait particulièrement à l'élaboration des couvertures vernissées, et bien d'autres encore. Ces villages fabriquaient les tuiles garanties contre le gel, fussent-elles cannelées, losangées, flamandes, chalets, plates carrées, universelles ou indestructibles, mais aussi à vitres, à douilles, coudées, des chatières et toutes sortes de faîtières abouts, poinçons et le raffinement des fleurons, des frontons et autres têtes de cheminées pour décorer joliment les belles toitures des demeures plus aisées. Les briques creuses ou tressées, également des carreaux et bordures de jardins se fabriquaient manuellement dans ces usines. L'activité intense fournissait un salaire régulier pour des hommes, alliant cette occupation en supplément à celui de leur fermette. La ronde quasi incessante des tombereaux tirés par les chevaux créait une ambiance particulière. Les paysans venaient acheter le nécessaire pour la réfection de leur ferme. Ils allaient, venaient… se saluaient…

Aux XVIIe et XVIIIe siècles, à Mably, par exemple, on notait déjà la présence des tuiliers Forchambu et, aux abords de la route royale, Pourchambuz et Beauregard.

Ensuite, plusieurs générations de fours furent reconstruits sur les mêmes lieux et se concentrèrent finalement au lieu-dit "Les Tuileries" avec l'ascension fulgurante de François Cancalon, maçon de métier, qui supplanta une partie de ses concurrents.

L'art de cuire l'argile paraît s'inscrire dans une longue tradition que justifie l'abondance de terre argileuse dans la plaine tertiaire de Roanne, mais également grâce à la proximité des ruisseaux et des bois susceptibles de fournir le combustible.

Une activité intense régnait alentour ; les "corroyeurs" étaient maîtres dans l'art de pétrir la terre (extraite à l'automne et laissée aux intempéries de l'hiver), tant avec leurs pieds qu'à la bêche. Mais "les manèges", cylindres de pierre ou grosses roues, tractés par les chevaux remplacèrent peu à peu leur savoir-faire ancestral.

Les "mouleurs" remplissaient les moules de la précieuse argile, puis les démoulaient rapidement en vue du séchage, les paraient en ôtant l'excédent et affinaient la forme définitive sur un "mandrin". Un bon ouvrier pouvait fabriquer environ 1 500 briques par jour.

Le séchage s'effectuait sous de grands hangars largement ouverts, à deux ou quatre pans reposant sur des piliers, en pierre ou en "brûlats", c'est-à-dire des briques trop cuites. Certains séchoirs, tel celui de la forêt de Lespinasse, évoquent "les grands couverts" typiques de la région roannaise.

La cuisson, selon la méthode flamande, très usitée en Belgique et dans le Nord, nommée aussi "à la volée", consistait à cuire les produits en plein air et ne demandait aucune installation particulière. Les briques ainsi disposées en tas ou "meules" pouvaient être cuites près des lieux de travaux, comme ce fut le cas dans l'aménagement de la ligne de chemin de fer entre Roanne et Saint-Etienne, dans les communes de Saint-Cyr-de-Favières, Saint-Jodard entre autres. Ce procédé servit également à la construction des tunnels. À cette époque, les mines de Bully, Lay et Saint-Etienne battaient leur plein et ces échanges commerciaux favorisaient un essor non négligeable pour la contrée.

À la main-d'œuvre locale, s'ajoutait une manne ouvrière venue principalement du Limousin, de la Creuse et de l'ouest de la France.

Dans les carrières à ciel ouvert, bon nombre de paysans moyennant finance, emplirent tombereaux et charrettes d'argile en vue d'étancher les "serves ou cros" de la contrée.

Sébastien et quelques ouvriers firent donc des allées et venues, pendant que d'autres, pataugeant dans une eau boueuse qu'ils n'abondaient pas à vider, tant les "sources donnaient", glaisaient les parois du trou.

Des pierres disposées en quinconce de manière à assurer au mieux l'efficacité des joints furent plaquées dans ce mortier naturel.

Les repas, servis par Lucie, se prenaient toujours dans la cuisine des Grange. Si les discussions allaient bon train autour de la grande table rectangulaire, Sébastien se montrait peu loquace. Tout juste quelques mots concernant le travail. Balayant de son regard métallique les convives, il semblait deviner leurs pensées les plus intimes sans mot dire.

Chacun, dans son for intérieur se posait les mêmes questions ; le gamin de la Marcelle ? Où se trouvait-il donc ? Était-il mort-né, comme le prétendaient certains ? L'avait-on enterré avec sa mère ? Pourquoi n'apercevaient-ils la domestique, Rita, qu'entre deux portes ? Savait-elle quelque chose tenue secrète ? Et quoi donc ?

Ils essayaient bien de piéger Adriano, mais à malin, malin

et demi… Le petit Italien trouvait toujours moyen de se défiler. Et puis, ajoutait-il, le patron me paye pas pour raconter ce qui se passe chez lui. Si vous voulez plus de détails, vous n'avez qu'à lui demander !

Tout le monde comprenait bien qu'un mystère rôdait autour de cette naissance. Au bistrot de l'Angèle, les suppositions nourries par les "y paraît que" donnaient libre cours à la harangue des esprits fielleux. Cependant, personne n'osait proférer ouvertement une quelconque accusation pouvant se retourner contre lui, même si l'envie les tenaillait.

Un certain dénommé Léon, un chemineau en quête d'emploi arriva un beau matin à Saint-Jean. Un paysan des environs l'embaucha pour quelque temps. Cet homme, que la dive bouteille rendait volubile plus que de raison, fréquentait très régulièrement le bistrot de l'Angèle.

À peine en franchissait-il le seuil que déjà il déblatérait sur tout et n'importe quoi. Deux jours après son arrivée, le Léon "bavait" sur ses nouveaux employeurs, racontait sa vie, le vrai et bien sûr le faux, à tout va.

Il connaissait tout, avait vadrouillé à travers la France entière, passant de l'état de commis à celui de tuilier, mineur de fond dans les corons du Nord, viticulteur en Beaujolais, et grande gueule tout simplement !

Mais les clients aimaient l'entendre pérorer. Pensez donc, ça faisait de l'animation ! En voilà un *qu'avau séqué d' nouvè à nous apprindre* ! (en voilà un qui a quelque chose de nouveau à nous apprendre) !

Alors si une bouteille ne suffisait pas…

– Angèle, vain Diou ! Ramène une chopine… Et sans faux-col hein !

Ce soir-là, sans vraiment savoir pourquoi, ils discutaient fort sur la terrible crue de la Loire de 1846. Bien que largement contenue par les digues de Pinay et de la Roche, elle laissait encore dans les mémoires une vision de frayeur. Et voilà que dix ans plus tard, en 1856, le fleuve en furie après s'être largement répandu dans la plaine du Forez, y avoir déposé des alluvions fertiles, inonda encore Roanne et les villages en aval.

– Tout ça, si les malins qui nous gouvernent avaient pas fait sauter les rochers des gorges, ça arriverait pas ! Mais qu'est-ce qu'ils ont à foutre de nous hein ? Je vous le demande ? gueulaient les hommes attablés.

– Fallait ben les faire sauter ces putains de rochers… Ça empêchait le passage des bateaux, alors !

– Ouais ! Pauv' con ! Te vois pas plus loin qu' le bout de ton gros nez, tiens ! Les rochers que la nature avait placés au milieu du lit de la Loire, ils coupaient l'eau… La belle avance ! Y z'ont tout fait sauter, conclusion quand ça dévale fort, eh ben, tout y prend ! Alors y a des savants qu'on construit des digues. Ah et puis tiens, j'm'en vas. Ça m'emmerde toutes ces conneries.

– *Vins don bère* (viens donc boire) un canon bon Dieu ! Ça t'f'ra d'bien !

– Non, j'm'en vas. J'en ai marre d'causer avec des cons que comprennent rien du tout. Le monde est plus c'qu'il était. Non, pas beau à voir tout ça…

C'est alors que le Léon entra comme à l'accoutumée, mais les bras levés au ciel en déclamant avant même de s'asseoir :

– Oh vain Dieu ! Ah ben ! Si j'm'attendais à ça ! Le monde est petit !

Ses acolytes de comptoir se demandaient qui ferait les frais de son fiel. Mais il retint particulièrement leur attention lorsque il nomma le Lucien Chevassagne et sa mère. Jusqu'à présent, personne ne s'en plaignait. Ils ne “faisaient pas causer d'eux” pour deux sous. Ah ça, non ! Travailleurs et honnêtes comme tout ! Alors quoi donc ?

Une sale histoire que la leur ! Et le voilà en verve d'explications. Du coup, plus question de la crue, bouche-bée, ils se turent et écoutèrent :

La Benoîte Chevassagne était boniche dans une maison bourgeoise. Madeleine Benoîte, mais du fait qu'une des employées se prénommait aussi Madeleine, sans lui demander son avis, la maîtresse des lieux imposa "Benoîte".

Son patron, un riche industriel sans scrupules, la convoitait car elle était assez jolie. Il trouvait maintes raisons de la convoquer en l'absence de sa femme et la flattait hardiment.

Au début, la jeune fille repoussa ses avances qu'elle trouvait déplacées. Au fur et à mesure, le maître se montra plus pressant. Lorsqu'il passait auprès d'elle, il n'était pas rare qu'une main baladeuse l'effleura. Un jour il l'appela dans son bureau. Assis confortablement dans un fauteuil, il attendait en faisant tourner la chaîne de sa montre en argent entre ses doigts ; c'est alors qu'il sortit de la poche de son veston quelques billets. Il se leva, s'approcha d'elle et les lui passa sur le visage, en lui promettant cet argent et bien plus. Cela ne dépendait que de son bon vouloir, mais Benoîte résistait. Sa mère ne l'avait pas éduquée ainsi… et si pauvre soit-elle, elle se respectait et ne livrerait pas son corps pour quelques sous.

Lorsque la patronne arriva au terme de sa grossesse, le mari visiblement insatisfait redoubla l'odieux harcèlement allant jusqu'à l'acculer dans un coin de la cuisine où elle s'activait à la préparation du repas.

Instinctivement, elle se débattit avec force en criant. Il se plaqua contre elle, écrasant sa bouche sur la sienne et tenta de relever sa longue jupe noire. Dans un ultime effort, elle se dégagea et lui envoya en pleine figure une gifle magistrale. Fou de rage, le patron éconduit la saisit par le bras et la somma de s'excuser.

– J'ai tous les droits sur toi, petite effrontée, sais-tu que j'ai le pouvoir de te renvoyer séance tenante ? J'ai des relations haut-placées et connais beaucoup de monde par ici, tu ne retrouveras jamais d'emploi, tu entends ? Je dirai à tous que je t'ai répudiée parce que tu me faisais des avances, que tu profitais de l'état de ma femme pour te glisser dans mon lit. Tu es finie, tu entends… Finie ! Tu mendieras ton pain comme les clochardes. D'ailleurs c'est comme ça que tu finiras… Clocharde. C'est tout ce que tu mérites !

La Benoîte en pleurs le supplia de ne pas la congédier, elle avait trop besoin de son salaire pour aider sa vieille mère malade et sans ressource… désormais elle se plierait à ses volontés.

Se muant en esclave, la pauvre fille accepta sans rechigner les désirs du maître dont les appétits sexuels l'humiliaient à toute heure du jour ou de la nuit, en des lieux parfois sordides. Ses ébats terminés, il la quittait sans un mot, un rictus au bord des lèvres avec cet air de suffisance et de domination qu'elle lui connaissait maintenant et qui lui donnait la nausée.

Pas un geste d'amour, ni même de tendresse. Juste un acte bestial qui assouvissait ses plus vils instincts, et en appellerait un autre, puis un autre et encore et toujours… Jusqu'au jour où, pour son plus grand malheur… Ce qui devait fatalement arriver, arriva… Elle était enceinte.

Dans son ventre elle portait la vie. Une vie dont elle ne voulait pas ! Ni ses pleurs, ni ses cris, ni son désespoir ne pourrait l'en délivrer. Pouvait-elle espérer quelques égards de la part de son employeur ? Se conduirait-il en homme digne de ce nom ?

Lorsqu'elle se retrouva sur le trottoir, son baluchon sur l'épaule, elle pleura. Ces mots terribles tambourinaient dans sa tête…

– La porte ! Renvoyée ! Dehors !

Son avenir lui apparaissait définitivement noir. Elle ne connaissait que trop bien le sort réservé aux filles-mères. Montrées du doigt, rejetées, bafouées.

Ici ou là, des conseils furtifs glissés à demi-mot au creux de l'oreille :

– Te devrais ben essayer des décoctions de camomille, et pis si ça t'fait rien, essaie donc l'absinthe ou l'safran ! Paraît qu'y en a qu'on fait sauter aussi avec de l'ergot d'seigle… Autrement y aurait ben… Mais comment faire ? Faudrait connaître du monde bien placé… L'arsenic ou le mercure ; alors là, c'est garanti à coup sûr, ça décroche ! Sans ça…

La seule solution, "la faiseuse d'ange"…

Ces femmes que l'on croisait dans la rue sans les saluer ni même lever les yeux sur elles, mais à qui on ouvrait la porte d'une chambrette sous les toits en prenant garde aux regards indiscrets, que l'on accueillait avec au fond de la voix, un ton de soulagement :

– Ah ! Vous êtes venue… Merci beaucoup. Mais le cœur angoissé… Pourvu que ça se passe bien…

Ces femmes qui, une fois leur mission accomplie, repartaient comme elles étaient venues, le plus secrètement possible, après avoir nettoyé grosso-modo l'aiguille à tricoter ensanglantée.

Ces femmes qui, fourrant rapidement au fond de leur poche les sous préparés sur un coin de la table, en jetant un dernier coup d'œil à la malheureuse alitée dans une flaque de sang disait immanquablement :

– Ça y est, vous voilà débarrassée ! Y a plus qu'à remettre ça ! Vous savez où me trouver en cas d' besoin. Toujours prête à rendre service ! Et n'oubliez pas, hein ! Vous ne m'avez jamais vue… Vous ne me connaissez pas… Quoi qu'il arrive, vous l'avez fait toute seule.

La porte se refermait abandonnant la pauvre fille martyrisée qui venait de tuer au fond de son ventre l'enfant d'un amour interdit.

Ces mêmes femmes, ni ange ni démon, ni fée ni sorcière,

qu'on retrouvait dans des geôles infectes lorsque la loi les rattrapait et les condamnait à de lourdes peines. Prison, travaux forcés et même la guillotine[9].

Riches ou gueux, bien pensants ou athées, manants ou bourgeois, célibataires ou mariés recouraient à son "savoir-faire" transmis le plus souvent de mère en fille. Son tarif variait selon la classe sociale de cette dévergondée qui s'était fait "engrosser" et qui portait en elle le fruit du péché de la chair.

Elle mettait ainsi un terme au déshonneur de toute une famille respectable ou tout simplement libérait une pauvre malheureuse dans l'impossibilité d'élever seule son enfant.

Les médecins dans les hôpitaux ne pouvaient que constater l'ampleur des dégâts, souvent irrémédiables.

– Si l'utérus est perforé à droite, c'est que l'avorteuse était gauchère, et vice-versa.

Benoîte ne connaissait personne et surtout n'avait pas le sou. Seule, désespérée, elle marcha droit devant elle sans savoir où aller. Elle devait "faire sauter" ce gamin à tout prix. Des rires et des cris la sortirent de sa torpeur. Elle se trouvait devant un café d'où fusaient des voix criardes. Un homme ivre l'invita à boire un verre.

Alors, elle but, elle but jusqu'à tomber. Pour oublier ou se donner du courage ou espérer une fausse-couche ou peut-être pour rien, comme ça. Les clients riaient, la caressaient, remontaient sa jupe…

Ce qui se passa ensuite, elle ne s'en souvint pas ! Ou plutôt, elle ne voulut pas s'en souvenir. Qu'importe. Elle se retrouvait dans cette terrible situation et n'entrevoyait aucune issue.

Les jours passaient. Elle errait l'âme en peine. Alors Benoîte tenta le tout pour le tout et se lança en roulant du haut

9. *C'est à Valence en 1943 que fut guillotinée la dernière faiseuse d'ange.*

des marches en pierre de l'escalier qui conduisait à l'église. Les passants hurlaient et se précipitèrent pour lui porter secours. À demi-inconsciente, elle fut transportée à l'hôpital. Une religieuse, toute de noire vêtue, la tête recouverte d'une immense cornette lui souriait. Instinctivement, Benoîte porta sa main sous la chemise de nuit blanche, entre ses jambes et tristement, comprit que ce satané gamin était décidément bien accroché.

– Vous alliez commettre un crime ma fille, dit la bonne sœur. Allons, allons ! Vous ne devez pas faire une chose pareille !

Benoîte se tourna dans son lit et pleura amèrement.

Les mois qui suivirent ne furent que larmes, désolation et résignation.

Comme tant de parturientes jadis, elle accoucha dans une masure, avec pour seule aide, une vieille femme qui eut pitié d'elle. Elle mit au monde son bébé, un beau garçon de 8 livres qu'elle emmaillota avec quelques langes usagés récupérés sur les marchés et foires alentour.

À cette époque, le pauvre peuple disait coutumièrement que :

– Nul ne se réjouissait d'une naissance ni ne pleurait sur un cercueil…

… Et Benoîte ne voyait aucune raison de se réjouir. Elle était fille-mère et sans travail. Alors, fatalement, l'idée d'abandonner cet enfant traversa son esprit tourmenté. En aurait-elle le courage ? Parce que, finalement, ce nourrisson, il était tout ce qu'elle possédait. Contrainte, elle osa…

… Un soir, entre chien et loup, elle serra son fils dans ses bras, l'embrassa tendrement, caressa sa tête, le pressa fort contre sa poitrine, le couvrit de son fichu et partit en direction du couvent. Elle pressait le pas, comme pour se libérer plus rapidement de ce… fardeau ? Non ! Ce n'était pas un fardeau ! Elle sentait sa vie sur son sein. Benoîte longea les murs, la tête baissée comme pour le protéger, ce bébé d'à peine une semaine... mais non, elle ne pourrait pas l'élever seule, non, il fallait courir vite, plus vite jusqu'au bout de la rue, tourner au coin, gravir les quelques marches, et là... Là... Elle trouverait le "tour" du couvent. Mais, voilà, elle y était déjà ! Tiens ! Elle l'imaginait plus loin. Son cœur bondissait, pire, lui assénait des coups de boutoir qui martelaient jusqu'à ses entrailles ! Elle stoppa net au bas des escaliers, ferma les yeux, chercha longuement une respiration qui se nouait au fond de sa gorge asséchée. Alors, elle gravit une marche, puis une autre... Encore deux et... Non ! plus que... Deux... Elle se trouva face au "tour".

Cette espèce d'armoire cylindrique tournant sur pivot, avec en son centre un matelas sur lequel la mère, un parent ou le meneur d'enfant (rétribué pour son "service" et surtout sa discrétion) déposait le nouveau-né. En France, Saint-Vincent-de-Paul, alias monsieur Vincent, l'ami des pauvres qui, dit-on, réchauffait les enfants trouvés sous son manteau, fit construire en 1638 le premier tour d'abandon, seul moyen de contrer le fléau de l'avortement tout en respectant l'anonymat de la malheureuse. Après avoir placé le nourrisson sur la paillasse, il suffisait de faire tourner ledit cylindre et une religieuse *la sœur tourière* ou une soignante, récupérait l'enfant et le plaçait en orphelinat. Par décret impérial en 1811, alors que la France en comptait 251, ils seront officiellement légalisés et ne disparaîtront qu'en 1862 date de la fermeture définitive du dernier.

Des dizaines de milliers d'enfants, illégitimes principalement, virent ainsi leurs destins basculer entre la rue et l'enceinte d'un hôpital ou d'un monastère, passant d'un cœur meurtri, déchiré à des mains ouvertes sur la misère du monde.

... Et Benoîte s'apprêtait à mettre son petit sur le matelas, oui, il le fallait, elle le devait, parce que la vie ne lui laissait aucune autre issue, parce que personne ne lui donnerait sa chance, parce qu'une fille-mère, c'était moins que rien, parce qu'elle n'avait pas le choix tout simplement. Mais au fait, il n'a pas de nom son tout petit… Elle aurait pu l'appeler Lucien, comme son défunt père qu'elle avait tant aimé… C'est joli Lucien !

Alors, sans réfléchir plus longtemps elle le serra de toute sa force d'amour contre sa poitrine, tourna les talons, s'enfuit à toute jambe, dévala les marches, bifurqua au coin de la rue et s'engouffra sous le premier porche.

– Mon Lucien tu dois avoir faim, susurra-t-elle à son oreille. On sera pas riche, ça c'est sûr, mais au moins t'auras ta mère et tu ne connaîtras jamais l'horreur de l'orphelinat. En deuxième prénom… Firmin ! Oui, voilà, Lucien Firmin… Mon bonhomme !

Elle dégrafa son corsage et donna son sein gonflé à ce fils, que désormais, plus rien ni personne ne lui enlèverait.

Elle savait que des jours rudes se profilaient, mais elle s'en sortirait. Sans lui, cette saloperie de notable, ce bien-pensant richement vêtu qui, le dimanche, s'agenouillait sur son prie-Dieu recouvert de velours, réservé à son usage dans l'église paroissiale, auprès de son épouse et de ses enfants. Ce personnage honorable que le cocher attendait sans ciller et que l'on saluait respectueusement. Les hommes en redingote, d'un geste de la main ôtant leur haut-de-forme, les dames d'un sourire discret en baissant leurs yeux gracieusement dissimulés sous la voilette de leur chapeau.

Benoîte se rendit chez sa vieille mère. Son accueil ne fut pas des plus chaleureux, mais face au désarroi de sa fille, elle fit contre mauvaise fortune, bon cœur ! Après tout, Benoîte l'avait bien aidée pécuniairement ces dernières années, elle lui devait bien ça !

Lorsque la burle[10] soufflait sur les plateaux de Haute-Loire, figeant dans une sculpturale posture fantomatique les

10. burle : nom donné au vent violent et froid qui souffle dans toute la région de haute Ardèche, Haute-Loire etc.

arbres gelés, que les pâtures du Mézenc, enrichies de la fameuse cistre (fenouil des Alpes) n'étaient qu'immensité immaculée à perte de vue, on distinguait dans ce paysage léthargique quelques maisons en pierres volcaniques couronnées de leur toit de chaume ou de lauze, d'où s'échappait la fumée des cheminées.

Les volutes grisâtres aussitôt tourmentées par le vent se confondaient rapidement avec le ciel chargé de neige. Loin, à l'horizon, pas âme qui vive… quelques aboiements de chiens errants ou blottis dans les granges trouaient ce silence pesant, oppressant pour qui ignore l'atmosphère quasi solennelle des hivers interminables de la montagne.

La lune se levait, blafarde, conférant une ambiance lugubre, amplifiée par les hurlements des loups affamés. Dans le village, on parlait encore de cette enfant, sous la garde de sa grande sœur, emportée par une louve. Alertés par les cris de la petite, les hommes, fusils et fourches en main, tuèrent l'animal, mais hélas, la gamine atrocement déchiquetée avait succombé à ses blessures.

Au travers des fenêtres, la lueur des flammes de la cheminée, des bougies et des lampes à huile ou à pétrole laissait deviner les scènes de la vie paysanne les soirs de grand froid.

Tic, tac…tic, tac… Le balancier en cuivre de la grande horloge égrenait inlassablement les minutes, les heures… Et puis le silence.

La toute vieille bossue sous les châles à franges superposés, recroquevillée près de l'âtre, ses longs cotillons et robes sombres recouvrant jusqu'à la bride de ses sabots, un matou rouquin sur les genoux, triturait les gros grains noirs d'un chapelet.

Les gamins assis par terre jouaient avec des bûchettes.

Les hommes tressaient de leurs mains burinées l'osier.

Les femmes ravaudaient à l'aide d'un œuf en bois, les talons des chaussettes tricotées en laine de pays.

Dehors tout n'était que glace, neige et froid.

Tic, tac… Tic, tac…

Un vieux toussait gras, nettoyait de la pointe de son couteau quelques chicots cariés et branlants qui se perdaient dans une gencive rétrécie et envoyait une chique noirâtre par terre.

Un mioche essuyait d'un revers de main la morve qui lui dégoulinait sur les lèvres.

La mère, du coin de son grand tablier soulevait le couvercle de la marmite suspendue à la crémaillère et remuait avec la louche la soupe qui mijotait.

Le père frottait de son poing serré l'eau qui pissait sur les vitres… Et puis le silence.

Tic, tac… Tic, tac…

Parce que chez ces paysans-là, on ne parlait pas beaucoup. Les grands discours ne servaient à rien et ils le savaient bien.

– La Noiraude donnait moins de lait. La Fauvette s'arrondissait vite, alors qu'elle entamait son sixième mois. La garce de Rosette était toujours aussi chtite (méchante) quand on la tirait (trayait).

L'arcasse, cette entrée commune aux gens et aux bêtes dans laquelle se trouvait un abreuvoir pour le cheptel, séparait, sous le même toit, l'habitation et les écuries. Pas question de se hasarder à sortir le troupeau. Tout se passait à l'intérieur et la chaleur des animaux faisait vite oublier l'odeur que personne ne remarquait d'ailleurs… Par habitude ou tout simplement parce que c'était ainsi depuis des générations et des générations… et que de toutes manières, ils n'avaient pas le choix, donc…

De la fontaine transformée en un véritable bloc de glace aux formes incertaines, un glouglou familier subsistait. Il était fort malaisé d'y puiser l'eau. Les hommes bien emmitouflés sous d'épais pardessus s'en approchaient avec peine, les bras écartés, les yeux rivés sur le sol noirci par la cendre épandue précautionneusement tout autour.

...Tic, tac...Tic, tac... Ah tiens ! Le carillon se met en marche. Instinctivement, ils comptaient les coups... Huit, neuf, dix... Ho ! *oué bin tin d'aller au yeu!* (c'est bien temps d'aller au lit !)

Le givre, là-haut, à l'étage dessinait des arabesques bizarres sur les vitres des chambres. Avec peine, après avoir glissé au fond du lit une brique bien chaude enveloppée dans un chiffon jauni, chacun rejoignait les bras de Morphée, sous l'épais édredon en plume d'oie ou de canard. Dieu, quelle froidure ! Demain, dans le pot de chambre, l'urine sera gelée à coup sûr.

Un jour, deux gendarmes firent irruption dans un de ces "huis clos" forcés, où Lucien et Benoîte, après le décès de sa mère, avaient trouvé gîte et couvert contre quelques services rendus.

Lucien, alors âgé de quatorze ans se voyait soupçonné d'atteinte aux bonnes mœurs sur mineure.

Une jeune bergère colportait que ce malhonnête aurait eu, à son égard, des "manières pas comme il faut".

Bien entendu, comme toujours en pareilles circonstances, les langues allèrent bon train, et d'une simple et inoffensive déclaration, certes maladroite car par trop... gestuelle, le pauvre Lucien devint vite un violeur en puissance dont il fallait se méfier.

Aucune suite ne fut donnée à cette affaire stupide, d'autant que la plaignante revint sur ses déclarations, qui, ajouta-t-elle, prenaient une ampleur injustifiée.

Les gendarmes sermonnèrent fermement le jeune homme et lui signifièrent l'avoir à l'œil ! Gare à lui si par malheur il récidivait ! L'incident fut clos, tout au moins, le crut-il...

Cependant, Benoîte et son fils, afin de fuir les médisances, reprirent leur baluchon et se réfugièrent dans une communauté fort accueillante, aujourd'hui disparue mais qui perdura jusque dans les années 1928, les troglodytes. Près du lac d'Issarlès, ces gens quelque peu marginaux mais d'une grande bonté logeaient dans les grottes surplombant le cratère éteint, rempli d'une eau limpide et pure.

Une lourde porte en bois fermait l'entrée de cette grande cavité qui s'enfonçait dans la roche, laissant place à une singulière mais néanmoins fonctionnelle habitation. Le foyer et la cheminée étaient taillés dans le roc au même niveau que la cuisine et les chambres, alors qu'en accédant à l'étage supérieur par une échelle, on trouvait le grenier, la fenière et l'atelier.

Dans la partie inférieure, une vache ou deux et du matériel de pêche, car le poisson pullulait par ici. Un jardin, quelques volailles, des lapins voilà ce qui constituait le quotidien de ces troglodytes. La grotte jouissant de propriétés thermiques, maintenait une température stable, hiver comme été.

Sans doute, ne restèrent-ils que peu de temps au sein de cette communauté, puis au prix de maintes péripéties, ils errèrent encore et encore jusqu'en pays roannais où, manifestement, le passé les rattrapait, via un roulant prêt à colporter tout et n'importe quoi… parce que, insistait le Léon, l'affaire avait été classée sans suite, mais n'empêche, qu'y a pas d'fumée sans feu, cré Diou !

Au bistrot de l'Angèle, les curieux, avinés, questionnaient :

– Comment savez-vous tout ça ?

– J'étais dans les parages…

La jolie Maria Violetta grandissait, entourée de tendresse, vouant une véritable admiration à Sébastien. Elle s'évertuait, autant par malice que par jeu, à le surnommer Bastien. Et il le lui rendait bien, cet homme que la vie endurcissait peu à peu. Il trouvait auprès de sa poupée, comme il disait, toute la tendresse de ses menottes sur sa joue, les câlins que son fils Charles ne lui prodiguerait jamais. Elle aimait lui baisser son chapeau jusqu'à lui couvrir le bout du nez, courir à ses côtés, agripper le bas de son pantalon en criant :

– Attends-moi Bastien… Mes p'tites zambes sont top coutes !

Il la soulevait dans ses bras puissants et musclés et la faisait sauter ; alors, la gamine riait aux éclats.

– Ah toi ! T'as oublié d'être sotte ! Tu me feras tourner en bourrique !

– Tou-ner en bou-ique Bastien !

– Tu es tellement jolie que je vais t'emmener avec moi dans la grande ville de Roanne. Tu sais là-bas, il y a une dame, dans un magasin, qui possède un drôle d'appareil. Elle t'installera sur un tabouret et si tu es bien sage, un petit oiseau sortira de la boîte. Tu veux bien venir avec Bastien ?

– Oui ! oui, cria la gamine qui, glissant de ses genoux, courut auprès de sa mère. Maman ! Maman ! Bastien va m'emmener voir un tit z'oiseau !

Ils arrivèrent rue Impériale (actuellement rue Jean Jaurès) ; Adriano stoppa la voiture devant la boutique de Jeanne Marie Chambefort.

Sébastien, Adriano et sa fille entrèrent, émerveillés par ce matériel totalement inconnu.

– Comme elle est jolie cette enfant, dit la jeune dame en caressant sa joue, et quels yeux magnifiques ! Eh bien dis-moi… tu feras courir les garçons quand tu auras vingt ans hein ?

Gentiment, elle tourna les belles boucles brunes autour de son index et les laissa retomber sur les épaules de la petite.

Elle la coiffa d'un chapeau disposé élégamment sur le sommet de sa tête, arrangea son col blanc brodé et la fit s'asseoir sur une chaise de style Empire.

– Tu es superbe ! Regarde-moi bien et si tu fais un beau sourire, un petit oiseau sortira de la boîte… Ne bouge pas cocotte. Il faut être patiente. Quelques minutes encore, et hop ! Le petit oiseau !

Adriano, fou de joie et de fierté, ne put contenir une larme. Elle était si mignonne sa "bambina", avec cet air innocent et ses mains croisées sur ses genoux. Sans broncher, sa frimousse exposée en pleine lumière, elle attendait sagement.

– Bastien ! Z'ai pas vu le tit z'oiseau ! rétorqua-t-elle en écarquillant ses yeux aux étincelles améthyste.

Sébastien, s'adressant à la photographe avec un clin d'œil complice, répliqua :

– Ah ! Elle n'a pas vu le petit oiseau. On pourrait peut-être recommencer ? Qu'en dites-vous madame ?

– Bien volontiers, charmante fillette, mais attention, cette fois-ci, il faudra faire un plus joli sourire… Sinon, pas de p'tit oiseau…

Madame Chambefort l'installa debout, près de la chaise et lui donna une raquette de tennis que sa menotte tenait à grand peine.

– Voilà qui est parfait ! Pas bouger, encore un moment… Oui, je sais, c'est long pour une petite fille… Attention ! Ça y est ! Dans la boîte.

– Z' l'ai touzours pas vu… Où d'on l'est ?

Adriano se précipita et serra son enfant de toute sa force d'amour sous l'œil attendri du patron.

C'est une belle invention madame, cette… photographie.

– Oh oui ! Mais vous savez, nous n'en sommes qu'aux prémices. Moi je pratiquais depuis 1852, en Saône-et-Loire notamment en tant que photographe ambulante, avec ce qu'on appelle des daguerréotypes, avant de m'établir récemment et définitivement à Roanne. Voyez, ajouta-t-elle "ces photos-cartes" de la dimension d'une carte de visite ? Elles font fureur. Nul doute que des découvertes restent à venir dans les années futures. Il existe quelques nouveaux brevets déposés, comme l'ambrotype, un négatif sur verre au collodion, moins coûteux et celui d' Adolphe Alexandre Martin, le ferrotype… Enfin, je vous ennuie avec mes histoires et tous ces noms compliqués, n'est-ce pas ? Il faut être de la partie, vous comprenez, moi je suis une passionnée, alors !

Quelques jours plus tard, aux Blandins, toute la maison s'extasiait devant les toutes premières photos, nées de l'inventivité de quelques esprits avant-gardistes.

Maria Violetta pointait l'index sur son portrait en disant :

– Bébé !… L'a touzours pas vu le tit z'oiseau !

Parmi les grandes idées novatrices des années 1850, il en est une qui mérite un intérêt particulier. Il s'agit des lois visant à réglementer le travail en général et celui des enfants en particulier.

Sébastien Grange, en homme avisé, s'intéressait à l'élévation sociale et s'informait en lisant le journal hebdomadaire. Ainsi suivait-il les bouleversements de cette fin du XIXe.

Le sieur Jean-Jacques Bourcart, filateur mulhousien, se rebellait contre l'exploitation de l'enfance en usine. Le gouvernement de Louis-Philippe vota la toute première loi, le 22 mars 1841 suite à l'indignation massive tant philanthropique que religieuse.

La révolte sanglante des canuts lyonnais suivie par d'autres insurrections quelques années plus tard influença les grands mouvements de pensée sociale. Ces courageux ouvriers tisserands qui doivent vraisemblablement leur nom à la canette utilisée dans les métiers à bras, s'insurgèrent, brandissant des drapeaux noirs sur fond de barricades, résistant aux troupes de soldats avec pour slogan :

«Vivre en travaillant ou mourir en combattant.»

Une chanson populaire relate tout à fait l'affliction de ces forçats et leur indignation face aux ors des grands de ce monde…

«Pour chanter Veni Creator[11]
Il faut avoir chasuble d'or

11. *Veni Creator : cantique latin : venez créateur.*

Pour chanter Veni Creator
Il faut avoir chasuble d'or,
Nous en tissons pour vous, grands de l'Église,
Et nous, pauvres canuts, n'avons pas de chemises !

Refrain

C'est nous les canuts,
Nous allons tout nus !

Pour gouverner, il faut avoir
Manteau et rubans en sautoir
Pour gouverner, il faut avoir
Manteau et rubans en sautoir
Nous en tissons pour vous, Grands de la Terre,
Et nous, pauvres canuts, sans drap on nous enterre !

Refrain

Mais notre règne arrivera
Quand votre règne finira.
Mais notre règne arrivera
Quand votre règne finira.
Nous tisserons le linceul du vieux monde,
Car on entend déjà la révolte qui gronde !

Ce levain ensemença la prise de conscience collective des pauvres gens.

Du couvreur embauché dès son jeune âge afin de l'accoutumer à la hauteur, et ainsi… l'habituer à ne pas craindre le vertige… Aux bambins de cinq ans dans les filatures de coton pour des journées de quinze heures payées à coup de fronde… Du valet de ferme, gardien des troupeaux, parce que la fragilité de sa musculature ne lui permettait pas encore d'empoigner les mancherons de la charrue, mais qui devra se contenter… en remerciant son patron, de manger dans l'auge du cochon… En passant par le galibot des mines aux poumons silicosés avant l'adolescence… Aux malheureux chiffonniers se gangrenant sur les tas d'ordures… Et aux ramoneurs dont la noirceur du visage reflétait la noirceur de la destinée. Tous ces pauvres gosses nourris d'un morceau de pain, exténués, en pénurie de sommeil, d'habits, transis et battus, mouraient vite.

Le cimetière les arrachait à l'horreur de l'esclavage.

Devant l'opinion émue par cette torture autorisée, voire soutenue par les gouvernements successifs, quelques bien-pensants réagirent enfin.

Ces gamins ne constituaient-ils pas une manne bon marché pour l'essor économique de la France ? Sans eux, l'industrie ne péricliterait-elle pas ? Le maître avait l'honneur d'éduquer l'apprenti, et pour ce faire, le droit et le devoir de le battre à sa guise afin de mieux l'enseigner.

Que de vies fauchées par tempêtes de vent ou ouragans de feu ! Par la peine et le sacrifice du moussaillon et du mineur de fond…

Demander de l'aide ? À qui ? Les grandes duretés accablaient principalement les pauvres, les plus jeunes, incapables de se défendre. Ils devaient patienter jusqu'à ce que leurs bras soient devenus assez forts pour oser la réplique. La rébellion, considérée à l'époque comme infamante au même titre que la désertion, constituait un délit grave. Frapper son maître équivalait pour le soldat à rudoyer un officier… Quasiment impensable !

Écartés de l'école, ils restaient toute leur vie les illettrés, les misérables pauvres bougres asservis sous la poigne de la misère.

Et dire que certains écrivains basèrent leurs poésies sur l'amour du travail de la terre ! Mais il n'est d'amour du dur labeur que sous la plume du poète !…

Les patrons repus à outrance ignoraient les larmes des petits, blottis au fond de leurs taudis dans la nuit de leur triste existence.

Si parmi ceux-ci, il s'en trouvait quelques-uns mieux

lotis, qui recevaient une éducation correcte dans certaines familles, ce n'était que juste revanche du martyre des camarades malchanceux et analphabètes.

Voici qu'un texte de loi vint bouleverser ces sinistres comportements, responsables de la mort de dizaines de milliers de gosses.

Désormais, l'embauche des enfants de moins de 8 ans serait interdite. Belle utopie toutefois que ces mesures fallacieuses, pour la plupart, ingérables.

Pour bon nombre d'ouvriers d'usines ou de manufactures, la nourriture chez le maître restait une vigoureuse revendication. Une chopine, appelée "la consolante", devenait parfois un leitmotiv suffisant pour prolonger la tâche.

Nous voyons que loin d'être parfaite, une sensibilisation sociale naissait néanmoins, chapeautée par les gauchistes. Sébastien Grange en était très fier. Désormais, plus rien ne la stopperait. Les machines à vapeur remplaçaient la main-d'œuvre manuelle.

Le progrès allait crescendo.

Des idées nouvelles s'éveillaient.

Bientôt fini le temps où les maîtres avaient le droit de vie ou de mort sur les apprentis, où les femmes, fussent-elles enceintes ou non, s'échinaient dans les pires conditions. Oui bientôt finies, camarades, les brimades et autres sanctions !

Ici et là, des révoltes plus ou moins larvées éclataient au chant de "*La carmagnole*", des drapeaux rouges se dressaient sur les barricades d'où fusaient des slogans révolutionnaires et républicains.

Bien que certains ordres ordonnassent de faire disparaître sur les monuments la devise "Liberté Egalité Fraternité", les partisans de l'Ancien Régime auront bien du mal à endiguer la farouche volonté des hommes, visant à défendre ce que chacun de nous a de plus cher : sa dignité.

Une prise de conscience semblable concernant le sort peu enviable des animaux vit le jour, grâce à la ténacité d'un député, le général Jacques Delmas, après moult délibérés. Dans notre France d'alors où les enfants travaillaient, comme nous venons de le voir, dans d'atroces conditions, qui se souciait de la maltraitance des bêtes ? Il fallut à ce noble défenseur de la cause animale une certaine audace pour affronter ses détracteurs. Toujours est-il, qu'en l'an 1849, la première loi visant à protéger nos amis à quatre pattes entra en vigueur. Dès lors, toute personne prise en flagrant délit de violence sur un animal fut condamnable ; la peine encourue pouvant aller de la simple amende à l'emprisonnement. Désormais, les combats de coqs, de chiens ou de taureaux, les tirs aux pigeons furent interdits… officiellement ! Interdiction de plumer les volatiles vivants et de transporter les bêtes dans des conditions inacceptables.

Il semblerait qu'une période charnière aux prémices d'une humanité refoulant ses tendances barbares s'installa petit à petit.

En sommes-nous aujourd'hui les légataires ? Et prenons-nous conscience que ces comportements ne remontent qu'à quelques générations seulement ?

Ce jour-là…

Le dénommé Jean Sagnet et son voisin Fernand Vêtre se rendaient tranquillement au lieu-dit “le champ de Combeloup”, un pré limitrophe de l’Odrau. Vraisemblablement une histoire de loup se trouvait-elle à l’origine de ce nom !

Ils marchaient en papotant de choses et d’autres, pioche et goyard[12] sur l’épaule. À cette saison, en début d’ automne, il était temps de tailler les haies. Plus exactement, de les élaguer en épaisseur de chaque côté. Une précaution nécessaire afin que ces bouchures, ou selon d’autres appellations les clusons ou encore les piessis, minutieusement entretenues, deviennent de véritables brise-vent pour les troupeaux. Les jours de canicule, les vaches couchées à l’ombre pourront ruminer tranquillement.

Plus tard, en hiver, ils rabattront ces clôtures d’environ un mètre, de manière à ce qu’elles s’étoffent du fond, et rajouteront même des branches coupées au travers, ce qui se nomme : bourrer ou boucher.

Ainsi “plessé”, cet élément naturel est devenu au fil des siècles l’incontournable écosystème où fauvettes, mésanges et pies-grièches nichent et animent de leurs trilles mélodieux et variés les prés alentour. Dans les trous des vieux arbres, plantés autrefois tous les trois, six ou neuf ans, la huppe fasciée, symbole du bocage, partage son habitat avec quelques petits mammifères, comme l’écureuil.

Alors, en bons voisins, ils se rendaient mutuellement service ;

12. *Un goyard est une sorte de grande serpe au bout d’un long manche.*

un jour chez l'un, le lendemain chez l'autre. Aujourd'hui, le Fernand donnait un coup de main au Jean, dans un pâturage situé derrière un bosquet de chênes.

Arrivés au tournant du sentier, ils restèrent soudain pétrifiés d'horreur.

Là, à quelques dizaines de mètres, face à eux, se nouait un drame épouvantable. Stupéfaits, horrifiés, ils demeurèrent l'espace de quelques secondes cloués sur place par la violence inouïe de la scène qui s'y déroulait.

Un homme était "accassé" (à croupetons) sur une jeune fille qui paraissait inerte ; il cognait, cognait de toutes ses forces et la secouait violemment.

Totalement éberlués, muets, la bouche ouverte, les deux hommes écarquillaient leurs yeux comme pour s'assurer qu'ils ne cauchemardaient pas. Ils se ressaisirent, et, hurlant des jurons, coururent le plus rapidement possible. Le Jean lâcha ses outils alors que son compagnon au contraire brandissait la pioche au-dessus de sa tête.

Ils se faufilèrent dans le pré en se glissant sous le fil de fer rond et criaient, criaient :

– Ah nom de Dieu de tonnerre de Dieu ! Arrête salaud ! Mais qu'est-ce que tu fais, espèce de taré ! Nom de Dieu ! Vas-tu la lâcher ! Ah nom de Dieu, c'est une femme ! C'est pas vrai ! C'est pas possible ! Et lui… Mais c'est qui ? Tu le reconnais ? Ah l'ordure !…

Surpris par les vociférations des deux intrus qui arrivaient sur lui ventre à terre, l'énergumène se retourna, les yeux exorbités. Il lâcha prise, se releva et s'enfuit à toutes jambes en marmonnant quelque chose comme :

– Je l'ai tuée ! Je l'ai tuée !

Le Jean stoppa net à quelques mètres de cette gamine qui gisait, baignant dans son sang, la longue robe déchirée et relevée jusqu'au-dessus de la taille. Elle avait dû se débattre la pauvrette, comme en témoignaient son châle jeté en boule dans un coin du pré, un de ses sabots abandonné à l'envers loin d'elle, son sac contenant son quatre heures qu'elle n'avait pas eu le temps de manger. De sa tête renversée sur le coin d'un rocher, coulait un filet de sang. Son regard restait figé d'horreur par une scène cauchemardesque. Une folie qui lui avait coûté la vie. Une vie fauchée, arrachée, à l'aube de l'adolescence.

Alors que le Jean restait littéralement statufié face à ce petit corps martyrisé, le Fernand, fou de rage, s'élança à la poursuite du sinistre individu en hurlant des insultes. L'ayant rejoint à l'autre bout du bocage, il essaya de lui asséner un énorme coup de pioche, mais le "gaillard" esquiva d'un geste et envoya valdinguer le pauvre Fernand qui ne put que vitupérer sa haine.

– Saloperie ! Qu'est-ce que t'as fait ? Hein ? Salaud ! Tu l'as battue ? Qu'est-ce que t'as fait ?

Mais l'homme était déjà loin. Il courait, courait en émettant un flot de paroles quasi incompréhensibles.

Fernand se releva péniblement et revint vers son ami qui n'avait pas bougé, tétanisé d'effroi, de dégoût, de chagrin tout simplement.

– Ah bon Dieu ! C'est la gosse du Marius et de la Pauline ! La chtite Noémie… Ah bon Dieu d'bon Dieu !… Elle… Elle… Elle est…

– Morte ? Je sais pas ! Oh bon Diou ! Quelle horreur ! Pauvre petite !

Comme pour lever ce terrible doute, pour réparer l'irréparable, il s'approcha doucement, posa délicatement sa main tremblante sur ce beau visage innocent terrassé par un être abject. Un fou, un déséquilibré, un taré… parce qu'ils l'avaient bien vu… Oh oui alors ! Vu et reconnu. Le Lucien Chevassagne, aussi vrai qu'ils voyaient ce corps sans vie devant eux, affalé dans l'herbe près du vieux pommier. Pudiquement, ils baissèrent sa jupe, s'agenouillèrent et restèrent un bon moment, interloqués.

D'une voix chevrotante, le souffle court, ils prononcèrent la terrible évidence : morte.

– Maintenant, va falloir prévenir les parents, hasarda le Fernand, alors que ses yeux n'arrivaient pas à quitter le visage figé dans la mort de cette gosse du village qu'ils avaient vu naître, bien sûr ! Comme ses frères et sœurs, comme la plupart des gamins de Saint-Jean.

Leurs regards couvraient l'horizon, par-delà les clusons, s'arrêtaient sur le clocher de l'église romane dominant le bourg de sa sobre majesté et revenaient s'immobiliser sur la gisante. Ils se toisaient l'un et l'autre.

– Faudrait p't'être qu'y en ait un qui reste là… Des fois que… Enfin, on sait jamais… Le temps qu'on aille jusqu'à là-bas ! Faudrait pas que… T'sais ben… Qu'y ait une bête qui passe par là et qui… Ou bien l'autre cinglé de Chevassagne qui reviendrait des fois… On sait pas…

– Quel âge qu'elle avait la Noémie ?

– Treize ans… quêqu'chose comme ça. Oh pas mieux, non non, guère plus en tout cas ! Une môme quoi ! Pauvre gosse. L'avait fait sa communion en même temps que ma Julie !

– Alors, t'y vas ? Ou bien ?

– Ben ma foi ! Va ben falloir ! Ah nom de Dieu !

Le Jean Sagnet se leva, réajusta sa casquette puis s'en alla. Arrivé au milieu du pré, il se retourna et laissa éclater sa douleur. Il pleura bruyamment en proférant des invectives contre ce salopard. Levant le poing en direction du petit cadavre, il jura que ce crime ne resterait pas impuni.

– Si la justice fait pas ce qu'elle doit, nous, les hommes, on le fera…

Puis il se remit en route, la tête baissée lorgnant le bout de ses sabots. De grosses larmes roulaient sur ses joues burinées.

Depuis son enfance, il avait pourtant vu bien d'autres drames, bien d'autres malheurs. Car la mort frappait fort dans nos campagnes, raflant les personnes, par accident ou maladie, même des jeunes. Les animaux, mais là… Cette gamine victime d'une ordure ! Ah non ! Par chez nous, on fait pas ces choses-là. Un gamin, ça s'touche pas ! Pas plus qu'un vieux ! Y a plus d' respect de rien quoi ! Faudra qu'il paye le Chevassagne… Et le prix fort.

Il s'approchait de la ferme du Marius Chambonnier et sa gorge se nouait. Il sentait son ventre se tordre, sa bouche s'assécher et son cœur battre la chamade. Il lui fallait du courage, mais le sol paraissait se dérober sous ses pieds. Le voilà dans la cour. Le chien jappa. Instinctivement, il pensa que si la Noémie l'avait emmené, peut-être que… Très distinctement, il entendit le "*bistanclaque pan, bistanclaque pan*" caractéristique de la machine à tisser. Comme beaucoup de petits paysans du coin, la Pauline et son mari arrondissaient les fins de mois avec du travail à domicile. Il stoppa net. Non, il ne pouvait pas aller trouver cette mère et lui annoncer comme ça une pareille nouvelle. Il chercha dans l'écurie, dans la grange, dans la fenière lorsqu'enfin, il aperçut le Marius affairé à cuire un chaudron de *treufes* (pommes de terre) pour les volailles et le cochon.

– Qu'est-ce donc qui t'amène Fernand ?

Le Marius, un homme grand et mince à la moustache grisonnante, continuait à écraser les patates à l'aide d'un vieux racloir usé.

Le Fernand ne pouvait dire mot. Il secouait la tête en soupirant, fixait les flammes qui s'accrochaient à la suie du chaudron.

– Y est arrivé malheur ? demanda le Marius en posant son outil et en bourrant d'un coup de pied les bouts de bois à demi-consumés dans le foyer.

– Grand… Grand malheur !

Un silence, lourd, oppressant. Des regards fuyants qui n'osent se croiser. Des minutes longues à n'en plus finir. Puis enfin, enfin… Le mot… terrible. Celui qui broie jusqu'aux tréfonds de l'âme… Qui arrache les tripes… et transperce le cœur.

– Morte. La petite. La Noémie… tuée… dans le champ de Combeloup.

D'abord, l'incompréhension, le doute, puis deux hommes qui tombent dans les bras l'un de l'autre, secoués par des spasmes entrecoupés de :

– Comment ? Par qui ? Quand ? Où ? Pourquoi ?

Des jurons inévitables, parce que devant l'insoutenable, il faut bien déverser son fiel contre quelqu'un… Alors ce sera le bon Dieu… Puis des poings serrés qui martèlent la poitrine du voisin, du porteur de cette nouvelle épouvantable. Enfin les larmes qui jaillissent pour venir mourir sur la veste alors que du fond de la gorge montent des cris rauques de désespoir, de souffrance.

Mais il faudra être costaud malgré tout pour soutenir la mère. Un homme se doit d'être fort face aux épreuves, surtout un paysan qui en a vu d'autres ! Oui, mais pas ça ! Pas sa chtite qu'il faisait sauter sur ses genoux… Y a quoi ? “Tout peine” deux ou trois ans ! Une si bonne fille… Courageuse comme tout ! Sûr qu'elle a dû se défendre.

– Ah le fumier ! Qu'on me le laisse, il aura pas besoin de jugement… Est-ce qu'il a… Il a… Enfin… Abusé d'elle ?

– On sait pas, on sait pas Marius, on sait pas… Faudrait qu'on aille prévenir les gendarmes pour qu'ils viennent voir sur place… Pour l'enquête et tout ça…

– Quelle enquête ? Vous l'avez vu oui ou non ?

– Ah ça ! Pour l'avoir vu, on l'a vu ! Comme j'te vois mon vieux Marius ! Y a pas de doute. C'est bien le Chevassagne.

Bien que le Lucien clamât son innocence du fond de sa cellule, les gendarmes eurent tôt fait de boucler l'enquête.

Cependant, et ce afin de rester les plus impartiaux possible et de conduire l'instruction dans les meilleures conditions, ils recueillirent quelques témoignages. Plusieurs personnes des environs immédiats furent entendues.

Le voisin, ivrogne avéré des Granges Neuves totalement disculpé par un alibi irréfutable. Le chemineau Léon, grande gueule et menteur qui affirmait travailler ce jour-là loin d'ici… Personne ne put cependant corroborer ses dires. Le grand "dordet"(benêt) de Gustave qui buvait le canon chez l'Angèle au moment des faits, bref, tous possédaient de solides alibis.

Les gendarmes, presque gênés, enquêtèrent même chez Sébastien Grange.

– Bonjour monsieur Grange, fit l'un d'eux en saluant d'un geste de la main ; nous enquêtons sur le meurtre de la petite Noémie Chambonnier.

– !…

– Avez-vous quelque chose à nous dire ?

– Pourquoi ? Je devrais ?

– Vous êtes le plus proche voisin et le pré où elle a été assassinée est mitoyen du vôtre… Celui de l'Odrau.

– Et alors ?

– Ben alors, monsieur, vous auriez pu voir ou entendre quelque chose de bizarre…

– J'aurais pu, mais je n'ai rien vu, rien entendu.

– Où étiez-vous au moment des faits ?

– Je ne sais pas à quel moment elle a été tuée, il m'est donc impossible de vous répondre.

– Vous ne savez pas ? Pourtant tout le village en parle…

– Je vais rarement au village et leurs racontars ne m'intéressent pas.

– Il s'agit du meurtre d'une enfant… et vous dites que ça ne vous intéresse pas ?

– Ce sont les racontars qui ne m'intéressent pas. C'est triste pour elle et sa famille, mais, désolé, je ne peux pas vous aider.

– Ses parents n'étaient-ils pas embauchés chez vous ?

– Quelquefois. Assez rarement.

– Vous connaissiez donc bien Noémie, n'est-ce pas ?

– Oui.

– Je reformule ma question : Mardi, aux alentours de deux heures de l'après-midi, vous souvenez-vous où vous étiez ?

– Voyons… Mardi en début d'après-midi… Mais au fait, pourquoi cet interrogatoire ? Vous n'avez pas arrêté le coupable ?

– Rassurez-vous, monsieur Grange, simple enquête de routine.

– Heu !… Je cherchais des sources chez le dénommé Buisson, surnommé le Béchot au lieu-dit La Bonnie. Vous pouvez contrôler. Maintenant, messieurs, j'ai du travail, moi !

Pas des plus accueillants ni des plus coopératifs, pensèrent les deux assermentés, mais après vérification, aucune suspicion possible : Sébastien Grange, baguette de coudrier en main, arpentait bel et bien la propriété du dénommé Buisson à La Bonnie au moment des faits.

Jean Sagnet et Fernand Vêtre persistaient dans leur déposition. Pas de doute ; il s'agissait bien du pire des crimes ; celui d'une enfant à peine "formée" dont un sadique voulait abuser.

D'ailleurs, très rapidement, le passé du jeune Lucien resurgit et du coup, rien d'étonnant qu'il ait réitéré ses vilains gestes. Cette fois, les choses avaient mal tourné, et d'une simple histoire de mœurs, le voilà accusé de meurtre.

Un gendarme lui demanda :

– Tu cries ton innocence, alors que tout t'accuse. Deux hommes tout à fait dignes de foi t'ont vu en train de lui taper dessus, tu as déguerpi à toute vitesse, pire, tu t'es accusé toi-même en criant : Je l'ai tuée ! Alors, pourquoi ?

– Non ! Non ! L'ai tuée ! Oui… L'ai tuée… Pas comme vous dites !

– Allez, arrête tes conneries ; n'aggrave pas ton cas ! Pense donc un peu à ta pauvre mère, hein ? Tu penses à elle ? Tu étais couvert de sang et puis ça…

Le gendarme releva brutalement la manche du chandail déguenillé, et montra les traces de griffures sur son avant-bras…

– Ça, c'est quoi ? Qui a fait ses griffures ? Elles sont toutes fraîches. Comment oses-tu nier une telle évidence ? Allez, avoue !

La mine défaite, la bave dégoulinant sur son menton noirci par une barbe hirsute, il reniflait bruyamment :

– Ch'ai tué un lapin… Un gros mâle… Y ch'est débattu… Y m'a tout griffé !

– Foutez-moi ça au cachot, hurla le gendarme en chef. Je le reverrai demain.

Pour la énième fois, Jean et Fernand furent entendus, et pour la énième fois, leurs déclarations concordaient, mot pour mot, détails après détails, secoués immanquablement par une terrible émotion. Aucun doute n'était donc possible. Lucien Firmin Chevassagne était bel et bien l'assassin de la jeune Noémie Chambonnier. Il avait beau feindre l'innocence, l'ignorance et tout le reste, personne n'était dupe. Il essayait tout simplement de sauver sa peau. Car, pour l'heure, elle ne valait pas cher…

Le lendemain, après seulement trois heures de répit passées dans la chambre de sûreté réservée aux délits majeurs, les enquêteurs le harcelèrent sans relâche ni ménagement. Ils se demandaient s'il était naïf, cruel ou tout bonnement malin. Ils le mitraillèrent de questions auxquelles par la même occasion, ils apportaient les réponses !

– Tu as tué la petite ? Hein ? C'est vrai ? Reconnais- le ! Tu voulais juste t'amuser un peu avec elle, mais elle a eu peur, s'est mise à crier et toi… Ben ! T'as paniqué, alors tu l'as bousculée, elle s'est défendue, t'a griffé et sans le faire exprès, tu l'as tuée… C'est bien de cette manière que ça s'est passé… Tu vois, on peut comprendre les choses. Te voilà soulagé maintenant, hein ?

Lucien, harcelé, fatigué, affamé et assoiffé, bafouillait :

– Ché pas ! Ché plus !… Si ch'est vous qui le dites !…

– Signe là, allez, tu seras débarrassé, et on t'apportera à manger, à boire. Tu pourras dormir tranquillement, ta conscience en paix !

– Ché pas écrire…

– Fais une simple croix, ça suffira.

Ainsi furent extorqués, après quarante-huit heures de garde-à-vue musclée, des aveux certifiés et probants.

La salive aux coins des lèvres, le front dégoulinant de sueur, affolé et minable dans ses loques tachées du sang de Noémie, l'avant-bras labouré de griffures, il réitéra devant le juge d'instruction les mêmes aveux, sans plus de détails ni d'explications. À chaque question il répondait évasivement et concluait presque invariablement par un :

– Ché pas, ché plus !

Le magistrat décida de son incarcération, mais, ajouta-t-il d'une voix quasiment aimable :

Je l'entendrai de nouveau demain. Je pense qu'aujourd'hui il n'est plus en état de répondre convenablement. Prévoyez la reconstitution. Emmenez-le…

Selon la coutume de l'époque, la reconstitution se déroula rapidement, dans les jours qui suivirent le crime. Un cordon de gendarmes à pied et à cheval encerclait les lieux. Ils avaient fort à faire, car les habitants des Blandins, de Saint-Jean et même des villages avoisinants avaient juré de lui faire sa fête, au Chevassagne. Hommes, femmes et enfants informés par quelques rumeurs plus ou moins fondées se pressaient autour de Combeloup et de l'Odrau.

Une véritable horde de justiciers en puissance, le Léon, bille en tête, le père Buisson, le vieux Simon, tous prêts à laisser libre cours à leur haine et à assouvir leurs appétits vengeurs, déferlaient sur les chemins.

Une bonne trentaine de grands gaillards, triques en main, juraient devant Dieu de lyncher ce salopard.

– À mort ! Y a qu'à nous le donner… criaient-ils. Ils en mettent du temps pour venir !

– Ben ! T'sais ben qu'y z'ont dû l'emmener voir la pauvre Noémie. C'est toujours comme ça… Le coupable est amené devant le corps de sa victime…

– C'est que justice ! Faut ben qu'il se rende compte de c'qu'il a fait, cette charogne ! Peut-être qu'en voyant son pauvre cadavre, y craquera, parce qu'il paraît que c'est tout juste s'il veut reconnaître son crime…

Les femmes se lamentaient, les entrailles tordues par leurs instincts maternels.

– La pauvre Pauline, quelle horreur ! Perdre sa fille comme ça, dans ces conditions ! Bien la peine d'élever une gamine jusqu'à c't'âge-là, tiens…

– Sans compter que la Noémie, elle était prête à gagner sa vie… Comme vous dites, bien la peine de nourrir ses enfants pour une fin pareille. Quand on pense aux sacrifices qu'on fait pour eux !

Les gamins se faufilaient pour mieux voir, chacun racontant des histoires aussi abracadabrantes les unes que les autres, s'inventant des peurs pas possibles sur fond d'ogres, de fantômes, de barbares et de vampires.

Lucie et Rita assistaient elles aussi mais ne disaient rien. On pouvait deviner, d'après le mouvement de sa main enfouie au fond de la poche du grand *devanti* (tablier) noir, que Rita égrenait son chapelet. Violetta se tenait près de son père. Apercevant le Bastien qui se frayait un passage, elle courut vers lui et l'agrippa très fort.

– Bastien ! Bastien ! Reste avec moi, j'ai un petit peu peur ! Le méchant monsieur va arriver et y paraît qu'il tue les petites filles… tu restes là, hein Bastien ?

– Allons, allons ! N'aie crainte ma chtite ! Avec tes parents et moi, tu risques rien voyons !

– Pourquoi qu'il a tué la Noémie ?

Sur ces entrefaites, Rita s'approcha et la somma de se taire.

– Mais qu'est-ce qui m'a donné une sotte comme ça ? Veux-tu bien arrêter avec tes questions ! D'abord, il est grand temps que tu laisses le patron tranquille. Tu vois pas que tu l'ennuies ? C'est bien le moment de nous embêter tiens !

Rita avait levé sa dextre, prête à gifler sa gamine qui, habilement, se déroba derrière le Bastien.

– Allons, allons ! Suffit, dit-il calmement. Tout le monde est énervé, aujourd'hui. Ah ! attention… Le voilà qui arrive !

Un « oh » indigné monta crescendo de la foule.

Le fourgon cellulaire, tiré par deux chevaux alezans attelés en flèche stoppa. Un gendarme descendit et ouvrit la porte. Alors, voici qu'apparut Lucien Chevassagne, enchaîné. Tous les regards se fixèrent sur lui. Un moment d'effroi, glacial. Les cœurs battaient la chamade, les gorges se nouaient, des larmes coulaient sur les visages crispés. Quelques femmes se signaient et tout à coup la colère éclata. Des cris, des hurlements, des injures, tout le bon et honorable peuple armé de pierres laissa libre cours à sa hargne, brandissant les bâtons et réclamant la mise à mort du sinistre individu.

Lucien ne pipait mot, l'air éperdu, la tête baissée. Entendit-il les invectives à son encontre ? En mesurait-il l'intensité ? Nul ne sut. Il se redressa cependant à l'arrivée du Jean Sagnet et du Fernand Vêtre, protégés par deux gendarmes, mais il se tut. Alors, devant toutes ces personnes qui se tordaient le cou pour ne rien perdre de la scène, il réitéra ses gestes.

Il gifla le mannequin à plusieurs reprises et le secoua violemment. Le juge d'instruction lui ordonna de reprendre depuis le début ; la course poursuite dans le pré, le viol, et le meurtre. Mais à cet instant, un cri rauque, épouvantable, inhumain venu du tréfonds de ses tripes les laissa tous pantois. Un « non », hurlé, les yeux révulsés et les poings serrés qui martelaient sa poitrine. Le silence envahit l'assemblée, suivi de rumeurs grandissantes.

La reconstitution dura plus d'une demi-heure. Les deux témoins oculaires ne variaient pas dans leurs déclarations. Ils refirent tous les gestes, méthodiquement, sans haine. Lucien termina en répétant son sempiternel :

– Ché pas ! Ché plus ! Ché plus où j'en suis !…

Jamais funérailles ne furent aussi tristes ! On eût cru que même le gentil percheron paraissait affligé. Cet après-midi d'automne, sous le pâle soleil et la légère fraîcheur de l'air, le village tout entier pleurait l'enfant du pays. Derrière le petit cercueil, une mère, tout de noir vêtue, accablée de chagrin, trébuchait sur les cailloux du chemin. Elle avait "trempé la soupe[13]" avant de se mettre en route et *sarré lu bêtes* (fermé les bêtes), de peur que le courage ne lui manquât au retour, parce que la vie continuerait malgré tout et que ses gamins auraient faim. Peut-être même reprendrait-elle le bras en bois de sa machine à tisser, avant que la nuit ne tombe… Pendant que son *houme tirerait lu vatses* (son homme trairait les vaches). Faut bien vivre, que voulez-vous ! Le père, très digne, tenait deux de ses filles par la main. Les garçons, eux, pleuraient en silence, essuyant d'un revers de main "la chandelle" qui leur pendait au bout du nez.

La messe des Saints Anges de la liturgie de l'époque se voulait moins triste que la traditionnelle messe des morts pour adultes, mais au contraire plus glorieuse. À la levée du corps, le prêtre psalmodiait le Laudate Dominum (Louez le Seigneur) et en franchissant le seuil de l'église tout le monde chantait le psaume Laudate, pueri, Dominum ! (Enfants ! Louez le Seigneur !) Les habitants de Saint-Jean, des Blandins et même plus loin s'étaient joints au cortège, d'un pas silencieux et respectueux.

---

13. Tremper la soupe : mettre des croûtons de pain rassis dans la soupe de légumes et laisser gonfler assez longuement.

Les lourdes portes grinçantes du cimetière s'ouvrirent, tels des tentacules attirant pour l'éternité, dans leurs spirales morbides, la consommation de toute existence.

Même le solennel et joyeux Magnificat chanté avec ferveur, ne put raisonner cette foule, qui, dans son for intérieur, réclamait vengeance. Parce qu'il est des crimes qui ne méritent aucun jugement. Juste le bon peuple criant haro dans un tollé général, contre le bourreau mais également contre sa mère.

La pauvre Benoîte, humiliée, couverte d'opprobre, n'osait plus sortir de sa vieille bicoque délabrée. Des jets de cailloux s'écrasaient contre les volets en bois désespérément clos, alors que fusaient les injures.

Les gendarmes qui arrêtèrent son fils le jour du drame, lui interdirent de quitter le pays. Une fois encore, elle se résigna en courbant un peu plus l'échine. Elle ne pouvait croire en la culpabilité de son Lucien ; c'est vrai qu'il était fort, un peu rustre, sauvage même, mais pas méchant pour deux sous !

– Y f'rait pas fait d'mal à une mouche, répétait-elle.

Lucien avait entendu à plusieurs reprises, durant les auditions, les gendarmes parler, en souriant d'un air narquois, d'un certain lieu au nom d'oiseau !

– T's'ras bien, là-bas, rue du Rossignol, espèce de salopard ! répétaient-ils goguenards.

Très intimidé, il ne comprenait rien mais ne posait aucune question.

Les deux assermentés frappèrent du poing contre une impressionnante porte en fer mangée de rouille à certains endroits. Il comprit alors qu'il s'agissait du nom de la rue de la prison de Roanne.

Le volet du judas grinça, s'ouvrit , laissant apercevoir une physionomie rondouillarde.

– On amène un pensionnaire de plus, fit l'un des gendarmes, en soulevant le poignet de Lucien maintenu par une menotte.

– Voilà voilà ! répondit le gardien en tournant la grosse clef bénarde dans la serrure.

Clac ! Clac ! Deux tours secs… Le bruit d'une tirette coulissant avec peine. La porte s'entrouvrit. Coiffé d'un couvre-chef, il pointa son nez en lorgnant le nouveau venu. Sans rien dire, il le toisa de la tête aux pieds, puis se tourna vers les gendarmes. D'un geste interrogateur, il tint à s'informer du délit.

– Meurtre ! dit simplement l'un d'eux.

– Meurtre ? insista le gardien, surpris.

– Et puis, pas n'importe lequel ! Celui d'une gamine. Après l'avoir violée… Enfin, on pense. Attendons le rapport du légiste. Faudra en prendre soin, renchérit l'autre en riant !

– Vous pouvez nous faire confiance. On aime bien ce genre de salaud chez nous… On va l' soigner !

Aussitôt, il l'empoigna et le tira violemment dans la courette. Lucien entendit le grincement sourd et sinistre du portail se refermer derrière lui, un double tour de clef, puis il fut conduit sans ménagement dans un long couloir où planait une odeur de renfermé.

– Regarde ! Tu vois là, sur ta droite, c'est le mitard. Tu sais ce que c'est ?

– Non, ché pas m'chieur.

– C'est le cachot ! Là-d'dans, on mate les durs ! À la moindre connerie… Si tu fais une entourloupe, tu pourris entre ces murs. T'as bien compris ?

– Oui m'chieur.

Presque en face, se trouvait le bureau du directeur. Le gardien toqua à la porte. Ils entrèrent pour un bref interrogatoire.

– Comment t'appelles-tu ? questionna le directeur assis derrière son bureau sur lequel s'empilaient des tas de dossiers.

– Chevassagne, m'chieur, répondit-il en dansant d'un pied sur l'autre.

– Prénom ?

– Luchien Firmin m'chieur.

– On dirait que t'es poli toi…

– Oui m'chieur. Ché touchours été.

– Quoi ? Qu'est-ce que tu dis ? Je te comprends mal.

– Ché pas ma faute… Ch'est d' puis toujours comme cha !

– Date et lieu de naissance ?

– Chui né le 2 mai 1849, en Haute-Loire. Chai chuste vingt ans m'chieur.

– Nom et prénom de ton père ?

Honteux, il bredouilla :

– Ch'en ai pas m'chieur !

Le directeur leva enfin les yeux de la feuille carcérale qu'il griffonnait et fixa cet homme à la carrure imposante. Il ajouta :

– Prénom de ta mère, si tu en as une ?

– Benoîte Madeleine Chevassagne.

Après lui avoir brièvement exposé le règlement intérieur, d'un signe de la tête, il le somma de rejoindre la cellule.

L'hiver qui suivit cette terrible histoire parut encore plus long, plus triste pour les habitants de la contrée. À la veillée, le cœur n'y était plus, et les conversations revenaient immanquablement sur "l'affaire". La haine se lisait encore sur les visages et chacun souhaitait que Dame Justice fît son travail, et ce, le plus rapidement possible. Car, outre le fait qu'ils avaient commis un crime crapuleux impardonnable, ils coûtaient cher à la société, tous ces taulards ! Logés, nourris, blanchis… Selon la harangue populaire !

La malheureuse Benoîte restait cloîtrée au fond de sa bicoque, au fond de son malheur. Personne ne lui parlait.

Un rideau se ferme sur son passage, un bruit de clef dans la serrure de la porte d'une boulangerie, un homme la chasse de sa boutique alors que sa femme la dévisage méchamment, des passants activent le pas en changeant de trottoir, voilà son quotidien.

Elle avait beau sortir de sa poche quelques pièces et les montrer au travers des vitrines, les commerçants la fusillaient du regard et tournaient les talons. Aucune compassion pour cette gueuse *qu'éto même pas d'ichi*, (qu'était même pas de là), et coupable d'avoir engendré un monstre.

Le prêtre, Hubert Picard, un jeune curé[14] nouvellement ordonné, bouleversé par cette misère, lui rendait visite quelquefois et la ravitaillait ; du pain, du fromage, un morceau de lard et des patates. La veille de Noël, il emplit un panier en osier de

14. Curé : du latin cura (soin). Qui a le soin, le souci de ses ouailles. Le mot « père » ne sera usité qu'après le concile « Vatican II »dans le clergé séculier.

nourriture et le lui porta. Sa soutane ourlée de neige, il frappa à la porte de la rejetée du village et se trouva pétrifié. Dans l'entrebâillement, il devina son visage tuméfié, ses lèvres boursouflées et sanguinolentes camouflées par un fichu miteux. Elle éclata en sanglots et tomba à genoux aux pieds du prêtre.

Bien sûr, il n'appréhendait que trop bien ce qui s'était passé, mais ne trouvait pas les mots consolateurs.

– C'est pas possible, c'est pas mon Lucien qu'a pu faire une chose pareille ! J'y crois pas ! Y f'rait pas d'mal à personne. Comme il a des difficultés à s'exprimer, il a peut-être pas su s'expliquer comme il faut. C'est sans doute rapport avec c'qu'j'ai fait quand je l'attendais… Vous comprenez monsieur le curé ? Ça lui a tombé sur la parole.

Oui, il cernait tout à fait la situation, et sans cautionner tel ou tel acte plus ou moins répréhensible, il se devait en bon pasteur d'aider ses brebis, principalement les plus égarées. Conscient qu'un drame terrible semait la dissension dans ce bourg habituellement si paisible, sa bonhomie se dérobait derrière un masque d'une immense perplexité. Décontenancé, saisi par le froid glacial qui régnait dans la pièce lugubre, il déposa les victuailles sur la table et chercha du bois pour allumer le feu, mais n'en trouva pas. Même cela lui était donc interdit… Quelle horreur ! Non, il interviendrait. Parce que personne n'a le droit de juger ainsi son prochain. C'est contraire à l'Évangile. Un bon chrétien commet un grave péché en agissant de la sorte. Ce soir, à la messe de minuit, lorsqu'il montera en chaire, il les sermonnera vertement, et demain aussi… Et aussi longtemps qu'il le faudra. Nul ne peut s'octroyer la liberté de se conduire en justicier. De fait, chacun en prit pour son grade et les esprits se calmèrent tant soit peu.

Benoîte ne pouvait chasser de sa mémoire cette soirée maudite où deux gendarmes à cheval étaient venus arrêter son gars. Oh ! Elle les revoyait, imposants… Leur pantalon serré dans des bottes en cuir noir, veste ajustée, impeccable, ornée de galons dorés avec des épaulettes et ce képi qui assombrissait encore leur regard, dur, terrifiant !

– Lucien Firmin Chevassagne ? questionnèrent-ils sèchement.

– Oui, oui, c'est moi ! fit le jeune homme.

– Vous êtes soupçonné de meurtre sur la personne de Noémie Chambonnier. Au nom de la loi, on vous arrête.

– Mais…

Ensuite, tout alla si vite… Des menottes passées brutalement autour de ses poignets, un tour de clef pour les fermer, une longue chaîne tenue par l'un des gendarmes qui se remit en selle prestement, et son Lucien, prisonnier, marchant entre les deux chevaux.

Elle entendait encore le bruit des fers sur les cailloux, de loin en loin puis plus rien, pas un mot, rien… Que cette vision d'horreur de son fils enchaîné, l'air abasourdi, la bave au coin des lèvres. L'avait-il regardée avant de partir ? Elle ne savait plus. Tout se brouillait dans son esprit, son cœur s'était déchiré à ce moment-là. Son Lucien, son p'tit gars…

Elle avait beau se dire qu'il lui reviendrait, que ce n'était qu'une grossière erreur, qu'il n'avait pas pu commettre un tel crime, tourner et retourner tout et n'importe quoi dans sa pauvre tête martelée par de terribles migraines… non, elle ne pouvait que pleurer encore et encore, à s'en brûler les yeux, à s'en arracher les tripes, à s'en broyer l'estomac, personne ne pourrait comprendre. D'ailleurs, qu'y avait-il à comprendre ? Un geste aussi odieux ne méritait ni compassion ni excuse.

La gentille Rita, avec l'aval du prêtre, de son mari, mais également du patron, lui apporta quelquefois un peu de nourriture. Un jour, elle emmena Violetta. Benoîte la serra dans ses bras en sanglotant amèrement.

– Comme elle est belle votre petite, madame… Vous avez bien de la chance !

Elle caressait son épaisse chevelure ébène de ses mains cagneuses. Rita essuya une larme, pensant que sans Sébastien Grange, elle aussi vivrait probablement dans les mêmes conditions inhumaines.

Les mois passèrent. Aucune autre nouvelle n'arriva. Alors, avec le renouveau printanier, chacun reprit ses activités, mais, hélas, Benoîte ne trouva pas de travail. Personne ne l'embaucha.

La misère s'ajoutait à la misère… Elle même entérinée par la honte et l'opprobre.

Monsieur le curé Picard, animé par la vivacité de sa jeunesse, tourmenté par cette affaire, se rendit au bureau de bienfaisance le plus proche, expliqua la situation et quémanda une aide vitale et immédiate pour la malheureuse.

«Le département de la Loire renferme un grand nombre d'établissements de bienfaisance. La charité s'y exerce sous toutes les formes et les associations privées secondent d'une manière très efficace les efforts de l'administration pour atteindre et soulager toutes les misères.

Le nombre des bureaux de bienfaisance dans le département de la Loire est de 243 ; le nombre des individus secourus à domicile est de 19 491.

Les recettes ordinaires proviennent de :

Produits des immeubles et des capitaux placés en rentes sur l'état ; subventions des communes ; droits des pauvres sur les spectacles, bals et concerts ; produits des quêtes, troncs ; souscriptions ; collectes etc. Dons et legs ; autres recettes ordinaires ou extraordinaires.»[15]

Ainsi, Benoîte survécut aux crochets de la société, comme le lui firent remarquer des mauvaises langues. Elle cultivait son jardin, des pommes de terre et des courges principalement, tête baissée, honteuse.

15. *Document officiel des années 1866-1886.*

Un matin, alors qu'elle s'apprêtait à sortir pour vider le contenu de son pot de chambre sur un tas de mauvaises herbes déjà jaunies, elle entendit taper contre sa porte. Elle demanda :

– Qui c'est donc ?

– !…

Elle entrouvrit doucement. Un cri d'horreur s'échappa de ses entrailles. Une chouette venait d'être clouée, les ailes en croix…

Au cours d'une visite, le prêtre amena la conversation sur un phénomène qui se déroulait dans un bourg des Pyrénées. Une belle Dame était apparue dans une grotte à une enfant excessivement pauvre, elle aussi. Une gamine dont le père avait fait de mauvaises affaires, ce qui avait ruiné sa famille.

– Elle se nomme Bernadette Soubirous, et le village, Lourdes. Il paraît que des foules nombreuses affluent là-bas. C'est pas très vieux, ajouta-t-il, la première apparition a eu lieu le 11 février 1858, à peine dix ans.

Il essayait de deviner un semblant d'intérêt dans les yeux de Benoîte, comme une lueur d'espoir, une bouée de sauvetage, quoi ! Alors il poursuivit :

La Sainte Vierge, parce que, aujourd'hui, on a la certitude qu'il s'agit bien de Marie, appelle à la prière, à la pénitence et a même prononcé cette phrase :

«Je ne vous promets pas de vous rendre heureuse dans ce monde, mais dans l'autre.»

– Oh vous savez, monsieur le curé, je vous remercie bien de venir me voir. Vous êtes la seule personne gentille avec moi, aussi la Rita du Sébastien Grange qui vient des fois, mais, je suis tellement malheureuse. Votre belle dame, c'est pas que j'y crois pas… Je suis pas contre la religion, ma défunte mère m'avait envoyée au catéchisme, mon Lucien a fait sa communion aussi, voyez, j'ai rien contre, rien du tout, mais je m'en suis tellement vue dans ma chienne de vie, que tout ça, je pense bien que ça sert pas à grand chose… Tenez, le père de mon gars… à la messe tous les dimanches, y pratiquait la charité à ce qu'y se disait, vous parlez d'une charité… Quand il s'est bien servi de moi, il m'a jetée à la porte comme un chien. Oh, y pouvait ben y aller à la messe va ! En attendant, je suis là, avec mon malheur, voilà !…

Camouflant de son index quelques mèches de cheveux rebelles sous son vieux fichu noir, elle ajouta :

– Enfin, si ça peut aider des pauvres bougres comme moi, qu'ont d'la misère, tant mieux pour eux.

Picard se tut, les yeux fixés sur une bougie consumée dont les dernières larmes s'étaient figées en stalactites sur le bord de la table. Il réfléchissait. N'avait-il pas, malgré son jeune âge, la charge la plus ingrate donnée à un pasteur : l'âme d'une femme indigente, accablée, rejetée par tous. Oui, il continuerait de l'aider, autant que faire se peut. Serrant chaleureusement sa main dans la sienne, il quitta la masure, tristement, regrettant que la pauvre ne puisse trouver en Dieu un brin de réconfort.

Le prêtre emprunta le sentier, puis se retourna. Aujourd'hui plus que jamais, alors que le crépuscule naissant rougeoyait le ciel où quelques cirrus s'effilochaient, il mesura l'immensité de la détresse humaine.

Dès les beaux jours, lorsque le soir descend tard, les gens avaient l'habitude de manger la soupe, "dehors", assis sur un banc ou une chaise devant leur maison. On pouvait les voir, le bol ébréché décoré de fleurs rouge grenat en main, avaler un bon potage de légumes du jardin. Les patates nouvelles, les pois gourmands, les carottes et les poireaux soigneusement gardés dans un coin du potager, le tout agrémenté du traditionnel morceau de lard conservé dans le sel et qui, une nuit durant, suspendu à un bout de fil de fer, trempait dans le cros pour dessaler. Une rasade de vin chassait l'espace d'un instant "les yeux" nageant à la surface du bouillon odorant ; et ça faisait des "schlups" à n'en plus finir… La cuillère récupérait ce qui ne manquait pas de dégouliner sur le menton, et après un bon rot bien bruyant, en tendant, sans mot dire, le bol vide à sa femme, le paysan d'un geste de la tête en redemandait. Elle se levait et servait son homme. Le souper terminé, ils essuyaient leurs lèvres graisseuses du bout de la manche, soulevaient une fesse et pétaient un bon coup, en ajoutant :

–Tiens, pour les riches, puisqu'il leur faut tout !

Alors, ils riaient bruyamment, de ceci, de cela, de rien, parce qu'il fallait bien s'amuser un peu, et que les occasions manquaient…

On racontait des blagues… Toujours les mêmes d'ailleurs. Quelle importance… Elles faisaient rire chaque fois… Comme les devinettes du Louis :

– Tête sans cervelle, ventre sans boyau et deux cornes au cul… Qui suis-je ?

Feignant la réflexion en fronçant leurs sourcils broussailleux, pointant l'index ils déclaraient en chœur presque solennellement : une brouette !

Et celle-ci…

– Vous connaissez t'y la différence entre une chèvre et une religieuse ?

– Euh ! Non !

– Eh ben ! La nonne dit son chapelet par devant… et la chèvre, par derrière !

– Oh que diable ! On les connaît vos histoires ! Vous les rabâchez depuis si longtemps… Vous feriez mieux de faire la vaisselle, tiens ! lançait une voix fluette gênée vraisemblablement par les plaisanteries gouailleuses. Il y a des choses avec lesquelles fallait pas rigoler. Ah ces hommes ! Tous les mêmes va…

Mais ils remettaient ça, au contraire…

Et celle de l'Alphonse…

– Une bonne paroissienne croyant avoir commis un gros péché le mercredi des Cendres va trouver le prêtre : Monsieur le curé, j'ai fait ma soupe dans la marmite sans la laver, où, la veille, mardi gras, j'avais fait cuire du lard. Le curé, un bon plaisantin, répondit : dites plutôt que vous êtes une grosse sale !

Ah ! Et celle du grand Pierre !

– Un gars bien saoul va se confesser ; le prêtre le bombarde de questions, et le type répond : non, mais j'vas quand même pas tout t' dire, t'es pas l' président !

– Et le perroquet Ver-Vert ! Allez, je l'aime bien cellelà !

– Ouais, mais c'est pas une blague. Elle est authentique. Y avait des bonnes sœurs à Nevers, des visitantines, qu'avaient confié un perroquet du nom de Ver-Vert aux mariniers, pour leurs consœurs de Nantes. Devait être dévote la bestiole ! L'avait entendu d'cantiques toute sa vie ! Alors le langage coloré des hommes… Ça lui a plu ! Y s'est mis à dire des jurons gros comme ça ! Si bien que les nonnes de Nantes, outrées qu'elles étaient… Elles couraient partout en faisant des signes de croix…

– Elle est vraiment authentique, t'es sûr ?

– Ouais ouais, paraît. Les mariniers se la racontent de père en fils, alors !

Les hirondelles tournoyaient en un ballet sans fin autour des toitures, apportant la nourriture à leur progéniture, puis repartaient inlassablement en quête d'insectes…

– Tiens ! Demain, y f'ra beau ! Les hirondelles volent haut…

Un crapaud bien caché lançait son "Tuu Tuu" répétitif alors que les grenouilles coassaient autour des cros.

Entre les pierres d'un muret, le point lumineux d'un ver luisant, prémices de journées ensoleillées, brillait.

Parfois, un homme poussait sa chansonnette. Florilège où il était question, d'amour et de bergères, de blé d'or et de guerre, de larmes et de morts. Jean-Baptiste Clément, en 1866, écrivit l'immense succès populaire, où merle moqueur et gai rossignol sont mis à l'honneur sur fond de belles ayant la folie en tête et d'amoureux du soleil au cœur. C'était toujours avec une certaine nostalgie que tous reprenaient en chœur cette magnifique romance qui s'engouffrait dans la brise de l'été…

«Quand nous chanterons le temps des cerises…»

Les femmes, peu habituées aux effusions de tendresse, aux déclarations galantes et courtoises, toujours émues par ces folles amours en chanson, se levaient sans rien dire, le cœur lourd, et en attendant la tombée de la nuit, reprenaient leurs activités sur leurs métiers à tisser "à bras" fabriqués entièrement en bois… car pour ces belles-là que Dame Fortune avait oubliées, le quotidien, c'était avant tout… nourrir leur famille.

Elles faisaient leur canette qu'elles bloquaient avec des bouts de peau… de chat… dans la navette taillée en buis en raison de la solidité, passaient entre les fils de la chaîne, et ramenaient le battant manuellement pour serrer la trame. Après avoir "renvoyé" le battant, du pied, elles appuyaient sur une pédale : la marche, et grâce à un astucieux système, les fils se croisaient. Par les fenêtres entrouvertes les *"bistanclaque pan, bistanclaque pan, bistanclaque pan"* cadencés des métiers montaient, telle une musique qui se perdait dans la fraîcheur du soir, couvrant les voix criardes des gosses qui chantaient à tue-tête en s'amusant avec quelques billes et des bûchettes en bois :

«D'humeur toujours joyeuse
Je suis tisseur à Charlieu
Ma femme est dévideuse
On s'aime bien tous les deux
Des tisseurs à la main
C'est moi le plus malin
Je demeure rue Chevrotie
À côté de la pharmacie»

… et, entre deux giclées noirâtres de chique, largement étalées sous leurs sabots ronds, les hommes reprenaient le refrain :

«Voilà les petits canuts
Des Cordeliers et de Gayen
Les canuts Charliendins
Partout ils sont connus
Et bistanclaque et pan
La navette, le battant
Regardez comme ils sont chenus
Voilà les petits canuts…»

Les fillettes apprenaient leur futur métier de mère de famille, en emmaillotant une poupée de chiffon parfois bien malmenée. Car épouses et mères elles seraient, immanquablement, inévitablement ! Les hommes jouaient à la manille. Les jeunes filles brodaient leur trousseau… Ainsi allait la vie.

Oh certes ! L'ouvrage à domicile payait peu, mais mon Dieu, "ça mettait un peu de beurre sur le pain". Deux ou trois vaches, quelques chèvres, un peu de vigne, les volailles, le cochon, et le tissage.

Ces paysans-là prenaient grand soin du bétail, leur seul capital. Jamais une bête ne restait dehors l'hiver ni sous une pluie froide. La mémoire locale rapporte qu'une brave fermière, soucieuse de voir son veau malade, l'installa bien au chaud derrière le fourneau de la cuisine ! Eh oui, c'était ainsi.

Aujourd'hui, nous ne pouvons que nous incliner face à ces habitudes de vie, certes dépassées, mais n'en sommes -nous pas les légataires, et quelque part, fiers de l'être ?

Hommage vous soit rendu, braves mères qui avez su transmettre le legs des vraies valeurs à votre descendance, bonnes et loyales épouses, besogneuses acharnées, honnêtes et économes.

Dans la région de Saint-Nizier, Villers, Pouilly-sous-Charlieu, Chandon, Saint-Hilaire, Cuinzier, Mars, Saint-Denis-de-Cabane et alentour, ils étaient tisseurs, comme dans le Jura, tourneurs, ou en Auvergne, dentellières, de génération en génération.

Certains façonniers, ces ouvriers qui oeuvraient à façon pour une quarantaine d'entreprises, possédaient leurs métiers, et par le fait, se voyaient mieux rémunérés que lorsque le patron les leur prêtait. Hélas, tous n'avaient pas les moyens d'acquérir la fameuse machine. Dix mille métiers vibraient sous les doigts habiles des femmes, relayés par ceux plus gauches des hommes eux-mêmes remplacés par les menottes des gamins, car, étant payés au mètre, il fallait produire, produire… Environ trois mètres en une douzaine d'heures. Les incessants "*bistanclaque pan*" se renvoyaient d'écho en écho, transportés par le vent de fermes en villages, de hameaux en collines…

La soie importée dans la région par le sieur Roux de Nandax, ami intime du sieur Etienne Gautier, propriétaire entre autres du château de Ressins, procurait un labeur fort appréciable, d'autant que cet homme, peintre à ses heures, d'une grande générosité, marqua son temps par de larges donations en tous genres.

Ainsi, un jour, il dut vendre deux de ses chevaux : Étincelle et Noisette . Il les confia à François, son cocher, surnommé le père Vagnot, papa d'une famille nombreuse, et lui dit :

– *«… Tu les vendras pour ton propre compte et tu donneras le prix à ta femme pour l'aider à entretenir ses nombreux enfants…*

… D'un autre côté, je tiendrais beaucoup à ce que ces pauvres vieilles bêtes ne soient pas trop maltraitées et aillent chez des gens qui ne les martyriseront pas…»

Cette contrée doit aussi l'importation du coton à monsieur Gautier père, né en 1780, et décédé en 1865, ancien adjoint au maire de Lyon.

Les hommes emportaient les rouleaux de tissu sur l'épaule à Charlieu, fruit de la main d'oeuvre de toute la famille, et certains arrosaient copieusement la paye.

Quelquefois, d'ailleurs, il ne restait quasiment rien après les agapes charliendines…

Sur le chemin du retour, une nouvelle halte s'imposait dans un café au nom significatif : "Au vin sans eau", mais cette fois, c'était pour acheter une friture péchée dans l'étang qu'ils rapportaient chez eux, enveloppée dans du papier journal. Le soir, tous réunis autour de la table en bois, à la lueur de la lampe à pétrole, ils se régalaient bien, et c'était un moment de bonheur qui améliorait l'ordinaire. Les menus ne variaient guère.

Les femmes, le cœur serré, guettaient du coin de la maison le retour de l'époux et devinaient, d'après l'allure, l'état de leur *houme* (homme) qui exerçait souvent un autoritarisme absolu aboutissant à des brutalités exacerbées par l'alcool.

– Tiens, le père Untel revient bien d'aplomb *inneu* ! (aujourd'hui). Par contre, gare à la Marinette ! Saoul comme un cochon qu'il est, son *houme* ! Ça va encore faire vilain chez eux ce soir ! Demain, elle aura un œil poché, à coup sûr…

– Ouais… Et puis dans neuf mois, elle pondra ben le quatorzième ! Misérable femme accrochée à sa pitoyable existence comme un chien au bout de la laisse.

– Que peut-elle faire ? À part prendre les coups et les insultes ?

– Oh ! Y a pas que les coups qu'elle prend, renchérit l'un d'eux en riant… Toujours aux œufs ou au lait !

– Eh ! Un sacré dru le bougre ! C'est que… Il y va à la manœuvre l'gars ! Un bon mâle… de Dieu !

– Taisez-vous, répondit une fille… Et ça vous amuse, y a pourtant pas d'quoi ! Heureusement qu'elle a la foi, ça la soutient.

– Le père Denis… Il en tire une tête des mauvais jours! Ben mon vieux ! Un nez comme un sabot, et y sait-y la cause au moins ? Penses-tu, le plaisir de faire la trogne quoi. Jamais content de son sort. Ah, la vie est pas rose va ! Quand on pense qu'il a tout pour être heureux, cet oiseau, eh ben, non, faut qu'y gâche…

Dans les bistrots de la contrée, surtout après quelques bouteilles, les conversations revenaient immanquablement sur le crime, surtout depuis le rapport du légiste qui confirma le viol, chacun extrapolait les mobiles les plus saugrenus.

De la folie, en passant par la perversité, ils accablaient

cette saloperie de Chevassagne de tous les maux. Les vols, les agressions non élucidées, le vrai, le faux, l'imaginaire, même l'incendie qui avait ravagé la grange du gros Marc, tout y passait…

Sébastien Grange, quant à lui, ne se mêlait jamais à ce genre de rumeur. Il avait assisté à la reconstitution, c'était amplement suffisant. D'ailleurs, avec le recul, il se demandait bien pourquoi s'être abaissé à ce genre de spectacle. Il n'en avait strictement rien à faire, et surtout, s'occupait de mener à bien, et le plus rapidement possible, ses projets. Néanmoins, son don de sourcier intriguait. Aussi, petit à petit, des paysans s'enquirent de ses services, malgré quelques réticences.

Il se rendait volontiers chez eux, arpentait les propriétés, muni de sa baguette et désignait l'endroit où, affirmait-il sans hésitation, il fallait creuser.

Sa réputation de sourcier grandissait. Violetta arrivait dans sa dixième année. Elle l'accompagnait fréquemment, très fière dans la voiture à cheval, s'accrochait à son pantalon en riant et n'en finissait pas de l'appeler : Bastien ! Bastien ! Si bien que plus ou moins discrètement, on le surnomma :

Le Bastien des sources !

Ayant eu écho de ce surnom, il avoua en être très flatté… et de ce fait, aux Blandins, à Saint-Jean et même plus loin, pour tout le monde, il devint définitivement :

Le Bastien des sources !

– Ché pas si y aurait d'l'eau vers moi ?

– T'as qu'a aller chercher l'Bastien des sources. Il en a ben trouvé vers le père Buisson à La Borie… l'Béchot. Dès qu'il a commencé à creuser, mon vieux, l'eau s'est mise à donner, fallait voir. Ça pissait, ça pissait gros comme le bras !

– T'crois qu'y viendra ?

– Pour sûr ! C'est qu'il a l'don le diable d'Bastien ! Paraît qu'ça lui viendrait d'son père… qu'y dit comme ça…

Mais sa préoccupation principale, pour l'heure, était l'achat de vaches et d'un taureau de race charolaise. Il espérait voir, dans les années futures, son exploitation prospérer grâce à son cheptel soigneusement sélectionné et pourquoi pas, concourir dans les premières expositions de bêtes de race. Bien renseigné sur le sujet, il savait que depuis 1844, les vaches à la robe blanche raflaient bon nombre de concours. Ah ! Les projets et l'ambition ne manquaient pas !

Décidé à acquérir de belles bêtes et accompagné d'Adriano, il se rendit aux différents marchés aux bestiaux de la région, histoire de se donner une idée. N'étant pas novice en matière d'élevage, Sébastien Grange se voulait prudent et méfiant.

Dans les prés de toute cette région, on ne voyait "que du blanc", selon le langage populaire local, sous-entendu du charolais. Vers Charolles, l'élevage primait, alors qu'en Brionnais, ils privilégiaient l'embouche, c'est-à-dire l'engraissement des bêtes. À cette époque où les farines n'existaient pas encore, les animaux (toujours du blanc) achetés dans les départements voisins, la Nièvre, l'Allier, le Cher, la Creuse, s'engraissaient au pré, pendant six à huit mois, se nourrissant exclusivement d'herbe.

Autour de Saint-Christophe, les terres quasiment inexistantes laissaient place à des immensités de frais pâturages de grande qualité. Le sous-sol argileux préservait des nuisances de la sécheresse. Par temps de canicule, alors qu'ailleurs tout n'était que désolation, que les troupeaux ne trouvaient que maigre pitance, l'herbe verte et grasse du Brionnais les nourrissait encore abondamment.

Cependant, certaines communes, dont une bonne partie de la vallée de l'Arconce, offrent une telle qualité d'herbage, que les veaux dépérissent au lieu de profiter.

– Ç'est trop fort, ça les brûle, affirment les paysans, d'où l'intérêt évident de sélectionner ces pacages pour l'embouche.

L'Arconce prend sa source sur le territoire de Mary, forme l'étang des Roussets, passe à Charolles, Poisson et continue sur Anzy-le-Duc, Versaugues, Saint-Yan pour finir sa course dans les bras de la Loire à Varennes-Saint-Germain en amont de Digoin. Au sein de la belle vallée, elle déroule ses lignes calmes en larges méandres à l'ombre des arbres enracinés en son lit, et dégage ainsi une fraîcheur bienfaitrice pour les bêtes.

Avec ses gros bourgs aux maisons cossues en pierres jaunes dominées par l'incontournable clocher roman, ses bocages délimités par les haies adroitement taillées camouflant châteaux et fermes fortifiés, cette terre d'abondance paraît être le berceau d'une des économies les plus florissantes. Une politique ancestrale visait à léguer les terres et les métairies à des particuliers depuis des temps immémoriaux.

«Chacun de ces deux petits bailliages nourrit proportionnellement beaucoup plus de bétail qu'aucun autre bailliage de la province et d'une espèce fort supérieure. C'est dans ces deux pays seulement qu'on engraisse des bœufs pour le service des boucheries».

Chemin faisant, le fidèle commis pria Bastien de lui expliquer cette histoire de vaches charolaises, parce que :

– Patron, vous ne m'avez toujours rien appris à leur sujet. Vous savez, chez moi, en Ombrie, ah c'est sûr, elles sont différentes. Ce sont des bufflonnes et avec leur lait on fabrique un fromage, la mozarella. C'est une spécialité italienne.

– Y a longtemps que tu tousses comme ça ?

– Hein ? Quoi ? Je vous parle de… Et vous me répondez… Que je tousse… Ben, oui, ça fait quelques mois… Oh ! rien de grave… Vous savez un rhume qui traîne…

– Une bien belle histoire, comme le sont toutes les

histoires, les découvertes en tous genres ou encore les inventions, trancha le Bastien toujours aussi déstabilisant. N'empêche que, rajouta-t-il en pointant son index, les Romains qui s'étaient implantés par-là, et qui, faut bien le reconnaître, apportaient un savoir à nos pauvres ancêtres Gaulois, ont laissé leurs empreintes. Ils ont défriché, labouré la terre. Tu sais pas parler le patois, Adriano, sinon, tu reconnaîtrais certains mots réchappés de la langue "Franco-Provençale". On a eu un réfugié venu de la région des Pouilles, en Italie du sud, et ça le surprenait toujours. Il retrouvait les mêmes termes dans nos deux dialectes, c'est bizarre hein ? Quant à mes vaches, personne n'est en mesure d'affirmer avec certitude leur origine ; certains disent qu'elles descendraient du bétail ramené des croisades. Tu parles… Les croisades… Toujours les calotins en tête, avec l'épée, le goupillon et surtout l'escarcelle ! Leur grand souci était plutôt de savoir si les femmes avaient une âme…

Il se tut quelques instants puis insista :

– Dans le Roannais, les guerres de religion ont été particulièrement sanglantes. Et votre cher bon Dieu… Hein… A rien trouvé de mieux que d'envoyer une épidémie de peste qui a décimé le tiers de la population ; à cela tu rajoutes les inondations meurtrières de la Loire et voilà. Alors votre fameuse bonté divine, hein ! À d'autres !

– Enfin bref, revenons à nos vaches ! Je pense que par croisements naturels, au fil des siècles, la richesse de nos pâtures aidant, elles se sont plu par ici et se sont multipliées. Le plus plausible, dirons-nous, c'est que l'origine proviendrait de la Nièvre ; de la race Durham, un peu plus jaunâtre. Mais je te dis bien, tout se perd dans la nuit des siècles. Ça remonte à si loin…

Sébastien parlait, expliquait, récitait quasiment une leçon apprise par cœur. Il faut dire qu'en homme intelligent et averti, il avait pesé le pour, le contre, s'était documenté, car à cette époque, il était bien difficile d'estimer les aboutissants de tels investissements.

Certes, depuis fort longtemps, cette race tendait à prouver sa rusticité et sa qualité tant pour le travail que pour la boucherie, mais de là à se spécialiser dans l'élevage ou l'embouche…

Révolu le temps où ces nobles bovins pliaient l'échine sous le joug de l'attelage, tirant la charrue et les chars de foin. Les chevaux les remplacèrent avantageusement.

Cette région, tira, a priori, leçon de l'épouvantable famine de 1709 et 1710, dont il est dit qu'elle fut la pire, comme en témoignent les écrits d'époque, et misa rétrospectivement sur ses animaux, une valeur sûre :

«Dans l'année 1709, le fort de l'hyvert se prit la veille des Roys, le 5 janvier, par une rigoureuse, et épouvantable bize, et par une cruelle gelée qui dura le reste du mois et davantage : le froid fut si rude et si terrible, que les noyers et les châtaigniers, les cerisiers et quantité d'autres arbres moururent ; mais le plus grand mal fut que les froments et les seigles gelèrent en terre et se perdirent entièrement, ce qui causa cette chère année et cette chèreté de grains qui n'a guère de semblables, Car la famine fut si grande que l'on fut contraint de manger pendant longtemps du pain de fougère et de gland, et que la cinquième partie du peuple et même davantage mourut de faim, surtout les petits enfants. Enfin on ne peut se ressouvenir d'un si triste temps que l'on ne tremble et que les cheveux ne se hérissent, surtout quand l'on se remet devant les yeux comme la faim avoit défiguré le visage des pauvres et même quantité de personnes commodes et aisées qui par malheur ne se trouvèrent point de grain, ceux qui souffraient la faim étoient noirs, hideux et épouvantables et jettoient des cris qui faisoient compassion, même souvent ils retomboient morts, marchants par les chemins ; le froment vallu jusqu'à 10 livres le boisseau, le seigle 7 livres 10 sols et le vin se trouva si rare que le meilleur marché étoit de 100 livres la botte ; les

meilleures maisons n'avoient que du cidre pour leur boisson et qu'il y eut des prêtres qui furent contraints de s'abstenir de dire la messe faute de vin. Dans la commune de Colombier, ou il n'y a guère que 200 communiants ou environ, on y fit depuis Pâques jusqu'à la Saint-Martin 72 enterrements, les deux tiers d'enfants.»

(extrait : *Colombier en Brionnais*)

Des hommes sans être reconnus célèbres, dans le sens où nous l'entendons communément, marquèrent néanmoins leur temps d'une singularité certaine.

Le sieur Claude Brosse, simple vigneron, audacieux s'il en est, un beau matin se mit en route avec ses bœufs tirant une remorque chargée de vin. Rien d'exceptionnel… mais lorsque l'on sait qu'il partait pour Versailles, avec ferme intention de faire déguster son vin au roi Louis XIV, évidemment, nous ne pouvons que nous incliner.

Quelques années plus tard, en 1747, un fermier du village d'Oyé, du nom d'Emilien Mathieu, releva le défi. Il s'agissait de mener un troupeau de charolaises sur les routes de France, destination : le marché de Poissy à Paris.

Que cela soit… Et cela fut…

Après 17 jours de marche, pour la première fois de l'histoire, nos belles vaches à la robe argentée s'expatrièrent vers la capitale, hors de leurs riches pâturages et concurrencèrent le marché lyonnais.

Les Parisiens, ne jurant que par les races d'outre-Manche, tombèrent sous le charme gustatif de cette viande à nulle autre semblable ; pas trop grasse… Surtout après 17 jours de marche !… Mais persillée de fine graisse, fondante à souhait avec ce délicieux mélange de tendreté et de fermeté.

C'en était fait. Pacte signé et adopté.

Quelle ambiance, toutes ces foires aux bestiaux ! Incroyable !

Avec la plus célèbre, celle de Saint-Christophe-en-Brionnais. En voilà une histoire… Elle mérite qu'on s'y attarde. Adriano paraissait subjugué.

Le seigneur du lieu, messire Jean de Tenay, en 1488 signa et scella du grand sceau à perpétuité, l'institution de trois foires. *«Le mardy devant Pâques fleury, la seconde la vigile de Saint Christophe en juillet et la troisième jour de Saint François en octobre.»*

Après plusieurs changements au cours des siècles, en 1820, une ordonnance du roi Louis XVIII, stipulait : *«les douze foires qui se tiennent actuellement à Saint-Christophe, arrondissement de Charolles, département de Saône-et-Loire, auront lieu à l'avenir le troisième jeudi de chaque mois»*.

Incroyable, une telle pérennité ! Plus de cinq cents ans ! Mais les privilèges n'avaient-ils pas été octroyés à perpétuité ?

Les cafés, les auberges, tout le commerce local connut un essor fulgurant, dans ce bourg béni par Mercurius ou qu'une bonne fée couvrit un beau jour de sa baguette magique. Sébastien et son fidèle commis prirent place au café. Ça causait fort. Ça négociait à grands coups de poing sur la table.

D'autres villages avoisinants s'animaient également autour des marchés aux bestiaux, mais nul autre foirail ne connut telle affluence.

Les paysans en sabots quittaient leur ferme de très bonne heure, selon la distance. Certains parcouraient jusqu'à vingt kilomètres à pied avec leurs bêtes. Il n'était donc pas rare d'écouter les meuglements de ces troupeaux dès deux heures du matin mêlés aux cris des fermiers : [16]

– Té té té ! Ah Diou de Diou !

Quelques coups de triques bien appuyés sur la croupe de l'une ou de l'autre s'attardant à manger sur le bord des talus,

16. Depuis novembre 2004 le marché a lieu le mercredi après-midi.

les aboiements des chiens ensauvageaient le troupeau que canalisaient les toucheurs : des jeunes qui, moyennant quelques sous, se tenaient aux intersections et veillaient attentivement à la bonne marche du cheptel. Certains éleveurs parmi les plus riches suivaient en voiture à cheval, confiant cette besogne ingrate à leurs commis. Il était en effet fort malaisé de déambuler ainsi sur les chemins, en pleine nuit, sans lumière.

Enfin, lorsque le soleil hasardait ses premiers rayons et que se levait timidement le jour, ils arrivaient aux portes de Saint-Christophe avec un soupir de soulagement. Hélas, parfois crottés, trempés et transis de froid, ils scrutaient un ciel désespérément chargé de gros nuages. Alors, ils savaient… Ils savaient qu'aujourd'hui, ce serait encore plus dur et qu'il leur faudrait reprendre le chemin du retour sous une pluie battante, et que les kilomètres sembleraient encore plus longs. Si les ventes ne s'affolaient pas, eh bien, ils ramèneraient leur cheptel et la bourse plate.

Dans la rue où s'entassaient les bêtes, un méli-mélo d'odeur de bouse et de sueur planait. Cinq heures sonnaient au clocher de l'église. C'était parti !

Vendeurs, acheteurs, maquignons et chevillards, discutaient, parlementaient, tournaient et retournaient autour des animaux dont les yeux grand ouverts trahissaient l'affolement.

– Patron, c'est quoi un… Comment vous dites ? Cheville ?

– Chevillard. C'est celui qui fait l'intermédiaire entre le vendeur et le boucher. Il fait la “cheville” entre les deux, d'où son nom.

Bâtons en main, ils les poussaient, à droite puis à gauche, tâtaient du poing la croupe de la bête, évaluaient d'un pincement de doigt la tendreté de la viande, palpaient la chair, touchaient la peau, puis commentaient :

– Paraîtrait pas mauvaise comme ça, mais vous avez

vu ses cornes ! Elle sont verdâtres, c'est pas signe de bonne viande… Ça vaut pas grand chose une vache comme ça ! Ah ! Elle aurait les cornes blanches et tournées vers le bas, alors là, j'achetais séance tenante… Mais vous savez aussi bien que moi, ce qu'on dit : – corne en l'air, viande légère, corne cabette[17], bonne bête.–

– Alors, désolé vieux ! Je vais faire le tour, voir si je trouve meilleur, des fois !

– J' suis d'accord avec vous, mais y a une suite… une bonne bête n'est pas forcément cabette ! Alors…

Les chevillards se montraient intraitables sur la qualité et exigeaient des critères sérieux. D'un coup d'œil avisé, ils repéraient la perle rare issue d'une sélection rigoureuse.

Au milieu des dos argentés, des queues noircies de bouse qui s'agitaient dans tous les sens, de la buée des naseaux dilatés par l'angoisse, le chevillard la repérait de loin.

La robe blanche sans tache, la tête courte mais le front large, de grands yeux saillants, les muqueuses rosées, et le dos musclé, bien horizontal. Ses reins, ses hanches et la croupe très larges, la culotte rebondie sur de courtes pattes, la voici la bête d'exception ! Celle qui fournira la meilleure viande, tendre, juteuse à souhait, que les bouchers de Lyon ou d'ailleurs achèteront sans rechigner sur le prix.

Alors, d'un geste, tel un code familier aux initiés, le marché était conclu. Les sabots glissaient sur les bouses fraîches, on se rattrapait in extremis… Sans importance. Des sourires de satisfaction se devinaient sur ces gueules durcies par une barbe hirsute. La casquette de travers, une cigarette éteinte collée au coin des lèvres, ils se dirigeaient d'un pas lourd et régulier jusqu'au “mur d'argent”.

Qui par ici ne connaît le célébrissime “mur d'argent” ?

17. Cabette : arrondie et tournée vers le bas.

Combien de tractations, depuis des siècles, furent négociées sur ce fameux mur en pierre, faisant partie intégrante du patrimoine local ?

Chaque chevillard avait sa place bien définie, et tout achat scellé d'une tape dans la main se réglait en liquide. Les billets étaient comptés et vérifiés par des doigts gourds. Les liasses déposées sur les pierres, un caillou dessus changeaient de bourse rapidement. Les énormes portefeuilles en cuir glissés dans la poche intérieure de la blouse noire s'enflaient.

Machinalement, ils le tapotaient d'un air entendu et satisfait ! Sébastien Grange accompagné d'Adriano, après s'être restaurés, arpentaient la grande rue où les bêtes attachées à la corde attendaient leur destin. L'abattoir pour les unes et le retour à la ferme pour les laissées pour compte. Un sursis de quelque temps…

– Ah tiens ! Les voilà ! lança un homme en riant. Il avait jeté un œil goguenard en direction des thermes où les gens de la haute société aimaient à se prélasser. Les bains et soins proposés grâce à l'eau de Saint-Christophe étaient du meilleur effet sur les pathologies les plus diverses. Il convenait de préciser que deux seules stations en Europe, celle de Spa en Belgique et celle de Saint-Christophe possédaient une nature identique : eau minérale hydroferrugineuse. Les bains de vapeur suivis par des applications de boue minérale étaient préconisés pour le traitement d'affections de la peau. Si l'on en croit les rapports de l'époque, il semblerait que les sources de Saint-Christophe prenaient figure de sources miraculeuses plus que médicinales. Du meilleur effet pour les convalescences longues et difficiles, les eaux ferrugineuses pouvaient lutter aussi contre la dysménorrhée, la dyspepsie, la… débilité, les gastralgies, les entéralgies, les fièvres intermittentes, les engorgements chroniques, la constipation et les diarrhées !

La taille serrée dans un corset, les grandes dames aux

magnifiques toilettes, chapeautées, se repaissaient à loisir du spectacle champêtre de la foire. Assurément très chère !

Mais… Tel le pinceau de l'artiste, la queue, bien balancée au moment opportun, pigmentait les splendides robes longues de crépissures brunâtres, sous le regard amusé et moqueur des paysans qui s'esclaffaient de bon cœur :

– Approchez-vous donc un peu plus ma p'tite dame !

Un « oh » dégoûté fusait de la bouche en cul de poule de la belle qui reculait, tenant dans une main gantée de blanc son ombrelle et de l'autre sa jupe mâchurée, discrètement retroussée, laissant entrevoir ses fines bottines lacées. Humiliée, elle tournait les talons, haussait les épaules et s'en allait en tortillant du popotin…

– Ben, ouais, jolie m' dame, une vache, c'est comme vous… Ça chie aussi ! pouffaient-ils en déclinant une large révérence de leurs casquettes auréolées de sueur et de poussière !

Des fortunes colossales transitèrent en ces lieux chargés d'histoire sans que jamais personne eût maille à partir avec des voleurs ou bandits de grands chemins. Il faut dire que la carrure impressionnante de tous ces hommes, armés de triques, en aurait dissuadé plus d'un !

À cette époque-là…

Il était coutumier dans les paroisses de recevoir deux révérends pères qui venaient "prêcher la mission". Un véritable bouleversement au sein de la communauté chrétienne, d'autant que le trouble semé par les événements dramatiques des derniers mois méritaient bien qu'on s'attardât par ici. Cette année-là, à Saint-Jean, Rita, sa fille et les fidèles rassemblés dans l'église s'instruisirent, entre autres, sur le déroulement de la Semaine Sainte vécue en 1863 à Jérusalem.

Tout le bon peuple buvait littéralement les enseignements des capucins présentés par l'abbé Picard. Ils leur parlaient avec passion de la terre bénie que jamais, eux, pauvres bougres, ne fouleraient.

Pensez donc, à part quelques nantis, qui pouvait se payer un tel voyage ? Alors, durant une semaine, ils voyageront par-delà les frontières, vogueront sur les mers au rythme des paroles enchanteresses du père. Ils rêveront d' horizons lointains… L'Orient ! Baigné, dit-on, d'une chaude lumière et imprégné d'odeurs épicées que nous autres, "par chez nous" ne connaissions pas.

Alors, le prêtre essayait de décrire les lieux avec précision :

«En parcourant les étroites rues de la ville, nous apercevons une foule de pèlerins qui se rendent à l'église de la résurrection. Toutes les nations chrétiennes semblent avoir envoyé leurs représentants pour visiter le tombeau du Christ ; ils se rassemblent dans la petite place qui précède l'église ; mais au

milieu de cette multitude si diversement composée, nous remarquons surtout les Orientaux à cause de la variété des costumes. Ici, se trouvent plusieurs milliers de chrétiens grecs, qui habitent l'Archipel, l'Asie Mineure, la Russie, la Grèce, ou bien les provinces Danubiennes. Plus loin, les Arméniens forment un groupe considérable, auprès duquel se réunissent plusieurs Coptes et même quelques Abyssiniens qui s'enveloppent dans d'épais burnous. En Syrie, la température d'avril doit sembler assez rigoureuse à ces habitants des contrées africaines ; aussi ne laissent-ils à découvert qu'une faible partie de leur visage brûlé par le soleil. Devant la porte de l'église se tiennent une quinzaine d'Européens ; parmi eux on compte cinq Français : MM. De Trimon, de saint Trivier, de Chaponnel, l'abbé Coince et moi...»

Les braves fidèles illettrés pour la plupart, furent émerveillés nous l'imaginons, par ces récits détaillés et se plaisaient à rêver en laissant vagabonder leur esprit… Syrie ! Danube ! Des noms qui ne signifiaient pas grand chose, ou bien n'importe quoi… C'est si loin !

Violetta se dandinait sur sa chaise en soupirant :

– Dis, maman, y en a encore pour longtemps ?

– Vas-tu te taire et écouter ce saint homme oui ou non ?

– Pfee…

Le religieux leur parlait des autres… Ceux qui étaient chrétiens également, mais pas comme eux… En connaissaient-ils l'existence, ces paysans venus du fin fond de leur campagne, et d'ailleurs quelle importance ? Ils étaient catholiques, de génération en génération et ça leur suffisait bien.

– Ben, à qué qu'où sart d'chercher séqué d'ilè ! Lu piarres sont dures d'ilè étou ! (À quoi ça sert de chercher autre chose ailleurs, les pierres sont dures partout aussi !)

«Les différents patriarches, revêtus de splendides costumes, s'avancent d'un pas grave et majestueux, en s'appuyant

sur leurs crosses dorées et enrichies de pierres précieuses. Quel contraste entre la richesse de ces dignitaires des Églises schismatiques et la pauvreté des pèlerins qui forment les différentes processions !...»

De ces régions traversées à cheval, le religieux rapporta, non sans une certaine ostentation, quelques péripéties reflétant bien, cependant, les risques encourus à cette époque durant un tel périple…

«Comme nos consuls ont su en Orient faire respecter le nom des Francs, les musulmans n'osent pas se livrer ouvertement à un acte de violence contre nous. S'ils pouvaient en cachette nous occasionner quelque incident, ils ne manqueraient sans doute pas de se laisser entraîner par l'aversion qu'ils manifestent trop souvent contre les chrétiens. Nous eûmes bientôt l'occasion de reconnaître l'exactitude de cette supposition. Le sentier que nous suivions était peu large, car deux personnes seulement pouvaient y marcher de front ; la caravane des mahométans formait une longue file qui se rangeait le long de la montagne, pendant que nous passions au bord du précipice.

Un de nos compagnons de voyage, celui qui marchait à notre tête, s'avançait sans défiance des musulmans et considérait attentivement les rochers, qui se dressaient, menaçants au fond du précipice ouvert sous nos pas. À côté de notre compatriote, passait à ce moment un mulet chargé de bagages ; le moucre qui conduisait cet animal lui donna un coup de bâton ; tout naturellement le mulet se jeta sur le côté et, par suite, poussa violemment vers l'abîme le cheval de notre ami ; la violence fut telle, que nous vîmes ce cheval à demi suspendu sur le précipice.

Nous avions à redouter un affreux malheur, notre compatriote allait périr sous nos yeux ; mais heureusement, il n'en fut rien. À notre grande surprise, le cheval, faisant preuve d'une vigueur extraordinaire, parvint à reprendre l'équilibre et à se maintenir sur le bord du sentier. Notre ami était sauvé...»

Femmes, hommes et enfants, bouche bée, semblaient visualiser la scène. Quelle aventure tout de même !

Violetta balançait ses jambes et hasarda sa menotte sur le genou de sa mère.

– Dis maman… Y en a encore…

– Tais-toi, trancha Rita en la regardant sévèrement.

Ne nous laissons pas aller, aujourd'hui, à quelques sourires narquois, car si nous voulons bien faire l'effort de nous replonger dans le contexte de l'époque, il me semble que nous aussi, serions restés bouche bée. Il fallait alors autant de temps pour se rendre de Roanne à Charlieu, aller-retour, qu'il en faut aujourd'hui de Lyon en Israël.

Une discipline rigoureuse pour ne pas dire sectaire, à grands renforts d'images lucifériennes et de propos terrorisants, tétanisait les fidèles. La crainte du châtiment suprême, omniprésente jadis, conditionnait les agissements.

La confession obligatoire, la messe quotidienne, la prière du soir et l'examen de conscience, le chapelet, les vêpres, le chemin de croix du vendredi enrôlaient les gens sans aucune objectivité ni le moindre discernement. La déraison l'emportait sur l'apostolat. Que dire des visites du "missionnaire" dans chaque foyer indiqué par le curé du village, délateur à ses heures ? Là où les péchés graves, voire mortels, sous le coup de sentences inquisitoriales, mutaient ces pauvres bougres en coupables ! Bref ! Le capucin, en justicier terrible, arrachait à l'infidélité des athées qui se convertissaient entérinant ainsi une évangélisation bien peu… catholique fondée sur l'exemplarité stupide du fatal "porte-malheur"! Religion rimait souvent avec superstition. La relation de cause à effet cuisinée à la "sauce frayeur" laissait son empreinte durant de longues années. Jusqu'à ce qu'un ou deux autres "mercenaires", fussent-ils capucins ou rédemptoristes, ne prennent le relais, histoire de tenir éveillée, à coup de goupillon et de bénédiction, la ferveur populaire.

Mais pour Benoîte, accablée par la faute de son Lucien, l'abbé Picard, en homme intelligent, se montra discret. Il l'épargna d'une intrusion qu'il jugea inopportune.

Une madone, ou une croix nommée croix de mission érigée en souvenir, rappelait à la mémoire collective les enseignements reçus. De nos jours, nous pouvons les voir, dressées en différents carrefours, aux quatre coins de France, portant sur leur socle l'inscription : croix de mission, suivie de la date et d'un vocable majestueux, tel : "Spes unica" ! (unique espérance !)

Certes, la communauté restreinte mais néanmoins très active des "Blancs" en Charolais était connue de tous par ici. Les paysans des "deux bords" se côtoyaient. Bien que ne faisant aucun prosélytisme et préférant de loin être ignorés, ces chrétiens-là perpétuèrent les pratiques religieuses de l'Ancien Régime.

Sous la Révolution Française, officiaient les prêtres jureurs et les prêtres réfractaires. Bonaparte, premier consul, désireux de mettre un terme à cette scission signa le Concordat, après moult négociations avec le Pape Pie VII, et demanda aux évêques en place de démissionner. Certains d'entre eux refusèrent et formèrent avec quelques prêtres des communautés dissidentes. Voici l'origine "des Blancs"qui, s'attachant aux dogmes des curés réfractaires, conservèrent les traditions. Ils célébraient les fêtes supprimées par le Concordat ; la Chandeleur, l'Annonciation et la Nativité de la Vierge. Le jeûne et l'abstinence du vendredi, samedi et parfois le mercredi, étaient rigoureusement respectés. Ces gens très pieux aimaient à se retrouver dans des lieux quasi secrets, se mariaient entre eux au cours d'une cérémonie privée devant deux témoins, la nuit précédant le mariage civil qu'ils consentirent finalement à accepter, mais qui ne revêtait à leurs yeux aucun caractère officiel. “Un (ou une) Blanc”peut épouser “un (ou une) Noir”, dans ce cas, le (ou la) Noir se convertit, jamais l’inverse.

Lorsqu’un Blanc décédait, la communauté se relayait pour le veiller, en récitant des prières. Le défunt dévêtu était drapé dans un linceul. Le jour des funérailles, quatre hommes portaient le cercueil en bois ordinaire jusqu’au cimetière où un emplacement lui était réservé. Jamais de caveau, c’est à même la terre qu’on l’ensevelissait ; pas non plus de fleurs ni de couronnes, considérées comme autant de signes extérieurs de richesse et d’orgueil. Une simple croix en bois plantée dans le sol, avec au centre un cœur émaillé sur lequel figuraient le nom, les dates et l’inscription :

– Priez pour lui –

Quand ces prêtres disparurent, des chefs laïcs farouchement déterminés à préserver leurs coutumes, les remplacèrent. Tancon, Saint-Symphorien-des-Bois, Chauffailles, La Clayette, Charolles, Saint-Maurice-lès-Châteauneuf, Varennes-sous-Dun, Amanzé, Saint-Julien-de-Civry, Oyé et bien d’autres villages abritèrent en leur sein ces chrétiens, fort discrets, mais refusant l’évolution religieuse. Ils se rendaient à pied en pèlerinage, notamment auprès de sources bienfaisantes, comme celle de la corne d’Artus, près de Beaubery, au mont Saint-Rigaud, à la fontaine de Montvallet, à Changy près de Charolles, à la fontaine Sainte Barbe à Ozolles, déposant ici et là, des croix et ex-voto. Ils se confessaient très régulièrement, directement à Dieu, et l’eucharistie dominicale se présentait sous forme d’une sorte de gâteau rassis de leur fabrication, ressemblant étrangement au pain azyme des Israélites.

Ces personnes, dotées de grandes qualités morales, serviables, intègres et droites, participaient activement à la vie du village. Elles acceptaient volontiers quelques responsabilités à condition que celles-ci n’entachent pas leur conviction, auquel cas, sans hésitation aucune, les blancs privilégiaient leur foi. Ainsi, le plus souvent, nous les trouvions paysans, commerçants, artisans ou autre travail leur permettant l'indépendance nécessaire à leur dévotion.[18]

Sur le chemin du retour, Rita tança la petite fermement :

– Tu es une effrontée ! N'as-tu point honte ? Un saint homme de Dieu se déplace pour le salut de nos âmes et toi… Tu n'arrêtes pas de te dandiner. Tu vas me faire le plaisir de ne pas recommencer… En voilà des façons !

Pour la première fois de sa vie, elle lui flanqua une gifle magistrale.

– Et à l'avenir, tâche de faire ta prière comme il faut, soir et matin, si tu ne veux pas finir en enfer !

Elle activa le pas jusqu'à la ferme des Blandins sans se préoccuper des pleurnicheries de la gamine.

– Nom de Dieu de nom de Dieu ! Rita ! Où étiez-vous passée tout ce temps ? Ça fait plus de deux heures que je vous cherche partout, hurlait Sébastien Grange, debout au milieu de la cour.

– Je vous demande bien pardon, patron, répondit -elle.

Elle empoigna la main de sa fille qui boudait toujours, retroussa légèrement sa longue robe et courut vers lui, la tête baissée, en rougissant.

– Pardon… Pardon patron ! J'étais…

– Taisez-vous ! Je sais que vous étiez à la mission. Mais nom de Dieu, vous en avez pas encore assez de vos calotins ! Et avec Violetta en plus ! Vous voudriez peut-être en faire une nonne ? Alors ça, par exemple, je voudrais le voir, tiens ! Dépêchez-vous de reprendre votre place… Mon fils crie et pleure

---

18. Il existe encore de nos jours, quelques personnes appartenant à cette communauté, difficiles à évaluer, car elles vivent en totale discrétion, parfaitement intégrées dans la vie active. D'après les dernières estimations approximatives, on hasarderait un nombre entre 250 et 350 familles.

là-haut… Charles est seul et je vous paie pour le garder, pas pour aller entendre des sornettes.

Sébastien tourna les talons prestement, s'arrêta et sans se retourner, ajouta :

–Vous feriez mieux de vous occuper de votre mari au lieu d'aller écouter vos curaillons. Je le trouve fatigué depuis quelque temps, et il tousse beaucoup. Ce serait certainement plus utile…

Il ajouta d'une voix redevenue calme :

– Violetta ! Viens avec moi ma poupée. Je dois aller chercher une source dans la ferme du vieux Simon. Tu veux bien ?

– Oh oui ! Toute heureuse, et… libérée elle l'avait déjà rejoint. Sa menotte dans la sienne, elle trottinait à ses côtés.

– Mais je vais rester à côté de toi, parce qu'il me fait peur… Il est vilain le vieux Simon ! T'as vu, Bastien, il a qu'une grande dent devant et une verrue sur le nez ! Bouh !… Dis, t'as pas oublié ta baguette, hein ?

– Ah ma chtite… Je t'apprendrai à trouver l'eau quand tu seras plus grande…

– Bastien, est-ce que tu fais bien ta prière ?

– Hein ? Pouh… Pourquoi me demandes-tu ça ? bafouilla-t-il surpris.

– Parce que monsieur le curé, il a dit comme ça, que si on fait pas sa prière, on va en enfer quand on est mort. Et moi, je veux pas que t'ailles en enfer !

– Ah l'enfer ! Tu sais Violetta, tu es encore une toute petite fille, mais tu peux comprendre. Pour beaucoup de gens, l'enfer, c'est sur la terre qu'ils le vivent. Et sais-tu pourquoi ?

– Ben, non…

Avec le dédain de ses convictions inébranlables, il ajouta :

– Je t'explique… Tout simplement parce qu'ils ont cru à toutes ces balivernes au lieu de chercher à comprendre, de faire confiance à la science, de s'instruire. Voilà pourquoi je te dis toujours d'être sage à l'école, d'écouter les enseignements de la maîtresse et d'apprendre tes leçons. Tu vois, le salut du monde, c'est l'instruction, rien d'autre. L'ignorance est le début de la servitude.

– T'es savant ! Tu sais, à l'école, les autres… Des fois, ils sont pas gentils avec moi !

Sébastien s'arrêta net. Il s'accroupit, passa l'index sur sa joue et dit :

– Tu dois tout me dire Violetta. Qui ? Qui pourrait te faire de la peine ?

– Caressant tendrement ses longues boucles brunes, il ajouta :

– Écoute, moi vivant… personne, tu comprends, personne ne te fera de mal, je t'en donne ma parole d'homme. Tu es ma cocotte, et gare à celui qui oserait… Allez, raconte.

– C'est surtout pour Charles. Et aussi Lucie. Ils disent comme ça, que la Lucie c'est ta "bonne amie" parce qu'un homme riche comme toi, c'est pas normal qu'il n'ait pas de femme. Ils arrêtent pas de me poser des questions et disent plein de méchantes choses et moi, ça me fait pleurer.

– Vois-tu, je me moque de ce qu'ils racontent… je ne veux même pas le savoir. Laisse-les pérorer ! Et toi, que leur réponds-tu ?

– Tu sais Bastien, ma mère et mon père m'ont toujours dit de répondre à tous ceux qui me poseraient des questions que je sais pas. Je leur dis qu'ils sont des méchants et que moi, je sais rien du tout, parce qu'une petite fille bien élevée ne se mêle pas des affaires des grandes personnes. Là !

– C'est bien ! Personne ne doit savoir, tu comprends ? personne. Ce sont des secrets entre nous.

Alors la gamine, très fière de cette confiance partagée, déclara presque solennellement en écarquillant ses yeux pétillant d'intelligence et en collant son index sur ses lèvres :

– T'as pas besoin d'avoir peur va ! Violetta, chut !…

Sur un ton mélancolique, il murmura :

– Quel dommage que Charles ne soit pas comme toi. Enfin, c'est la vie.

Il saisit doucement sa main. Ravie, elle sautillait en chantonnant :

– Lalalalalère ! Moi, j'aime mieux aller chercher les sources… Lalalalalère !

Léon le chemineau se décida à quitter les Blandins. Depuis son enfance, qui ne fut pas tendre, sa vie se passait sur les chemins de France.

Comme il était venu, il repartait. Vers d'autres lieux qui ne se voulaient ni meilleurs ni moins bons. Une autre destinée l'attendait plus loin, avec d'autres infortunes, d'autres personnes à qui il raconterait ses aventures passées, colporterait les us et coutumes des régions traversées, ferait des connaissances probablement sans lendemain, qu'importait.

– Pourquoi que tu t'en vas ? demandèrent les copains de comptoir. T'es ben bien par chez nous ! Et puis, y a de l'ouvrage là. Te crois que la terre s'ra moins basse ailleurs ?

– Oh ! Depuis le meurtre de cette gamine, j'me sens pas à mon aise. J'aime mieux m'en aller. J'espère bien qu'il vont lui couper la tête au Chevassagne. J'peux vous dire une chose, c'est qu' ce jour-là, j'y serai sur la place à Montbrison et sûr que j' baisserai pas les yeux ! Ah Diou ! Sûr pas …

Cette fois, il se dirigea vers Roanne, importante ville ouvrière s'il en est, distante de Saint-Jean d'une vingtaine de kilomètres. Le travail n'y manquait pas, paraît-il. Les bistrots non plus, ce qui ne lui déplaisait nullement. Et les lupanars ! Parce que la nature est exigeante *par un houme sin fene ! Fallau ben d'tins un tins, s'soulager !* (Pour un homme sans femme ! Fallait bien de temps en temps se soulager) ! À Roanne, il n'aurait que l'embarras du choix…

Il épiloguerait sur le crime des Blandins, fournirait les moindres détails. Vingt-cinq ou trente kilomètres, ça fait un bout de chemin… À la ville, ils ne doivent pas savoir, d'ailleurs, comment le pourraient-ils ? Sans radio, sans information. La parution hebdomadaire du premier journal "Le bulletin pour l'arrondissement de Roanne" datait du 10 juillet 1808, mais, mis à part quelques nantis et érudits, qui le lisait ?

Maintenant, il s'intitulait "l'Echo Roannais". On palabrait sur les faits divers de la ville… Bien que différentes des campagnes, les " affaires " ne manquaient pas.

Une rixe dans un café, un noyé dans la Loire, un ivrogne trouvé endormi sur le bord d'un trottoir, un gamin mordu par un chien… les accidents de voitures hippomobiles fréquents, parfois dramatiques comme celui de la rue de Clermont, qu'un cheval emballé dévala bride abattue, causant un accident grave. Les incendies, soumis à la fâcheuse loi des séries et dont la cause restait souvent… indéterminée frappaient très fort à cette époque et moult fabriques de "cotonnes" furent réduites en cendres. Il est étonnant de voir, aujourd'hui, que les articles de presse se faisaient l'écho d'une sorte de publicité pour les compagnies d'assurances. Ainsi, une telle maison était assurée par "la Paternelle", l'autre par "le Phénix", celle-ci par "la Providence", celle-là, "l'Auvergne"… Et le chroniqueur de donner des conseils…

«... Nous engageons nos concitoyens à tenir leurs portes bien fermées ; la plupart des écuries ou des remises s'ouvrent trop facilement et servent de refuge à des vagabonds, désignés à Roanne sous le nom de rôdeurs, ou a des enfants insubordonnés qui fument lorsqu'ils ont de l'argent et par leur inattention peuvent facilement mettre le feu à ce qui leur sert de refuges... »(sic)

D'autres anecdotes plus comiques… Ainsi le port de chapeaux des belles dames dans les théâtres ouvrait une véritable polémique… Si vous croyez qu'elles vont laisser leurs couvre-chefs au vestiaire, ou simplement restreindre la surface et le volume de leurs étalages, autant rester chez soi, ma chère ! Le Léon allait se régaler. Il écouterait les histoires d'autrefois, tout ce qui se passait naguère, car il n'était pas sot ! Grande langue, oui, fourbe, certainement, mais sot ! Pas du tout… Lorsqu'il reprendrait son baluchon sur l'épaule pour d'autres horizons, d'ici quelques mois, il en aurait des choses à dire… Plus loin.

Ainsi les nouvelles se divulguaient-elles de hameaux en bourgs, de villages en villes, de départements en régions.

Lucien Chevassagne attendait, assis sur un grabat. Une espèce de lit fixé contre le mur gris de sa cellule gravé maladroitement de graffitis où noms et dates s'entremêlaient.

Une couverture sombre mitée et usée jusqu'à la trame, jetée à la va-vite sur la paillasse à l'odeur de moisi, pendouillait, lamentable. Sa carrure impressionnante dessinait une ombre large sur le dallage. Oh non ! Il ne s'en plaignait pas, habitué à la rudesse de la vie, à l'inconfort des fenières et à la froidure des hivers sans toit. Deux fois par jour, la soupe servie dans une gamelle en fer blanc le réconfortait quelques instants. Le pain rassis ! Accoutumé, ça ne le gênait pas outre mesure.

Lorsqu'il entendait les lamentations des autres détenus, il ne se sentait pas vraiment concerné, ne comprenant pas grand chose. D'ailleurs, depuis le début de cette affaire, il ne comprenait rien. Pourquoi ? qu'avait-il fait ? Il ne se souvenait que vaguement… La jeune fille… Les cris… Le corps inerte… Puis l'arrivée du Marius et du Jean… La peur tout à coup… La fuite… Tout alla si vite ensuite. Les deux gendarmes, les menottes, l'arrestation. Les aveux ! Oui, les aveux, il s'en souvenait tout à fait. Son pantalon et sa chemise tachés du sang de la petite, son avant-bras griffé, toutes les preuves irréfutables qu'il avait signées d'une croix au bas d'une page écrite avec pleins, déliés et de belles majuscules.

Tout cela, oui, il se le remémorait, si bien que pas une seule minute ne passait sans que ces souvenirs affreux ne le hantent. Pourquoi avait-il commis un tel crime ? Et sa mère, sa pauvre mère, que faisait-elle seule sans lui ?

Le directeur de la prison, un homme réputé d'une grande sévérité, autorisait deux lettres par mois, mais il ne savait pas écrire, alors à quoi bon ! Qu'aurait-il à lui dire ? Elle était bien plus à plaindre, parce que mon Dieu, lui était au moins à l'abri cet hiver, mais sa mère ? Où vivait-elle ? Restait-elle dans la vieille baraque louée trop cher ? Il ne savait rien, ne comprenait pas, tout se brouillait dans son esprit, alors, à longueur de journée, il attendait, assis sur le rebord de son lit, que passent les heures, les jours et les semaines.

Le moment le plus attendu, celui de la promenade, dans la minuscule cour où tous tournaient et retournaient en échangeant quelques banalités, tranchait la sordide monotonie de l'ennui.

Un soir, un gardien quittant sa cellule, marqua un temps d'arrêt et laissa tomber derrière lui une cigarette allumée. Sans se retourner, il referma la lourde porte à double tour. Le bruit des clefs s'entrechoquant s'éloigna avant de s'évanouir tout à fait. Surpris, Lucien hésita. Peut-être s'agissait-il d'un piège qui le conduirait immanquablement au mitard, dans les entrailles de la prison, ce cachot épouvantable qu'on lui présenta lors de son arrivée, où, paraît-il, puanteur, rats, cafards et vermine vous assaillent jour et nuit et vous font crever à petit feu.

D'ailleurs, c'est ce qu'ils cherchent ces salopards, le prévint un rescapé des bas-fonds, nous faire crever en tirant la langue. Alors, lui, le pauvre bougre qui ne disait jamais rien, oserait-il prendre le mégot à-demi éteint maintenant ?

Quand il trimait chez les paysans, quelquefois les commis lui en roulaient une, comme ils disaient…

Il les revoyait. Adossés à un arbre, leur outil posé près d'eux, une jambe repliée, martelant le tronc de leur sabot. D'un geste assuré, ils sortaient de la poche de la culotte en velours rapiécée aux genoux avec une étoffe plus claire, le grand mouchoir à carreaux violets. De la doublure béante, les bouts de paille et de foin dégringolaient. Leurs gros doigts gourds aux ongles noirs extirpaient le paquet de feuilles et la blague remplie du précieux tabac gris, qu'un ou deux morceaux de carotte coupée conservait frais. Un rituel immuable. Ils émiettaient le tabac et l'étalait précautionneusement dans la feuille. La cigarette prenait forme, roulée entre le pouce et l'index. La portant à leurs lèvres, un coup de langue à droite, à gauche, une dernière pression du pouce et la voilà, la bouffarde qui redonnait du cœur à l'ouvrage.

Le Léon, fier comme Artaban, brandissait son nouveau briquet à mèche. Un système ultra moderne, vantait-il, qui, grâce à une molette d'acier agissant avec un mouvement rapide sur une pierre mettait à feu une mèche. Personne ne sut d'où provenait cette trouvaille. Tellement grande gueule et affabulateur, le Léon, impossible de connaître la vérité ! Chapardeur à ses heures, certains supposèrent qu'il l'avait fauché à un de ses nombreux employeurs. D'ailleurs, un commis, pauvre diable comme lui, avait répondu, qu'après tout, ce n'était que justice, vu le salaire que les patrons donnaient… Bien fait pour eux ! Il ajouta en riant :

– Tout ce qui est pris n'est plus à prendre…

Les autres plus simplement embrasaient les brins de tabac qui débordaient avec des allumettes. De grandes flammèches jaunes voletaient, dispersées d'un revers de main, avant de s'échouer sur le chandail tricoté en laine de pays qui, au fil du temps, prenait des allures de passoire. Ils aspiraient longuement.

– De Diou ! Ouè bon ! Et ils reprenaient leurs activités.

Alors oui, ces images, ces parfums resurgissaient dans sa mémoire, ses compagnons de travail, le grand cros creusé chez le Sébastien, les rires aussi. Les canons servis par la Lucie, la bonne des Grange… la chopine passait de main en main. Le vieux chien Taillaud avec son oreille cassée, allongé sous le cerisier et la gamine Violetta… Le son de sa voix fluette caressait encore ses oreilles, lorsque, les mains derrière le dos, elle chantait cette ritournelle enfantine que tous, aux Blandins, aimaient entendre et reprenaient en chœur en frappant dans leurs mains tannées :

Cadet Rousselle a trois maisons
Cadet Rousselle a trois maisons
Qui n'ont ni poutres ni chevrons
Qui n'ont ni poutres ni chevrons
C'est pour loger les hirondelles
Que direz-vous d'Cadet Rousselle
Ah ! Ah ! Ah ! Oui vraiment
Cadet Rousselle est bon enfant !

Cadet Rousselle a trois habits :
Cadet Rousselle a trois habits :
Deux jaunes, l'autre en papier gris
Deux jaunes l'autre en papier gris
Il met celui-là quand il gèle
Ou quand il pleut ou quand il grêle ;
Ah ! Ah ! Ah !Oui vraiment
Cadet Rousselle est bon enfant !

Les nombreux couplets se succédaient. On se trompait, ne sachant plus très bien s'il s'agissait des trois chiens d'Cadet Rousselle qui couraient lièvres et lapins, ou ses trois chats qui n'attrapaient jamais d'rats. Lequel de ses trois enfants était voleur, fripon ou ficelle. Alors, on recommençait et immanquablement, tout se terminait dans des éclats de rire bruyants avant de conclure, d'un commun accord, que le célèbre Cadet Rousselle apprenait l'orthographe en vue de rédiger lui-même son épitaphe !

Ces costauds vibraient à l'unisson avec la mignonnette, et applaudissaient à tout rompre.

Tiens ! Il se surprit, comme mû par un émoi soudain et mystérieux, à chantonner en silence :

– ... Ah ! Ah ! Ah ! Mais vraiment
Cadet Rousselle est bon enfant...

Ces sensations attisaient ses sens, mais hélas, le mégot éteint ne délivra qu'une vague odeur de tabac froid. Lucien le contempla avec regret.

Le lendemain soir, le gardien réitéra son geste… et ainsi de suite chaque jour, sans mot dire, discrètement, une simple cigarette allumée passa du geôlier au prisonnier, humble, mais noble témoignage de la compassion d'un homme pour un autre.

Geste fraternel destiné à adoucir un tant soit peu la misérable existence des taulards de l'époque et leur funeste sort. Presque instinctivement, il attendait ce moment-là, espace d'un instant de volupté où l'âcre fumée l'envoûterait d'un plaisir charnel.

Mais un jour, on vint le chercher pour l'emmener dans une autre prison.

– Lucien Firmin Chevassagne, on vous transfère à Montbrison. Le jugement ne saurait tarder maintenant.

– Je donne pas cher de votre peau, ajouta un maton.

Il se leva sans un mot et se présenta, tête baissée, les poignets en avant, résigné. Les menottes passées, il longea le couloir sombre et lugubre, croisa furtivement le regard de son "bienfaiteur" et se retrouva dans la rue au joli nom de : Rossignol.

Il s'engouffra dans le fourgon cellulaire et quitta Roanne.

Pendant ce temps, aux Blandins…

Patron ! Patron ! hurlait Rita en traversant la cour à toute vitesse ! Venez vite ! Charles ne respire plus ! Oh ! mon Dieu, mon Dieu, venez vite !

Sébastien se précipita, grimpa les marches d'escalier quatre à quatre, poussa la porte restée entrouverte et s'engouffra dans la chambre. Il s'arrêta net.

Charles, la tête renversée sur l'oreiller blanc, semblait dormir, l'air détendu, un sourire sur ses lèvres.

Rita bouleversée se lamentait :

– Ah mon Dieu ! Mon Dieu ! Patron ! Le bambino… Le bambino… Il est… Il est…

Le visage inondé par ses pleurs, elle s'approcha du petit corps, étendu sans vie. Laissant libre cours à sa douleur, elle criait et se lamentait, baragouinant en italien.

Sébastien prit son fils dans ses bras, le serra contre lui. Une larme roula le long de sa joue. Il resta ainsi longtemps, silencieux. Rita s'enfermait dans ses jérémiades en se frappant la poitrine, son chapelet serré entre ses doigts. Le bras inerte de l'enfant pendait, alors que Sébastien le berçait doucement, sa joue contre la sienne.

Pensait-il, à cet instant, que le calvaire de cet enfant "anormal" venait de prendre fin ? Ou bien son instinct paternel restait-il le plus fort, malgré cette dignité refoulée propre aux hommes ?

Le bon docteur Pérelle l'avait prévenu à plusieurs reprises.

– Leur espérance de vie, en principe, n'est pas longue,

une douzaine d'années. Au moment de la "formation", quand le corps change, ils meurent. C'est mieux comme ça, de toutes façons, on ne peut rien faire pour eux, alors…

Dans son for intérieur, Rita pensait à son âme. Heureusement qu'elle l'avait ondoyé au moment de sa naissance ! Par la suite, en cachette de son père, guidant sa main, elle l'aidait à faire le signe de la croix. Elle l'aimait cet enfant qu'elle avait allaité, puis entouré de tout son amour. Comme il lui manquerait maintenant !

La nouvelle se répandit telle une traînée de poudre. Certains pensaient que le petit était mort depuis longtemps, d'autres s'indignaient.

Hélas, le sort de ces gosses, honte de toute leur famille, se limitait aux quatre murs d'une chambre, dans le meilleur des cas ; séquestrés dans un coin de cagibi, bien camouflés aux yeux du monde pour les plus méprisés.

Le handicap étant perçu comme une punition divine, les pauvres parents se voyaient accuser des pires infamies. Plus lamentable encore, le conjoint rejetait la faute sur son épouse et reniait purement et simplement sa paternité. Eh oui, c'était ainsi. À d'autres temps, d'autres idéologies, et une fois de plus, les femmes subissaient de plein fouet le courroux du mari et de la belle-famille !

– Qu'est-ce qu'elle a bien pu faire de mal pour mériter ça ? En tout cas, le bon Dieu l'a bien punie !

Le nom de Charles Grange fut gravé sur la pierre de la stèle de l'imposant caveau familial, sous celui de sa mère, désormais réunis loin du monde qui leur avait refusé le bonheur de vivre ensemble.

Les enfants, en rang, mains derrière le dos, entrèrent dans la salle de classe où un poêle dégageait une douce chaleur.

"L'institutrice", sœur Adèle de la Trinité, de la congrégation Saint Charles, se tenait debout, droite et sèche dans sa longue robe et camail noirs, près de son bureau sur l'estrade.

Dissimulant de son index quelques mèches rebelles aux reflets grisonnants sous un bonnet noir agrafé sur le côté, elle toisa d'un œil averti ces frimousses rougies par la bise.

– Tiens ! pensa-t-elle, aujourd'hui, ils sont nombreux.

Alors, elle sortit son grand registre d'appel journalier :

– Josephine Durand ?

– Présente, ma sœur, répondit une voix fluette, alors que la petite s'asseyait sur le banc de bois sans dossier attenant au bureau.

– Virginie Maridet ?

– Présente, ma sœur.

– Maria Violetta Portini ?

– Présente, ma sœur.

Ainsi de suite, les filles, en sabot pour la plupart, vêtues de longues jupes sombres protégées par le tablier confectionné par leur maman, prenaient place sagement, presque dignement. C'était, en effet, avec fierté que chacune s'installait, le regard rivé sur la religieuse munie d'une baguette qui allait leur transmettre son savoir.

Le sac posé sur leurs genoux, elles attendaient, dans un silence total.

– Prenez vos livres de lecture et de géographie, intima la “maîtresse”.

Aussitôt, les enfants ouvrirent leurs sacoches, en toile ordinaire pour certaines, alors que d’autres, exhibées à la vue des copines, étaient plus sophistiquées. Une mère avait cousu, ici un galon, là une broderie ou les initiales de sa gamine. Celui de Marthe, la fille du menuisier, était particulièrement remarqué, car fabriqué en bois, avec une longue lanière de cuir afin de le porter en bandoulière.

Les porte-plumes ronds, ainsi que la boîte de plumes “sergent major” furent déposés dans la rainure prévue à cet effet, près de l’encrier en faïence blanche que l’institutrice remplissait avec sa bouteille au bec verseur. Chaque soir, elle diluait une capsule de poudre dans un litre d’eau tiède ; ainsi naissait la magie de l’encre violette !

– Pourquoi ta grande sœur n’est-elle pas à l’école ce matin ? demanda la religieuse à Louise.

– Parce que la vache a fait le veau cette nuit, répondit l’enfant en rougissant.

Tous les gosses éclatèrent de rire.

– Taisez-vous, ordonna la “maîtresse” en regagnant son estrade. Il n’y a pas de quoi se moquer.

Elle savait bien que dans nos campagnes, les travaux de la ferme primaient toujours. Au printemps, l’agnelage, le vêlage, ou le *chevreautage* (mise bas de la chèvre), les labours et semailles, l’été, les foins, les moissons, le relevage de la vigne, les vendanges plus tard, le ramassage des *treufes* (pommes de terre), ne laissaient que bien peu de temps pour les études.

– Vallaut ben mieux tirer lu chièvres, curer lu vatses, douner lu grains par lu voulailles, s’rindr’utile qué ! Qu’pardre son timps pa gratti l’papi ! À qué qu’où sart iqueu ? Voué pas itien qu’doun’ra l’pan par guter !

(Il vaut bien mieux traire les chèvres, curer les vaches et

donner le grain aux volailles, se rendre utile quoi ! Que de perdre son temps pour gratter les papiers ! À quoi ça sert cela? Ce n'est pas ce qui nous donnera le pain pour manger !)

Aux jours froids, quand la nature s'endormait, entre l'émondage des noix, la corvée de dégermage des *treufes*, le ramassage du bois mort, et autres menus travaux, il se trouvait quelques journées où l'on pouvait se reposer sur les bancs de l'école. Les instituteurs comprenaient, sans pour autant cautionner, mais que voulez-vous, comme le leur répétaient les pères de famille :

– *N'avin pas l'choix ! Fallaut minger, vouè tout !* (Nous n'avons pas le choix ; il faut manger c'est tout !)

Alors les beaux discours avant-gardistes d'un certain Jules Ferry, hein ! Pas pour demain va…

En début ou en cours d'année, lorsqu'un nouvel élève se présentait, elle l'inscrivait sur le registre matricule.

Ainsi les noms et prénoms des parents et de l'enfant, sa date de naissance, ainsi que celle de la scolarisation, le nombre de mois de présence les années précédentes et la rétribution mensuelle étaient consignés minutieusement ; le tout paraphé du nom de l'enseignant, sa nomination au sein de la commune ainsi que son grade, tel que stagiaire ou titulaire. Elle ne pouvait s'empêcher de penser dans son for intérieur, que : – hélas, encore un qui me quittera sans peut-être avoir eu le temps d'apprendre à lire couramment, loué dans je ne sais quel domaine en quête de jeunes bras.

– Pouvez-vous payer ? demandait-elle à ces pauvres bougres, la tête baissée sur son registre. Ça vaut 1F50 pour le mois. Mais si vous n'avez pas les moyens… vous devrez présenter un billet d'admission dûment rempli par le maire. Aucun élève ne peut prétendre à un enseignement gratuit sans ce justificatif. C'est la loi récente, du 28 mars 1866.

– Ben ! C'est que… L'année a pas été des meilleures !

Avec le temps qu'y a fait. Les récoltes ont guère été fameuses… Enfin ! on f'ra c'qu'on pourra. 1F50, vous dites ?

Le chef de famille repartait, avec au fond de son cœur un sentiment du devoir accompli entremêlé de fierté et d'une certaine incompréhension malgré tout. Il lui semblait encore entendre son vieux père répéter :

– *Apprin don à t'nir un minche de piace, où t's'arviras surmint mieux qu'un porte-plume !* (Apprends donc à te servir d'un manche de pioche, ça te servira mieux qu'un porte-plume !)

Quand sa sœur avait émis le souhait d'être scolarisée, il s'était montré inflexible. Une fillette avait-elle besoin de s'instruire pour faire la popotte, la lessive, le raccommodage et torcher ses mioches ? Certes, les travaux d'aiguille trouvaient une place fondamentale dans les écoles de filles, mais de là à fréquenter assidûment les cours… Pourvu qu'elle devienne une belle plante de *gate*,(fille) sous-entendu une femme bien en chair, critère sine qua non de bonnes reproductrices… C'est tout ce qu'on leur demandait.

Enfin, faut vivre avec son temps !

La loi Guizot de 1833, ministre de Louis Philippe roi des Français, stipulait : *«Que chaque commune entretienne soit par elle-même, soit en se réunissant à plusieurs communes, au moins une école primaire, que chaque instituteur possédera un local convenablement installé, tant pour lui servir d'habitation que pour recevoir les élèves.»*

Jusqu'à la proclamation de la troisième République, c'était encore religion d'état. L'enseignement religieux restait obligatoire. Ainsi la leçon de morale, incontournable visait à canaliser la jeunesse dans un esprit chrétien et patriotique, répétant journellement que :

– Devenir meilleur est le but de l'être humain.

La Mère Patrie, largement privilégiée, faisait l'objet d'un

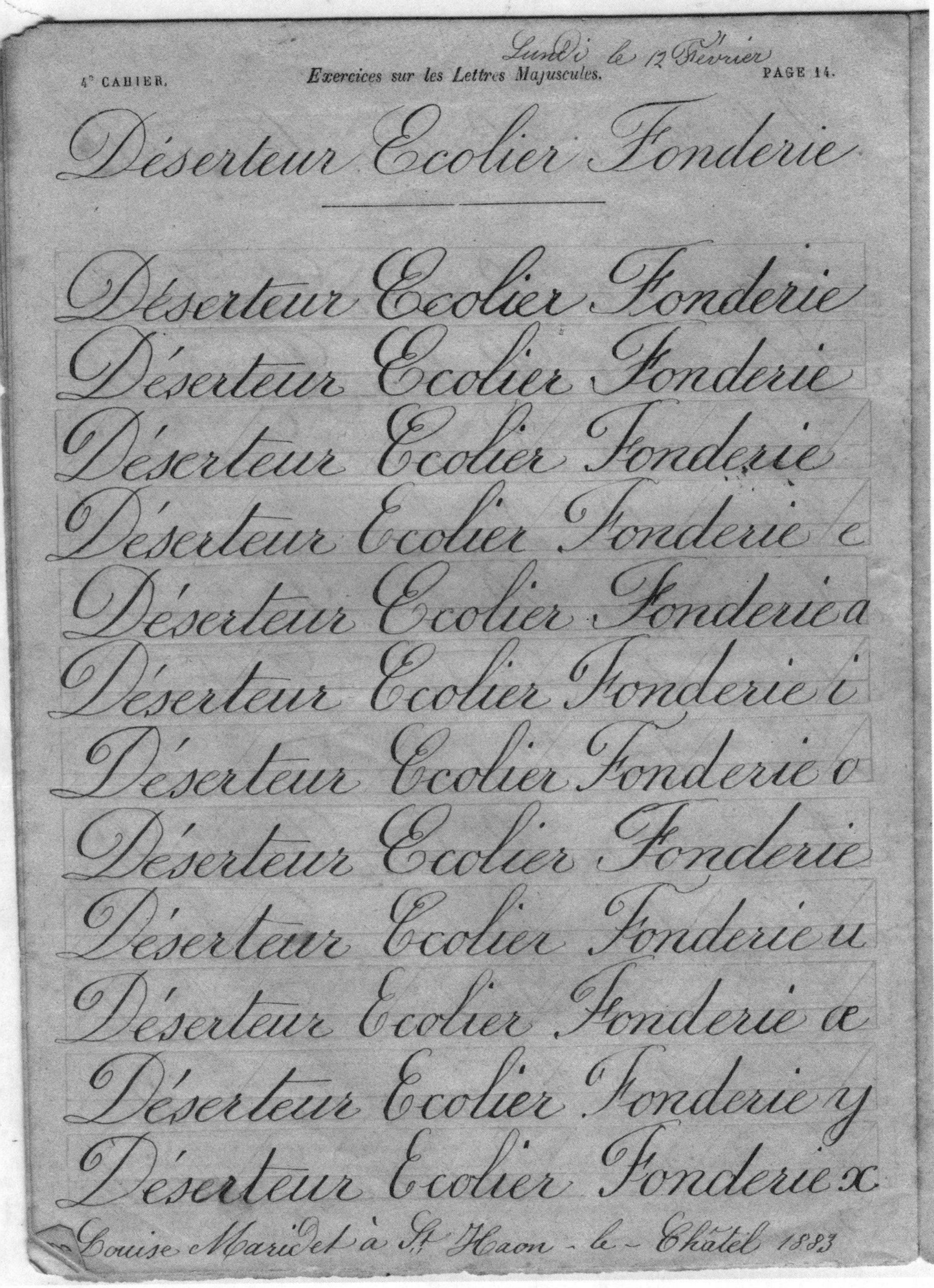

Lundi le 12 Février

4e CAHIER. Exercices sur les Lettres Majuscules. PAGE 14.

Déserteur Ecolier Fonderie

Déserteur Ecolier Fonderie
Déserteur Ecolier Fonderie
Déserteur Ecolier Fonderie
Déserteur Ecolier Fonderie e
Déserteur Ecolier Fonderie a
Déserteur Ecolier Fonderie i
Déserteur Ecolier Fonderie o
Déserteur Ecolier Fonderie
Déserteur Ecolier Fonderie u
Déserteur Ecolier Fonderie æ
Déserteur Ecolier Fonderie y
Déserteur Ecolier Fonderie x

Louise Maridet à St Haon-le-Châtel 1883

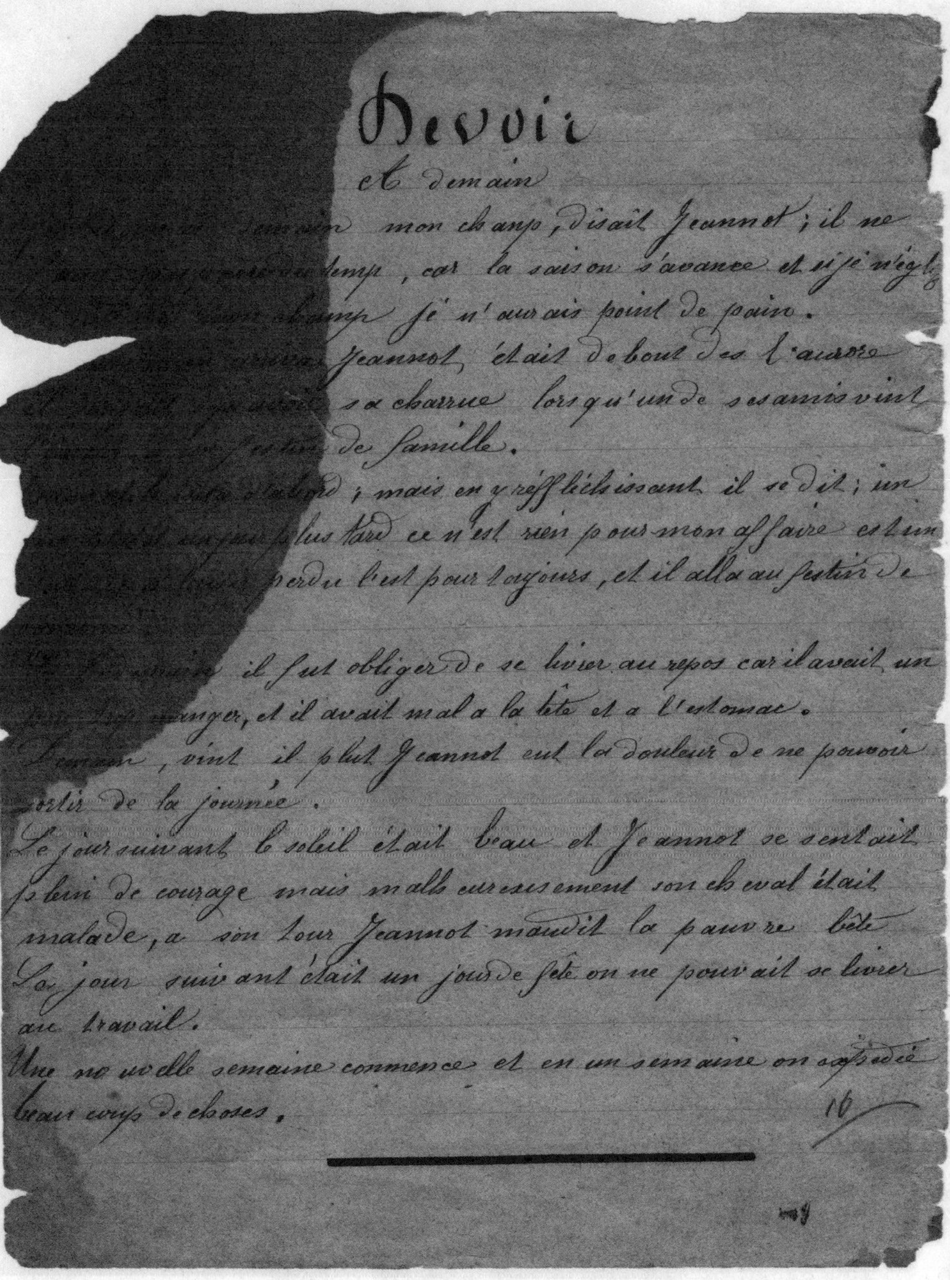

Devoir

Demain

[illegible] mon champ, disait Jeannot ; il ne [illegible] temps, car la saison s'avance et si je néglige [illegible] mon champ je n'aurais point de pain.
[illegible] Jeannot était debout dès l'aurore [illegible] sa charrue lorsqu'un de ses amis vint [illegible] festin de famille.
[illegible] ; mais en y réfléchissant il se dit : un [illegible] plus tard ce n'est rien pour mon affaire et un [illegible] perdu c'est pour toujours, et il alla au festin de [illegible]
[illegible] il fut obliger de se livrer au repos car il avait un [illegible] manger, et il avait mal a la tête et a l'estomac.
Demain, vint il plut Jeannot eut la douleur de ne pouvoir sortir de la journée.
Le jour suivant le soleil était beau et Jeannot se sentait plein de courage mais malheureusement son cheval était malade, a son tour Jeannot maudit la pauvre bête
Le jour suivant était un jour de fête on ne pouvait se livrer au travail.
Une nouvelle semaine commence et en un semaine on expédie beaucoup de choses.

10

enseignement rigoureux à travers l'histoire de France et la géographie. Pour ces paysans en herbe, n'ayant jamais quitté leurs fermes, savoir ce qu'était un cap, un volcan, une montagne ou une chaîne de montagne, la latitude d'un pays, les degrés de longitude, demandait des efforts de concentration importants.

Ces gosses méticuleux, la main posée sur le buvard, les doigts et les ongles mâchurés d'encre violette, s'échinaient sur leur cahier, en tirant la langue pour que pleins et déliés forment des lignes et des pages d'écriture parfaite, en prenant garde aux traîtres pâtés.

La "maîtresse" luttait de toute son énergie contre le patois. Les enfants stupéfaits découvraient donc que, sur le territoire français, il existait une autre langue. Cependant, dès la porte franchie… Chassez le naturel, il revient au galop !

À midi, chacun réchauffait sa gamelle sur le poêle, avant de sortir en récréation. Les règlements de compte laissaient libre cours à des débordements bafouant les leçons de morale. Or, un jour, Violetta fut prise à partie :

– T'es qu'une sale ritale ! Une macaroni et tu manges le pain des Français ! T'as qu'à retourner dans ton pays. D'abord ton père, y vaut pas mieux que le Grange, et puis ta mère, elle s'appelle comme mon chien… Rita ! Rita ! Au pied ! Couché ! Alors hein ! T'as pas besoin de tant t'en croire !

Les rires fusaient de toutes parts, et chacun en rajouta.

La petite se mit à pleurer, puis, n'écoutant que son courage, se précipita sur l'insolente et lui administra une bonne volée. C'est alors que la religieuse, alertée par les cris, accourut pour les séparer. Elle saisit Violetta par une oreille, lui flanqua une paire de gifles magistrales, puis la traînant par les cheveux, l'emmena dans la salle de classe. Elle la fit s'agenouiller sur une règle, sans bouger, les bras levés et la coiffa d'un bonnet d'âne.

Violetta hurlait de douleur, ce qui lui valut encore quelques

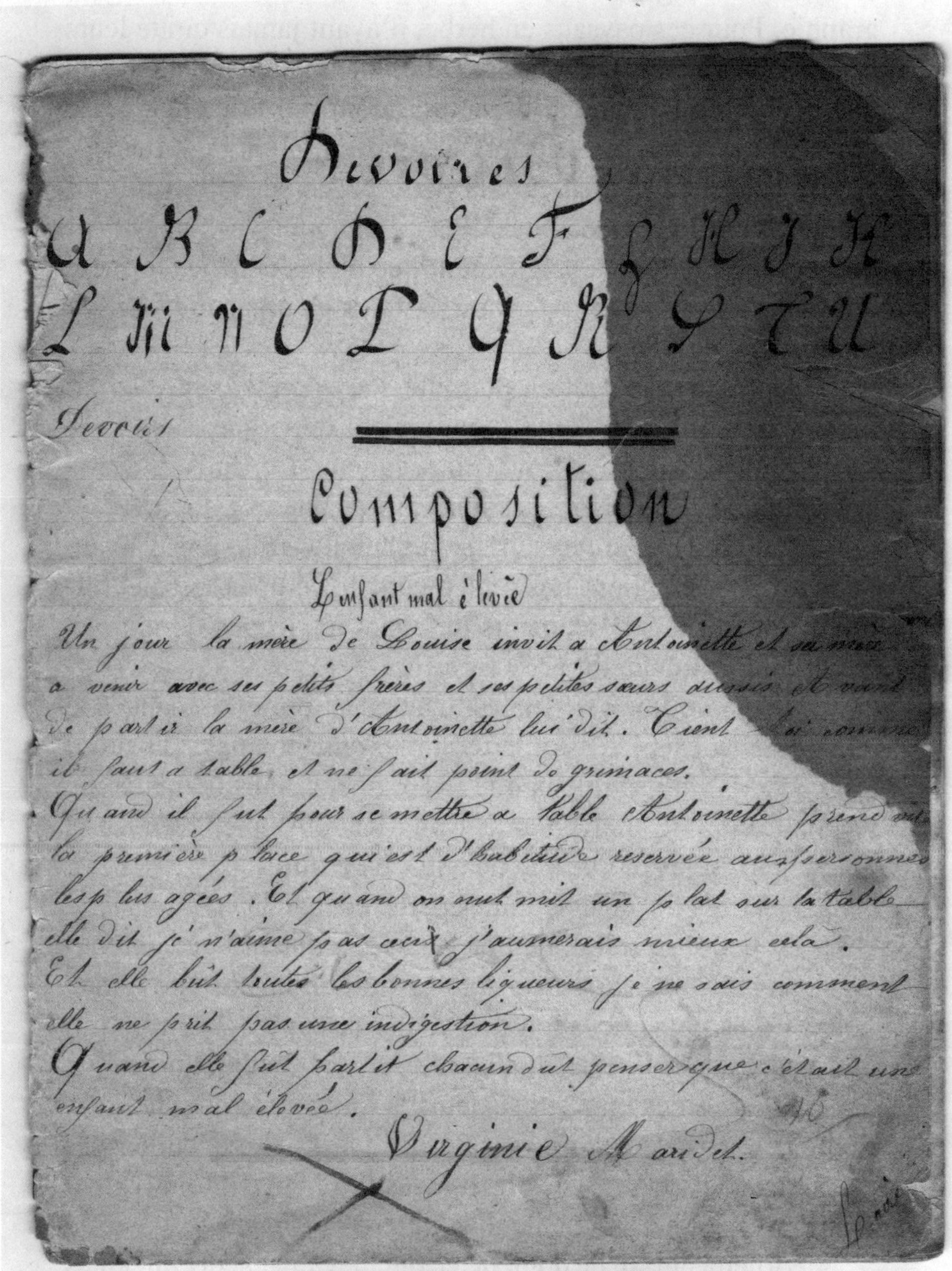

Devoires

A B C D E F G H I K

L M N O P Q R S T U

Devoirs

Composition

L'enfant mal élevé

Un jour la mère de Louise invita Antoinette et sa mère à venir avec ses petits frères et ses petites sœurs aussi. Avant de partir la mère d'Antoinette lui dit. Tient toi comme il faut à table et ne fait point de grimaces.

Quand il fut pour se mettre à table Antoinette prend la première place qui est d'habitude reservée aux personnes les plus agées. Et quand on eut mit un plat sur la table elle dit je n'aime pas ceci j'aimerais mieux cela.

Et elle but toutes les bonnes liqueurs je ne sais comment elle ne prit pas une indigestion.

Quand elle fut partit chacun dut penser que c'était un enfant mal élevé.

Virginie Maridet.

calottes bien balancées. Tous les élèves se moquaient et riaient. La classe entière se trouva punie cet après-midi, et les coups de règle pleuvaient ici et là. Profitant d'une brève absence de sœur Adèle de la Trinité, la gamine se releva, les joues rougies par les coups et les larmes, frotta ses genoux douloureux et se sauva en courant. Elle claqua la porte, s'engouffra dans le couloir et traversa la cour. Elle jeta le ridicule bonnet d'âne et prit la direction des Blandins, en courant, courant. Ses sabots résonnaient sur le chemin, son cœur cognait et sa gorge se nouait. Elle avait si peur d'être rejointe par l'institutrice qu'elle n'osait même pas se retourner. Elle fonçait droit devant en relevant sa jupe qui lui battait les mollets. Enfin, au détour d'un sentier, elle aperçut au loin la silhouette de Sébastien qui se trouvait dans un pré au milieu de son cheptel. Elle hurla :

– Au secours ! Au secours ! Mon Bastien ! C'est moi ! Ta Violetta ! Au secours mon Bastien !

Il bondit hors du champ et s'élança en criant :

– N'aie pas peur, je suis là. Allons, calme-toi. Qu'est-ce qui t'arrive ?

Elle se jeta dans ses bras, secouée par des spasmes, tremblant de tout son être. Elle hoquetait en bafouillant. Sébastien la cajola tendrement et la réconforta. Il caressa sa frimousse et aperçut une vilaine boursouflure rougeâtre sur sa pommette. La serrant très fort contre lui, il laissa échapper un énorme :

– Ah Nom de Dieu !

Violetta s'expliqua.

– Tu me dis bien la vérité, hein ? C'est bien comme ça que ça s'est passé ? Tu ne me racontes pas de mensonges ? Ce n'est pas toi qui as été polissonne? Tu n'as pas été mal polie ? demanda-t-il.

– Non, non Bastien ! Je te le jure devant le petit Jésus ! Je veux plus jamais aller à l'école, plus jamais. J'aime mieux mourir !

Il la garda longtemps blottie contre lui, la couvrant de caresses et de baisers. Une fois calmée, ils regagnèrent ensemble les Blandins. Elle, si gaie habituellement, ne pipait mot, encore secouée de temps en temps par de vilains hoquets.

– Prenez-en soin, dit-il à Rita. Demandez à Lucie, on a des fleurs de lys trempées dans la gnôle, vous lui en appliquerez doucement sur sa joue. Si elle prend mal à la tête, allez vite chercher le docteur Pérelle. Je paierai. Moi, je vais aller lui rendre une visite à cette…

Il flanqua un énorme coup d'épaule dans la porte et entra dans la salle de classe comme une furie. Il saisit la religieuse par un bras et l'emmena hors de la vue des gamins ébahis. Il la plaqua de toutes ses forces contre le mur et serra son cou comme dans un étau qui lui broyait les os.

– Pourquoi ? Pourquoi t'as fait ça ? T'aurais jamais dû toucher à cette petite, espèce de garce de nonne.

Il était livide, les mâchoires serrées, les yeux révulsés. Tu sais même pas ce qui s'est passé, mais il a fallu que tu cognes, sans chercher à comprendre ! C'est ce qui te donne l'impression d'être forte ? Hein ? Réponds, hurla-t-il. Réponds ! C'est au nom de ton Dieu que tu tabasses les gosses ?

Il desserra sa poigne d'acier. La “maîtresse” tétanisée face à la furie de cet homme, le bonnet de travers, bégaya quelques mots, essaya de parlementer.

– Quand tu bats les gamins et qu'ils rentrent chez eux, ils en ramassent autant par leurs parents. Mais pas chez moi. Ta croix que tu trimballes ne te donne pas tous les pouvoirs, espèce de grenouille de bénitier. Tu crois être la seule à savoir lire à Saint-Jean ? Mais ma pauvre, pour qui tu te prends hein ? Viendra le jour où on se passera de vos services, va ! Et ce jour n'est plus guère loin !

– Monsieur, je ne savais pas. Excusez-moi ! bafouilla-t-elle.

Il la lâcha et ajouta d'une voix redevenue calme :

– Je ne vous ferai pas l'affront de demander pardon à Violetta, et pourtant, vous le mériteriez. Si vous la touchez encore une seule fois…

Il l'avait menacée de son index en la fusillant du regard. En partant il ajouta :

– Il n'y a qu'un seul maître aux Blandins et c'est moi !

Il se retourna et insista en se frappant la poitrine :

– Et c'est moi !

La Toinette, gamine espiègle et frondeuse avait guetté la scène et se faisait un réel plaisir de colporter très fièrement que le Bastien des sources avait *"sarré l'quiqui d'la bounne frangine qu'avaut l'bouneu à l'envars et lu ch'veux tout drès su l'cassau",* (Serré le cou de la bonne soeur qui avait l'bonnet à l'envers et les cheveux tout droits sur la tête). Les gens qui eurent vent de cette histoire se montrèrent indignés par le comportement impétueux de ce Grange qui avait osé lever la main sur une religieuse estimée par tous.

– Quand même ! Faut pas exagérer… Si la gamine a pris une raclée, c'était forcément mérité ! Il avait déjà failli tuer son commis parce qu'il avait battu son cheval, faut croire que pour ce gars-là, une bête ou une gosse valent mieux que les grandes personnes. Mais alors, lever la main sur une épouse du Christ, quelle honte !

Violetta demanda des explications à sa mère. Pourquoi les méchants avaient-ils dit qu'elle s'appelait comme un chien ?

– Je vais te raconter une bien belle histoire ma fille. Viens là. Tu es assez grande maintenant pour comprendre.

Elles s'assirent dehors, sur le banc de pierre sous la treille qui s'accrochait à la façade de leur maisonnette, s'incrustant d'année en année un peu plus dans les joints. Ce cadeau de Sébastien pour la naissance de Violetta… Dix ans déjà. Dix ans que le mur buvait le sulfate et se teintait progressivement du bleu marine au bleu ciel. Elle prit sa menotte dans la sienne.

– Bien sûr, ici, ils ne peuvent pas savoir. Ils ne connaissent pas. Là-bas, dans notre pays, en Italie, dans la province d'Ombrie, il y a un village qui se nomme Cascia, et à quelques kilomètres se trouve Roccaporena. Ton père et moi sommes nés tout près.

– Dis maman, c'est loin des Blandins ?

– Oh oui ! très très loin ! Un couple, monsieur et madame Mancini, vivait à Roccaporena. ils n'avaient pas pu avoir d'enfants, mais, sur leurs vieux jours, madame Mancini mit au monde une fille, une jolie petite fille qu'ils appelèrent Rita.

Depuis sa naissance, il se passait des choses bizarres autour de son berceau. Les incroyants disent que ce sont des légendes, mais nous, on sait bien que c'est vrai. Par exemple, le miracle des abeilles.

– C'est quoi un miracle, maman ?

– Quelque chose d'inexpliqué… La main de Dieu qui réalise des merveilles.

– Un jour, elle était dans son berceau et un essaim d'abeilles est venu se poser sur elle. Elles tournoyaient tout autour mais pas une seule ne l'a piquée. Il paraît qu'un moissonneur qui s'était coupé avec sa faux a vu ce prodige, alors qu'il descendait à la rivière pour laver sa plaie. Il prit peur et voulut chasser les abeilles, mais à son étonnement, sa blessure fut guérie immédiatement.

En grandissant, alors qu'elle menait paître ses brebis le long des sentiers pentus, elle s'émerveillait devant la nature. Elle écoutait les chants d'oiseaux, les échos et les silences.

– Ses parents étaient des paysans comme nous ?

– Oh ! Mais vas-tu te taire à la fin et écouter ce que je t'explique. Sûr, elle était plus pieuse que toi, va ! Je te disais donc que, le moment venu pour elle de faire sa communion, elle demanda une année entière de retraite spirituelle, de recueillement dans la solitude. Présage tout ça. Elle voyait Dieu Créateur dans les oiseaux, dans les fleurs, dans le ciel étoilé et contemplait le Seigneur mort sur la croix. Or, à Cascia, les Pères Augustins avaient un couvent, centre remarquable de spiritualité où Rita se sentait si bien qu'elle envisageait de devenir religieuse. Elle n'avait que treize ans, environ, mais la conscience et la maturité d'une grande personne.

Elle avait rêvé d'être épouse et le sera, mais hélas, elle ne sera pas l'épouse de Dieu, mais d'un homme très méchant.

Après l'heureuse enfance auprès de ses vieux parents aimants, elle allait connaître l'horreur. Son mari, Paolo Ferdinando, homme de guerre à la solde de quelques malfrats, se montra rapidement sous son vrai jour, rustre, autoritaire et violent. Il la battait la pauvre, mais elle ne répondait jamais, au contraire, elle offrait toutes ses souffrances à Dieu. Sur le visage amaigri, pâle et doux, la main du mari frappait brutalement. Ces gifles qui étourdissent l'âme avant de tourmenter le corps. Sa seule réaction ? Le silence, les larmes et ses yeux qui scrutaient le ciel dans l'abîme des nuits sans sommeil. Elle souffrit sans révolte jusqu'à la limite de ses forces, et surtout, elle priait, sans relâche, pour l'âme de son bourreau. Les années passèrent ainsi. Cette patience douce, résignée finira par toucher le cœur de marbre de Paolo qui, petit à petit, comprendra que cette épouse était un ange de bonté et d'amour.

– Dis maman, pourquoi il était méchant le monsieur ? Mon papa à moi, il est gentil hein ? Et mon Bastien aussi…

– Oui, ma fille, et pour cela tu dois remercier le Bon Dieu. Alors je continue.

– Elle aura deux fils : Giangiacomo et Paolo Maria. Deux trésors, mais surtout, pensait-elle, deux âmes à orienter vers Dieu. Mais, comme on dit, les chiens ne font pas des chats, et hélas, ils avaient hérité du caractère de leur père. Pauvre Rita.

Mais les anciennes mauvaises fréquentations n'avaient que faire de la conversion de leur complice et un soir, Paolo ne rentra pas à la maison. Rita sentit monter une terrible angoisse au fond de son cœur. En effet, son époux venait d'être assassiné. On transporta son corps sanglant dans cette maison où l'amour avait vaincu la violence. Alors, prenant ses fils dans ses bras, elle pria en espérant que le pardon l'emporterait sur la haine.

Mais, en grandissant, malgré l'éducation parfaite qu'ils reçurent, ses deux fils n'avaient qu'une seule idée ; venger leur père. Nouveau calvaire pour cette veuve torturée par l'appréhension de voir les mains de ses enfants rougies du sang de leurs ennemis. Tous ses efforts restèrent vains, et la vengeance mûrissait alors qu'ils grandissaient en âge, mais pas du tout en sagesse. C'est alors que Rita, mortifiée, détruite, souffrant le pire des martyres, se tourna encore une fois vers Jésus en Croix en adressant cette prière :

– *«Prends-les seigneur ! Prends-les avant qu'ils sachent*

ce qu'ils vont faire, avant que la vengeance les rende rebelles à ta Sainte Volonté ! Je préfère les voir morts plutôt qu'ils deviennent tes ennemis !»

Peu de temps après, dans le cimetière de Roccaporena, deux croix jouxtaient celle de Paolo Ferdinando. Dieu avait répondu –oui– au suprême sacrifice de cette maman.

Et puis, une nuit de mai, elle entendit comme une voix qui l'appelait : Rita ! Rita ! Rita ! Elle s'est levée, et de nouveau, elle entendait son nom, pourtant il n'y avait personne. Tout le village dormait à cette heure tardive. Alors, elle comprit… Cet instant tant attendu arrivait enfin ! Elle allait pouvoir entrer au couvent, devenir religieuse comme elle le souhaitait depuis sa tendre enfance. Rita Mancini revêtit enfin l'habit des Augustines à Cascia. Elle mena une vie de sainte, se pliant volontiers à toutes les exigences d'une prieure despotique.

– Et moi, maman, est-ce que je suis une sainte ? demanda Violetta qui buvait littéralement les paroles de cette belle histoire comme un conte de fée. Ses beaux yeux étonnés et admiratifs pétillaient.

– Ah mais tais-toi un peu ! Une sainte ! Une sainte ! Une sotte oui…

– Alors, je te disais… Oui… Jusqu'au jour où une épine de la croix du Christ s'est détachée et est venue se planter sur son front, laissant une large plaie béante. Dans le prieuré, toutes les sœurs la considéraient comme une sainte, mais elle demeurait d'une immense humilité, tourmentée par de grandes souffrances physiques qu'elle acceptait en union avec son rédempteur. Quelques semaines avant sa mort, une parente vint la visiter.

– Qu'est-ce que je pourrais faire pour toi ? lui demanda-t-elle ?

Rita répondit :

– *«Je voudrais que tu me cueilles une rose dans le jardin de mes parents.»*

Au cœur de cet hiver, la campagne était sous la neige. La cousine alla toute même à Roccaporena. En pénétrant dans le jardin, elle aperçut sur les branches épineuses, une rose splendide. Elle la cueillit et la lui porta.

– *« Puisque tu as été si aimable, retourne au jardin et, cette fois, rapporte m'en deux figues fraîches. »*

Sans plus d'hésitation la messagère sortit en courant et trouva sur le figuier du jardin les deux figues.[19]

Rita, serrant sur son cœur le crucifix qu'elle avait tant aimé, rendit son âme à Dieu le 22 mai 1457 à soixante-seize ans. Son visage émacié prit un air de beauté incomparable, l'horrible plaie se changea en une sorte de rubis éclatant, exhalant un suave parfum. Pour annoncer sa mort, les cloches du monastère s'ébranlèrent d'elles-mêmes, et la foule accourue défila devant sa dépouille glorieuse.[20]

Elle a été béatifiée en 1628, et tous les Italiens la vénèrent comme une des plus grandes saintes de tous les temps. Alors, tu vois, ma fille, tu n'as vraiment pas à avoir honte du prénom de ta mère, ni en rougir . Après celui de Marie, c'est le plus beau et crois-moi, j'en suis très fière.

– Mais, maman, c'est tout vrai ? C'est pas comme une histoire avec des fées ?

– Eh oui ! Tout est véridique ma petite. Quand tu seras grande, toi aussi tu la raconteras à tes enfants.

– J'aurai des enfants maman ?

---

19. Il existe de nos jours une stèle commémorative de cet événement dans le jardin de Roccaporena, abritée dans une sorte de grotte où les pèlerins déposent leurs missives sur des petits bouts de papier glissés dans les joints des pierres. Par milliers, voire dizaines de milliers ces messages tapissent littéralement la grotte.

20. Vêtu de l'habit des religieuses de l'ordre de Saint-Augustin, son corps, toujours intact, repose dans une châsse en verre en l'église de Cascia. Des millions de pèlerins se pressent chaque année pour prier avec Rita Mancini, la patronne des cas désespérés.

– Oui, bien sûr, à moins que, comme Rita, tu veuilles devenir religieuse !

– Et les religieuses, alors, pourquoi elles ont pas des bébés ?

– Allez, assez bavardé pour aujourd'hui, allons travailler, trancha la mère en traçant de son pouce sur le front de sa fille, le signe de la croix.

Depuis douze années de bons et loyaux services, des liens étroits s'étaient tissés, mais Sébastien Grange restait le maître et du jour au lendemain, s'il décidait de vous renvoyer pour quelque raison, vous ne pouviez que ramasser votre baluchon et repartir sur les chemins en quête d'un autre employeur. Jamais ils ne pourraient trouver une meilleure place et Rita remerciait le ciel. Elle repensait à son Ombrie natale, mais le souvenir se dissipait au fond de sa mémoire. Là-bas, c'était la misère. Elle aimait s'asseoir sur le banc à l'ombre de la vigne, Taillaud, le vieux chien à l'oreille de plus en plus cassée, couché à ses pieds. Les grappes qui pendaient étaient moins grosses, moins sucrées aussi que celles de la treille accrochée aux fils de la terrasse de ses parents. Mais pour elle, lorsque le ciel grisounet de l' automne attristait quelque peu son cœur, elle s'imaginait à travers les feuilles battues par le vent, apercevoir un carré de ciel bleu, comme une sorte de complainte de l'Italienne ayant abandonné son Italie. Elle était heureuse. Un spectre, cependant, planait sur ce bonheur… Adriano ! Depuis quelque temps, il toussait beaucoup, maigrissait et se sentait terriblement fatigué, mais, se murant dans le silence, il travaillait dur afin que rien ne paraisse.

– Maintenant que Charles est mort, il a moins besoin de nous, se lamentait-il auprès de son épouse. Faudrait pas que je puisse plus…

Il croisa le regard de Rita rempli d'inquiétude. Une quinte de toux terrible le secoua. Traînant les pieds, il sortit sans piper mot.

Violetta qui, mine de rien, écoutait et comprenait tout, s'approcha de sa mère :

– Tu devrais pas avoir peur maman, mon Bastien ne nous fichera jamais à la porte !

Elle avait prononcé ces mots avec une désinvolture et un naturel qui surprirent Rita.

– Mais que dis-tu là, espèce de sotte ? Qu'est-ce que tu comprends aux choses des grandes personnes ?

– Moi, je sais que mon Bastien ne nous jettera pas dehors, j'en suis sûre. Il aime bien trop sa Violetta ! Tralalalalère…

– Je ne tolèrerai jamais que tu parles comme ça, effrontée va ! Mais qui t'apprend ces vilaines paroles ? Hein ? Réponds !

Et alors que Rita s'apprêtait à gifler sa fille, Adriano entra, livide.

– Arrête ! ordonna-t-il d'un ton fatigué. Je crois qu'elle n'a pas tort.

– De toute façon, tu la défends toujours. Qu'est-ce que vous croyez tous les deux ? Hein ? Un patron, ça reste un patron, c'est tout.

Forte du soutien de son père, la gamine renchérit, malicieuse :

– Oui, mais pas mon Bastien. D'ailleurs, il m'a dit qu'il continuerait à m'apprendre le calcul et l'orthographe, puisque je veux plus aller à l'école… et même qu'il me montrerait la manière de chercher les sources et tous les secrets… Alors !

La discussion fut interrompue par un bruit de roues de voiture crissant sur les cailloux de la cour. Rita regarda à travers la croisée et aperçut le docteur Pérelle, sacoche en main, qui se dirigeait vers leur maison. Surprise, elle ouvrit la porte.

– Bonjour docteur, fit-elle étonnée, qu'est-ce qui vous amène ?

– Monsieur Grange m'a demandé de voir votre mari, madame. Est-il là ?

– Euh ! Oui oui, entrez docteur… Mais ?

Le médecin fixa Adriano en franchissant le seuil. La pâleur de son visage, les cernes de ses yeux trahissaient un état avancé de la maladie, qu'il avait décelée d'un coup d'œil.

– Allez, il faut me dire la vérité monsieur Portini. Soyez tranquille, je suis tenu par le secret professionnel.

Il avait bien deviné, ce bon docteur, les appréhensions du couple.

– Est-ce que vous toussez beaucoup ? demanda-t-il en plaquant le stéthoscope en bois sur le dos décharné du petit Italien, qu'une colonne vertébrale saillante semblait vouloir déchirer.

– Oh, pas mal, oui !

– Vous crachez ?

– Ben… Oui !

– Du sang, n'est-ce pas ?

– !…

– Allons, allons, monsieur Portini, je le sais, va. Je vais vous dire ; vous toussez depuis environ une année avec expectoration muqueuse qui est devenue au fil du temps muco-sanglante… vous avez perdu l'appétit, vous vous sentez fatigué, de plus en plus fatigué et maintenant la fièvre vous gagne. C'est bien ça, n'est-ce pas ?

– Ben, oui docteur. Même si je comprends pas bien ces termes savants.

Il plaqua à nouveau le stéthoscope à plusieurs reprises sur sa poitrine, et fit une mimique significative en dodelinant de la tête. Ce souffle court, ce bruit comparable au froissement d'un papier de soie si caractéristique qu'il avait maintes fois entendu ne laissait aucun doute quant au diagnostic.

– Je vais être franc avec vous, monsieur Portini, dit le docteur.

Puis, se tournant vers Violetta, il la prit sur ses genoux :

– Toi, avec des yeux comme ça, tu ne resteras pas vieille fille, hein ! Mais dis-moi mon enfant, tu veux bien nous laisser un moment entre grandes personnes ? Tu vas sagement aller jouer dehors. D'accord ?

– Oui monsieur, répliqua la gamine.

– On dit : oui docteur, rectifia Adriano.

– Oui docteur, fredonna-t-elle en quittant la cuisine, toute guillerette.

– Ce que j'ai à vous dire est grave monsieur Portini ; vous vous en doutez bien, n'est-ce pas ?

Un silence glacial tomba dans la pièce. Rita baissait la tête, fixant les contours d'une tomette rouge ; quant à Adriano, son regard s'était figé dans celui du brave médecin.

Une fois de plus, le praticien se devait d'avouer la terrible vérité, celle qui tue l'esprit avant le corps. Une fois de plus, lorsqu'il quitterait cette maison, il laisserait derrière lui la désolation et la misère, après avoir prononcé ce mot épouvantable redouté par tout le monde.

– Il va falloir être courageux monsieur Portini, puis jetant un coup d'œil en direction de son épouse, il ajouta : Je suis navré, vraiment… Vous avez entendu parler de la phtisie galopante, n'est-ce pas ?

– Oui, docteur. C'est c'que j'ai ?

La voix du petit Italien tremblait. Sa gorge était sèche. Rita ne pipait mot, la main enfouie dans sa poche, elle triturait son chapelet, comme par habitude ou pour se raccrocher à quelque chose ou à quelqu'un…

– La phtisie galopante est le mot employé communément. En fait, le vrai terme est la tuberculose. Je suis au regret de vous dire qu'aujourd'hui, on est bien incapable de la guérir. Tout juste retarder son évolution… Et encore ! Je ferai tout pour calmer les souffrances, soyez tranquille. Mais je voudrais vous hospitaliser. À l'hôpital de Roanne, il y a de très bons spécialistes, vous savez et…

– Pas question, trancha Adriano. Je veux pas y aller… Ça jamais !

– Si le docteur te le conseille, hasarda Rita !

– Non ! Qui s'occuperait du cheptel ? Hein ! Les vaches sont prêtes à vêler. Ces deux dernières années, le patron a presque doublé ses têtes de bétail, ça se fait pas tout seul !

– Comme vous voudrez monsieur Portini, renchérit le docteur qui, dans son for intérieur, n'attendait pas une autre réponse.

– Dites-moi simplement… Pour combien de temps j'en ai ?

– Impossible de le prévoir au juste ; quelques mois…

– Regardez docteur, dans la cour, le gros tilleul où vous avez attaché votre cheval…

– Oui, eh bien ? questionna Pérelle.

– Voyez, les fleurs viennent juste de passer…

Adriano suspendit ses paroles qui se bloquaient dans sa poitrine. Puis, se ressaisissant, il ajouta rapidement, comme pour venir à bout d'une conversation qui avait par trop duré :

– Est-ce que je le verrai refleurir l'année prochaine ?

Pérelle ne répondit pas. Il baissait la tête.

– Oui ou non ? trancha sèchement Adriano.

Quelques instants encore de silence… Lourd, froid, pénétrant.

– Alors ? J'attends ! insista le malade secoué par une quinte de toux.

– Non, je ne crois pas. Mais vous savez, on ne peut jamais prédire ce genre de choses. Le corps humain a parfois des ressources inespérées et surtout inexplicables.

Sans plus attendre, le praticien se leva, saisit sa sacoche sous le bras et se dirigea vers la porte.

– Mais, docteur, on vous a pas payé. Combien ça coûte ?

– Rien. Monsieur Grange m'a déjà réglé. Ça, c'est un sacré bon patron. Tant mieux pour vous !

Puis il monta dans sa voiture. Le cheval qui paraissait connaître les itinéraires aussi bien que son maître, allongea le pas. Ce saint homme de Pérelle partait visiter d'autres malades qui l'attendaient. Serait-ce pour un accouchement difficile ? Pour les "douleurs" d'une vieille grand-mère cassée en deux par des rhumatismes mal soignés ? Pour le croup d'un môme qui se meurt par étouffement, ou encore pour cette terrible tuberculose qui tuait à tout va, les enfants, les jeunes, les adultes ?... Cette gangrène du XIXe qui décimait des familles entières, arrachant au prix de souffrances infernales les enfants à leurs parents, les pères à leur foyer laissant derrière eux une épouse sans ressources avec le plus souvent une ribambelle de gamins faméliques.

À peine eut-il franchi le porche de la cour que Rita laissa libre cours à sa détresse. Avec sa volubilité latine, elle se mit à hurler. Elle se lamentait en italien. Alertée par les pleurs de sa mère, Violetta entra et resta figée face à cette scène inhabituelle. Jamais elle n'avait vu ses parents se disputer. Ce papa qu'elle aimait tellement, le torse dénudé, lui tendit les bras. Que se passait-il donc ?

À ce moment, on frappa à leur porte. Rita, secouée par d'énormes sanglots, ouvrit. Sébastien Grange entra. Violetta se détacha de l'étreinte de son père et courut se réfugier auprès du patron.

– Mon Bastien ! Mon Bastien, viens vite ! Mon papa et ma maman pleurent. Viens à notre secours !

Sébastien caressa les cheveux de sa poupée, comme il disait, et l'emmena vers Lucie. Lorsqu'il revint, il ne semblait pas atterré outre mesure. Adriano voulut s'exprimer, mais il lui coupa la parole :

– Ne dis rien. Je sais tout. Demain, je t'emmènerai à l'hôpital de Roanne.

Rita pleurait toujours dans son coin. Adriano essaya de dissuader son patron, en vain !

L'hôpital… rien que l'énoncé de ce mot vous saisissait d'effroi.

Cette étiquette moyenâgeuse de maison de charité, d'asile ou d'hôtel-Dieu, selon les époques, accueillant depuis 1317, pauvres, roulants et gosses abandonnés, doublée de sa sinistre réputation d'antichambre de la mort, effrayait plus qu'elle ne rassurait. Aussi, pour accepter l'hospitalisation, fallait-il être parvenu à un stade irrémédiable.

À Roanne, dans les temps anciens, certains généreux donateurs, en quête d'un paradis acquis grâce à la charité pratiquée envers les plus démunis, offrirent leurs biens à cet établissement.

Ces nantis de la société, qui, il faut bien le reconnaître, aimaient exposer leurs largesses, contribuèrent à la venue des religieuses. Jusqu'alors, des dames de la haute société, sous la houlette de Jeanne de la Mure, prodiguaient les soins aux malheureux.

Il fallut attendre beaucoup plus tard, aux alentours du XIXe, pour qu'enfin, le rôle des soignants devienne primordial.

À cette époque, des médecins y exercèrent leur posologie, comme le docteur Jacques César Imbert[21], chirurgien et maire de Roanne, qui fut promu chevalier de l'ordre impérial de la légion d'honneur. Il décéda à l'âge de 68 ans le 26 mai 1862 et repose dans un imposant tombeau surmonté d'une très belle stèle gravée de cette épitaphe :

---

21. Le caveau de cet éminent médecin, bien qu'apparemment oublié, existe toujours dans le vieux cimetière.

"Çi Gît un homme de bien", dans le cimetière Saint-Claude.

Ce dit cimetière porte le nom de la première inhumée. Il s'agissait de la petite Claudine Tamain, décédée à 7 ans en date du 19 juin 1839.[22]

La médecine, bien qu' hésitante, commençait néanmoins à évoluer. Les sempiternelles "seignées" (saignées) et les lavements prescrits pour soigner les maux de toutes sortes, comme autant de passeports pour la guérison, firent place à des soins plus adaptés. Mais que faire sans aucune notion d'hygiène, et avec une insalubrité dénoncée haut et fort par les administrateurs?

«... il y a une petite salle attenante à celle des femmes qui est si humide qu'il serait à propos de la supprimer d'autant mieux qu'elle agrandirait la cour qui sert de promenoir aux malades ; elle a néanmoins son utilité pour les opérations....

... les latrines attenantes à la salle des hommes sont aussi une source d'insalubrité, il est proposé d'y établir une cheminée ; il serait aisé de donner de l'écoulement aux matières, et utile d'y faire passer un courrant d'eau.

Les eaux dont la bonne qualité est si utile à la santé laissent beaucoup à désirer, il n'y a que les eaux du puist toutes vaseuses et en petite quantité....»[23]

Adriano, accompagné de Sébastien Grange, fut donc admis dans la grande salle commune. Une vingtaine de lits en enfilade séparés chacun par une table de nuit en bois et une chaise, conféraient une austérité rebutante. Sur le pas de la porte, il eut un mouvement de recul. L'odeur qui s'exhalait le suffoqua. Un mélange d'humidité, d'excréments et de saleté.

---

22. La tombe de Claudine Tamain existe toujours également et des mains charitables y déposent encore, parfois, quelques fleurs.

23. Archives des registres de délibération de l'hôpital de Roanne, en la personne de monsieur Alcock.

Lui, habitué à sa vie rurale, dans sa jolie maisonnette si bien tenue par Rita, ressentit un haut-le-cœur.

– Allons, dit Sébastien en lui tapant sur l'épaule, ne t'en fais pas. Tu ne resteras pas longtemps, va ! Le temps qu'on te soigne comme il faut et tu reviendras vite aux Blandins.

– Je veux pas… Je veux pas… bafouilla le petit Italien. Je veux rentrer tout de suite.

À cet instant, une jeune religieuse au sourire angélique le prit tendrement par le bras et le conduisit jusqu'à son lit.

– N'ayez crainte, monsieur, susurra-t-elle à son oreille, nous allons bien prendre soin de vous. Tenez, installez-vous.

Il déposa sur la chaise son maigre baluchon, et s'assit sur le bord du lit. Il leva ses yeux empreints de tristesse.

– Patron !

– Oui, Adriano, ne dis rien. Je sais ce que tu vas me demander…

Sébastien sentit son cœur battre. Il aimait son commis. La maigreur, le teint livide creusaient davantage son visage ravagé par la souffrance dans cette salle aux murs gris où le désarroi et l'ennui transpiraient au travers des regards éperdus des malades.

– Si je meurs…

– Tais-toi, trancha amicalement le patron, d'abord, pour le moment tu vis et si… tu meurs… Oui, sois tranquille, je sais ce que tu veux. Tu me crois capable de ficher ta femme et ta fille à la porte ? Tu me déçois, ajouta-t-il en souriant. Ma poupée que j'aime autant que ma propre fille, allons allons ! Elles resteront à mon service autant qu'elles voudront, sois sans crainte. Pour le moment, tu ne dois penser qu'à une seule chose : te soigner, c'est tout.

Sébastien lui serra chaleureusement la main, et partit sans se retourner.

La jeune religieuse dans son habit blanc, son visage

toujours affable enserré sous un voile noir, déposa un crachoir sur la table de nuit.

– Poitrinaire ? questionna instinctivement le voisin de lit.

– Oui, répondit timidement Adriano. Et vous ?

– Oh moi ! C'est une longue histoire, fit-il en soulevant le drap d'un geste de la main. Tenez, regardez !

– Amputé ? Mon Dieu !

– Oui, oh, je suis pas le seul va ! J'étais ouvrier des chemins de fer, et les accidents, c'est pas c'qui manque. Bien joli le modernisme… Le train et tout le reste, mais en attendant, y en a plus d'un qui a laissé un bras ou une guibole. C'est comme ça quoi. Ah Dieu ! La scie des chirurgiens a fonctionné pas mal ces années !

Découvrant des gencives édentées où seuls quelques chicots cariés pointaient, il éclata de rire avant de poursuivre :

– Mais y paraît que toutes ont eu "une bonne terminaison", (sic) alors ! Valait mieux ma jambe droite que celle du milieu ! Merde alors ! Elle peut encore servir celle-là au moins ! Allez, faut pas vous en faire, on est bien soigné. La soupe est bonne et y a quelques jolies filles bien dévouées, qu'ont bien c'qu'il faut là où il faut. Ah Dieu… Ça aide à la guérison tiens donc ! On va bien s'entendre, je crois. Au fait, je m'appelle Georges. De l'autre côté, ajouta-t-il, en pointant son index, y en a qu'un qui a cassé sa pipe cette nuit… Ben ouais, c'est comme ça ! On l'écoutera plus râler au moins…

– De quoi il est mort ? demanda Adriano.

– Gangrène ! Ah Dieu ! Tout pourri qu'il était le pauv' bougre ! Et ça puait pire que dans une écurie de cochon. Il a ben gueulé tout son saoul. Z'avait beau lui donner du duodénum, ça lui faisait pas mieux qu'un coup de bonnet à un âne.

– Laudanum, rectifia la bonne sœur en appuyant sur les deux premières syllabes.

– Duodénum ou laudanum… Ah Dieu ! En tout cas, ça l'a

pas empêché de souffrir, grogna le Georges.

– C'est quoi le… lau… Je ne sais quoi, questionna le petit Italien qui se trouvait en un rien de temps, catapulté dans un univers totalement inconnu.

– Le laudanum, répliqua la gentille religieuse, est un dérivé de l'opium. Un puissant calmant si vous préférez… Pour le moment, c'est ce qu'on a trouvé de mieux. Puis, jetant un coup d'œil rieur sur Georges, elle renchérit : rien à voir avec le duodénum qui est une partie de l'intestin grêle. Y a pas moyen de lui faire entrer ça dans sa caboche… ou alors, il le fait exprès ! N'est-ce pas, Georges, je vois bien que vous me faites enrager ? Il jure toute la journée, par-dessus le marché, enfin bref ! Voyons plutôt votre cas monsieur Portini. Le médecin va venir vous examiner…

– Merci ma sœur.

Le diagnostic ne tarda pas à tomber, corroborant les premières constatations de Pérelle.

Cette saloperie de tuberculose venait bel et bien encore de frapper, comme ça, sans raison apparente, à l'aveuglette. Il ne comprit pas les termes savants prononcés par le médecin où il était question de dyspnée, d'asthénie et d'hémoptysie.

– Dites, ma sœur, qu'est-ce qu'il a dit le docteur ? J'aimerais bien savoir. C'est que… J'y ai rien compris !

– Je vais tout vous expliquer, dit-elle avec une sérénité qui illuminait son joli visage. Vous en êtes au stade où votre état général se dégrade. Vous vous en rendez bien compte n'est-ce pas ? Votre respiration est difficile, ce qui vous angoisse : c'est ce qu'on appelle la dyspnée. Quant à l'intense fatigue, le manque d'appétit, c'est l'asthénie qui gagne du terrain au fur et à mesure que la maladie progresse. Vous crachez du sang ?

– Oui ma sœur.

Elle fit un mouvement de la tête, avec au fond des yeux un reflet de tristesse que la beauté de son sourire semblait vouloir dissiper :

– Allons, monsieur Portini, rien n'est jamais désespéré. C'est sérieux, mais nous sommes là pour vous aider, n'est-ce pas Georges ?

– Ouais, on a une chance sur deux de vivre ou de crever, grommela le vieux briscard.

– Mais c'est une certitude, répliqua la religieuse, juste une question de temps !

– Ah Dieu ! Y a pas l'feu ! J'suis pas pressé moi, s'exclama le Georges.

Adriano se coucha, éreinté par cette journée et brûlant de fièvre. Il toussa beaucoup cette nuit-là et dormit peu, gêné par les ronflements sonores des uns, les gémissements des autres, les allées et venues dans la chambre des insomniaques, et toujours cette odeur qui planait… quasi insoutenable. Les pensées se bousculaient dans sa tête douloureuse ; son travail aux Blandins ; le troupeau de charolaises qui s'accroissait d'année en année ; et puis sa femme et sa chtite Violetta, l'amour de sa vie. Rita se montrait sévère envers elle, ce qui lui déplaisait, mais il comprenait : c'était pour son bien. Il l'écoutait encore dire : un gamin c'est comme un arbre, depuis tout petit, il doit être taillé pour grandir droit. Quand les mauvais plis sont pris, c'est fichu. Elle avait sans doute raison, mais sa fille… Alors, il surprit une larme coulant le long de sa joue.

Sébastien avait promis de les garder au domaine, et il savait que jamais le patron ne proférait des paroles en l'air. Ah ça non ! Un homme d'une telle droiture, d'une telle franchise, on pouvait lui faire confiance, les yeux fermés. Et c'est vrai qu'il vouait à sa poupée un véritable attachement.

Tout se brouillait et se précipitait au fond de son esprit. Il ne pouvait que s'abandonner à la providence et espérer des jours meilleurs. Mais loin d'être dupe, il se doutait bien de la terminaison fatale et inévitable.

Ces religieuses, ces dames de bonne famille qui apportaient

leur soutien, ces docteurs, tout ce va-et-vient le contrariaient. Il n'avait qu'une hâte, retourner aux Blandins ; dans sa maison, respirer encore pour quelque temps, peut-être, les odeurs de foin, des moissons, du jus de raisin qui commence à fermenter dans la grande cuve… À moins que… Les vendanges étaient encore loin… Il tournait et retournait dans ce lit, agacé par les paillardises du Georges qui voyait en chacune des soignantes, une conquête potentielle. Pauvre Adriano, ses soucis étaient d'un tout autre ordre. Le sirop à base d'eucalyptus qu'il avalait par pleines cuillères ne produisait aucun effet, si ce n'est l'écœurement qui ajoutait encore un mal-être supplémentaire. Non, il n'y avait aucun remède contre la tuberculose, et il le savait. Alors, il décida de quitter, coûte que coûte, cette antre de la mort. Il réfléchit durant les longues nuits d'insomnie à la manière de retourner aux Blandins. Son état ne lui permettait pas de s'y rendre à pied.

– Ma sœur ! Je veux rentrer chez moi. Je veux vraiment revoir ma femme et ma fille.

Ses yeux suppliaient la religieuse. Elle s'approcha de lui, le gratifia de son sourire d'ange puis se pencha tendrement. La croix suspendue autour de son cou effleura le visage d'Adriano.

– Oui, monsieur Portini, je vous comprends. Nous ne voulons pas vous garder contre votre gré. Laissez-moi un peu de temps, je trouverai un moyen.

Le lendemain, elle l'accompagna jusqu'à la porte où une voiture l'attendait. Elle l'emmitoufla dans une couverture, et susurra à son oreille :

– Allez, mon fils, allez bien en paix !

– Merci ma sœur, merci infiniment.

Elle claqua la porte, lui fit un signe de la main, et d'un geste, ordonna le départ au cocher. Le cheval réagit aussitôt à la pression des rênes, dressa les oreilles et démarra. Adriano ne sut jamais à quelle âme charitable il devait cette gracieuseté… Probablement une bienfaitrice anonyme de l'hôpital.

Respirer ! Enfin respirer l'air du pays ! Ressentir les bonnes odeurs de la cour, de la maison… Oublier à tout jamais la puanteur de la salle commune…

… Écouter chantonner Violetta de sa voix cristalline :

Cadet Rousselle a trois maisons
C'est pour loger les hirondelles
Ah ! Ah ! Ah ! oui vraiment
Cadet Rousselle est bon enfant !

Voir Rita "trier" les légumes pour la soupe, et machinalement, relever les deux coins du grand *devanti*, enfouir les *triures* (épluchures) et les porter aux lapins… Ce grand *devanti*, déguenillé sur les côtés, rapiécé à plusieurs endroits dont elle se servait en guise de soufflet afin d'activer le feu dans la cheminée, pour rapporter les œufs du poulailler ou tenir une queue de casserole *qu'lui brulau lu dès* (qui lui brûlait les doigts), comme panier dans le potager, en tant que torchon essuie-mains, mais également d'un geste furtif, elle l'utilisait pour sécher les larmes de Violetta et consoler un gros chagrin… Eh bien oui. Il le découvrait et l'aimait soudainement. Comme si les petits riens du quotidien prenaient une dimension nouvelle !

… Échanger un regard complice avec le patron. Cet homme redouté par ses pairs. Il n'avait d'ailleurs jamais réellement compris la raison de cette inimitié, car paradoxalement, beaucoup venaient quémander ses services de sourcier, alors…

Les bruits familiers montaient des écuries ; le meuglement des vaches, les aboiements du vieux Taillaud et ceux, plus aigus d'un jeune chiot répondant au nom de Duchesse, le cri du coq qui s'égosillait, le crissement de la roue de brouette dans la cour, le grincement de la manivelle du puits suivi du cliquetis de la chaîne qui se déroulait et le seau de fer blanc heurtant la margelle. Voilà que, malgré des quintes de toux répétées avec expectorations sanglantes, il semblait aller mieux.

Le Léon, quant à lui, traînait ses sabots sur les quais de Roanne. Il oeuvrait, ici et là, avec les charpentiers de bateaux et les mariniers. Le soir, dans les bistrots, sa verve naturelle montait crescendo. Ça les amusait bien, tous ces vieux briscards qui, eux non plus, ne donnaient pas leur part au chien en ce qui concernait les affabulations de toutes sortes.

Mais le sujet favori, pour ne pas dire le plus ludique, se limitait au niveau du dessous de la ceinture du pantalon, qu'ils déboutonnaient sans compter, selon leurs propos fanfarons, dans certains quartiers chauds de la ville.

Sans compter, fallait le dire vite ! Car, bigre ! C'était pas donné, mais que voulez-vous, quand ça démange, ça démange… Et la "veuve poignet" ne remplacera jamais les fantaisies d'une bonne pute !

… Et derrière l'Hôtel de Ville, dans les ruelles, il s'en passait des choses ! Les clandés, officiels ou non, offraient un choix toutes catégories de Vénus que le dieu Eros avait, de sa flèche, sacrifiées sur l'autel de la luxure. Ah ça oui ! Suffisait d'avoir le porte-monnaie bien rempli, car, comme le disait la taulière d'un lupanar de la rue Détournée :

– Venez vider vos bourses…

Elle ne précisait pas lesquelles, cette bonne vieille péripatéticienne qui avait pas mal d'heures de vol à son actif. Lorsque "ses filles" étaient toutes occupées, elle se remettait à l'ouvrage.

– Faut ben rendre service à tous ces pauv' bougres,

que voulez-vous, disait-elle en tâtant sa poitrine avantageuse de ses deux grosses mains boudinées enluminées par quelques gros bijoux en toc. Le client est roi et la maison ne refuse jamais personne. Vous avez de quoi payer ? Sinon, dehors !

Ils étaient un sacré paquet de bonshommes en mal d'amour à y vider… leur bourse ! Les soirs de paye, ça chômait pas, tiens donc ! D'abord, il fallait montrer patte blanche. Si l'on peut dire ! La sous-maîtresse lorgnait derrière l'œilleton grillagé et matait le quémandeur. Elle lui ouvrait ensuite la porte sur les charmes enjôleurs d'une parade de prostituées exhibant, d'un "roulis" de fesses rebondies à vous en donner le mal de mer… des dessous affriolants ! Le brave gars sentait déjà monter au fond de lui une fièvre infernale qu'il tentait de dissimuler tant bien que mal.

– Pouh ! Fait chaud chez vous !

Les yeux langoureux des belles, leur bouche sensuelle, leur déhanchement nonchalant excitaient le client dont le sang bouillait…

– Ah cré vain Diou ! Vouè t'y bieau tout ça !

La sueur perlait sur son front, les sens émoustillés, il n'avait qu'une hâte, assouvir le plus rapidement possible ses instincts de mâle en détresse. Qu'importait le prix ! Ça valait gros, des femmes comme ça. Et puis, c'est qu'elles vous font d'ces choses… Qu' pour sûr, leurs bourgeoises savaient ou voulaient pas faire ! Après tout, c'est lui qui gagnait la paye, alors hein ! Il pouvait bien s'offrir quelques fantaisies. De toute façon, sa femme n'avait pas le droit à la parole et n'aurait qu'à fermer sa gueule.

Dans cette ambiance chaude et glauque des bordels, se pratiquait aussi "le cinquième quart de la journée", pour des ouvrières infortunées de l'industrie. Moches ou beaux, tarés ou instruits, vagabonds ou nantis, militaires apolliniens ou adolescents acnéiques mêlaient au fond des ventres offerts, la semence de leur virilité.

La toilette intime obligatoire n'avait guère d'incidence sur les maladies vénériennes transmises en ces lieux de perdition bannis par l'Église, cautionnés par l'État, méprisés par les chastes épouses mais adulés par les messieurs en mal d'amour !

Une fois par semaine, comme le stipulait la loi sur le règlement de la prostitution, les filles publiques se rendaient à la visite sanitaire souvent supervisée par une religieuse. On ne saurait trop dire laquelle des deux souhaitait racheter l'autre !… Sans doute, quelques amitiés sincères naquirent-elles de cette ambiguïté. Chacune d'elles restant campée sur sa conception de la vie et de… l'amour.

Le Léon semblait apprécier particulièrement les services rendus et le rapport qualité-prix. À vrai dire, il bouffait tout son fric dans les claques de Roanne et bien entendu rapportait à ses copains de comptoir les moindres détails, rajoutant au passage… Prétention oblige… Des histoires de scores battus et de défis à relever. Pari engagé !

Dans les deux maisons de tolérance sises au numéro 16 et 17 de la rue du Midi[24], ainsi que dans les deux autres situées au numéro 12 et 13 de la rue Détournée*, travaillaient les filles en numéro, alors que les filles en cartes officiaient dans leur domicile, souvent un "garni dégarni" au fond d'une cour pittoresque répondant au nom enchanteur de cour des miracles.

Attablées devant un pot de "gros rouge qui tache" dans les troquets malfamés des ruelles avoisinantes, rue Centrale, rue de la Berge*, rue Poisson* (aujourd'hui rue Danielle Casanova), rue Voltaire*, des filles proposaient également leurs faveurs aux passants :

– Tu veux monter chéri ?

24. * *Tous ces noms de rue, pour la plupart disparues, sont authentiques.*

Le Léon, qui, au début, était reçu à bras ouverts suscitait à présent une certaine méfiance.

Un jour, pris de boisson, ce qui le rendait particulièrement disert, il se présenta au bordel, comme à l'accoutumée. La maquerelle veillant sur sa "basse-cour", le sermonna :

– T'es saoul, Léon, alors, pas de fredaine hein ! T'y fais comme il faut, tu t'soulages et tu t'en vas !

– Je paie et j'en veux pour mon pognon, répliqua-t-il sur un ton qui ne demandait pas de réponse.

Quelques instants plus tard, la bonne grosse pute sur laquelle il avait jeté son dévolu descendit les marches de l'escalier en titubant, les mains plaquées autour de son cou. Pourtant habituée à certains caprices dégradants ou exigences concupiscentes de clients vicieux, elle paraissait paniquée et pleurait.

– C'est un fou ce sale type, soupira-t-elle ! Un sadique et un pervers ! J'ai cru qu'il me tuait ce salaud ! Regardez. Il m'a serré le cou comme une brute et s'est mis à me tabasser. Il en voulait à ma petite fille. J'aime la chair fraîche qu'il disait comme ça. Allez, prête-moi ta gamine. Je vais lui faire son affaire… Y en a pas pour longtemps. Et il riait avec un air de fou. Non que je lui ai dit, ça jamais ! T'as pas honte ! Elle a douze ans. Alors il est devenu furieux et gueulait qu'elle était ben assez mûre pour ça, qu'y avait pas b'soin de son avis et tout un tas de saloperies. J'ai réussi à m'en débarrasser en lui flanquant un grand coup de pied dans les… Vous voyez où ! Mais alors, je vous garantis qu'il faut s'en méfier. Faudrait pas s' trouver toute seule dans les bois avec cet énergumène ! Pas facile not' métier, bah !

Numéro 17 de la maison close rue du Midi à Roanne avant sa démolition.

Aux Blandins, pendant ce temps, il se passait des choses bizarres. Dans les prés, le bétail dépérissait à vue d'œil. Les paysans ne pouvaient que constater, avec stupeur, la mort inexpliquée des meilleures vaches. À peine s'assuraient-ils du bon état de leur cheptel dans tel pâturage, que, déjà, une bête montrait des signes extérieurs, soit de maladie, soit de folie.

Leurs poils ternes, noirs et piqués, les yeux hagards, signaient les prémices d'une mort programmée. Cette sorte de "rituel" atterrait de plus en plus les propriétaires consternés. Elles mouraient, les après-midis à quinze heures précises. Si le maître des lieux restait présent, rien ne se produisait. Sitôt après son départ, elles crevaient.

Entre eux, ils essayèrent d'argumenter en explications rationnelles et logiques, car, effectivement, l'incompréhension les clouait sur place. Qu'en conclure ?

– J'y comprends rien du tout, dit l'un d'eux, je suis là, ça bouge pas, je tourne les talons, paf ! Elles crèvent ! Mais bon Dieu d' bon Dieu, qu'est-ce qu'il se passe donc ? À croire qu'il y aurait une mauvaise herbe ou… peut-être l'eau qui serait empoisonnée !

– Toi, c'est tes bêtes et moi, répondit le voisin, je trouve des corbeaux cloués sur ma porte de grange. Y sont pas v'nus tout seuls quand même ! Le chien a même pas jappé. On penserait quasi qu' c'est un véritable fantôme qui rôde "déhors" quoi !

– Un corbeau, ah ! moi, la semaine dernière, c'était une

chouette ; mais j'ai fermé ma gueule, parce que, ma bourgeoise qui croit aux sorciers et tout ça, elle en dormirait plus d'la nuit ! Elle dit qu'ils peuvent tout faire, aussi bien sur les bêtes que sur les gens, même nous nouer l'aiguillette !

– Ben, ta bourgeoise comme tu dis, j'crois bien qu'elle a raison… Le mauvais œil, ça existe, pour sûr ! Parce que quarante vaches étendues en deux jours… C'est normal ça ?

– En tous les cas, c'est pas pour nous faire du bien. Ah ! Milliard de Dieu, si je le chope c'lui qu' fait ça ! Garantie qu'il va passer un sale quart d'heure.

– C'lui ! C'lui ! Et si c'était plutôt celle… Vous croyez pas ?

– Celle ? questionna l'un d'eux, intrigué. Mais qui donc ?

– Ah ma foi! Je parierai sur la Chevassagne ! Ça me surprendrait qu'à moitié. En plus qu'elle est pas d' par chez nous. Elle vient de la Haute-Loire, alors là-bas, à c'qui paraît comme ça, qui s'passe des choses pas ordinaires. Dans le Berry, c'est pareil… Enfin, c'est c' qui se dit quoi ! Même qu'ils connaissent toutes les formules secrètes pour porter malheur au monde, alors ! Va savoir si dans sa bicoque pourrie, elle a pas le petit Albert, ou le grand Albert ?

– De la magie noire, rétorqua un paysan, vous y croyez vous, à toutes ces conneries. Oh moi, tant que j'y vois pas, chui comme Saint Thomas.

Aux Blandins principalement, une véritable psychose s'installa. Pour pallier ces méfaits, on essayait même les remèdes ancestraux, telle “la reculade”, c'est-à-dire faire entrer la dernière bête dans l'écurie à reculons.

Une zone d'ombre réservait sa part de doute, métamorphosant chaque personne en sorcier potentiel.

… Qui découvrait de la peau de crapaud ou de serpent desséchée devant sa porte d'écurie, une mixture à base de plantes pilées… Qui une poupée piquée d'aiguilles, de la fiente d'ânes, et la poisse tombait sur la ferme. Les événements se produisaient, semble-t-il, à retardement, ce qui rendait d'autant plus difficile la possibilité de coincer le malfaisant. Petit à petit, les malheurs arrivaient sans qu'aucune conséquence immédiate ne soit ressentie. Les incrédules pensaient tout simplement à la malchance. Les choses s'arrangeraient d'elles-mêmes. Après un temps, il en vient un autre, donc !

Les supports incantatoires au diable, telle une symbolique codée, accomplis par ces praticiens cyniques et sans scrupules, les nuits de pleine lune, ou en lune descendante entre minuit et une heure, principalement à l'occasion des grandes fêtes religieuses, ne prenaient pas effet de suite. Alors, trop impatients de voir fondre la misère sur les pauvres diables, ils recommençaient encore et encore.

Apparemment, le jeu à la vie à la mort passionnait ces artisans à la légende maudite. En tiraient-ils une jouissance certaine, forts d'un pouvoir transmis de génération en génération ? Sans aucun a priori, ils exultaient de la terreur semée sur des êtres sensibles et souvent vulnérables. Immanquablement, par un juste retour à l'envoyeur, ils subiraient au centuple le revers de leur forfaiture. Mais, en étaient-ils conscients ? Peut-être se targuaient-ils d'être les commanditaires du malin aux pieds fourchus, alias Satan, alias Lucifer ou tout autre nom dont on l'affuble, selon les régions et les époques, le prince des ténèbres, l'aiguillon de leur force.

On avait, dans la contrée, le souvenir d'un sale type qui, aux fins de s'enrichir facilement, demandait au sorcier de faire ce qu'il fallait pour que les vaches mises en vente par ses voisins deviennent furieuses. Il les achetait alors à bon marché, et une fois chez lui, faisait "le sens inverse". Redevenues dociles, il pouvait alors les revendre très cher.

Du coup, la malheureuse Benoîte Chevassagne essuyait

pire que jamais l'opprobre de la plupart des paysans. Sa misère n'offusquait personne, hormis le prêtre Hubert Picard qui la visitait toujours régulièrement, au grand dam des honnêtes paroissiens bien-pensants. La suspicion vira rapidement à la crédibilité. Les analyses claudicantes des protagonistes de cette hypothèse gratuite dérivaient en un jugement borné visant à accabler la mère du meurtrier.

Un matin, ouvrant sa porte de bonne heure, elle découvrit un triste spectacle.

Alors que ses patates commençaient à germer, une ou plusieurs personnes avaient répandu, au cours de la nuit, des sacs de chaux vive dans tout son jardin. S'agissait-il de mains vengeresses, d'avertissement explicite ou subissait-elle également les assauts retors du sorcier ?

Monsieur le curé s'insurgea violemment contre de tels procédés et le fit savoir au cours des offices sans aucune argutie. Il ne ménagea pas ses mots et se montra intraitable quant à la divulgation de telles médisances, basées uniquement sur des soupçons.

Il en profita pour rappeler que la sorcellerie, au même titre que tout autre art divinatoire, était condamnée par l'Église et qu'un chrétien digne de ce nom ne devait en aucun cas y avoir recours.

– À quoi sert l'enseignement des pères capucins venus prêcher la mission l'automne dernier ? hurla-t-il du haut de la chaire, brandissant un poing serré, prêt à faire retomber sur les fidèles le courroux de Dieu.

Il n'hésita pas, à grands renforts de paroles percutantes et par une gestuelle sans équivoque, à jeter le discrédit sur toute l'assemblée, ajoutant que…

– Qui ne dit rien consent ! –

Les sermons enflammés eurent-ils un effet modérateur ? Le bon sens et la raison prévalurent-ils sur le tollé général?

Toujours est-il que les semaines suivantes, le calme revint progressivement. Oh ! La méfiance restait de mise malgré tout et l'on pouvait voir certains sceptiques répandre du sel bénit autour des écuries, de leur habitation et même dans les prés.

C'est ainsi qu'un soir tard, alors que le Victor s'adonnait à ce rituel d'exorcisation, il surprit le vieux Buisson, surnommé le Béchot du lieu-dit La Bonnie, longeant les haies en direction des Blandins. Il se camoufla et lui emboîta le pas. Que pouvait-il faire à une heure aussi tardive ? D'autant qu'il semblait se cacher. À plusieurs reprises, le Béchot se retourna sans bouger, prêta l'oreille et se remit en route discrètement, marchant sur le rebord herbeux du talus.

Le Victor n'en croyait pas ses yeux. Enfin ! Il allait sans aucun doute le prendre en flagrant délit ! Et alors là, curé ou pas curé, ça allait barder pour son matricule ! Vieille canaille, pensa-t-il, tu vas voir un peu. Allez vas-y, fais tes saloperies et moi, je me charge du reste ! J'vais te les faire bouffer tes peaux de crapauds, de serpents et compagnie, tiens !

Mais quelle ne fut pas sa surprise de le voir se diriger vers le domaine de Sébastien Grange ! L'espace d'un instant, il supposa que, probablement, le Béchot s'apprêtait à lui jeter un sort.

Victor se cacha derrière un muret et attendit patiemment. Son cœur cognait fort, il faut bien l'avouer. Que se passait-il donc ? À moins que, sait-on jamais, il n'apporte des plantes médicinales à l'Adriano. Tout le monde savait bien, à présent, que le fidèle commis du Bastien avait contracté la tuberculose. Mais aucune lueur ne filtrait de la maisonnette endormie. Le Béchot s'engouffra dans la cour de la grande ferme, et frappa contre le volet de la cuisine des Grange. Les chiens jappèrent.

– Couchés ! intima une voix masculine.

La porte s'ouvrit et Victor aperçut dans l'embrasure la

silhouette du Bastien tenant une lampe tempête. Le vieux Buisson entra aussitôt.

– Ma parole, pensa Victor, il l'attendait, c'est pas possible ! Qu'est-ce qu'ils trament ceux-là ? Et si c'étaient ces deux salopards qui s'amusent à… Sourcier et sorcier, alors là, manquerait plus que ça ! Va savoir ! Et son gosse qui est mort… Y a pas si longtemps… Comment ? Mystère ! Bah…

Le Victor n'en finissait pas de supposer, de tergiverser, de réfléchir lorsqu'il écouta nettement des éclats de voix.

– Oh la ! Y z'ont pas l'air d'accord ! murmura-t-il. Mais, trop éloigné, il avait beau prêter l'oreille, impossible de comprendre… Il resta donc tapi dans la nuit, ne perdant pas un pouce de la scène jusqu'à ce que, tout à coup, la porte s'ouvrit violemment. Sébastien tenait le Béchot par un bras et le jeta hors de sa maison en criant :

– Et ne t'avise pas de revenir une autre fois, t'as compris charogne ? Sinon, c'est mon fusil qui te recevra. J'te foutrai une balle dans la tête, sangsue !

Victor entendit le claquement sec de la clef dans la serrure.

Le vieux déguerpit à toutes jambes, traversa la cour rapidement sans se retourner.

Le lendemain, au café de l'Angèle, les hommes extrapolaient ! Il y avait quelque chose de bizarre, mais quoi ? Que pouvait avoir en commun, le Sébastien Grange et le Béchot ? Mise à part le fait que le Bastien avait trouvé une source chez lui… mais, quel rapport, franchement ? Et ce mot : sangsue ! Pourquoi donc ?

Personne ne comprenait et chacun affabulait en conclusions les plus folles.

Rita ne prenait aucun parti dans cette histoire. Elle se souciait de son homme et c'était grandement suffisant. Dans son Ombrie natale, comme partout d'ailleurs, les suppôts du diable et leurs machiavéliques pratiques honnies par la Sainte Église catholique terrorisaient les pauvres gens. Mais, forte de sa foi inébranlable, elle priait chaque jour Saint Michel Archange, l'exterminateur du Malin.

Plus que jamais, elle redoublait de ferveur, mettant toute sa confiance en ce Dieu si souvent imploré.

L'état de son mari la préoccupait terriblement. Elle devait préparer Violetta à l'issue fatale. L'accalmie serait de courte durée, elle le savait bien. Un matin, en cette fin de printemps 1869, elle la réveilla :

– Lève-toi ma fille, susurra-t-elle à son oreille. J'ai un travail à te confier.

La gamine s'exécuta rapidement, avala son bol de lait avec du pain trempé puis prit la main de sa mère.

Il avait plu cette nuit. Quelques gouttes luisaient encore sur l'herbe fraîche et drue qui tapissait les talus.

– Regarde, tu vois ces grosses limaces rouges, dit Rita, eh bien, à partir d'aujourd'hui, chaque fois qu'une averse ou une forte rosée les feront sortir, tu viendras avec ce sac, et tu les ramasseras.

– Pourquoi faire ? hasarda la gamine, toujours aussi questionneuse.

– C'est un monde, ça ! grogna Rita. Faut que tu me coupes la parole. J'ai même pas le temps de t'expliquer, enfin bref !

Viens vite. Je dois te parler comme si tu étais une grande fille, d'accord ? Tu es une grande fille, n'est-ce pas ?

– Oh oui m'man !

Elles s'assirent sur une pierre. Rita la prit dans ses bras, ce qui surprit quelque peu Violetta peu accoutumée à ces effusions extérieures de tendresse inhabituelles à cette époque où la retenue s'imposait.

– Si je te demande de ramasser les limaces, c'est pour soigner ton père… Puis elle ajouta en souriant… Tais-toi ! Oui, je sais tu vas encore vouloir des explications. Pourquoi ceci… Pourquoi cela… Ah! ma sotte !

La main de Rita caressa doucement sa joue. Un silence… un soupir… puis elle conclut brièvement :

– Ton père va mourir Violetta ; c'est la volonté du bon Dieu. On n'y peut rien, ni toi, ni moi, ni personne au monde. C'est comme ça ! On naît, on vit et on meurt. Il a la tuberculose, et le docteur Pérelle ne peut pas le guérir, ni ceux de l'hôpital. Mais on va essayer de le soulager, tu comprends ? Et pour ça, il existe un remède.

– Les limaces ? trancha la gamine horrifiée.

– Oui ! Il faut les mettre dans un mouchoir bien fin suspendu au-dessus d'un bol, les saupoudrer de sucre après les avoir pilées et les laisser dégorger. On les pressera et ton papa boira le liquide qui s'écoulera. Ça devrait calmer la toux. Il paraît que dans certains cas, il est recommandé de manger les limaces toutes crues. Je demanderai au docteur Pérelle. Tu vois, je te cause comme à une grande personne, parce que je sais que tu peux comprendre.

Son petit cœur se serra brusquement. Elle essaya de résister, elle ne devait pas pleurer. Sa mère venait de la considérer comme une grande fille, et une grande fille… Ça pleure pas. Elle ne pipait mot. Rita se leva et d'un geste lui montra une limace rouge sur le bord du chemin. Violetta s'approcha, les mains croisées sur sa poitrine, se pencha, la regarda, répugnée. Alors, secouée par d'énormes spasmes, elle éclata en sanglots.

– Mon papa ! Mon papa !

Elle hurlait la pauvre chtite…

– Je veux pas qu'il meure ! Pas mon papa ! Pas mon papa !

– Allons, il faut prier. Tu sais bien. Je te l'ai toujours appris. Quand on ne peut plus rien, il reste la prière. Le bon Dieu nous aidera va !

À ce moment, elles entendirent un bruit de pas. Violetta, le visage inondé de larmes, se retourna.

– Mon Bastien ! Mon Bastien !

Elle courut de toute la vitesse de ses petites jambes et se blottit contre lui. Il soutint le regard de Rita qui, d'un signe de la tête, lui signifia la situation.

L'enfant hoquetait, en proie à un chagrin qui déchirait ses entrailles. La plus grosse peine de sa vie. Les coups et humiliations de la maîtresse à l'école n'étaient rien à côté. Sébastien la prit par la main et lui dit :

– Dis-donc ma poupée, si on allait tous les deux chercher une source quelque part, hein ? Je te montrerai comment faire ? Tu veux bien ?

– Non, je veux pas. Je veux ramasser des limaces pour soigner mon papa.

– Oh mais voyons ! C'est pas le travail d'une jolie petite fille comme toi ! J'enverrai un commis…

– Non ! C'est moi qui veux ! Pour mon père. J'irai tous les jours et j'en rapporterai tout plein, tout plein ! Et mon papa guérira.

Il serra Violetta contre lui, et s'approcha de Rita qui pleurait en silence, torturée par cette scène terrible. Il la fixa fermement et d'un ton soutenu, lui dit :

– Ne vous faites aucun souci pour l'avenir, ni pour vous, ni pour votre fille.

La menotte de la malheureuse enfant frôla la bestiole gluante. Elle hésita, sécha ses larmes, puis d'un geste vif la saisit et la jeta rapidement au fond du sac que lui tendait sa mère. Machinalement, elle essuya ses doigts sur son tablier avec une grimace de dégoût.

Violetta venait de vaincre son appréhension et prit conscience que, désormais, les choses ne seraient plus jamais comme avant.

Chaque fois que le temps le lui permettait, la gamine arpentait les chemins, son sac à la main et ramassait limaces et escargots. Une paroissienne de Saint-Jean donna à Rita, un matin, après la messe basse, une autre recette détenue de sa grand-mère.

– Mettez bouillir des escargots, mais aussi des limaces dans de l'eau. Filtrez tout ça, ajoutez y du sucre et faites réduire sur le coin du feu jusqu'à bonne consistance. Vous verrez, ça lui fera du bien à votre mari, avait-elle ajouté, compatissante. On ferait ben n'importe quoi, pas vrai ? S'il fallait se barbouiller de merde d'oie, on n'hésiterait pas… Ah cette maladie ! Pire que la peste va ! Allez, et tâchez donc moyen que ça aille mieux !

Alors, inlassablement, Violetta enfouissait limaces, limaçons et escargots dans sa besace. Mais hélas, tous ces remèdes ne semblaient guère soulager ce père chéri. Son état empirait de jour en jour et la toux déchirait sa poitrine.

– Violetta ! cria Sébastien, va dire à ta mère que je t'emmène à Roanne. Tu veux bien ?

– Oui oui Bastien, répondit la gamine, le visage illuminé d'un large sourire. Mais attends-moi, faut que je quitte mon tablier et que "je me mette propre" .

– Arrivés dans cette grande ville qu'elle découvrait pour la deuxième fois, elle n'en finissait pas d'ouvrir ses prunelles devant chaque boutique... et de questionner.

Sébastien arrêta son cheval face à une vitrine.

– Dis, t'as vu Bastien, y a plein de jolies poupées là ! Son index s'était figé, comme paralysé d'étonnement. Oh la la !

Qu'c'est beau ! Oh la la ! qu'c'est beau !

Pauvre gosse, à quoi pensais-tu en admirant ainsi ces somptueux jouets ? Enviais-tu le paradis des enfants riches ? Que savais-tu de leur existence dorée ?

– Oh la la ! Qu'c'est beau ! Oh la la ! qu'c'est beau !

Sébastien souriait. Comment cette enfant lui arrachait-elle tant de douceur, tant de tendresse, lui, réputé sectaire, voire rustre ?

– Allez, descends ma petite.

… Et oh miracle ! Ils entrèrent dans ce beau magasin. La sonnette retentit. Violetta resta clouée sur le pas de la porte.

– Allons, entre. Viens choisir !

Avec son franc parler qui amusait tout le monde, elle répliqua aussitôt :

– C'est toi qui payes, hein ? Parce que, moi, j'ai pas d'sous !

La vendeuse éclata de rire et renchérit :

– Eh bien ma jolie ! Tu as de la réplique toi. Mais dis-moi, si ton papa t'amène ici, c'est bien parce qu'il a l'intention d'offrir un beau cadeau à sa fifille, pas vrai monsieur ? Mon Dieu ! Je n'ai jamais vu d'aussi beaux yeux. Elle est magnifique votre…

– Montrez-lui ce que vous avez de mieux, trancha Sébastien. C'est une poupée que tu veux ?

Violetta se taisait, subjuguée.

– Euh… Voui voui !

La marchande présenta différents modèles, se confondant en explications, car, dit-elle, le marché de la poupée est en plein essor et se perfectionne.

– Voyez-vous, jusqu'à nos jours, elles ne représentaient que des physionomies d'adultes, alors que, regardez celle-ci par exemple, un magnifique modèle… Signé Huret, s'il vous plaît. C'est dire la qualité. Eh bien, c'est un bébé qui ferme ses yeux en position couchée… Et… Tiens jolie fillette, tourne sa tête sur le côté, tu vas voir…

Violetta, sous le regard attendri de Sébastien Grange, le prit dans ses bras tout doucement et l'examina sous toutes les coutures.

Finalement son choix se porta sur une belle poupée, avec la tête en biscuit, chapeautée, aux atours magnifiques enrubannés de broderies et de dentelles .

– La bavarde aurait-elle perdu sa langue ? questionna gentiment Sébastien.

– Ché plus quoi dire ! répondit-elle, émue.

– Voilà un papa qui gâte son enfant ! crut bon d'ajouter la commerçante en comptant les billets.

Elle les accompagna à la porte, la sonnette retentit et les remerciant de nouveau, ajouta :

– Il y a toute une garde-robe pour habiller la poupée. N'hésitez pas monsieur, je suis à votre service. À vous revoir…

– Baisse-toi mon Bastien que je te fasse une grosse bise, dit la gamine en le tirant par la manche de sa veste. T'es gentil tu sais. T'as vu ? Elle a cru que j'étais ta fille, c'est drôle hein ! Oh qu'elle est belle ! Qu'elle est belle !

– Ce sera ta meilleure amie, tu pourras tout lui raconter, tes secrets, tout, expliqua le brave homme.

… Et des confidences, elle en aurait à confier, car l'état de santé d'Adriano se dégradait très vite. Quasiment cloué au lit la plus grande majorité du temps, brûlant de fièvre, secoué par des quintes de toux terribles, il attendait que la mort vienne le délivrer de son calvaire. La chaleur accablante de l'été n'arrangea pas la situation, malgré une certaine fraîcheur soigneusement préservée grâce à l'épaisseur des murs de pierres et à l'ombre des volets mi-clos.

Un soir, Violetta jouait avec sa poupée sur le banc devant la maison. Il l'entendit chantonner :

– À dada sur mon bidet, quand il trotte il fait des pets, prout, prout, prout…

Tous les souvenirs remontèrent alors du fond de sa mémoire, et… il pleura.

Rita lui prodiguait les meilleurs soins, mouillant son front et restant auprès de lui le plus possible. Elle récitait ses prières, implorant le ciel. Pourquoi ? Le savait-elle ? Était-ce pour un réconfort moral ou physique ? Afin de le préparer au passage dans l'autre vie ? Pour attirer la clémence de Jésus et de sa Sainte Mère ? Ou quelque part, un peu pour l'aider, elle, Rita Portini, simple émigrée italienne, pauvre, qui allait se retrouver veuve avec une gamine en bas âge, trop jeune pour gagner sa vie ?

Sans doute, ne le savait-elle pas… ou plus… confinée dans cette spirale de prières, de litanie des saints qui, il faut bien le reconnaître la soutenait également. Le curé Hubert Picard, très présent auprès de ses paroissiens, les gratifiait de visites régulières et apaisantes. Adriano, en catholique convaincu, demanda le sacrement de l'Extrême-Onction. Ainsi était-il prêt pour le grand voyage. Sans aucune révolte, lorsque le livre de la vie se refermerait… Au bon vouloir de Dieu.

Ses dernières paroles s'adressèrent à sa fille. Entre deux spasmes, il lui demanda de bien veiller sur sa mère et de vivre toute sa vie durant en bonne chrétienne.

Ce soir-là, blottie dans son lit, la petite inonda sa poupée de ses larmes.

1870

Sébastien se trouvait le 2 novembre à la foire de La Clayette. Toujours en quête d'acquérir des bêtes sélectionnées, il se déplaçait dans les départements limitrophes. Pendant ces absences, un nouveau commis, surnommé Morloup, veillait à la bonne marche de la ferme. Le discret Adriano lui manquait terriblement, mais ainsi va la vie.

Le Morloup devait son surnom à une histoire, certes enjolivée, mais qu'il se plaisait à raconter dans les moindres détails.

On dit qu'un soir, à la tombée de la nuit, il entendit les hurlements d'une horde de loups affamés. N'écoutant que son courage, il saisit le fusil de son patron et les affronta seul. Alors, selon les moments et les interlocuteurs, le nombre de bêtes augmentait. Quant aux cadavres, il y en avait tellement qu'au petit matin, il fallut deux tombereaux pour les emporter…

Personne ne croyait à cette histoire, bien sûr, mais elle les amusait. Alors, lorsque le Morloup avait bu quelques canons, les hommes le chinaient ! Et c'était reparti !

C'était un bon ouvrier ; Sébastien lui confiait son cheptel, avec méfiance malgré tout. Sachant très bien que son fidèle Adriano était irremplaçable, il s'en accommodait.

Le lendemain, voici que les habitants de La Clayette furent surpris par une escouade bien étrange. Tous se précipitèrent hors de leurs maisons, et, interloqués, assistèrent à un défilé pour le moins singulier, rythmé au son des tambours et trompettes.

Sébastien était attablé avec un éleveur au café du village.

Ils abandonnèrent sur-le-champ leurs tractations et, comme tout le monde, se précipitèrent sur le trottoir. Mais que se passait-il donc ?

– C'est la garde nationale mobile qui part à la guerre ! hurlaient quelques hommes en proie à une sérieuse panique.

– De quoi ? Quelle garde mobile ? Hein ? C'est ceux qu'on appelle les moblots ? Vous savez, vous ? Contre les Allemands, c'est vrai ? Oh non ! Pas possible ! Pourquoi ? L'armée active suffit donc pas ?

– Hélas non ! Ça va mal pour nous. La défaite de Sedan, la trahison de Bazaine à Metz... Et tout le reste ! Alors y font appel au renfort. Les moblots ! Y vont p't'être trouver ceux de l'armée de la Loire. Partis depuis quelque temps eux-autres. Les Francs-Tireurs sont déjà en route.

– Ouais... Depuis le 2 octobre. Ils étaient 40, place du marché à Roanne et ça a bardé paraît-il ! Fallait voir ! Une honte ! Des gamins les ont sifflés... Rendez compte ! Ah ! Le patriotisme n'est plus c'qu'il était va donc...

– En attendant, regardez-moi ça ! Des hommes qui se mettent en route en sabots, avec leur blouse de travail, qu'ont pas touché un flinguot[25] depuis des années. Et le pire... Les officiers ! Élus au suffrage universel ! Ah la belle affaire qu'voilà tiens ! Des bons à rien, des incapables... Mais comment diable ça va tourner tout ça ?

La colonne désorganisée avançait lentement. Les femmes se signaient et certains badauds, sans comprendre vraiment, levaient un poing rageur contre le belliqueux envahisseur.

Sébastien se taisait, médusé. Son compagnon, quant à lui, plus véhément semble-t-il, causait haut et fort.

– Ah ! Allez-y les gars, défendez la patrie nom de Dieu ! Vive la France ! Mort aux salopards !

25. *Flingot : mot argot désignant un fusil.*

– Eh, où donc qu'y s'en vont comme ça ? demanda un pauvre bougre.

– Ben, à c'qui paraît, Charolles, Paray-le-Monial, Digoin et puis après… Va t'en savoir ! Sûrement Mâcon. Y montent dans l'nord quoi !

Habité par son calme habituel, quasi stoïque, Sébastien répondit :

– Si c'est le cas, on est plutôt mal parti pour une victoire ! Vous avez vu l'état de nos troupes ? Ah oui ! Parlons-en de la France, va ! Et de notre cher Empereur ! On est bien monté avec ça, tiens ! Ah oui ! Bravo Napoléon III… Ben voyons. Il a été fait prisonnier, faut pas s'étonner quand même ! Et vous savez ce que ça va nous coûter ? Parce qu'il faut pas croire, c'est nous qui paierons la rançon, enfin bah ! Allez, finissons-en avec nos achats, renchérit-il en retournant s'asseoir. Puis il ajouta en bougonnant : Y'a qu'une chose de bien là-dedans, c'est la proclamation de la IIIe République et la fin de l'Empire.

Son compagnon, inquiet du sort de ces malheureux, semblait beaucoup plus concerné par cette histoire et tardait à le rejoindre. Sébastien, visiblement agacé, quitta la table et sortit.

– Eh oh l'ami! cria l'autre en agitant sa main, revenez, on n'a pas fini.

– Si vous voulez, mais c'est maintenant ou jamais. J'ai autre chose à faire qu'à regarder passer une horde de pouilleux en défroque !

– Comment vous y allez quand même ! Ça vous intéresse pas ? C'est l'avenir de la France qui se joue. Mort aux casques à pointes nom de Dieu !

– Pour le moment, c'est l'achat de votre taureau de dix huit mois qui m'intéresse. Mais vous savez, vous n'êtes pas le seul. Si je fais pas affaire avec vous, y' en aura d'autres. Moi, c'est ce qui se passe sur mes terres qui compte, et uniquement, répéta-t-il en appuyant gravement... sur mes terres. Tout le reste, je m'en fous.

En haut lieu, effectivement, le sort de la France et de l'Europe se vit menacé outrageusement par un certain monsieur Otto Von Bismarck.

Politicien conservateur et monarchiste, il atteignit le grade de premier ministre sous Guillaume Ier, roi de Prusse. Son ambition visait à unifier les nombreux états allemands sous la bannière prussienne.

De l'autre côté de la frontière... l'Alsace et la Lorraine, ô combien convoitées, entre autres en raison de la richesse minière de leur sous-sol.

Il fallait trouver une bonne raison pour déclarer la guerre à ce fichu Napoléon III.

Promu, après un coup d'état, du statut de Président de la République à celui d'Empereur des Français, ce dernier régnait depuis 1852, avec une certaine autorité. Chapeauté d'idées impérialistes, aiguillonné probablement par l'épopée prestigieuse de son oncle, mais cependant loin du panache de son illustre parent, il s'empêtra dans différentes “affaires” qui se terminèrent souvent par des guerres.

L'Espagne offrit son trône, alors vacant, au cousin du roi de Prusse. Voyant en cette démarche une provocation inacceptable, en raison de l'enclavement de notre territoire entre deux états allemands, le ministre des affaires étrangères français déclara :

«Le gouvernement ne souffrirait pas qu'une puissance étrangère, en plaçant un de ses princes sur le trône de Charles-Quint, puisse déranger à notre détriment l'équilibre actuel des forces en Europe, et mettre en péril les intérêts et l'honneur de la France. Si cette éventualité se réalisait, nous saurions remplir notre devoir sans hésitation et sans faiblesse.»

À cette déclaration, Napoléon III ajouta une demande

expresse de renonciation définitive à cette " manigance politicienne". Vexé par cette insistance, jugée par Bismarck excessive et arrogante, le roi refusa de signer cet engagement.

C'est alors qu'intervint la fameuse dépêche d'Ems. Bismarck reçut de son roi un télégramme d'Ems (ville balnéaire allemande), notifiant en termes neutres son entrevue avec l'ambassadeur français. Bismarck, déçu, résuma habilement, voire "trafiqua" le message, le rendant particulièrement agressif.

C'en était fait. La goutte d'eau faisait déborder le vase ! La France, humiliée, déclara la guerre le 18 juillet.

Parmi ces moblots, l'armée de la Loire placée sous le commandement du général d'Aurelles de Paladine, alors âgé de 67 ans, puis de Chanzy se mit en marche elle aussi. Ils s'appelaient Jean, Joseph, Paul, Jacques, Hubert, Mathieu… Ils avaient la fougue de leurs vingt ans ! Ils étaient de Roanne, Perreux, Boën, Noirétable, Saint-Étienne, Charlieu et alentour. Paysans pour la plupart, ils ne manquaient ni de courage ni de patriotisme, mais cruellement de préparation. Au total 25 000 petits gars de la Loire, toutes compagnies confondues, offrirent leur poitrine aux canons prussiens, afin d'essayer de briser l'étau qui encerclait Paris depuis le 18 septembre.

Encadrant ces anonymes, deux hommes exemplaires se distinguèrent particulièrement.

Le capitaine Dufoux natif du Brionnais qui tint un carnet de route remarquable et le lieutenant Étienne Gautier, propriétaire du château de Ressins, engagé volontaire.

L'un et l'autre s'indignèrent de la pagaille régnant dans cette armée incapable d'assurer la nourriture et l'armement des moblots qui, éreintés par des marches interminables, le ventre presque vide, couchaient parfois dans des hangars, à même le sol. La route était longue et les pauvres pieds atrocement meurtris dans des chaussures inadéquates rendaient la progression d'autant plus terrible.

Les ordres étaient donnés, et les contre-ordres suivaient aussitôt. Les fusils arrivaient… mais pas les cartouches ! Les chaussures… sans tenir compte des pointures ! Quant aux fameux uniformes… Parlons-en ! Pantalon gris avec bande rouge sur le côté, veste bleu marine, revers des manches, ceinture et col rouge, casquette noire et rouge… Rien de mieux pour passer inaperçu !

Le bon capitaine Dufoux, compatissant, décrivit bien la misère du soldat :

«... Lorsque nos soldats virent qu'ils leur fallait coucher dans cette paille tout mouillés et transis de froid, ils s'exécutèrent de mauvaise grâce et ils maudissaient les x[26]** qui avaient osé leur offrir, à eux qui allaient exposer leur vie sur les champs de bataille, de la paille pour lit dans un local à peine fermé, sans feu pour sécher leurs habits et réchauffer leurs membres engourdis par l'âpreté de la saison... Il faisait un froid terrible. Les matins ceux qui avaient couché dans la paille étaient à moitié engourdis par le froid. Enfin, au bout de quelques jours il tomba tellement de neige que nous fûmes obligés de cesser tous nos exercices...»*

Quelques bonnes âmes envoyèrent des colis contenant des grosses chaussettes tricotées en laine, des ceintures de flanelle, et des caleçons bien chauds.

Nos gars de Belmont, Roanne, Charlieu et Iguerande soutenus par Étienne Gautier, ce lieutenant à la bravoure demeurée légendaire, d'une générosité aussi discrète qu'exceptionnelle, délicat, aimable, animé d'une foi inébranlable et d'une sollicitude sans égal à l'égard de ses hommes, se montrèrent vaillants et courageux.

– Mes enfants, notre aumônier va nous donner l'absolution… Ceux qui veulent n'ont qu'à mettre un genou à terre et se découvrir, dit-il à ses soldats avant d'aller au combat le 28 novembre.

– Ego vos absolvo a peccatis vestis in nomine Patris et

26. Le capitaine cite le nom de la ville, mais je préfère la nommer X.

Fili et Spiritus Sancti- Amen… et la bénédiction descendit sur les fronts courbés en un large signe de croix.

Car ce matin-là…

… La plaine émergeait sous la grisaille près de Beaune-la-Rolande dans le Loiret, à proximité d'Orléans. Nos valeureux moblots ainsi que ceux de sept autres départements et les francs-tireurs d'Alsace s'apprêtaient à affronter les Prussiens. Aux avant-postes, à découvert dans une platitude de champs, ils essuyèrent le feu de l'ennemi retranché derrière des barricades et en position dominante. Le combat fut terrible et le sang des jeunes Français se mêla à celui des Prussiens. Malgré l'héroïsme et la vaillance d'Étienne Gautier, toujours le premier à l'attaque, malgré la bravoure de ses soldats, ils subirent une cinglante défaite.

À Roanne, face au Palais de justice, place Georges Clémenceau, une magnifique statue en bronze représentant un ange soutenant un soldat mourant, sculptée par Eugène Girardin et l'architecte Michaud fut érigée, mémorial de la folie de guerre. Hommage aux Roannais morts pendant ce conflit et particulièrement au cours de cette terrible journée de Beaune-la-Rolande. Sur 250 de nos concitoyens , il en resta, le soir venu, à peine une centaine.

Que les honneurs vous soient rendus, illustres et vaillants inconnus, qui avez offert votre jeunesse sur l'autel du sacrifice en brandissant le drapeau tricolore !

L'homme est un loup pour l'homme, mais alors que la sauvagerie gangrenait même l'âme des plus justes, il se trouva néanmoins quelques actes d'un charisme remarquable…

Le sergent Mayot d'Iguerande en témoigna, tel un cauchemar dont le souvenir se faisait insistant :

«Sur les bords d'un fossé, un tout jeune Bavarois est étendu, à travers un monceau d'autres, la face déjà cadavérique ; À ses plaintes déchirantes se mêlent quelques paroles inarticulées

que seul, M. Gautier comprend. Il s'approche de lui et, au milieu des sifflements des balles bavaroises, en moins de temps qu'il n'en faut pour le dire, redresse la tête du moribond et lui présente sa gourde .»

Dans une lettre adressée à ses parents le 31 décembre 1870, voici ce qu'Étienne Gautier écrivait :

«Nous ne campons plus dans les champs, et le soir nous logeons les hommes dans les granges, mais c'est un peu tard, nos pauvres moblots sont éreintés, leurs vêtements sont en loques et plusieurs marchent pieds nus dans la neige. Si vous les voyiez, vous en auriez pitié, et, à ce propos, j'ai bien envie de vous demander de me faire un beau cadeau pour mes étrennes. Nos hommes manquent absolument de souliers, ceux qu'on leur donnent sont trop petits pour leurs gros pieds de paysans, et, depuis quatre mois qu'on nous a réunis, il y en plus de trente de ma compagnie qui n'ont jamais reçu de chaussures. Une œuvre de charité bien placée serait de faire ouvrir à Charlieu une liste de souscriptions pour nous envoyer de gros souliers. Si l'on savait combien nous en avons besoin, je suis sûr qu'on aurait vite souscrit et pour de fortes sommes. Cela rendrait le courage à ces pauvres enfants, et moi, je n'aurais pas chaque jour, la corvée de forcer à marcher de pauvres diables dont les pieds saignent dans la neige ; triste corvée, je vous assure. J'ai pensé que si mon bon père voulait ouvrir la souscription en offrant une vingtaine de paires, tout le monde l'imiterait, et dans quelques jours nous aurions ce qui nous manque. On bénirait son nom et ma tâche serait singulièrement simplifiée.»

Le Maire de Roanne, C. Peillon, lança un appel, je cite : *«aux sentiments d'humanité de ses concitoyens pour aider à l'approvisionnement du linge, des bandes, de la charpie, etc., nécessaires à l'ambulance qui s'organise à Roanne pour les mobilisés de la ville qui vont partir sous peu de jours. Les offrandes seront reçues à la mairie. Roanne le 20 janvier 1871.»*

Rita et sa fille confectionnèrent un colis. Elle expliqua bien à la petite la valeur de ce geste.

– Des hommes souffrent pour nous sauver, tu sais. Il faut faire tout ce qu'on peut pour les soutenir. Ah la guerre ! Quelle horreur !

D'autre part, Roanne et sa circonscription se mobilisèrent énergiquement, préparant 170 lits destinés à accueillir nos glorieux blessés, ainsi que le nécessaire médical et alimentaire.

Cette guerre fut un désastre pour la France. Quant à Étienne Gautier, son courage, son sens du devoir, sa bonté furent récompensés. Promu au grade de capitaine, il reçut la Légion d'honneur.

Un de ses caporaux dira de lui :

– *«Ah ! Quel homme, monsieur! On n'en rencontre pas deux pareils dans la vie»*.

Sans descendance directe, le cœur débordant d'amour pour son prochain, Étienne Gautier, devenu un peintre de renom, fit don de son château de Ressins. Il souhaitait qu'il soit transformé en orphelinat et école d'agriculture.

Respectant ses volontés, les directeurs successifs de cet éminent lycée préservent, tel un joyau, l'esprit du Maître :

– Monsieur Étienne Gautier – .

Loin des tourments politico-financiers, Lucien Chevassagne, résigné, attendait dans la prison de Montbrison que vienne l'heure de son jugement.

Il ne parlait que très peu avec les autres détenus et ne posait aucun problème aux gardiens.

– Un prisonnier modèle, disaient-ils. On a du mal à comprendre qu'un type comme ça ait pu commettre un crime aussi affreux. Faut croire qu'il cache bien son jeu…

Le conflit franco-prussien stagnait dans le nord de la France et n'intéressait que moyennement la population carcérale. C'était loin de chez eux tout ça ! Quelquefois, l'un ou l'autre apprenait qu'un soldat stéphanois, montbrisonnais, charliendin ou roannais y avait laissé sa peau… Alors, on en causait, histoire de…

Mais les jours sombres pour le Lucien se profilaient. Il ne paraissait pas en être vraiment conscient. Fataliste, il semblait presque indifférent.

Un avocat commis d'office serait chargé de le défendre. Pour cet homme simple, cela signifiait qu'il n'avait aucun souci à se faire.

Le jour des assises arriva.

L'agitation régnait autour du palais, édifice impressionnant, à l'origine chapelle du couvent de la Visitation métamorphosée en temple de justice. Les allées et venues des voitures à cheval, le claquement des portières, les salutations d'hommes élégants, chapeau en main, créaient une effervescence bien connue des Montbrisonnais.

Parmi les affaires jugées, celle de Lucien Chevassagne, présenté d'ores et déjà comme étant le violeur et l'assassin d'une enfant.

Les curieux s'entassaient au fil des heures, et, très avides de commentaires, brossaient un portrait caricatural des prévenus.

– J' t'en fournirai d'avocat moi, tiens ! Salopard ! S'attaquer à une pauv' gosse sans défense… on prend trop d'gants pour ces gars-là. Dommage qu'on ait supprimé les expositions publiques !

– Ouais ! Au temps du pilori et du carcan, au moins, y z'avaient c'qui méritaient. Tandis qu'maintenant… Pour un peu, faudrait leur trouver des excuses.

– Allons ! Allons ! grogna un des membres du service de l'ordre en haussant les épaules. Les débats ne s'ouvriront que dans la matinée. Pas la peine de vous bousculer comme ça !

Parmi cette foule en émoi, un jeune journaliste s'entretenait avec un confrère plus âgé.

– Vous qui avez l'habitude, demanda-t-il, que pensez-vous de l'affaire Chevassagne ?

– Ah ! Mon jeune ami, répondit l'autre en hochant la tête, par expérience, j'ai constaté souvent que les loups ne se mangeaient pas entre eux.

– Ce qui signifie ? hasarda le nouveau chroniqueur judiciaire, surpris.

– Vous savez… Je ne connais pas le dossier, mais… si c'est un pauvre…

– Si c'est un pauvre ? Eh bien ?

Après une courte pause, il ajouta telle une évidence, presque tristement :

– Il n'a aucune chance.

– Comment vous y allez, cher collègue ! Faut pas exagérer quand même ! La justice est la même pour tous, voyons. Moi, j'ai foi dans celle de mon pays. Et puis les choses évoluent. Nous ne sommes plus au Moyen-Âge, que diable!

– Ayez foi ! Ayez foi, mon jeune ami, ajouta-t-il en lui tapant familièrement sur l'épaule.

Les portes s'ouvrirent enfin. Une véritable horde s'engouffra dans la salle du tribunal.

Il fallait être aux premières loges, afin de profiter au mieux du spectacle.

À neuf heures, une voix forte et solennelle se fit entendre :

– Messieurs, la cour !

Le brouhaha s'estompa rapidement, laissant place à une sorte de curiosité trahie par les mouvements des têtes cherchant à se grandir pour bien voir.

Ils faisaient le pied de grue depuis des heures, pas question d'en perdre un pouce.

Monsieur Duvert[27], président de la cour, assisté de deux juges du siège, entra, une pile de documents sous le bras. Vêtu d'une longue robe rouge et épitoge d'hermine, coiffé d'une toque noire galonnée d'or, il affichait un air sérieux et réfléchi dissimulé par une barbe grisonnante.

Le procureur général siégeant au titre du ministère public, venu soutenir l'accusation, suivit. Le port de la robe noire austère durcissait son visage blafard.

Les Thémis[28] juchées sur des piédestaux de marbre, ainsi que les portraits de deux magistrats foréziens de l'Ancien Régime, messieurs Jean Papon et Claude Henrys peints en médaillon par l'artiste roannais Zachéo, créaient une sorte d'ambiance quasi ecclésiastique.

Maître Rémi[29], choisi parmi les avocats et avoués de la

27. Nom d'emprunt.
28. Déesses de la justice dans la mythologie grecque.
29. Nom d'emprunt.

cour impériale, prit place au banc de la défense.

Le président Duvert, assis au centre, en position dominante, sous le regard du crucifix, lança :

– Faites entrer l'accusé !

Un silence glacial envahit la salle. Les uns retenaient leur souffle, d'autres sentaient battre leur cœur. L'angoisse se lisait sur les visages figés dans un rictus de curiosité. Parmi cette foule dense et vindicative, se trouvaient quelques habitants des Blandins et de Saint-Jean qui avaient fait le déplacement.

L'occasion pour eux de voyager en train pour la première fois, parés de leurs plus beaux habits. Le Léon, aux premières loges comptait bien ne rien rater de l'événement. Enfin ! Ils allaient revoir celui qui…

Et voici qu'apparut, encadré par deux gendarmes moustachus, le satyre tant attendu. Un colosse aux habits trop étroits, l'air hagard, qui s'avança sans réticence…

Un « Oh » contenu monta de la foule.

On essaya de deviner à travers ce regard éperdu une étincelle de vice, de méchanceté, et sans doute la trouva-t-on !

Puis le président appela les jurés formant le jury de jugement. Douze d'entre eux, tirés au sort parmi la liste des trente inscrits, s'installèrent sur des sièges séparés du public.

Instinctivement, ils scrutèrent d'un coup d'œil le visage de celui qu'ils avaient la lourde mais noble tâche de juger en leur âme et conscience comme l'avait stipulé le président en ces termes :

« Vous jurez et promettez, devant Dieu et devant les hommes, d'examiner avec l'attention la plus scrupuleuse les charges qui sont portées contre Lucien Firmin Chevassagne ; de ne trahir ni les intérêts de l'accusé, ni ceux de la société qui l'accuse, de ne communiquer avec personne jusqu'après votre déclaration ; de n'écouter ni la haine ni la méchanceté, ni la crainte ou l'affection : de vous décider d'après les charges et

les moyens de défense, suivant votre conscience et votre intime conviction, avec l'impartialité et la fermeté qui conviennent à un homme probe et libre.»

Ces hommes répertoriés par le préfet se devaient d'être irréprochables dans leur moralité, domiciliés dans le département et présenter un statut social honorable. Alors, tête découverte et main droite levée, ils prêtaient serment :

– Je le jure.

Ces fonctions, par contre, étaient incompatibles avec celles de ministre, de préfet, de sous-préfet, de juge, de procureur général ou du Roi et de leurs substituts, ainsi que ministre d'un culte quelconque.

Lucien parut troublé à la vue de tous ces hommes en habit qui le toisaient.

Depuis le 21 mars 1855, la cour d'assises était composée d'un conseiller de la cour impériale délégué à cet effet et qui en était le président ; de deux juges pris, soit parmi les conseillers de la cour impériale, soit parmi les présidents ou juges du tribunal de première instance du lieu de la tenue des assises; du procureur impérial ou de l'un de ses substituts ; du greffier ou d'un de ses commis assermentés.

– Silence ! hurla le président de sa verve de tribun. Investi de son pouvoir de police de l'audience, il entendait bien faire régner l'ordre indispensable au bon déroulement du procès.

– Accusé, levez-vous et déclinez votre identité.

Affolé, Lucien regarda son avocat qui le rassura d'un sourire et d'un signe de la tête. Alors, tant bien que mal, handicapé par cette malformation linguale, il essaya de s'exprimer le plus clairement possible. Intimidé autant qu'on peut l'être en pareille circonstance et dans un tel décor, il posa son regard sur le poêle et sur le long cornet qui traversait la salle. Ça, oui, il connaissait.

– Luchien Firmin Chevachagne, monchieur.

– Accusé, soyez attentif à ce qui va suivre, intima le président.

À haute et intelligible voix, le greffier lut les faits incriminés au dénommé Lucien Firmin Chevassagne, scrupuleusement consignés au cours de l'instruction. Il poursuivait l'énoncé des réquisitions, sans ciller, d'une voix presque monocorde, entrecoupé de : « Silence » adressé à la foule qui manifestait son indignation par des commentaires bruyants.

Lucien, la tête baissée, assis sur un banc fait d'une planche rudimentaire clouée sur quatre pieds bancals, écoutait sans broncher. Il n'osait lever les yeux qui immanquablement croisaient le regard sectaire des jurés installés face à lui. Tout à coup, il eut peur. Le voilà seul, jeté en pâture à ses justiciers. Il se ravisa néanmoins, lorsque son conseil, (son avocat autrement dit), lui saisit amicalement le poignet, le gratifiant d'un large sourire.

Oui, il se battrait pour lui ; oui il arracherait l'acquittement ; il fallait y croire ; ou au moins les circonstances atténuantes…

– Allez, confiance Lucien ! On va gagner ! Je vous sortirai de là.

Le pensait-il vraiment ce jeune défenseur sans expérience et sans envergure ? Ce crime horrible ! Comment extirperait-il une quelconque clémence ?

Au cours de cette première journée d'audience, les témoins à charge défilèrent.

L'expert médecin donna force détails en termes savants auxquels la plupart ne comprenaient rien, mais s'indignaient malgré tout.

– Ne vous fiez pas à son air un peu… benêt ! Son état mental, après examen sérieux et objectif de ma part, indépendamment de cette anomalie du langage, est tout à fait normal. Il possède le complet discernement de ses actes, c'est certain.

Bien qu'illettré, il jouit néanmoins de l'intelligence et du bon sens des gens de la terre.

L'adjudant de la gendarmerie impériale déposa également, sous la foi du serment.

– Oui, l'accusé portait des vêtements tachés du sang de sa victime au moment de son arrestation ; oui, il présentait des griffures sur l'avant-bras ; oui, il avait tout avoué.

La chemise loqueteuse et le pantalon rapiécé encore maculés furent exhibés.

– Reconnaissez-vous ces habits ? Vous appartiennent-ils ? questionna le président.

– Oui monchieur. Ch'est ma chemise et ma culotte.

Un méli-mélo d'exclamations railleuses et indignées émergeait des spectateurs avides de sang.

Arrivèrent ensuite les témoins oculaires, qui attendaient patiemment dans une chambre réservée à cet effet ; Jean Sagnet, puis séparément, Fernand Vêtre, les deux paysans qui l'avaient surpris en flagrant délit.

Pas une seule fois, leur déposition ne varia. Ils répétaient, mot pour mot, sans aucune hésitation le déroulement de la scène, répondant posément aux questions de la cour. Ils avaient juré sur l'honneur de parler sans haine et sans crainte, de dire toute la vérité, rien que la vérité, et c'était le cas.

– Reconnaissez-vous l'assassin dans cette salle ? conclut le président.

Se tournant en direction du box des accusés, l'un et l'autre répondirent :

– Oui monsieur, c'est lui, en pointant l'index dans la direction de Lucien Chevassagne.

– Êtes-vous certain de ne pas commettre une erreur ? Êtes-vous formel qu'il s'agisse bien de cet homme ici présent ?

– Absolument formel, c'est bel et bien lui.

Ils s'installèrent dans l'auditoire, ne pouvant s'empêcher

de fixer, d'un geste presque instinctif, celui qu'ils avaient vu en train d'achever sa victime.

Maître Rémi prit la parole :

– Vous avez tous remarqué que mon client s'exprimait avec difficulté, n'est-ce pas ? Vous avez compris : «Je l'ai tuée», alors qu'il voulait dire : «Elle est tuée», tout comme il aurait pu lâcher : «Elle est morte».

Se tournant vers Lucien, il le somma de crier haut et fort :

– Elle est tuée !

… Et le Lucien, la bave aux coins des lèvres, hurla :

– L'ai tuée !

Sans perdre une seconde, maître Rémi ajouta :

– Et maintenant : Elle est morte !

– L'est morte !

– Je n'ai rien à ajouter, fit-il en se rasseyant.

Le procureur général figea alors l'auditoire en clôturant le réquisitoire d'une voix de stentor :

– Souvenez-vous d'une seule chose, c'est que dans une société digne de ce nom, un tel crime ne mérite aucun pardon. Vous tous, messieurs les jurés qui devrez statuer, songez que cette enfant a été sacrifiée en pleine jeunesse par la barbarie d'un homme : Lucien Firmin Chevassagne.

Refermant la pile de dossiers, le Président déclara :

– L'audience reprendra demain.

Des clameurs montèrent de la salle, alors que la cour se retirait et que Lucien sous bonne escorte quittait les lieux. Vit-il les poings levés, rageurs et les visages crispés ? Entendit-il les insultes qui grondaient ? Les cris de vengeance scandés par la foule repue de ces détails sordides ? Son impressionnante carrure disparut derrière la porte, alors que les derniers échos de : «À Mort !» s'évanouissaient dans la rue, laissant planer un relent amer de justice vengeresse et expéditive.

Le lendemain, qui normalement devait apporter une bouffée d'espoir au détenu, débuta sans grande éloquence.

Maître Rémi sentait bien que les choses tournaient mal. Alors, avec la fougue de sa jeunesse, il essaya d'éloigner du prétoire l'ombre de la guillotine. Il argumenta, rappelant l'enfance malheureuse de son client, l'absence du père, le handicap dont il souffrait, la misère financière, sociale, intellectuelle de sa pauvre mère. Il parlait à grands renforts de gestes, expliquait, ergotait, s'empêtrait dans des détails, essayait par tous les moyens de trouver des circonstances atténuantes. Il avait compris qu'il ne devait en aucun cas plaider l'innocence. C'était peine perdue !

Lorsque l'avocat de la partie civile avait jeté au visage de son client, d'une voix métallique :

– Vous ne voudriez tout de même pas nous faire croire que vous êtes innocent ? Qui plus est, il y avait récidive… Deux personnes vous ont vu en train de cogner la pauvre petite, en criant : Je l'ai tuée ! En effet, on peut toujours jouer sur les mots… Mais personne n'est dupe ! Vous vous êtes sauvé en courant, vous avez même bousculé l'un d'eux… Jusqu'à, je cite : “me foutre le cul par terre” !

Des ricanements fusèrent, aussitôt couverts d'un tonitruant :

– Je poursuis. Lors de votre arrestation, vos vêtements étaient pleins de sang. Vous les avez d'ailleurs reconnus… Votre avant-bras présentait des traces de griffures encore sanguinolentes. Se tournant en direction du jury, il ajouta : je crois que vous aurez beaucoup de mal à convaincre les jurés.

– Ch'est le gros mâle que ch'ai tué qu'm'a tout griffé ! bafouilla Lucien.

Un énorme éclat de rire grandit dans la salle, amplifié d'un « oh » renâclé !

Alors, il comprit que c'était peine perdue, qu'il ne pourrait pas s'en sortir. Son avocat paraissait désemparé. Il renchérit pourtant, tenta le tout pour le tout en lançant un ultime :

– Je suis sûr qu'il est innocent ! Et si c'était un concours de circonstances ? Réfléchissez bien avant de prononcer la sentence. J'ai appris à le connaître, il n'a pas pu commettre un tel crime. C'est un brave !

À la question du président :

– Avez-vous autre chose à ajouter pour votre défense, les dernières paroles de Lucien ne furent guère convaincantes. Il répéta à mi-voix :

– Ché pas ! Ché plus ! Ché pas ! Ché plus !

Pour le public massé, le point d'orgue du spectacle arrivait. Enfin !

Les jurés se rendirent dans la Chambre des délibérations, s'interrogeant dans le silence et le recueillement. Ils cherchèrent dans la sincérité, en leur âme et conscience, l'impression sur les raisons et les preuves rapportées contre Lucien Firmin Chevassagne. Ils étudièrent les moyens de sa défense, aux fins de répondre à une seule question renfermant toute la mesure de leur devoir :

– Avez-vous une intime conviction ?

Pendant ce temps, les commentaires allaient bon train…

– Heureusement qu'il y a une justice ! Quand je pense à cette gamine. Pauvre chtite va ! Et sa mère qui pleure ben tout son soûl… Sacrée charogne…

Le Léon manifestait un comportement bizarre, ce qui n'échappa nullement aux habitants des Blandins. Lui, la grande gueule, ne pipait mot.

Un coup de sonnette…

Les magistrats suivis des jurés entrèrent, la tête baissée. Maître Rémi sentit un frisson lui parcourir le corps et une forte nausée. Il savait, malgré son inexpérience, que cette attitude faux-fuyante n'augurait rien de bon. Lorsque les jurés n'osent pas affronter le regard de celui qu'ils viennent de condamner, c'est que la sanction est sévère. Les travaux forcés pensa-t-il ! Mon Dieu ! Non ! C'est pas possible !

Le silence. Glacial. Quelques raclements de gorge… Une toux camouflée… Le froissement des longues robes… Une femme se signe… Une autre s'évente à l'aide de son mouchoir parfumé pour l'occasion à l'eau de Cologne… Un homme lisse sa moustache… Un autre jette un coup d'œil sur sa montre gousset en argent tirée de sa poche… Celui-ci ajuste son monocle… Celui-là tourne son haut-de-forme dans les mains… Les postures se figent dans une sorte de mal-être banalisé par les gestes du quotidien.

Le chef du jury, debout, sa dextre placée sur son cœur, notifia solennellement :

– Sur mon honneur et ma conscience, devant Dieu et devant les hommes, la déclaration du jury est…

Lucien n'entendait plus. Tout à coup, il pensa très fort à sa mère. Son cœur lacéré par ces deux journées épouvantables de procédures, de témoignages, de questions, de moqueries, il en avait marre. Que ça finisse, pensa-t-il.

Il n'écouta pas la sentence tomber. Il reprit ses esprits au moment où une voix déclara :

– Tout condamné à mort aura la tête tranchée. Vous avez trois jours pour vous pourvoir en cassation… Suivi d'un tonnerre d'applaudissements et de cris joyeux.

Son avocat s'affala sur sa chaise alors que la salle exultant de joie, commençait à se vider. Lucien ne comprit pas. Mais non, les jurés en avaient décidé ainsi :

– Le condamné est-il coupable du viol et de l'assassinat de Noémie Chambonnier ?

La réponse fut :

– Oui à l'unanimité.

– Existe-t-il des circonstances atténuantes ?

La réponse fut :

– Non à la majorité.

– La cour condamne Lucien Firmin Chevassagne à la peine de mort. Tout condamné à mort aura…

… Et dans une atmosphère de théâtre déserté, après le dernier acte d'un mélodrame qui finit mal, le calme étouffant retomba sur l'ancienne chapelle transformée en arène où des hommes ni meilleurs ni moins bons se voulaient justiciers.

Une femme entra, un balai à la main et, naturellement, commença à faire le ménage…

Les magistrats, fiers du travail accompli, se rendraient à l'hôtel Dallard avec épouses et amis et se réjouiraient autour d'une table majestueusement dressée…

Les badauds, voyeurs comblés et assouvis, chopines en mains, commenteraient les débats…

Maitre Rémi ne trouverait pas le sommeil cette nuit-là, ni les suivantes d'ailleurs avant qu'un autre jugement ne lui fasse oublier le malheureux Chevassagne… et sa plaidoirie ratée.

Les habitants des Blandins et de Saint-Jean reprendraient le train… Demain chez l'Angèle, ça causerait fort ! Sans compter les impressions que chacun apporterait sur ce voyage dans cette grosse machine à vapeur qui crachait noir ! Une dame s'était trouvée mal, tant la vitesse l'incommodait. Les effluves de sels passés sous les narines l'avaient ramenée à elle…

Lucien retrouverait sa geôle avant que les gardiens dont il ne se plaignait nullement d'ailleurs, ne le dirigent dans l'une des deux cellules réservées aux condamnés à mort. En principe, ils se montraient compréhensifs envers ces détenus. Alors…

Une lueur d'espoir naquit fébrilement lorsque l'un d'eux lui parla de clémence de l'Empereur. Mais quel Empereur ? Tout un tas de choses auxquelles il ne comprenait rien du tout. Finalement, il s'en fichait, ne sachant plus où il en était, brinqueballé à droite, à gauche. Sa tête lui faisait mal, il voulait simplement dormir, dormir. Ses paupières lourdes se fermèrent sur ces visions de robes noires, d'index accusateurs, de mots savants, ce rouage infernal de témoignages, de questions, encore et encore… toujours les mêmes, de railleries du bon peuple. Bah ! Il ne souhaitait qu'une seule chose ; dormir. Que tout soit fini et qu'on n'en parle plus.

– Oh ! Et puis, j' m'en fous ! Qu'y fassent donc c' qu'y voudront d' moi, mais qu' ça s'arrête. J'en peux plus.

Il ne pleura pas, ne pria pas. Une pensée furtive pour sa mère traversa son esprit embué par le brouhaha de ces deux abominables journées et il s'endormit, éreinté.

Mais dans cette période si troublée de guerre, qu'importait donc la vie d'un assassin de petite fille, alors que de bons et loyaux soldats laissaient leur peau sur les champs de bataille dans des conditions abominables.

Cet hiver de 1870 à 1871 épouvantablement rigoureux sévissait, entraînant dans la spirale infernale du malheur, famine et épidémies. À Paris, les rats se vendaient cher ! Les animaux du parc "Le jardin des plantes" sustentèrent quelque peu les Parisiens affamés. La capitulation devint inévitable. C'était la débâcle !

Un traité préliminaire de paix fut signé dans la galerie des glaces à Versailles entre Bismarck et Adolphe Thiers, alors chef du pouvoir exécutif.

Lucien attendait, seul dans sa cellule. Les gardiens se montraient plutôt gentils, n'ayant aucune récrimination à l'égard de ce prisonnier modèle.

– Chui innochent, leur répétait-il.

Ils essayaient même d'améliorer son ordinaire, parfois en apportant quelques biscuits, du saucisson ou du fromage de vache.

– Vous êtes bien brave pour moi, merchi beaucoup monchieur.

Le gardien tournait les talons, heureux d'avoir donné un peu de bonheur à cet homme dont les jours étaient comptés.

Y eut-il cassation ? Je ne saurais le dire[30].

---

30. Soucieuse de la véracité des faits, je ne suis pas en mesure d'affirmer s'il y eut cassation ou non.

Mais un matin, à l'heure où le coq chante, où le soleil rougeoie l'horizon, où la nature s'éveille au chant des oiseaux, où les paysans mangent leur bol de soupe avant d'aller à l'écurie tirer les vaches… Oui, ce matin-là… ordinaire en somme…

… Oh ! Ils ont été gentils avec le Lucien… L'ont réveillé doucement, sans faire de bruit… Ont éclairé son visage à la lueur de leur lanterne… L'ont aidé à s'habiller… Le curé lui a demandé s'il voulait se confesser… Assister à la messe… Communier… Ce qui pourrait lui faire plaisir… S'il voulait manger quelque chose de bon… S'il souhaitait boire du vin ou du café… S'il voulait qu'on le soutienne… S'il avait quelque chose à dire à sa famille… Ils ont tapé amicalement sur son épaule… Ont murmuré des paroles réconfortantes… Ils l'ont même pris par le bras pour l'accompagner… Ils étaient venus nombreux… Son avocat, la mine défaite bafouillait… Ils ont fait la toilette du condamné…

Chacun essayait de l'aider de son mieux… Tentait d'adoucir ses derniers moments. Le silence. Juste le bruit des clefs qui s'entrechoquaient à la ceinture des gardiens. Les murmures des uns et des autres. Des minutes longues, très longues, trop longues… et si courtes à la fois. Les cœurs se serraient. Les gorges se nouaient. Les lèvres tremblaient.

Car dehors, eux, ils savaient bien que l'effervescence était à son apogée. Que la vindicte populaire avait d'ores et déjà entériné la sentence. Lucien l'ignorait sans doute.

Ils savaient bien que la foule des grands jours serait au rendez-vous, comme à chaque fois… Place Saint-Jean. Que certains piaffaient depuis des heures pour ne rien rater du spectacle. Sur les balcons pris d'assaut… Sur les toits pour les plus agiles… Ils savaient très bien que même des gamins grimpés dans les réverbères ou sur les branches des arbres attendaient. Ils avaient déjà entendu plusieurs fois les cris hystériques du peuple, dans un déchaînement de haine, hurler :

– À mort !

Pour le moment, le calme régnait encore à l'intérieur et les… préparatifs se faisaient en douceur, sans haine, comme un rituel normal, auquel chacun apportait sa contribution. On lui causait sans cesse, on lui serrait la main, on faisait de son mieux quoi ! On s'excusait presque d'échancrer le col de sa chemise, de lui passer les entraves aux pieds et d'attacher ses mains derrière son dos.

Puis la porte s'ouvrit. On l'épaula pour monter dans le fourgon qui s'ébranla rapidement. À partir de cet instant, il n'appartenait plus à l'administration pénitentiaire, mais au bourreau. Il entendit nettement le pas des chevaux… Aperçut le jour se lever… Puis le convoi stoppa. La foule en délire commençait à crier. On l'aida à descendre. Des rires intempestifs… Des éclats de voix… féminines surtout ! Pensez donc, un meurtrier d'enfant ! Chaque mère se sentait concernée, forcément. Des injures et des mots en argot lancés : la bascule à Charlot ; la veuve, la Louisette, le rasoir… Ça les amusait bien ces termes significatifs qui évoquaient tous la machine à tuer.

Ah ! S'il n' y avait pas tous ces soldats, baïonnette au canon pour les retenir… Sûr qu'elles lui règleraient bien son compte à ce salaud !

Face à cette meute en furie, qui dans un tollé général sonnait l'hallali… Un homme… Un grand gaillard…

Lucien Firmin Chevassagne.

• • • • • •

Maître Rémi et le prêtre échangèrent un regard empreint d'une immense tristesse.

Des applaudissements à tout rompre, des cris de joie... La lame en tombant dans un sifflement lugubre, venait de refermer encore pour cette fois-ci le rideau d'une pitoyable scène dramatique.

Faudra attendre le prochain…

Le bourreau et ses aides mangèrent avec appétit, en discutant de choses et d'autres. Simple question d'habitude… Avant de retourner dans leur foyer retrouver femme et enfants.

Chacun son métier…

Le corps du supplicié rejoignit ceux des autres condamnés dans le cimetière municipal. Il fut inhumé dans le plus grand secret. Selon la loi en vigueur, aucune épitaphe, rien.

Dernier asile des rêves perdus et des illusions fracassées.

Anonyme parmi les anonymes.

Peut-être afin d' éviter des débordements, des violations de sépultures, ou tout simplement parce qu'ils n'en valaient pas la peine… Ces salopards !

Qui peut le dire aujourd'hui ?

Le journal local se fendit de quelques lignes brèves. Les lecteurs se souciaient bien davantage de la guerre. La justice avait été rendue. Rien à ajouter.

La région roannaise ne pâtit pas trop de la guerre de 1870. Certes, le commerce en souffrit quelque peu, mais la population des campagnes vivant en quasi autarcie n'en fut pas directement affectée.

Néanmoins, les familles des soldats tremblaient à l'idée de voir le fils, le frère ou le mari aux mains de l'envahisseur. Voici le témoignage d'un jeune Roannais évadé :

«Mes chers parents,

Je vous ai écrit deux mots en passant à Meaux, seulement pour vous faire savoir que je n'étais pas mort. Je n'ai pas eu le temps de vous en dire d'avantage, parce que je ne fais que passer. Aujourd'hui je vous écris pour avoir de vos nouvelles, et je vais vous dire comment je me suis trouvé aux mains des Prussiens.

Nous nous sommes battus trois jours à Sedan. Le troisième jour, -qui était le 1er septembre- le combat a commencé à quatre heures du matin et il a duré jusqu'à six heures du soir. On nous a fait prisonnier en nous désarmant. Puis ils nous ont emmené coucher à leur camp et ne nous ont rien donné à manger quoi que nous fussions à jeun depuis un jour.

Le lendemain, ils nous ont fait partir en nous donnant la moitié d'un biscuit et nous avons marché de deux heures du soir jusqu'à cinq heures du matin. À ce moment, ils nous ont fait mettre sur deux rangs, et tout à coup, ils nous ont tiré dessus.

Beaucoup sont tombés et nous nous sommes sauvés dans un bois où nous sommes restés tout mouillés, sans pouvoir en sortir parce que les Prussiens l'avaient cerné et nous cherchaient dedans.

Nous sommes restés deux jours dans ce bois, sans manger et ne marchant que la nuit. Enfin, nous avons trouvé des gens qui sont obligés aussi de rester dans le bois avec leurs troupeaux. Ils nous ont demandé où nous allions. Nous étions trois ensemble. Nous leur avons raconté notre position. Ils nous ont donné des habits bourgeois, et ne sachant où aller, puisque le régiment était tout tué ou prisonnier, nous sommes venus du côté de Paris en traversant la Champagne, et partout sur la route, on nous a donné à manger.

On nous a renvoyé au dépôt pour nous faire habiller et je voudrais y rester, parce que j'en ai vu bien assez comme cela, et encore je ne vous parle pas des misères que j'ai eues en campagne. Si je ne suis pas mort, c'est grâce à Dieu et à la Sainte Vierge et ne vous lassez pas de prier pour moi.

Quand on a assez de ces prisonniers, on les fait mettre sur deux rangs et on leur tire dessus.

Voilà la guerre que l'on nous fait.»

On comprit, avec le retour des moblots survivants, l'ampleur des batailles du nord.

Bien évidemment, la population, fût-elle citadine ou rurale, s'indigna de ce traité de paix et de l'humiliation infligée qui, outre la perte de l'Alsace et d'une partie de la Lorraine, nous obligeait à accueillir les troupes prussiennes sur notre sol, jusqu'à expiration du paiement des cinq milliards de francs rançonnés.

À Roanne, les habitants s'enquirent de renseignements concernant cette fameuse Commune dont ils avaient vaguement entendu parler, auprès de nos malheureux moblots vaincus. Dans les cafés, les discussions s'animaient :

– Expliquez-nous donc ce que c'est que la Commune au juste. Y paraît qu'à Paris et dans d'autres grandes villes, ça a bardé, mais par chez nous, y a rien eu. À Saint-Étienne aussi, ça a pété ! Y z'ont même tué le préfet, c'est dire ! C'est y bien vrai que des Français ont massacré d'autres Français ? Comme si y avait pas eu assez des Allemands… Ah nom de Dieu !

Alors, ils se lançaient dans des discours interminables avec force détails.

– Abrégez, abrégez… En gros, ça donne quoi ?

– Pour résumer, voilà : vous savez que Napoléon III a été fait prisonnier, hein ?

– Ben oui, quand même ! On lit pas les journaux régulièrement, mais on n'est pas idiots pour autant.

– Eh ! Patronne, une tournée vain Diou !

– Donc, je continue. Adolphe Thiers a signé avec Bismarck le traité de paix à Versailles. Il a baissé sa culotte, tout simplement. Et y voulait supprimer, par-dessus le marché, plein de lois pour le peuple. Alors, les Parisiens… Ceux qui sont de gauche… Les socialistes, que ça s'appelle… Y z'étaient furieux et y voulaient continuer à se battre, eux ! Alors, d'une pierre, deux coups ! Y z'ont remis la gomme, concernant la liberté, l'égalité et la fraternité. Ils se sont unis dans ce qu'ils ont appelé : la Commune et eux, c'était les communards. Leur emblème… Un drapeau rouge.

– Si on vous suit bien, les gars, alors… Y défendaient les petits comme nous ? C'est ça ?

– Oui, sauf qu'entre eux, y z'étaient pas toujours d'accord. Et les femmes ! Ah ! Nom de Dieu ! Fallait les voir ! Debout sur les barricades, comme des hommes. Les armes à la main… Y en avait une, Louise Michel, une sacrée révolutionnaire… On la surnommait la vierge rouge.

– Mais nous, les paysans, ça nous concerne pas tout ça.

– Que si… Que si… Attendez. Tiens, lisez ça !

L'un d'eux sortit de sa musette une feuille de papier froissé. Il l'étala sur la table et l'aplatit de sa main. Instinctivement, il croisa certains regards gênés.

– Ah oui ! Je m'en vais vous la lire. Tiens, pour ça aussi, y se battent… Que tous puissent aller à l'école.

Alors, très digne, le valeureux moblot se leva et d'une voix empreinte d'une terrible émotion s'exclama :

«Frère ! On te trompe !

Nos intérêts sont les mêmes. Ce que je demande, tu le veux aussi !

L'affranchissement que je réclame, est le tien ! Voilà près d'un siècle, paysans, pauvres journaliers, qu'on te répète que la propriété est le fruit du travail, et tu le crois…

Tous les jours se sont passés, la bêche et la faucille à la main, de l'aube jusqu'à la nuit, et tu n'es pas riche cependant ! Tu n'as même pas un morceau de pain pour ta vieillesse, cela n'est pas juste !

Voilà pourquoi Paris s'agite, réclame, se soulève et veut changer les lois qui donnent tout pouvoir aux riches sur les pauvres !

Ce que Paris veut, c'est :

La terre aux paysans !
L'outil à l'ouvrier !
Le travail pour tous !»

Personne ne pipa mot, impressionné par la solennité du discours. Lorsqu'il s'assit, des tremblements dans la voix, après avoir avalé une rasade de rouge et lissé sa moustache, il ajouta :

– Ils se sont fait massacrer. Ouais. C'est comme je vous le dis. Thiers, avec l'aide de ces salauds de Prussiens… Ils ont tiré dans le tas… Fusillé. Un affreux massacre. La guerre civile. Y en a qui mouraient en chantant la Marseillaise, fallait voir !

C'était terrible et presque beau à la fois ! Crever pour ses idées. Les autres, ils les ont embarqués sur des gros bateaux et déportés loin, très loin… En Nouvelle Calédonie. Alors ! Qu'est-ce qu'ils vont devenir ? Mystère ! Pauvres bougres. Ils voulaient seulement un monde meilleur, plus juste… Ah Dieu ! Ça leur a coûté cher. Les journaux ont avancé le chiffre de 30 000 communards tués. Ça a pas duré longtemps, vous pensez bien ! Trois mois… Les Prussiens devaient bien rigoler de voir les Français s'entre-tuer. Faudra que ça se paye un jour.

– Si on vous suit bien, c'est ni plus ni moins qu'une nouvelle Révolution quoi ? Une guerre civile ?

– Ben ouais.

– C'est-y vrai qu'il y a un gars de par chez nous qui s'est particulièrement distingué ?

– Bien sûr ! Benoît Malon qu'il se nomme. Il est né à Précieux, près de Montbrison. Un Monsieur, que voilà. Il a même fait partie du gouvernement, au ministère du travail. Ah ! y a eu de sacrés meneurs. Des gars comme Auguste Blanqui ; il est en prison et pas près d'en sortir… Et des tas d'autres !

Un des moblots prit la parole :

– Au milieu de tout ça, y a quand même eu quelque chose de bien beau dans le nord. Le village de Pontmain… c'est comme qui dirait le bon Dieu qu'est venu à leur aide. La sainte Vierge est apparue à quatre gamins. Des pauvres chtits gosses. Elle leur a pas dit grand chose ; juste quelques mots :

– *«Mais priez mes enfants. Dieu vous exaucera.*
Mon fils se laisse toucher.»

Des hommes se mirent à rire et se moquèrent.

– Ah non, ricanez pas ! Vous savez, c'est trop dur la guerre. C'est trop affreux ! C'lui qui connaît pas peut pas comprendre. Mais moi, j'peux vous dire que pour ces gens là-haut, ça a été un sacré réconfort. Ouais.

– Bah ! C'est pas drôle vos histoires, répliqua l'un des

moblots. Moi, je m'en vas vous raconter quelque chose de bien plus marrant… et garantie qu'c'est vrai. Parce que c'est fini tout ça. Faut voir devant maintenant.

Et voici notre petit gars, debout au milieu de la salle du café :

– Thiers a baissé son caleçon devant les Prussiens, eh ben écoutez : Vous savez que ce putain d'hiver de 70 a été affreusement rigoureux. J'ai vu un camarade casser le vin à coup de sabre, c'est dire ! Bref ! Voilà t'y pas que j'étais de faction avec un brave bougre qui s'appelait Claude. Le Glaude qu'on disait. Un comique, c'lui là, que même dans les situations dramatiques, il avait toujours le mot pour rire. Je le vois creuser un trou dans la neige.

– Mais qu'est-ce que te fais donc ?

Y baisse sa braille et m' répond en s'accroupissant :

– T'vois ben ! J'vas couler un bronze.

– De Diou ! T'vas t'geler l'cul !

À c'moment, y lâche un d'ces pêts…

– T'inquiète qu'y dit… Mes hémorroïdes me protègent le trou de balle. Un vrai cache-nez ! Chui comme les mammouths !

– Qué mammouths ?

– Ah ! T'sais pas ? Un coup j'ai lu dans "*Le Petit Journal*" qu' les mammouths, eh ben y z'avaient un clapet au trou du cul pour l'protéger du froid.

On s'est mis à rire, mais rire... Qu'le pauv' Glaude, il arrivait même plus à remonter sa culotte. Après on l'a toujours surnommé l'mammouth ! Sûr qu'ça va l'suivre toute sa vie ! Fallait ben rigoler, pas vrai ?

Aux Blandins, on parlait un peu de cette guerre, mais sans plus. Les conversations tournaient plutôt autour de l'affaire Chevassagne qui, bien qu'ayant trouvé son épilogue, laissait planer un arrière-goût amer. Ceux qui avaient assisté à l'audience entendaient encore les paroles de l'avocat :

– Si c'était un concours de circonstances… J'ai appris à le connaître… C'est un brave.

Et c'était ma foi vrai, finalement, pensaient-ils.

Quand il travaillait avec eux, jamais il n'avait manifesté le moindre écart de comportement. Certains pensaient même qu'une malédiction fondrait inévitablement sur les Blandins. Jean Sagnet et Fernand Vêtre réitéraient encore et toujours la même version des faits. Des preuves incontestables, accablantes.

– Alors, il vaut mieux ne plus en parler à longueur de temps, à quoi ça sert ? conclurent les habitants. Faut jamais réveiller les morts, ça porte malheur.

Monsieur le curé Picard, en bon pasteur, visitait fréquemment la pauvre Benoîte. Son état se dégradait à vue d'œil.

Quelle pitié mon Dieu ! pensait-il chaque fois qu'il refermait derrière lui la vieille porte en bois retenue par une ficelle.

Fidèle aux préceptes de l'église, le dimanche précédent le carême, il lut les obligations ordonnées par l'archevêque de Lyon, le cardinal de Bonald.

À savoir :

«1e : Nous permettons cette année et sans s'engager dans les années suivantes, l'usage de la viande pendant le Carême, le dimanche à tous les repas : le lundi, le mardi, le jeudi à un seul repas : nous n'exceptons pas le premier jeudi. Dans la Semaine–Sainte, qui commence au samedi des Rameaux inclusivement, l'abstinence doit être rigoureusement observée...etc.

2e : Nous permettons aux fidèles de remplacer l'huile et le beurre par la graisse et le saindoux. Nous disons par la graisse et non par le jus des viandes. Cette permission s'étend à tous les jours d'abstinence de l'année.

3e : Nous accordons à tous les fidèles de notre diocèse, l'usage des œufs, du lait, du beurre et du fromage pendant tout le Carême, sans en excepter la Semaine-Sainte.

4e : Nous permettons à tous les fidèles de notre diocèse, l'usage, à la collation, du lait et du beurre. Cette disposition s'applique aussi aux Quatre-Temps et autres jeûnes de l'année.

5e : Les fidèles remplaceront l'abstinence par l'aumône connue sous le nom de " Pardon"... etc.

6e : L'aumône connue sous le nom de Pardon et toutes les autres offertes pour les séminaires seront recueillies comme les années précédentes, et versées au secrétariat de l'Évêché.

7e. 8e 9e 10e Les paroissiens avaient bien du mal à suivre tous ces… *nous interdisons... nous permettons...* sectaires qui les bâillonnaient. Ils finissaient par en occulter la moitié. Alors, d'un coup de poing sur le rebord de la chaire, il réveilla les esprits engourdis.

– Ne condamnez pas votre prochain ! Attention à la justice divine ! La justice des hommes peut se tromper, mais celle de Dieu ne se trompe pas. Souvenez-vous toujours que la marque du sang est indélébile et que celui qui a tué par l'épée, périra par l'épée.

Benoîte refusait de sortir de sa bicoque par peur de

représailles. Elle pensa même quitter les Blandins, mais son corps affaibli la contraignit à abandonner cette idée. Alors, une fois encore, elle se résigna.

Un jour, elle dit au prêtre :

– Monsieur le curé, je vous remercie bien pour tout ce que vous avez fait pour moi, et aussi pour mon gars. Mais je vous demande de ne plus venir me voir… Elle avait levé sur lui ses yeux vides, cernés, suppliants. Il comprit que le poids de la vie écrasait ses épaules décharnées et que sa seule raison de vivre s'en était allée.

– Ne faites pas de bêtises Benoîte, dit-il, compatissant.

– Oh non ! Si c'est le suicide qui vous tracasse, n'ayez crainte, y en aura pas besoin va !

Alors, sans rien ajouter, il partit. De temps à autre, il surveillait de loin la masure.

Quelques semaines plus tard, il la retrouva couchée sur son grabat…

Elle s'était endormie, un soir, comme tous les autres, sans plus ou moins de chagrin, comme d'habitude. Recroquevillée sur elle-même, elle ferma ses yeux, ses pauvres yeux qui avaient tant pleuré… Puis elle sombra dans une douce torpeur et alors là… Alors là, son esprit s'envola, ou alors… Sa mémoire…

Assise dans un pré au pied du mont Mézenc, elle gardait un troupeau. Son Lucien, garçonnet en culotte courte gambadait. L'herbe chatouillait ses cuisses nues et il riait en sautillant comme un cabri, une poignée de fleurs dans sa menotte. De temps en temps, il se retournait et criait :

– Coucou maman ! Coucou maman…

Comme il était heureux son petit, son tout petit. Elle l'aimait de toute sa force d'amour. Lucien Firmin son seul vrai trésor, son enfant, sa chair, son sang, son âme…

Puis il s'éloigna lentement, pour ainsi dire au ralenti. Il se retournait… L'herbe devenait haute et le dissimulait de plus en plus… Il criait encore :

– Coucou maman…

Mais la voix devenait lointaine, lointaine… Alors Benoîte se leva, plaça ses mains en forme de visière au-dessus de ses yeux et dit :

– Ne t'éloigne pas trop mon bonhomme ! Tu sais, il y a le méchant loup garou… Il te mangerait…

Elle l'écoutait rire de loin en loin, puis la vision se troubla ; elle l'aperçut comme flottant au-dessus du pâturage. Il était beau, si beau… Il la regardait avec un sourire angélique et l'appelait :

– Maman… maman… Viens, je t'attends… Viens me rejoindre…

Alors elle parut hésiter un moment, puis elle sentit une présence, une sorte de force indéfinissable qui l'attirait vers son fils.

Oui, il était là, juste à quelques mètres au-dessus d'elle, et comme venue du fond de l'univers, cette voix céleste qu'elle intercepta, douce et déterminée à la fois ; une invitation quasiment :

– Benoîte, allez, va… Va ma Benoîte … Pars. Ne reste plus sur cette terre qui t'a tant fait souffrir…

Elle le distingue maintenant… Il lui tend les bras… Il est beau son fils… resplendissant de lumière… Il effleure sa vieille main ridée… La sienne est douce, si douce. Il se penche au-dessus de sa misérable couche, lui, il est si serein. Il est là, il l'invite à le rejoindre, il l'attend.

Une exhortation sans doute…

– Allez va ma Benoîte, va, humble et noble mère…

Sa chambre aux murs craquelés semble s'illuminer d'une belle lueur, comme un soleil qui inonderait sa masure. Les rayons filtrent au travers du papier huilé remplaçant les carreaux manquant à la fenêtre, et elle entend des chants d'oiseaux… Il lui semble en tout cas… Puis un tunnel tout en fleurs… Encore plus belles que celles de son Mézenc… Elles sont parfumées, presque enivrantes de bonheur, de joie et de paix surtout.

Cette voix omniprésente, des paroles persuasives :

– Oui Benoîte, oui Benoîte, va. Tu le vois ton Lucien, ton fils chéri, c'est bien lui, non, tu ne rêves pas.

Il y a bien longtemps qu'elle ne rêve plus. C'est autre chose de plus beau. Elle se sent comme "dédoublée" puis emportée dans une autre dimension, dans un ailleurs lumineux. Maintenant, il tend vers elle ses deux bras, ses mains cherchent les siennes, oui il est tout près, si près, elle le ressent, communie avec lui ; sa voix se veut claire, sans cette anomalie de langage qui l'infériorisa tant…

– Maman, maman…

Des sons de cloches en écho tintent, tout est lumière, tout est paix, tout est bonheur.

– Maman, maman, viens, viens…

Alors…

Alors…

Ses yeux se fermèrent à tout jamais.

Sébastien Grange jouissait de ses biens. Il aimait s'asseoir sur un muret en pierres sèches, à l'ombre du cerisier. Le lierre se hasardait à travers les joints et courait sur le mur en balançant ses jeunes feuilles au gré du vent. Il contemplait sa propriété merveilleusement entretenue par des journaliers et autres ouvriers qui vivaient pour la plupart dans la maison du vieux Bonbois, surnommée *la maison des commis*.

Violetta vêtue d'un corsage à carreaux mauve rehaussé d'un col blanc brodé par sa mère, son petit kiki dans ses cheveux ondulés, et son tablier de devant, se tenait à ses côtés. Elle buvait littéralement ses enseignements.

Il lui apprenait à prédire le temps :

– Regarde, ma poupée, aujourd'hui le vent souffle de l'ouest, demain, il pleuvra. Avise les bêtes, elles courent la queue en l'air… Ça, c'est signe d'orage. Le ciel est rouge ce soir, le dicton veut que : "rougeur du soir donne de l'espoir", alors que "rougeur du matin fait tourner les moulins". Si la lune a un "rond d'eau", c'est signe de pluie… De même si elle se renouvelle dans le beau, trois jours plus tard, y a d'l'eau. Les limons qui remontent sur le cros, ça aussi c'est signe d'averse.

Il lui parlait de ses bêtes soigneusement sélectionnées, de l'irrigation qui donnait un herbage de grande qualité. Il lui montrait, à l'aide de son bâton, telle ou telle charolaise, légèrement tachée de jaune-crème, sur un flanc ou sur la croupe.

– Vois-tu, c'est le signe de l'appartenance à la fière lignée de leurs ancêtres, la race Durham. Cette vache-là a "de l'espèce", elle fera une “bonne fin”. L’œil madré des emboucheurs ne s’y trompe pas, va. Après, faut négocier !

Il lui disait aussi que, dans la vie, on se doit de rester digne en toutes circonstances, de se méfier des gens trop gentils, car, ajoutait-il, attention, c’est pas la nature de l’homme. Souvent, il concluait :

– Ne sois pas généreuse bêtement. Parce que, souviens toi de ce proverbe : Fais du bien à un vilain, il te chie dans la main !

Violetta l’écoutait, le questionnait en cherchant la meilleure place… celle qui ne lui blessait pas les fesses. Alors, il tirait de sa besace la tourte de pain, du saucisson, du fromage, ouvrait son couteau et, assis côte à côte, sur le vieux mur, ils “faisaient quatre heures”. Puis, sa menotte dans la sienne, ils regagnaient la ferme par le sentier caillouteux où une croix en pierre érodée par le temps étendait ses bras à la fourche de deux chemins. Parfois, une main amie y déposait quelques fleurs des champs cueillies à la va-vite.

Grâce à l’abondance de l’eau et à l’utilisation des premiers engrais chimiques largement encouragée par les conférenciers qui tenaient réunion dans les divers départements français, Sébastien Grange raflait moult concours et comices agricoles. Il exposait fièrement les objets d’art et trophées honorifiques sur une étagère en bois dans sa cuisine. De coquettes sommes récompensaient les gagnants, ce qui, invariablement, donnait à penser aux perdants que l’argent allait toujours à l’argent ! L’épidémie de fièvre aphteuse qui décimait beaucoup de bétail ne l’avait que peu affecté. Sans doute, les remèdes préventifs, à base de goudron de Norvège régulièrement badigeonné sur les muqueuses, avaient-ils eu un effet bénéfique.

Le grand Morloup, en maître vacher consciencieux, surveillait de près chaque vêlage. Lorsqu’une vache commençait à “être malade”, il couchait à l’écurie jusqu’à ce que le veau, tout étonné de se retrouver sur la paille, dépliât ses “abattis”. Son équilibre fragile le flanquait par terre. La langue râpeuse de sa mère léchait son dos encore englué de liquide amniotique. En cas de problème, il appelait le patron.

Rita veillait elle aussi, assise près de la cheminée où cuisait l’indispensable bouillon de poireaux, qu’elle portait à la vache dès la mise bas terminée. Cette recette, transmise depuis des générations, hydratait la bête et facilitait l’évacuation de la délivrance.

Sébastien Grange se voulait moderne et pragmatique, car, affirmait-il, c’est en anticipant que l’on peut prétendre s’enrichir.

“Riche” sous-entendait, “respectable” et donc, influant dans l’économie locale. Le préfet lui proposa une place de membre à la chambre consultative d’agriculture de la Loire.

Très honoré, il accepta volontiers cet engagement. Ainsi, les questions concernant les intérêts agricoles en général, les changements éventuels à opérer dans la législation, les douanes, les octrois, la police et l’emploi des eaux s’étudiaient avec rigueur.

Toujours aussi peu loquace, après avoir scruté les uns et les autres de son regard noir, il figeait l’assemblée par des remarques perspicaces et posées. Il fallait bien reconnaître que sa clairvoyance était souvent bénéfique et avant-gardiste.

– Que diable ! Il sait de quoi il parle ! Pour ce qui est de mener sa barque, on peut lui faire confiance. Un sacré gestionnaire que voilà ! se plaisaient à commenter les autres membres.

Mais, lorsqu’ils le voyaient remonter dans sa voiture et repartir seul aux Blandins, la sempiternelle jérémiade ressurgissait :

– Oh la la ! Quel dommage qu’il n’ait pas d’héritiers ! Une propriété pareille ! La vie est mal faite tout de même.

Sa ferme… Ses terres… Ses bêtes… C'était toute sa vie ! Sa réputation d'excellent sourcier ayant franchi les limites du département, il arrivait fréquemment qu'on le sollicitât, lors de ses fréquents déplacements professionnels, pour confirmer ou a contrario infirmer les déductions de quelques manipulateurs de baguette locaux.

– Creuser un puits n'est pas une mince affaire, disait-il, ça demande gros de travail et d'argent, il faut être sûr de ce qu'on annonce. J'en connais plus d'un qui a dû abandonner après être descendu à huit, dix mètres. Et toujours pas d'eau !

De cette fin du XIXe, nous retenons volontiers la vigoureuse poussée industrielle et l'essor urbain fulgurant, phares de la nouvelle civilisation. Cependant, dans nos contrées reculées, la constance en cette sorte de fidélité aux pratiques anciennes, réfutant une quelconque modernité, demeurait l'apanage de la plupart des paysans. Les familles végétaient en quasi autarcie, bien ancrées dans leurs convictions.

Depuis son veuvage, Rita, toute de noir vêtue, assumait au mieux les tâches quotidiennes, aidée de sa fille, bientôt âgée de dix-sept ans. La tradition voulait que même les sabots d'une veuve soit teints en noir. Sébastien Grange avait toujours protégé et éduqué Violetta, si bien qu'elle s'épanouissait, mais à l'abri du monde extérieur.

Ses sorties se limitaient à la messe quotidienne, et aux vêpres dominicales, accompagnée de sa mère.

À Saint-Jean, tout le monde la regardait, admiratif. Elle était splendide, cette gamine ! Ses longs cheveux remontés en chignon découvraient son cou mince, dégageant un port altier d'une infinie beauté.

Son regard aux reflets d'améthyste à nul autre semblable illuminait son visage souriant, aux traits particulièrement fins et harmonieux.

De taille moyenne, elle affichait une allure dégagée et

svelte, laissant deviner une taille fine emprisonnée sous des jupes longues et larges, mal adaptées à l'élégance de sa silhouette. Oh ! les garçons la reluquaient, bien sûr. Ce qui n'échappait nullement à sa mère qui la priait instamment de n'y prêter aucune attention, car, répétait-elle, une demoiselle comme il faut se doit d'être sérieuse, ne pas rire bruyamment en public et garder les yeux baissés. Difficile pour Violetta qui bouillonnait de vie !

Les jours, les semaines passaient, rythmés par les travaux saisonniers.

Lucie, la bonne, vieille fille endurcie, s'occupait de la cuisine, du ménage et de l'entretien du linge. Visiblement aigrie par sa condition, elle se montrait acariâtre envers les nombreux journaliers qui jetaient sur elle un regard enjôleur.

La bicoque de la Benoîte, victime de l'oubli, avait fini par s'écrouler. Les ronces et le lierre mangeaient les pans de mur lézardés. Dans le jardin envahi par la broussaille, quelques roses trémières, essaimées au gré du vent, balançaient leurs corolles irisées, ultimes témoignages enracinés dans la veine du souvenir. La curiosité poussait quelques gosses désobéissants à fureter dans les ruines, histoire de se faire peur et de s'inventer des histoires de revenants. Les parents leur interdisaient formellement de s'approcher de cette masure maudite. Certains la croyaient hantée, car affirmaient-ils, par nuit de pleine lune, il arrive qu'une ombre blanchâtre, semblable à un fantôme rôde autour. Si bien que personne n'osait s'aventurer dans la maison du malheur… La maison de l'assassin… La maison du guillotiné. Le "leveur de sort", crucifix en main, l'avait même exorcisée en répandant de l'eau bénite et en chantant des cantiques. Lorsqu'ils devaient emprunter le chemin vicinal la longeant, beaucoup ressentaient une sorte de mal-être, alors ils pressaient le pas. Certaines dévotes se signaient, les yeux rivés au sol, relevaient légèrement leurs longues robes et couraient comme pour échapper à une malédiction qui les rattraperait à coup sûr.

L'Angèle, vieillissante, tenait toujours son bistrot. Les hommes vidaient chopine après chopine, discutaient de tout et de rien en réajustant leur casquette crasseuse. La bouffarde entre les dents, les coudes sur la table poissée de cendre de pipe mêlée au "gros rouge", les cheveux battant le col élimé de la chemise à grands carreaux, la bourre de coton débordant des oreilles, ils parlaient fort. Le dimanche après-midi, ils jouaient à la manille, et aux beaux jours, dans la cour, derrière, organisaient des concours de quilles.

Le docteur Pérelle consultait encore, secondé par son fils Michel, diplômé des hôpitaux de Lyon. Il espérait bien, ce brave médecin, savourer une retraite au combien méritée et s'adonner à sa passion favorite, la sculpture. Laisser glisser sous ses doigts habiles le ciseau, la broche et la gradine… Donner vie à un modeste bloc de granit ou de calcaire du Brionnais, plus facile à tailler et qui se moire de belles teintes sous la lumière, d'où son appellation de "pierre dorée", réserver désormais ses états d'âme, sa générosité de cœur à façonner le galbe d'un sein, modeler quelques traits de visage, adoucir un sourire angélique dans la froideur de la pierre. Mais dans ces mentalités paysannes, accrochées aux habitudes, pas facile d'être adopté !

– Docteur ! Docteur ! Venez vite ! Ma femme accouche… Ça se passe mal.

– J'arrive, criait Michel Pérelle en attrapant la sacoche paternelle en cuir noir.

– Ah ! Mais c'est donc vous ? Votre père est pas là ? C'est que… Enfin… vous comprenez… J'aurais mieux aimé… Lui, il est habitué… C'est pas que vous… Mais, si c'était possible… Savez ben… On a confiance.

Accoutumé à ce genre de réflexion, souriant, il répondait :

– Comme vous voulez, c'est moi ou personne.

– Ben alors ! Si monsieur votre père peut pas… Allons-y quoi !

Dans les fermes les “*bistanclaque pan, bistanclaque pan*” des métiers à tisser résonnaient toujours. Une bonne odeur de chou et de lard s’exhalait par les croisées entrouvertes.

Quelques rengaines connues s’évanouissaient dans le crépuscule naissant, joyeuses mélodies accrochées au fil du temps… La vie avait repris ses droits, comme toujours.

«Du pillon de Chantoiseau
Les canuts Villardots
Partout ils sont connus
Et bistanclaque et pan
La navette, le battant
Regardez comme ils sont chenus
Voilà les petits canuts…»

Le soir venu, les hommes se retrouvaient dans les caves voûtées avant d’aller manger la soupe. Une fois ici, une autre, là. Mais le cérémonial ne variait guère. Ils parlaient du travail abattu dans la journée en buvant quelques canons tirés au tonneau, jetaient un coup d’œil vers le ciel, scrutaient le sens du vent, et concluaient :

– Ah ! Deman, où va plore ! Ouè l’’vint d’mide ! (Ah ! Demain, il va pleuvoir ! C’est le vent du midi.)

Le verre culotté passait de main en main, avant de retrouver sa place auréolée d’une large bavure de vinasse, “à bouchon”, dans un trou du mur. En rotant, ils se séparaient et, le dos tourné de chaque côté du chemin, pissaient un bon coup :

– Allez, lu z’ houmes ; mingi don bien, et bouna neu. À deman ! (Allez les hommes ; mangez donc bien et bonne nuit. À demain.

Sébastien aimait lire et s'instruire. Intéressé par l'épopée napoléonienne, il en étudiait les moindres détails. Jean, un historien de ses amis lui rendait fréquemment visite et ensemble, ils bavardaient.

Violetta, adolescente, les rejoignait et écoutait attentivement les enseignements de cet érudit. Alors, il leur expliquait l'histoire de notre région dans un français parfait :

– Roanne fut depuis la nuit des temps un grand passage, expliquait-il. La Loire y est, bien entendu, pour beaucoup. Au cours des ères préhistoriques, où nos ancêtres homo sapiens recherchaient les abords de rivières pour s'y établir, rien d'étonnant qu'ils choisirent ce beau cours d'eau, aux alentours de Saint-Jean/Saint-Maurice comme en témoignent, entre autres, des silex taillés et grattoirs retrouvés lors des fouilles archéologiques, notamment au Champgrand datant du paléolithique moyen. Le gisement de la goutte Roffat, environ moins 24 000 ans, dévoila des foyers alimentés avec de l'os pilé, (le bois était rare en cette période glaciaire) mais également de l'outillage, tels que grattoirs, lames, perçoirs, lamelles à dos abattu, ainsi que des œuvres d'art sous forme de schistes gravés. À la vigne Brun, même époque, les pinceaux de nos chercheurs mirent au jour de véritables trésors archéologiques. Notons principalement un foyer disposé au centre de ce qui semble être une des fondations d'une hutte au sol en terre battue, maculé d'ocre rouge, colorant utilisé pour la conservation des peaux et la parure des corps. En aval, à Vougy, le gisement des Gardes, dévoila des silex et différents outils de belle facture dont des bifaces.

Sébastien et Violetta écoutaient, questionnaient. Inlassablement, Jean racontait, parlait distinctement, avec au fond de la voix la sincérité du lettré soucieux de transmettre ses connaissances.

– Puis les Celtes parurent apprécier cet endroit, poursuivait-il, peut-être, voire certainement, en raison du passage à gué. C'est en effet à partir d'ici que la fougue parfois dévastatrice des eaux au sortir des gorges étroites - entre Villerest et Saint-Maurice, via le saut du Perron- si redoutées par les bateliers, se transforme en un large fleuve tranquille.

Les Romains choisirent Lyon (Lugdunum) comme capitale et relièrent les cités voisines grâce à un réseau routier savamment orchestré. Ainsi la liaison Rodumna (Roanne) de l'époque à Lugdunum devint stratégique.

Les envahisseurs successifs détruisirent la ville, semèrent terreur et désolation avant de se mêler à la population gallo-romaine.

Rodumna, à l'époque carolingienne, se francise et devient Rodana.

–Mon ami, dit Sébastien, je vais vous proposer une pause bien méritée. Lucie, cria-t-il, amenez donc le goûter s'il vous plaît. Notre invité mérite grandement un petit remontant.

Intarissable, il poursuivait. Mais Dieu, que c'était donc intéressant de découvrir par le biais de cet interlocuteur la vie méconnue de nos ancêtres.

– Jusqu'à la guerre de cent ans, les choses ne paraissent pas évoluer beaucoup. Il faudra attendre Louis XI, qui, désireux de mettre en place un service de Poste Royale, organisa un système de relais-auberges sur les grands axes. Ainsi, à Saint-Symphorien-de-Lay, la teste-noire (la tête noire) est la plus célèbre et parmi les plus anciennes de France. Bon nombre de personnalités séjournèrent en ses murs. Entre autres, François Ier, d'Artagnan, Rabelais accompagné de Guillaume du Bellay, vice-roi du Piémont. Ce dernier, très malade y décéda. Puis, Madame de Grignan, la fille de madame de Sévigné, Henri IV, le duc de Guise, Louis XIV avec une partie de sa cour, pour ne citer qu'eux.

Les cabanes (bateaux ainsi nommés en raison de l'abri en forme de cabane, petite maison qui les surmonte) véhiculaient les personnes, le charbon, le vin de la Côte Roannaise et du Brionnais ainsi que toutes sortes de denrées alimentaires.

Roanne, port fluvial le plus important et le plus beau du royaume, fut le théâtre d' embarquements fastueux.

Louis XI, Saint François de Paule, ermite calabrais et fondateur de l'ordre des pères Minimes, Louis XII et la Reyne Anne de Bretagne.

Saint François de Sales, des comtes, des ducs, des princes, des écrivains, des évêques et même le Pape Pie VII, en route pour le sacre de Napoléon…

Les hostelleries se développèrent dans le quartier bas, puis autour du château. Les logis du Loup, le Dauphin, le Lion d'Or, la Galère[31], la Teste d'Or, Saint-Germain, mais également du Chapeau Rouge et enfin le logis de Saint-Nicolas dans l'isle. (Avis aux restaurateurs d'aujourd'hui en quête de noms historiques pour leur établissement !)

On bâtit… entre autres la chapelle Saint-Nicolas-du-Port édifiée en 1630 par les mariniers suite à un vœu pour obtenir la fin d'une épouvantable épidémie de peste qui décimait Roanne depuis des années. Le chiffre de un tiers de la population est avancé. Des couvents se fondent…

Le Bastien et Violetta se trouvaient plongés dans un univers imaginaire que Jean, avec force détails, leur permettait de découvrir.

---

31. Aujourd'hui, cet édifice existe encore. Il est au numéro 17 du quai du commandant L'herminier, avec son porche imposant sous lequel s'engouffraient les voitures hippomobiles.

– Écoute bien, insistait-il, tu as beaucoup de chance de profiter de ces leçons et tâche de les retenir.

– Oh, il s'en est passé des choses ! Un jour, un bateau à fond plat descendait la Loire depuis Roanne et s'arrêta à Digoin. Les employés des Fermes du roi sommèrent les mariniers de déposer leur étrange chargement dans une cabane proche du bureau des gabelles. (Mandrin ne sévissait pas encore…)

Or, cet étrange chargement était en fait un cercueil. Mais pas n'importe lequel. Recommandé par Madame la Duchesse de Savoie, et à destination de l'abbaye du Val-de-Grâce à Paris, il contenait les reliques de Saint Victor.

Une jeune fille de 14 ans, handicapée, native de Saint-Julien-de-Cray, proche de Semur-en-Brionnais, arriva avec peine.

«Ses jambes sont paralysées…

... retirées et ployées vers les cuisses par une paralisie dont elle étoit affligée depuis près de quatre ans…»

Elle demanda l'autorisation d'entrer et de toucher le cercueil.

«… Inspirée des sentiments de foy, elle se seroit prosternée et embrassé cette caisse elevée en forme de cercueil au milieu de la cabanne et couverte d'une toile cirée avec les armes de Savoye dou sestant relevée et voulant sortir de la ditte cabanne elle auroit sentis ses jambes se denouer et les auroit posé à terre et se soutenant sans béquilles nous auroit dit en se retournant Grâces à Dieu et au bon Saint, me voilà parfaitement guérie…»[32]

Tous les gens présents, une soixantaine de témoins oculaires, la connaissaient parfaitement et la voyaient vivre misérablement, mendiant son pain. Les voilà remplis d'admiration. Alors, on se souvint qu'à cet endroit précisément, une chapelle tombée en ruine était, dans les temps anciens, dédiée à Saint

Victor. C'était également ici, que la pauvrette *«vivait six mois de l'année dans une cuve renversée sur le costé a la porte du Sieur Jacques Mennard...»*[33]

Le temps passait vite en compagnie de Jean. Il se leva d'un bond et, jetant un coup d'œil dehors déclara presque surpris :

– Que diable ! Il me faut rentrer ! Si vous le voulez bien, nous reprendrons un autre jour.

Puis, caressant la joue de la petite, il disait :

– Petite mignonne, j'espère que tu as bien mis tout ça dans un coin de ta tête, parce que je te poserai des questions la prochaine fois.

La semaine suivante, il déplia sur la table des documents écrits en vieux français, soigneusement enveloppés.

«Louis XIII et Richelieu logèrent au logis de la Galère sur le quai du même nom, accompagnés par Marie de Médicis et Anne d'Autriche. Ils embarquèrent à bord d'une galère somptueuse escortée d'une flottille de cabanes. Toute la noblesse des environs, venue dans une centaine de carrosses arrêtés le long des quais, se pressait au milieu de la foule. Les quais de la galère[34]*, et en face, ceux de l'Isle étaient envahis par une foule immense, telle que Rouanne n'en n'avait jamais vue. Puis subitement, un silence complet, impressionnant ! Le roi vient de faire son apparition au seuil du logis de la Galère, suivi des deux Reines, du Cardinal et des gardes. Toutes les têtes sont découvertes, tous les yeux fixés sur le cortège royal. L'embarquement s'effectue sans hâte, majestueusement, pendant que le pavillon royal, aux fleurs de lys d'or, est hissé, lentement en haut du mat.*

32-33. Extrait du procès-verbal signé par les deux officiers du Roi et consigné dans le registre paroissial de Digoin en l'année de grâce 1697.

34. Aujourd'hui, quai du commandant l'Herminier.

La galère royale prend le large. Alors, au silence, succède une tempête de vivats de toute la foule enthousiasmée».

Louis XIV et sa mère passèrent à Parigny, traversèrent la Loyre sur le bac à traille à Rouanne et continuèrent leur route par le grand chemin royal.

«Rouanne est un des meilleurs et des plus beaux bourgs de toute la France. On y voit un long pont de bois sur la Loire...» (archives de 1640)

Les montagnes de Tarare, infestées de brigands que la marquise de Sévigné, amoureuse de la "doulce Loyre" affublait des pires termes, étaient considérées à cette époque comme quasiment infranchissables :

«Cette affreuse montagne qu'on ne traverse jamais qu'entre le lever et le coucher du soleil...»

Le trafic fluvial restait incontestablement le plus sûr et le plus rapide.

Jacques Cœur ne rêva-t-il pas, à l'abri des épais murs du château de Boisy à Renaison, de rendre navigable la Loire au-dessus de Roanne, alors impraticable en raison d'énormes rochers acérés fichés au beau milieu de son lit ? Ce souhait réalisé en 1704 permit à de nouveaux bateaux en sapin, fabriqués à Saint-Rambert, les rambertes ou sapines, de se frayer tant bien que mal un passage dans les gorges magnifiques entre le château de la Roche et Villerest, via le saut du Perron. Magnifiques ? Pas pour les malheureux bateliers... Le fleuve restait terriblement dangereux avec sa chute de 3 mètres 10 (d'où le nom du saut du Perron), sur un lit de roches où se brisaient les vagues en écume blanchâtre avant de déferler à folle allure sur un demi kilomètre entre les rochers en escaliers. Les bateaux affreusement ballottés par la force des flots en furie dévalaient les rapides à une vitesse vertigineuse , tant il est dit que : *«... Il fallait pour les suivre sur le chemin du halage, qu'un cavalier mette sa monture au grand galop et la pousse à fond».*

Les grosses cloches de Saint-Maurice et de Villerest sonnèrent le tocsin bien des fois lançant un appel péremptoire aux habitants qui descendaient en courant au secours des naufragés. (Combien de ces rambertes se renversèrent-elles et vomirent leur chargement de charbon, de céramiques, de vins, d'eaux minérales et parfois… de voyageurs téméraires ?)

Louis Mercier, écrivain natif de Coutouvre, décrivit en vers, avec le talent qui lui seyait ô combien, les luttes héroïques de nos valeureux mariniers.

«La mort, plus d'une fois, s'est assise à leur proue,
Happés par les brisants, aspirés par les "gourds"
Qui tournent dans les rocs comme de sombres roues,
Plus d'un eut pour tombeau les flots secrets et lourds».

Les obstacles enfin franchis, les hommes retrouvant le calme après la tempête saluaient, le cœur encore bondissant, les clochers des jolis villages fortifiés de Villerest et Vernay, altiers et protecteurs sur leurs éperons rocheux. Ils adressaient leurs sincères remerciements à la Vierge noire qui, une fois de plus, les avait préservés. Arrivés à Roanne, après s'être restaurés frugalement, ils remontaient à pied par les sentiers en direction de Saint-Rambert, conscients qu'ils repartiraient encore et encore… malgré la hantise des dents acérées du saut du Perron :

«Grands rochers de la Loire
Qui vous abordera
Jamais de sa mémoire
Ne vous oubliera».

Haut dans le ciel, le soleil paradait, insensible aux émois des hommes, triomphant de quelques nuages qui paraissaient le frôler en musardant.

Parvenues au port de Roanne, les sapines confiaient leurs ventres plus ou moins blessés aux bons soins des charpentiers qui colmataient, réparaient avec un savoir-faire et une rapidité exemplaires. Couplées par deux, certaines repartaient en direction de Briare, Paris pour les unes, Nantes pour les autres. Les plus amochées terminaient leur courte carrière, déclinquées, (ces bateaux étaient assemblés à clins), et transformées en bois de chauffage ou meubles. Lors des crues, branle-bas sur les quais ! Les Maîtres de marine disposaient les embarcations en équipe de quatre couplages, entassaient le matériel nécessaire au voyage, cordages, écopes, marmites, viande, pain etc.

Une animation phénoménale régnait autour du fleuve. Les vignerons de la côte Roannaise déchargeaient leurs tonneaux entassés sur des chars à bœufs, fourmants, soigles, (froment et seigle) avoines, foins, fruits et poissons. Les braves mariniers firent durant des siècles la fortune de la ville. Bien que très croyants, confiant leur vie et leurs embarcations à Saint Nicolas, ils étaient réputés malins et fêtards.

Ainsi vibrèrent, ainsi vécurent les quais de Roanne durant des siècles…

Anne d'Urfé écrivit :

«Rouanne est assise prez de la rivière Loyre qui commence là à charrier les batteaux ; qui avec le grand chemin de Paris à Lion, qui y passe, la rand infinimant riche…»

Lorsque le canal fut mis en service, une gué-guerre fratricide entre mariniers de Loire et mariniers du canal, (les canaloux), éclata. Une concurrence impitoyable s'installa ; humiliante pour ces hommes valeureux qui sauvèrent Roanne du désastre autrichien le 27 mars 1814, alors que, n'écoutant que leur courage, ils volèrent au secours de la population, attaquant les troupes à Saint-Symphorien de Lay.

«Le poste, délogé par cette poignée de braves (52 volontaires dont plus de la moitié de mariniers,) était de 800 hommes…»

Notons également la célèbre phrase, désormais immortelle au cœur des Roannais, du maire de l'époque monsieur Populle face à l'envahisseur. Le général Hardegg, vexé de l'incursion des mariniers dans son camp, exigea deux heures de pillage de la ville de Roanne. Monsieur Populle répondit fièrement :

«Vous voulez deux heures de pillage ? Soit ! Mais je propose, avant, deux heures de tocsin. 20 000 paysans armés accourront et alors nous verrons».[35]

Le général, sans doute bluffé par un tel aplomb, renonça au pillage, occupa la ville quelques jours et partit à Clermont-Ferrand.

Lorsque la légende rejoint la réalité, ne devient-elle pas au fil des ans, et avec un panache croissant… réalité ?

Toujours est-il que le duc de Persigny, ministre de Napoléon III, natif de Saint-Germain-Lespinasse[36], remit officiellement la croix de la Légion d'honneur à la ville de Roanne.

Voilà pourquoi fut ajoutée au blason cette distinction ô combien honorifique. L'ancienne devise :

"Sylvis increscit et undis" (Elle vit des forêts et des eaux) s'inclina face à la nouvelle :

"Crescam et Lucebo" (Je croîtrai et je luirai).

Depuis ce jour, les armoiries de Roanne s'expriment ainsi :

«D'azur au croissant d'argent surmonté de la croix de la Légion d'honneur».

On eût cru que Jean revivait ces situations pour la centième fois, tant il s'impliquait avec force gestes et intonation dans la voix qui se voulait parfois douce et tremblante, d'autres fois

35. Aujourd'hui, le monument de la place de l'hôtel de ville à Roanne, commémore cet événement.

36. Persigny repose au cimetière de St Germain Lespinasse

tonitruante. Soudainement, son visage s'attrista. Il soupira.

–Écoute bien, jeune fille, et souviens-toi de ce qui s'est passé dans notre région…

– Oh oui monsieur ! Mais des fois, je comprends pas bien…

– Hélas, il est un bruit à nul autre semblable, ne ressemblant en rien au grincement des roues des carrosses ni même des chars à bœufs ou autres attelages, qu'on entendait au loin. Comme une résonance de pas, lourds, traînants. Un frottement continu de gros sabots heurtant les pierres du quai… Et puis, un son terrible de cliquetis de chaînes… Horrible ! Presque une odeur, une sensation, un mal-être bien difficile à définir… Et se rapprochant, des souffles courts, haletants, des gémissements parfois, à vous donner la nausée. Alors, les gens sur les quais s'arrêtaient de travailler, leur outil en main, comme figés d'effroi, les yeux rivés en direction de ce "défilé" abominable qui avançait droit devant. Mais oui, ce sont bien eux ! Alors quelques femmes partaient en courant et se signaient, les hommes restaient, pétrifiés…

Ils arrivaient. De l'adolescent d'une douzaine d'années au vieillard de soixante-dix ans, en passant par l'homme viril à la gueule creusée de petite vérole. Les uns épuisés, blafards, trébuchant, le regard vide, un maigre baluchon sur l'épaule, d'autres moins piteux, quelquefois avec au fond des yeux des éclairs de haine et de révolte. Et ce bruit… Ce bruit de chaîne incessant qui vous martèle les oreilles et le cœur !

Des gamins se sauvaient en criant : Ils sont là ! Ils sont là ! Pauvres diables affamés, éreintés par des jours, voire des semaines de marche, en sabots, rossés par les gardiens à cheval…

Eux ! Les vauriens ! Les mécréants ! La racaille ! Ces sales types que les grands de ce monde en chasubles d'or, en houppelandes d'hermine et robes de soie ornées de pierres précieuses, de couronnes de diamants et parures d'émeraude, avaient condamnés au nom de leur justice dictatoriale... Ces malheureux qui, pour quelques méfaits perpétrés à cause de leur misère, essuyaient une sentence sans appel de la part des monarques qui saignaient le peuple.

Oui, les voilà à Roanne... Les galériens !

Misérables. Désespérés.

Roanne, l'étape incontournable où ils passeraient la nuit, enchaînés, couchés par terre, sur le quai... de la galère. Certains, peu enclins à la pitié, les insultaient, voire leur jetaient des pierres. D'autres demeuraient indifférents. Oh ! quelques bonnes âmes essaieront bien de leur apporter du pain, tout dépendra de l'humeur des gardiens. Le sinistre sieur Joseph de Lagres réputé le plus féroce de tous, ne se souciait guère d'adoucir un tant soit peu leur martyre. Les moins sadiques accepteront-ils ? Peut-être que oui... Sinon, les femmes s'en iront, enveloppant les quignons dans leur tablier et rentreront chez elles en ne manquant pas de sermonner leurs enfants :

– Ah ! Vous voyez, si vous faites des bêtises quand vous serez plus grands, voilà ce qui vous arrivera. Vous finirez aux galères.

– Dis maman, qu'est-ce qu'ils ont fait ? Ils ont tué des gens ?

– Pas forcément mon fils ! Il y a des assassins mais aussi des contrebandiers et des faux-saulniers. En principe, ils sont condamnés à de lourdes amendes, mais comme ce sont des crève-la-faim, ils ne peuvent pas payer ; alors on les envoie aux galères. Les voleurs, les déserteurs et puis, et puis...

– Et puis ? Quoi maman ?

– Les protestants...

Alors ces soirs-là, planait une atmosphère lourde, triste à vous couper le souffle où même les plus rustres mariniers, charpentiers et autres ouvriers des quais, sentaient monter au fond de leurs tripes l'envie de vomir. Entre 1680 et 1748, environ 38 000 hommes furent envoyés aux galères à Marseille.

Quand ils arrivaient à Roanne ils avaient déjà parcouru bien des kilomètres.

La chaîne de Bretagne, la plus longue et la plus dure, partait de Rennes, récupérait les condamnés de la région d'Alençon, rejoignait la Touraine par Angers, Saumur et Tours. Ici, la chaîne se grossissait passablement avec les nouveaux arrivants du Poitou, du Maine et de l'Orléanais. S'éloignant du Val de Loire, elle remontait alors la vallée du Cher et de l'Auron en passant par Montrichard, Vierzon et Bourges. Les forçats gagnaient ensuite les départements de l'Allier, puis arrivaient dans la Loire, via Moulins, Lapalisse, Roanne, Tarare avant de rejoindre Lyon d'où ils embarquaient sur des bateaux jusqu'à Avignon. Ensuite, les cent derniers kilomètres se terminaient à pied. Destination finale : Marseille.

Beaucoup mouraient le long du trajet. Les curés des paroisses les enterraient dans la fosse commune des cimetières. Ainsi délivrés du sort abominable qui les attendait, ces misérables hères finissaient leur triste existence sur le bord d'un talus, les yeux rivés dans le néant. Dans un dernier soubresaut, leur regard s'accrochait vers le ciel, peut-être vers Dieu pour certains… Ce Dieu qui manifestement les avait oubliés… Ou peut-être était-ce tout simplement la faute des hommes, des autres… Ceux qui, la bourse bien remplie et la panse rebondie, jouaient les justiciers… Les donneurs de leçons vertueux. Qu'importait ! Ils étaient là, leurs pauvres corps meurtris, épuisés. Ils sentaient leur vie qui foutait le camp. Cette putain de vie qui ne leur avait décidément pas fait de cadeau.

Alors, dire que la chaîne inspirait une terrible angoisse aux Roannais relève de l'évidence. Lorsqu'ils les voyaient, enchaînés par deux, traverser la Loire sur le pont de bois et disparaître au Coteau en Beaujolais, que le bruit des sabots devenait lointain et que le cliquetis des lourdes entraves s'estompait dans la brume matinale, un soupir de soulagement général s'échappait des poitrines oppressées des mariniers et de leurs aides. Sans rien dire, ils saisissaient leurs outils et reprenaient leur travail…

Violetta fut particulièrement touchée par l'histoire des galériens à Roanne. Elle la raconta à sa mère. Un soir qu'elles bavardaient Sébastien frappa à leur porte.

– Rita, je voudrais vous demander quelque chose, dit-il.

– Bien sûr patron. Si je peux !

– Vous pouvez, répondit-il presque sèchement. Je suis invité à la noce d'un cousin éloigné dans la plaine du Forez, et je vous demande la permission d'emmener Violetta avec moi comme cavalière. Sans attendre une quelconque réponse, il ajouta en regardant la jeune fille : Tu veux bien, Violetta, être ma cavalière d'un soir ?

– Oh ! Oui mon Bastien! cria-t-elle en frappant dans ses mains.

– Tais-toi ! Intima Rita. Espèce de malhonnête. Depuis quand décides-tu sans me demander mon avis ? Et puis, je t'interdis, tu entends, je t'interdis de continuer à dire : mon Bastien, au patron. Combien de fois faudra-t-il te le répéter ? Ah ! Si ton père était là… Mais pour qui te prends-tu, effrontée va ? Tu vas voir, tiens !

Elle leva sur sa fille une main menaçante.

Sans attendre un quelconque assentiment, Sébastien ajouta :

– Je viendrai te chercher demain pour aller à Roanne. Il sortit sans rien ajouter, fixant Rita d'un air réprobateur.

Pour la troisième fois, Violetta se rendait à Roanne, accompagnée du Bastien. Immanquablement, elle se remémora la photo prise alors qu'elle guettait sagement le "p'tit z'oiseau", puis la jolie poupée… Et aujourd'hui, la voilà devant les boutiques où sont exposées des toilettes magnifiques ! Bien sûr, à la messe, elle remarquait des "madames" endimanchées, et les enviaient, mais sur les mannequins, ces vêtements prenaient une tout autre allure !

Ils marchaient tous deux dans la rue du collège, que beaucoup appelaient encore rue des Bourrassières, (actuellement rue Charles de Gaulle), où se trouvaient bon nombre de tailleurs. Cette rue se nommait ainsi en souvenir des bourrasses, autrement dit des ballots de coton destinés aux filatures. Son attention fut attirée par une robe de toute beauté, de couleur violine, qui était "en montre". Tout à coup, elle ressentit une sorte de honte face à ses propres oripeaux qui se reflétaient dans la vitre. C'était pourtant sa tenue du dimanche !

– Elle te plaît ? demanda Bastien.

– Tu parles ! T'as vu comme elle est jolie !

– Alors, viens, entrons.

Galamment, il lui ouvrit la porte.

– Madame, dit-il à la couturière penchée sur son ouvrage, mademoiselle désirerait cette toilette. Pouvez-vous lui confectionner la même ?

Violetta, surprise par ces termes pompeux, le fixa en souriant.

– Bien volontiers, répondit la dame, mais vous pouvez même la passer, ainsi nous serons fixés pour les mensurations. Je crois bien, à première vue, qu'elle devrait vous aller comme un gant.

Lorsqu'elle sortit de derrière le paravent, le Bastien resta bouche bée. La couturière, pourtant habituée, la regarda, admirative.

– Que voulez-vous, bredouilla-t-elle, avec un corps d'une telle grâce, d'une telle fraîcheur, ça ne peut qu'être parfait. Oh oui, alors ! Elle vous sied à merveille ! Parfait. Vraiment. Ce ton vous va si bien mademoiselle ! Et quelle sveltesse dans l'allure, oh la la !

– Tiens, pensa la jeune fille, c'est la deuxième fois en cinq minutes qu'on me dit : mademoiselle. Ça fait tout drôle ! Décidément, en ville, c'est pas comme chez nous. Y parlent même pas pareil…

– Veuillez vous tourner, je vous prie. Ah oui ! À merveille ! Le corsage cintré marque la finesse de votre taille et met votre poitrine en valeur. Parfait. Parfait. Regardez ! Voyez comme elle "tombe" bien…

La marchande, à croupetons, plaça quelques épingles pour marquer l'ourlet, juste à la hauteur de la cheville.

– Voilà qui sera parfait, dit-elle en se reculant d'un pas. Je peux vous la faire pour, disons dans deux semaines. Cela vous convient-il ? Mais j'aimerais tout de même pratiquer un essayage, allez, mettons… sous la huitaine. Mon Dieu, qu'elle est ravissante ! ajouta-t-elle de nouveau. Puis-je me permettre, mademoiselle ?

– Et de trois… se dit Violetta…

– … De vous avouer que je n'avais jamais vu auparavant des yeux d'une telle beauté !

Alors, prenant un air presque hautain, en se regardant dans le miroir, elle répondit :

– Je sais ! Je les tiens de ma grand-mère maternelle. Une Italienne.

– Marché conclu, répondit Sébastien visiblement attendri.

Pour le tarif, alors il faut compter en métrage… Voyons, en grande largeur… Une hauteur de robe, plus une hauteur de manches, ce qui nous fera…

– C'est sans importance, trancha Sébastien. Faites au mieux.

Surprise, la couturière posa son crayon. Elle les accompagna à la porte et ajouta :

– Merci pour votre confiance, monsieur. Soyez sans crainte, vous serez satisfait. Je vous conseille la modiste du coin si vous le souhaitez. Voyez, sur la façade est apposée une lanterne. C'est là. Elle fait des chapeaux absolument magnifiques. Quant aux chaussures, vous trouverez votre bonheur à la boutique en face. Au revoir et à la "huitaine"…

Chapeautée, gantée, chaussée, corsetée, Violetta se trouva catapultée en quelques instants dans un monde bien différent de celui de la maisonnette des Blandins. Elle ressentit une sorte d'orgueil quelque part.

– Dis, mon Bastien… Toi, tu me trouves jolie ?

– Pas jolie ! Très, très jolie. Plus que ça même !

– Alors, pourquoi que tu me le dis jamais ? Mais ma mère… Je risque de me faire disputer…

– Non, n'aie crainte ! Je m'en occupe.

Elle lui sauta au cou, et l'embrassa vivement.

– Merci mon Bastien. T'es tellement gentil ! Je t'aime très fort. Et pour le mariage, je vais pouvoir danser alors. Mais je sais pas faire… Tu me montreras. Y aura plein de monde, oh la la ! On va prendre le train, hein ? Ça fait peur, non ? Parce que ça doit aller drôlement vite ! T'as déjà monté dans un train, toi ?

Le Bastien ne répondait pas. Il regardait cette gamine, pétillante de vie et de joie, un sourire suspendu aux lèvres.

Avant de regagner les Blandins, elle lui demanda s'ils ne pourraient pas faire un tour jusqu'à ce fameux quai de la galère :

– J'aimerais bien voir cet endroit, dit-elle, et aussi la maison qui était l'hôtel de la galère autrefois. Ah, ça m'intrigue ! Tous ces rois qui sont passés là ! Et les pauvres galériens, oh la la !

– C'est très bien, je vois que tu as retenu les leçons de Jean. Allons-y.

Martin, le cousin de Sébastien Grange, maréchal-ferrant de son état, se mariait avec Élise, une jeune fille de bonne famille. Sans être riche, elle apportait tout de même une solide dot et un trousseau confectionné par ses soins avec amour.

La cérémonie se déroulait, comme la coutume l'exigeait, dans le village de la demoiselle.

Fiancés depuis quelques mois, ils avaient "porté du sucre" à leurs familles respectives. On appelait ainsi les dragées, à l'époque. C'était une façon de lier connaissance avec les uns et les autres, mais également une échappatoire pour les amoureux ! Les mères surveillaient étroitement la conduite de leur fille. Pas question de céder aux avances de l'élu, si pressantes soient-elles.

Alors, le jour du mariage, c'était la fête. Tous les gens du hameau et du village participaient, venaient s'amuser, rire et danser. Mars ou avril… La date était choisie en fonction des travaux des champs, *fallaut pas qu'ou déringe què qu'ou sè !* (Fallait pas que ça dérange quoi que ce soit) ! Jamais en mai, mois dédié à la Vierge Marie ; jamais non plus en temps de carême ; et aussi, en espérant que la jeune mariée soit enceinte rapidement, elle accoucherait ainsi avant les gros travaux d'été, et aurait le temps de se rétablir.

Violetta et son chevalier servant voyagèrent en train. Délaissant la deuxième et troisième classe pour les moins argentés, ils s'installèrent en première. Violetta bouillonnait d'impatience, avec tout de même une certaine appréhension. On parlait de déraillements fréquents, de catastrophes… Enfin à 5H15 du soir, puisque la coutume voulait qu'on parlât ainsi, la lourde machine s'ébranla. À 6H51 précises, ils arrivèrent à Saint-Galmier, où une voiture les attendait.

Le lendemain matin, les chevaux attelés attendaient patiemment que tout ce beau monde endimanché soit fin prêt.

Les frères de la future épouse chargèrent quatre grosses malles contenant “ses effets” dans une voiture décorée de fleurs des champs. Élise, vêtue d’une robe noire, un long châle aux couleurs vives jeté sur ses épaules, monta, accompagnée par ses parents. Les garçons aidèrent les filles à s’installer et le cortège s’ébranla, aux sons joyeux des rires et des sifflets.

Voici que quelques jeunes gens déambulèrent, violon sur l’épaule. Ils se placèrent aux avant-postes et se mirent à jouer. Oh ! Ce n’était certes pas de la grande musique, mais qu’importait ! Leurs voix criardes couvraient les fausses notes tant bien que mal ! Ils chantaient à tue-tête :

«Bridez mon cheval, mettez-y la selle,
C’est pour aller voir ma mie, ma maîtresse,
Le bon vin m’endort et l’amour me réveille !»

Sébastien, Violetta et les convives applaudirent chaleureusement ce joli cortège qui arrivait près de la table d’honneur décorée de rubans, dressée sous les marronniers de la place du village.

Martin, chapeauté, droit dans ses guêtres, s’approcha de sa fiancée, la saisit par la taille et la fit descendre de voiture. Machinalement, elle réajusta sa coiffe qui dissimulait totalement ses cheveux. Il déposa sur sa joue un tendre baiser, sous les acclamations de la foule qui criait plus qu’elle ne chantait :

«Nous sommes venus ce soir,
Du fond de nos villages ;
C’est pour vous témoigner
La joie du mariage
Vous voilà tous les deux,
Soyez les bienheureux !»

Des serveuses présentèrent des massepains et un verre de grande chartreuse à tout le monde. Les verres s’entrechoquaient dans des “tchin tchin” interminables.

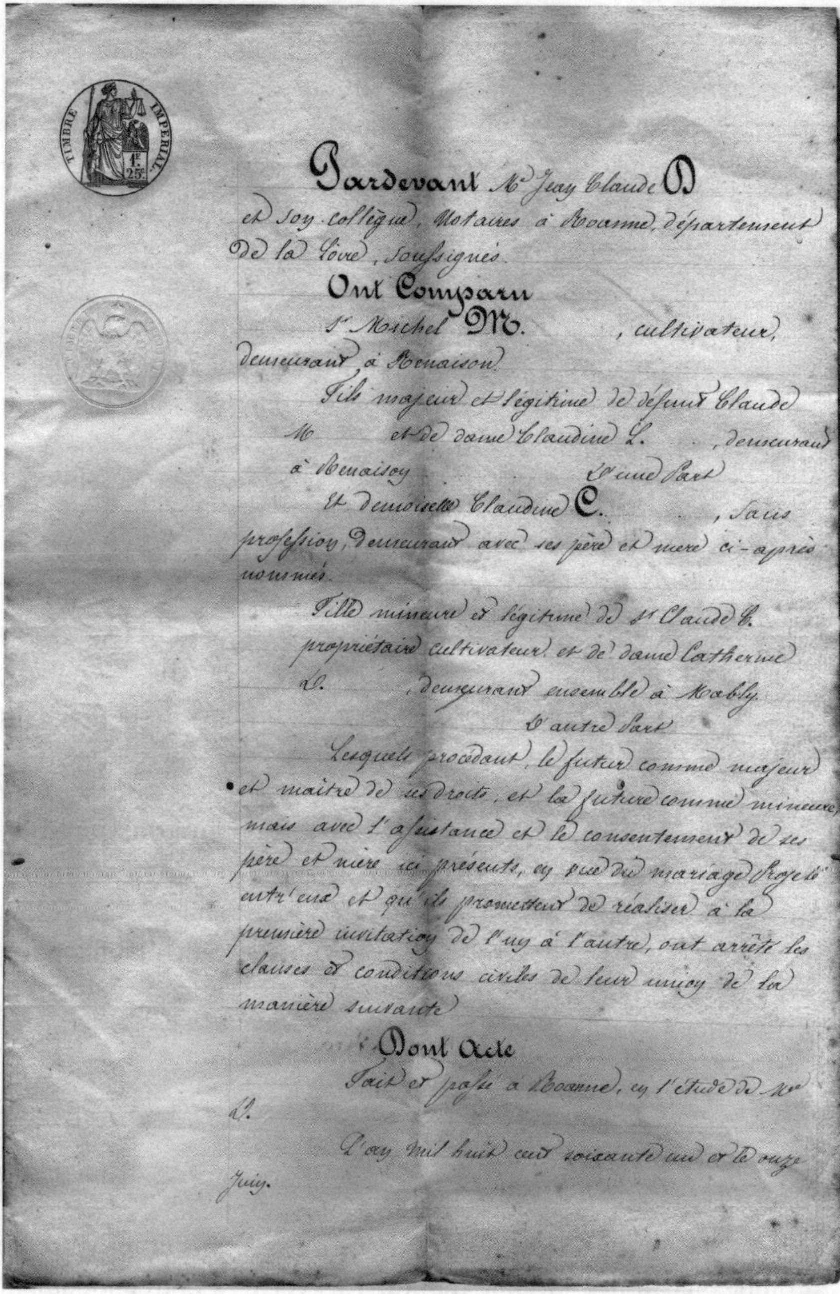

TIMBRE IMPERIAL 1F. 25c.

Pardevant Me Jean Claude D

et son collègue, Notaires à Roanne, département de la Loire, soussignés.

Ont Comparu

Sr Michel M., cultivateur, demeurant à Renaison

Fils majeur et légitime de défunt Claude M et de dame Claudine L., demeurant à Renaison d'une part

Et demoiselle Claudine C., sans profession, demeurant avec ses père et mère ci-après nommés.

Fille mineure et légitime de Sr Claude C. propriétaire cultivateur et de dame Catherine D., demeurant ensemble à Mably

d'autre part

Lesquels procédant, le futur comme majeur et maître de ses droits, et la future comme mineure, mais avec l'assistance et le consentement de ses père et mère ici présents, en vue du mariage projeté entr'eux et qu'ils promettent de réaliser à la première invitation de l'un à l'autre, ont arrêté les clauses et conditions civiles de leur union de la manière suivante

Dont Acte

Fait et passé à Roanne, en l'étude de Me D.

L'an mil huit cent soixante un et le onze Juin.

Extrait d'un acte notarié avec, notifiée, la composition du trousseau de la mariée.
«Les noms de famille ont volontairement été effacés.»

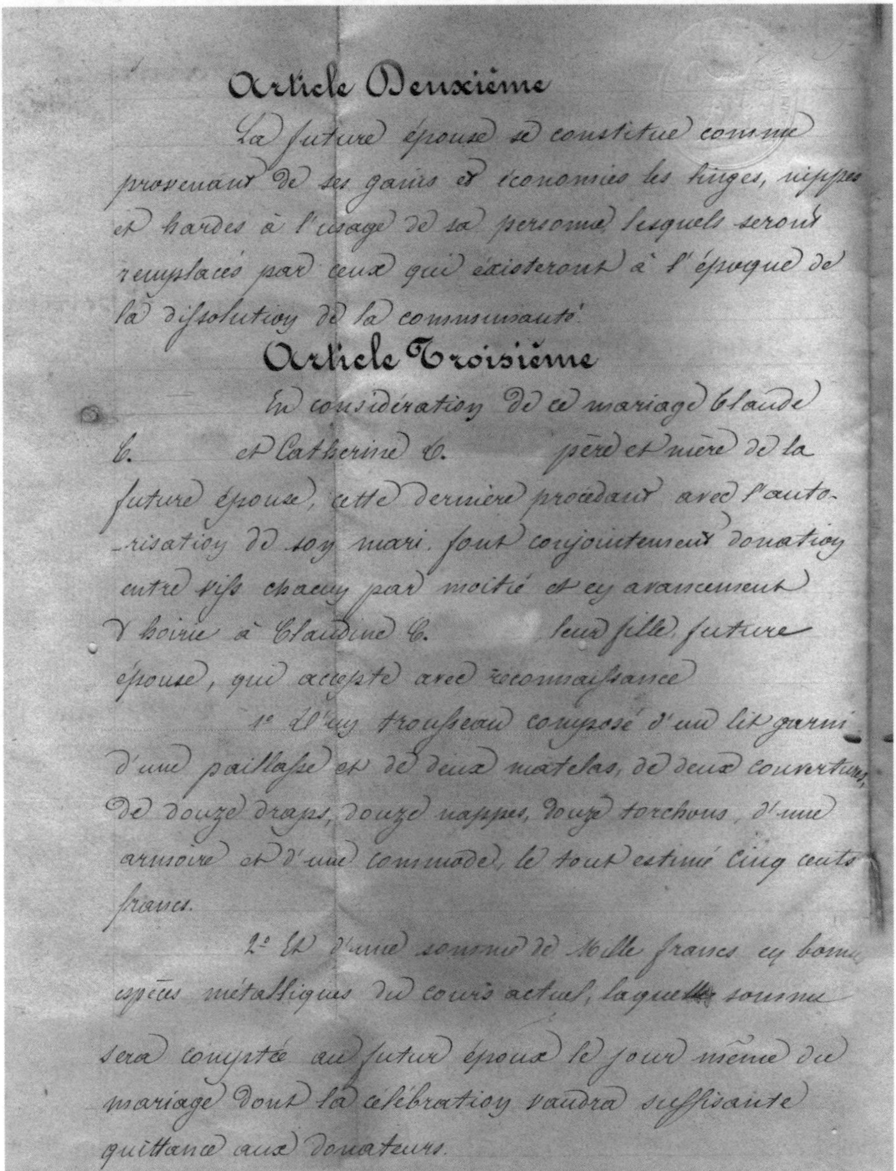

Article Deuxième

La future épouse se constitue comme provenant de ses gains et économies les linges, nippes et hardes à l'usage de sa personne lesquels seront remplacés par ceux qui éxisteront à l'époque de la dissolution de la communauté.

Article Troisième

En considération de ce mariage Claude C. et Catherine C. père et mère de la future épouse, cette dernière procédant avec l'autorisation de son mari, font conjointement donation entre vifs chacun par moitié et en avancement d'hoirie à Claudine C. leur fille, future épouse, qui accepte avec reconnaissance

1° D'un trousseau composé d'un lit garni d'une paillasse et de deux matelas, de deux couvertures, de douze draps, douze nappes, douze torchons, d'une armoire et d'une commode, le tout estimé Cinq cents francs.

2° Et d'une somme de Mille francs en bonnes espèces métalliques du cours actuel, laquelle somme sera comptée au futur époux le jour même du mariage dont la célébration vaudra suffisante quittance aux donateurs.

– À la jeune mariée ! À son époux ! Longue vie ! Santé bonheur ! Aux futurs enfants…

Les violons discordants des ménétriers accompagnaient les réjouissances, pendant que quelques vieux gars en sabots, dansaient un genre de carmagnole en tapant du pied.

Du vin blanc, des biscuits, toutes sortes de bonbons passèrent de main en main. Un homme, fort bien vêtu, servit les dragées sur un plateau d'argent. Arrivé près de Violetta, il s'arrêta, la fixa longuement et déclinant un signe de la tête, lui dit :

– Mademoiselle, permettez-moi de vous dire que vous êtes resplendissante. J'ose espérer que vous voudrez bien m'accorder quelques danses, ce soir, si toutefois monsieur votre père le permet, ça va de soi. À tout à l'heure.

Après s'être restaurés, tous emboîtèrent le pas aux fiancés qui se rendaient à la mairie pour "se faire enregistrer", musique toujours en tête. Simple formalité pour ces gens de la campagne, qui, curieusement, ne voyaient dans cet acte civil aucune valeur fondamentale.

Dans ce coin du Forez, la tradition voulait qu'à la sortie de la mairie, l'époux se rende à l'église et attende qu'arrive sa promise aux bras de son papa, "pour épouser".

Le prêtre s'approcha d'eux et la cérémonie commença. Sébastien choisit de rester avec quelques hommes sur le parvis, tandis que Violetta, subjuguée, ne perdit pas une miette de la célébration. La sainte messe terminée, les nouveaux époux et leurs témoins signèrent les registres.

Élise et Martin offrirent du tabac au curé et à son bedeau qui carillonnait tout son soûl, agrippé à la grosse corde de la cloche. Bras dessus, bras dessous, ils sortirent de l'église sous les vivats des invités… Direction, l'hôtel où un copieux repas les attendait.

Les mariés au centre, les parents, les amis prirent place et les festivités purent commencer.

On dansait, on mangeait, on dansait encore, on chantait, on s'amusait, on faisait la farandole, on riait.

Quelques gars éméchés firent le tour du bourg, s'arrêtant ici ou là pour gambiller quelques rigodons folkloriques. Ils buvaient plus que de raison dans les cafés, entamaient une bourrée qu'ils terminaient le cul par terre. Enfin ! Ils s'amusaient quoi ! Les divertissements manquaient terriblement, alors pour une fois, eh bien, ils en profitaient…

Violetta, follement heureuse, eut tôt fait d'apprendre les premiers pas et se laissait guider par ses cavaliers. Elle tournait, elle tournait au son du violon, écoutant à peine les compliments susurrés à son oreille :

– Vous êtes si belle, mademoiselle… Vous avez des yeux magnifiques.

Les jeunes mariés, discrètement, s'éclipsèrent et rejoignirent leur nid d'amour. Les invités entendaient bien se repaître encore de friandises, de gâteaux, de vin et de danse.

Sébastien, souriant, serrait Violetta dans ses bras, l'entraînant dans une valse à perdre haleine. Il sentait son corps souple et frêle tout contre le sien, son souffle court au creux de son cou. Son chignon se défit et ses cheveux tombèrent en cascade sur ses reins. Il effleura sa joue du bout de ses lèvres et y déposa un tendre baiser. La petite plongea son regard dans le sien et se blottit contre lui. Ils n'écoutaient plus la musique, ni les rires et les chants. Ils étaient seuls au monde, unis dans une étreinte sensuelle, passionnée. Doucement, Sébastien emmena Violetta sur le pas de la porte, posa sa redingote sur ses épaules, la prit par la main et l'entraîna dans le parc.

Il faisait bon cette nuit-là. Des milliers d'étoiles constellaient le firmament, la lune en croissant semblait complice de ce moment délectable. Comme un effluve rempli de mystère, une émanation subtile planait, cherchant à couvrir d'un souffle de douceur cet instant magique.

– Je vais te poser une question, mais tu n'es pas obligée de me répondre aujourd'hui. Réfléchis bien avant. Après quelques secondes d'un silence pesant, il ajouta : Violetta, veux-tu être ma femme ? Veux-tu être la mère de mes enfants ?

Le cœur palpitant d'émotion, elle se jeta dans ses bras et, hissée sur la pointe des pieds, approcha ses lèvres de son oreille.

– Oh oui ! Mon Bastien ! Ce serait le plus beau jour de ma vie ! Je veux bien me marier avec toi.

– Réfléchis avant de t'engager, voyons ! J'ai presque 25 ans de plus que toi. Nous en reparlerons demain.

– Si tu veux, mais moi je sais que j'aurai pas changé d'avis.

– Allez, retourne t'amuser, va ! dit-il en lui caressant la joue. C'est de ton âge.

– Mais je veux danser avec toi, et rien qu'avec toi, répondit-elle en se pressant contre lui.

– Ah ! Ma poupée ! Depuis que tu es au monde, tu me fais tourner en bourrique !

Elle éclata de rire et ajouta :

– Tu te souviens, quand j'étais haute comme trois pommes, je te disais : tou-ner en bou-ique Bastien ?

– Bien sûr, je m'en souviens. Tu sais je n'ai rien oublié. Je t'ai aimée et protégée comme ma propre fille, c'est tout juste si je t'ai vue grandir. J'ai tremblé pour toi quand ton père est mort. J'ai eu peur que tu prennes la tuberculose, à ton tour. Ce n'est pourtant pas dans ma nature… Mais pour toi, tout était différent. Maintenant, te voilà une jolie demoiselle. Mes sentiments se sont transformés, c'est tout… Allez viens, allons danser.

Pour la première fois de sa vie, Violetta découvrait ce sentiment étrange qui faisait battre son cœur et émoussait ses sens. Elle aurait voulu que cette nuit durât longtemps, longtemps… Danser encore, serrée dans les bras puissants de cet homme qu'elle aimait avec la fougue de sa jeunesse. Tout à coup, elle se détacha de son étreinte, et l'air chagriné, le fixa.

– Bastien… Ma mère… Qu'est-ce qu'elle va dire ?

– Rien. Elle ne dira rien, répondit-il en l'attirant tendrement contre lui. Puis il murmura à son oreille : je m'en occupe.

Le jour se levait et tous les jeunes insouciants à l'humeur folâtre décidèrent de porter "la gravirote" aux nouveaux mariés. Une belle partie de rigolade ! Un pot de chambre rempli de vin blanc, une belle crotte en chocolat qui flottait là, au milieu, et des bouts de papier… Tout un cérémonial ! Il fallait surprendre les époux dans leur lit et les obliger à boire cette mixture peu ragoûtante, à l'œil en tout cas, car, ben mon Dieu, finalement, c'était pas si mauvais ! Et chacun en avalait une gorgée en riant bien ! Parfois, un gars offrait une bouteille de liqueur de sa fabrication qu'il appelait "liqueur de parfait amour", à base de gnôle et de tout un tas de plantes. Histoire, paraît-il, de requinquer le mari… Et on buvait avec les mariés, on s'amusait, on racontait des blagues triviales, forcément ! L'époux vantait ses exploits de mâle en rut, la jeune femme gênée, les draps remontés sous le menton, rougissait.

Lorsqu'ils estimaient avoir suffisamment abusé de la situation, en chantant, en tapant dans leurs mains ou sur n'importe quelle vieille casserole, dans un barouf pas possible, ils rejoignaient la table des noces.

Les anciens ainsi que les femmes qui ne se mêlaient jamais à ce genre d'exhibition impudique faisaient la farandole et chantaient d'une voix chevrotante des airs venus du fond des âges :

«Garçons de mon village - Vous qui êtes à marier,
N'en prenez pas de fille si jolie
Serait trop belle pour vous - Vive l'amour…»

Le lendemain, Violetta et Sébastien reprirent le train. La fête terminée, ils rentraient aux Blandins.

Les yeux pétillants de la petite illuminaient son visage transformé par l'amour. Tout à coup, elle se sentait femme. Un vrai conte de fée. Elle, la gosse ritale, la fille des commis… Comment était-ce possible ? Le patron, riche propriétaire amoureux d'elle ? Toutes ces pensées se bousculaient dans sa tête, mais son cœur, lui, ne s'y trompait pas.

Sébastien, discrètement, posa sa main sur la sienne.

On ne s'affichait guère à cette époque !

Ils échangèrent quelques conversations anodines. Sébastien lui montrait la campagne forézienne, différente de celle de Roanne. Il lui expliquait la façon de vivre dans cette plaine fertile. Mais l'entendait-elle, ivre de bonheur et d'espérance ? Bientôt, elle porterait une alliance, on la saluerait respectueusement, elle serait madame Sébastien Grange. Une appréhension cependant ternissait cette joie. Le devina-t-il, lorsque, calmement, il susurra au creux de son oreille :

– Ne te tracasse pas pour ta mère ! Je t'ai dit que j'en faisais mon affaire.

Discrètement, il déposa sur sa joue un tendre baiser. Les autres voyageurs parurent surpris. Bien sûr, les tempes grisonnantes de cet homme au ventre quelque peu rebondi, contrastaient avec la jeunesse éclatante de cette gamine. Sébastien s'en rendait bien compte, mais peu lui importait. Il savait qu'aux Blandins, à Saint-Jean et ailleurs, une fois encore les qu'en dira-t-on iraient bon train. Quelle importance…

Le train s'engageait sur le pont enjambant la Loire entre Le Coteau et Roanne. Violetta s'arrêta de rêvasser et admira les bateaux qui voguaient.

– Comme il est bizarre, celui-là, dit-elle en montrant l'un d'eux ! Y a plein de linge qui sèche dessus. Et t'as vu, ça fume…

– Oui, répondit Sébastien, c'est ce qu'on appelle, "un bateau-lavoir" ; un bateau sédentaire. Regarde sur le quai, toutes ces femmes qui s'affairent avec leur brouette pleine de linge. Elles viennent le laver là, dans la Loire, le mettent à bouillir dans de grosses lessiveuses sur le pont, le rincent avec leur "battou"(battoir). D'ailleurs leur langue marche de pair avec le battou, va ! Faut ben s'distraire !

– T'en sais des choses mon Bastien, répliqua-t-elle, admirative.

Mais déjà, le train arrivait au passage à niveau de l'église Saint-Louis. De chaque côté des barrières, des attelages piaffaient d'impatience. Les badauds, mains sur les hanches, regardaient passer cette grosse machine qui crachait noir, avec toujours autant de curiosité. Des volutes puantes s'évaporaient dans le ciel, le "tchou tchou" de la locomotive s'estompait peu à peu, et le coup de sifflet strident annonçait l'entrée en gare de Roanne.

Sébastien tira sa montre gousset en argent maintenue dans la poche de son complet par une chaînette, et d'un air satisfait déclara :

– Exactement comme pour l'aller. Une heure et trente six minutes. Quand on pense au temps qu'il fallait à cheval, et ce n'est pas si vieux !

Rita, les yeux rivés sur le grand tableau suspendu au mur par une ficelle, représentant l'image de la Vierge des douleurs, le cœur transpercé d'un glaive, écoutait le patron.

Elle n'en croyait pas ses oreilles, et pourtant, quelque part, ne fut pas surprise outre mesure.

Violetta, debout près de la cheminée, ne pipait mot. Son cœur cognait. Oh ! pas qu'elle redoutât la décision de sa mère, non. Elle savait que, de toutes façons, le patron aurait gain de cause. Alors, pourquoi tremblait-elle de tout son être ? Et si c'était ça, l'amour ? Entendit-elle les pourparlers, bercée par ses rêveries d'opaline ? Tout à coup, elle se ressaisit. Il était question de Dieu, de messe, d'enfants, de baptême.

– Mais, maman, hasarda-t-elle, pourquoi te fais-tu du souci ? Moi je suis sûre que mon Bastien ne m'empêchera jamais d'aller à l'église. Hein qu' c'est vrai ?

– Tais-toi, intima aussitôt sa mère. Tu n'as pas droit à la parole. Si ton père vivait, c'est lui qui déciderait. C'est moi qui commande, et tu n'as pas à faire de commentaires.

– Je pense au contraire, répondit Sébastien avec son calme habituel déstabilisant, qu'elle a son mot à dire. C'est Violetta la première concernée, me semble-t-il, non ? Mais soyez sans crainte, je ne suis pas intolérant, loin s'en faut. Il est vrai que tous vos curaillons ne me plaisent guère, avec leur hiérarchie gouvernementale… Ce sont eux les sectaires, persuadés de détenir toutes les vérités, mais je respecterai son choix. Je vous en donne ma parole d'honneur. Tout ce que je souhaite, c'est la rendre heureuse.

– Vos enfants seront baptisés ? Iront au catéchisme ? À la sainte messe ? questionna Rita.

– Oh, je vois que ça vous tracasse vraiment ! Franchement, Violetta éduquera nos futurs enfants comme elle voudra. Pour ma part, j'ai bien d'autres choses à gérer ; ma ferme, mes bêtes et mes terres ! Parce que, voyez-vous, ça c'est du concret et je leur laisserai un bel héritage. Votre fille ne manquera jamais de rien, et, ajouta-t-il, vous non plus. Je vous garantis la sécurité jusqu'à la fin de vos jours. Puis, quasi ironique, il ne put s'empêcher de renchérir : croyez-vous que ce soit vos curés qui vous donnent votre… Comment dites-vous ? Pain quotidien ?… Et il sortit.

Le soir, Violetta questionna sa mère, timidement :

– Dis maman, explique-moi… Comment on fait les bébés ?

– Oh taratata ! T'as ben le temps d'y voir, répondit Rita, l'air un peu gêné.

– Mais maman, je vais bientôt me marier, j'aimerais que tu m'expliques. C'est comme pour les vaches ?

– Ton mari t'apprendra, trancha-t-elle, pour couper court à une conversation par trop embarrassante.

Ainsi, le mariage fut décidé rapidement. Dix-sept ans après son veuvage, Sébastien Grange convolait en justes noces avec la jolie Maria Violetta Portini.

La malheureuse Marcelle Bonbois lui avait légué une propriété et de l'eau à profusion, Violetta lui offrait sa jeunesse et sa beauté.

La publication des bans suscita, comme il s'en doutait, un véritable tollé d'indignation. Les jeunes gens de Saint-Jean qui avaient des vues sur la belle Italienne, fulminaient. À cette époque, il était très mal accepté qu'un veuf épousât une fille du village, ce qui, évidemment, évinçait les prétendants désireux de fonder une famille. Afin de manifester leur désapprobation, le soir du mariage, ils se regroupaient en bande, et après avoir "breuvaillé" toute la journée pour noyer leur amertume, faisaient le "charivari".

Cela consistait à gâcher la nuit de noce à ce malhonnête qui leur avait ravi une vierge. Tout était permis. Certains charivaris se limitaient à un vacarme infernal plutôt bon-enfant, alors que d'autres se terminaient parfois en vandalisme voire au pire des cas, dans le sang.

Le Bastien se doutait bien qu'il n'échapperait pas à la tradition, mais à malin, malin et demi ! Il décida d'offrir aux gars de Saint-Jean, un véritable festin, pour dira-t-il... fêter l'heureux événement.

Il sacrifia un veau, un tonneau de vin, des fromages, des gâteaux en veux-tu, en voilà et une bonbonne de gnôle pour corser le tout.

– Ripaillez autant que vous voulez, mais foutez-moi la paix, leur avait-il intimé sans ménagement.

Évidemment, en ces temps où l'on ne mangeait pas toujours à sa faim, de la viande parfois pour les grandes occasions, ça valait bien un charivari qui, de toute manière, ne changerait pas le cours des événements. Et puis, le Bastien des sources... On pouvait toujours en avoir besoin ! C'est qu'il était sacrément doué pour trouver l'eau cet homme-là !

Fidèle à ses promesses, Sébastien se comporta dignement pendant l'office religieux. Violetta subjuguée de bonheur n'avait d'yeux que pour cet homme qu'elle admirait. Elle était radieuse, magnifique de jeunesse, de beauté, d'élégance dans sa longue robe blanche, une couronne de fleurs d'oranger, symbole de pureté, dans ses cheveux noirs maintenus en chignon par un peigne en écaille. Elle tenait son époux par le bras en lui souriant. Dans sa main gauche, un joli bouquet de lys dégringolait en cascade parfumée. Ses yeux semblaient encore plus beaux, illuminés par l'amour infini qu'elle portait à son Bastien, son mari devant Dieu et devant les hommes.

Sébastien Grange, ganté, tenait son chapeau dans sa dextre. Il arborait un complet trois pièces de la plus belle étoffe, une chemise blanche et un nœud papillon noir. Cheveux et moustaches lissés, il se redressait fièrement et affichait un air imposant. Il se dégageait de cette personnalité un sentiment de réussite sociale indéniable. Il n'y avait pas à dire ! Lorsqu'il troquait son éternel chapeau en feutre et sa vieille veste usée contre un beau costume, il présentait rudement bien, le Bastien !

– Quel beau couple ! s'exclama le photographe. Mes félicitations monsieur, dit-il en lui serrant la main chaleureusement. Je vous présente tous mes vœux de bonheur et une nombreuse famille. Puis, avec un semblant de baisemain… Madame ! Si vous voulez bien prendre place…

Les proches, rangés sur le côté, assistaient à cet événement mémorable, immortalisé par une photo en noir et blanc. Une femme arrangea la robe de Violetta, une autre, ses cheveux. Derrière la porte, une gamine lorgnait, le nez écrasé contre la vitre.

Ce jour-là resta pour Violetta le plus beau souvenir de sa vie qui symbolisait avec ravissement l'union indissoluble où elle pourrait s'épanouir auprès de l'être choisi et aimé.

Le jour du mariage, la maison des Blandins se métamorphosa en château de la Belle au bois dormant. Sébastien avait tenu à ce que tout respirât le bonheur, la beauté et le faste.

Le soleil jouait à cache-cache avec les branches du gros tilleul au tronc torturé et projetait l'ombre du feuillage sur la longue table magnifiquement enrubannée et fleurie regorgeant de victuailles.

Rita semblait très heureuse également et bien qu'elle n'abandonnât pas ses éternels effets de deuil, son visage reflétait une sorte de félicité. Sans doute remerciait-elle le ciel, sa bienheureuse patronne et son défunt mari pour leur intervention divine.

Pour pallier le manque de famille, Sébastien avait tenu à inviter les notables du pays accompagnés de leur épouse et entre-autres, les membres de la chambre consultative d'agriculture de la Loire, dont il était à présent le vice-président. Toutes ces personnalités, fort élégamment vêtues, chapeau haut-de-forme, redingote et nœud papillon, ne tarissaient pas d'éloges envers la jeune mariée.

Sébastien, très digne, souriait, remerciait. Félicitations par-ci, congratulations par-là, bref ! Un tas de prévenances, de bonnes manières qui le confortaient dans un rôle qui lui seyait à ravir.

Violetta, toute à son bonheur, se moquait bien des courbettes et des baisemains.

Un repas pantagruélique arrosé des meilleurs vins vieux débuta par le traditionnel potage, suivi d'une terrine de lapin. Venaient ensuite la poule mayonnaise et le civet de lièvre. Un plat de légumes… L'oie aux marrons, puis les délicieux sandres de la Loire. Le poulet servi avec salade précédait les desserts agrémentés par des liqueurs de toutes sortes et des cigares. Rien ne manquait pour que cette journée restât un souvenir exceptionnel.

Le personnel, cuisinières et serveuses embauchées pour l'occasion, s'affairait sous l'œil avisé de Lucie, la bonne.

Sébastien et son adorable épouse ouvrirent le bal sous les applaudissements des invités. Trois violons firent tourner les têtes et les longues robes, au rythme harmonieux des tempos. Tout le monde dansait et chantait. La prude Rita respectant scrupuleusement sa condition de veuve, déclina poliment toute invitation.

Deux hommes éloignés de la table des noces, bavardaient :

– Beau mariage ! N'est-ce pas mon ami ?

– Très beau, en effet. Quel repas ! Un véritable festin !

– La jeune madame Grange est réellement séduisante.

Heureux homme que notre hôte !

– À ce propos, ne trouvez-vous pas cette différence d'âge… Disons, choquante ?

– Mon Dieu, voyez-vous, je me réjouis que monsieur Grange ait épousé une femme très jeune, elle lui fera de beaux enfants. N'est-ce pas ce qui compte avant tout ?

– Bien vrai, bien vrai. Des héritiers, c'est ce qui compte… Mâles de préférence. Enfin, on ne choisit pas.

Sébastien s'éclipsa, emmenant discrètement son épouse, non sans avoir prévenu d'un ton ferme :

– Pas de gravirote ou autres débordements que je n'apprécie pas du tout. Laissons ces plaisanteries de bas-étage pour ceux que ça amuse. Moi, je n'aime pas.

Lorsqu'elle devint femme, abandonnée dans les bras de son aimé, ce fut pour elle un tel moment de tendresse et de passion que des larmes de bonheur roulèrent sur ses joues.

Oui, elle l'aimait à la folie, d'un amour infini. Elle l'aimait plus qu'elle-même, plus que tout au monde. Elle l'aimait aveuglément sans rien attendre en retour. Elle l'aimait au point de n'avoir que lui pour unique raison d'exister. D'ailleurs, ne l'avait-il pas toujours été, depuis sa tendre enfance ? Elle savourait chaque minute et lui offrait sa vie comme une corolle irisée, ourlée de fidélité qu'elle effeuillerait désormais chaque jour dans le seul espoir de combler cet époux chéri.

Eh bien, ma petite madame Grange, je suis heureux de vous annoncer une bonne nouvelle, déclara le docteur Michel Pérelle.

Il se tourna vers Sébastien, rabaissa ses manches retroussées et ajouta :

– Votre jeune épouse est enceinte. C'est tout récent bien sûr, mais voilà ! Étant donné sa jeunesse et son petit gabarit, il faudra veiller à ce qu'elle ne commette pas d'imprudence, n'est-ce pas ? Une bonne alimentation, et tout devrait bien se passer.

Ainsi donc, après trois mois de mariage, Violetta s'apprêtait à donner un héritier à son mari ! Fou de joie, il l'embrassa tendrement.

– J'espère que ce sera un garçon, hein mon Bastien ! Tu voudrais un fils ?

Il lui sourit mais resta silencieux. Trop heureux sans doute, à moins qu'au fond de lui-même, ressurgissent de mauvais souvenirs.

Violetta courut annoncer cet événement à sa mère. Rita, émue, traça le signe de la croix sur le ventre de sa fille.

Les semaines passaient, tout allait bien. Elles aimaient se retrouver toutes les deux, assises sur le banc de pierre, sous la treille de la petite maison, pour des moments de complicité intime. Violetta, dont le ventre s'arrondissait, confectionnait la layette. Un chaton jouait avec un bout de laine que Rita pelotonnait pendant que le crochet glissait entre les doigts habiles de sa fille. Sébastien fit descendre le beau berceau rangé au grenier, et les deux femmes le garnirent de tulle blanc. Une ombre ternissait parfois ce bonheur qui irradiait le cœur de la future maman. Elle pensait à son père. Comme elle aurait aimé partager ces instants privilégiés avec lui !

– Patron, patron ! Venez donc un peu par là, dit Rita. Histoire de papoter quoi !

– Oh ! Mais enfin, répondit le Bastien, allez-vous cesser de m'appeler -patron- je suis votre gendre, voyons.

– Ben, c'est que j'ai pas eu le temps de m'y faire. Ça viendra ! Dites, pat… Heu… Bastien ! Vous avez choisi son prénom ?

– Oh maman ! Tu vas être contente, trancha Violetta. Mon Bastien m'a laissé le choix… et tu sais, si c'est un garçon, j'ai décidé de l'appeler Adrien… Jean et Marie.

– Ce sera un fils, affirma Rita.

– Ah bon ! Et comment le savez-vous ? Vous lisez dans le marc de café ou dans les étoiles ? questionna Sébastien, surpris.

– Non, ni l'un ni l'autre, mais regardez comme elle le porte devant. Ça, c'est un gars, sûr. Les filles, c'est rond tout le tour.

– Nous verrons bien. Le principal est que tout aille bien, le reste…

La hantise de l'accouchement poussa Sébastien à quérir le docteur Pérelle dès les premières contractions.

– Mais voyons, monsieur Grange, ce n'est pas pour tout de suite. Pas avant demain, conclut-il après l' examen. Vous ne voulez vraiment pas de sage-femme ?

– Non.

– Alors, dans ce cas, votre belle-mère restera à son chevet, et venez me chercher le moment venu. Allez soyez tranquille, tout ira bien.

La nuit fut longue et pénible. Violetta souffrait beaucoup.

Lucie attisait le feu, veillait à ce que l'eau restât chaude. Elle avait préparé des linges propres et des bougies, rempli les lampes d'huile. Sébastien soucieux n'en finissait pas d'arpenter la cuisine de long en large. Rita réconfortait sa fille, lui tenait la main, épongeait son front.

– C'est le mal du petit Jésus, quand c'est fini, on n'y pense plus, lui disait-elle en souriant.

L'aurore pointait sur l'horizon barré de rouge et Sébastien avait lancé son cheval à vive allure. Il amenait Pérelle.

Enfin… Les cris d'un nouveau-né se firent entendre dans la chambre.

– Ça y est, s'exclama Rita en accourant dans la cuisine ! C'est un garçon ! Un beau p'tit gars ! Merci Santa Madonna ! Tout va bien patron ! Tout va bien !

Après la toilette et les premiers soins, Sébastien prit son bébé dans ses bras. Attendri, il ne savait que dire. Mais à ce moment, le docteur apparut dans l'entrebâillement de la porte et déclara :

– Ce n'est pas tout là. Il y en a un autre ! Des jumeaux, monsieur Grange, des jumeaux !

– Des… des jumeaux…

Et quelques minutes plus tard…

– Un autre garçon, beau comme tout, déclara le médecin avec un large sourire.

– Comment va ma femme ? s'enquit Sébastien visiblement mort d'inquiétude.

– Elle a été très courageuse. Oh bien sûr, il faut qu'elle se retape, mais vous savez, ce n'est pas une maladie. Ça ira vite.

Lucie préparait l'indispensable “lait de poule”. Elle mélangea dans un grand bol de lait bien chaud, du sucre, un jaune d'œuf et du rhum. Violetta grimaça et avala cette mixture réputée efficace pour revigorer les jeunes accouchées.

– C'est pas le tout, dit Rita émue aux larmes, il faut trouver un autre prénom ! Parce que, ça, personne n'y avait pensé… Adriano m'avait parlé, il me semble, de jumeaux du côté de ses grands-parents… Enfin, je sais plus…

Finalement, Violetta et son mari optèrent pour Joseph, qui était le deuxième prénom d'Ernest Grange, le père de Sébastien. Parce qu'Ernest, c'est pas joli, avait dit la jeune maman en faisant la moue. Joseph, François, Marie.

Sébastien refusa de descendre le berceau de Charles du grenier. Il se rendit donc chez le menuisier et en commanda un, très beau.

Adrien et Joseph profitaient bien et Violetta se remit rapidement. Tenant ses promesses, Sébastien assista au baptême. La maison des Blandins vibrait à présent aux sons des gazouillis et des pleurs des petits. Une médaille bénie de la Vierge qui étendait ses bras protecteurs, épinglée au-dessus de leur tête, veillait sur leur sommeil.

Sébastien rayonnait de bonheur et couvrait sa femme d'attention. Un jour, il revint de Roanne et lui tendit un petit paquet enveloppé d'un papier de soie. Elle l'ouvrit.

Enchâssé dans un velours grenat, une superbe bague brillait de mille feux. Une marquise dont la tête en forme de navette, posée sur un panier découpé en filigrane, portait en son centre une améthyste de toute beauté. Très colorée et translucide, sertie sur ses quatre griffes, son éclat était rehaussé par un entourage de deux rangées de diamants montés sur un corps en or jaune.

– De la couleur de tes yeux, ma femme, fit-il naturellement.

Alors que les jumeaux commençaient à peine à faire des risettes, Violetta fut de nouveau enceinte.

– Cette fois, dit Rita en tirant oracle des phases lunaires, vous aurez une fille, c'est sûr !

– Allez, répondit le Bastien tout heureux, et par quel miracle le savez-vous ?

– Oh, c'est simple ! La lune s'est renouvelée deux jours après la naissance des jumeaux. Ça trompe pas ! La prochaine fois, ce sera le sexe opposé.

– Si vous le dites…

Dès les premiers mois, Violetta se sentit fatiguée. Ses yeux enfoncés dans des cernes noirs creusaient son visage pâle. Vraisemblablement, les deux grossesses consécutives et rapprochées l'avaient minée. Elle était si jeune, à peine dix-huit ans, si menue aussi ! Ce qui devait arriver, arriva. Au terme des cinq mois, elle ressentit de violentes contractions. Le médecin lui ordonna de garder le lit, sans bouger. Elle avait perdu l'appétit et passait le clair de son temps à réfléchir. Heureusement, ses bébés lui redonnaient les forces qui l'abandonnaient peu à peu. Tout le monde s'affairait autour d'elle. Lucie préparait des repas nourrissants, Rita choyait les jumeaux, quant à Sébastien, il se faisait un devoir, et une joie, sans doute, de rester auprès d'elle le plus possible. Ne se remémorait-il pas des mauvais souvenirs ? Ne revivait-il pas, dans cette même chambre, le calvaire de Marcelle ? Un jour de grande angoisse, Violetta lui dit :

– Tu sais, mon Bastien, s'il m'arrive quelque chose, je partirai, contente de t'avoir donné deux beaux garçons.

– Non, ma poupée, non. Pas toi, jamais ! Avait-il répondu, des tremblements dans la voix.

– À sept mois et demi, elle mit au monde une petite fille de deux kilos. Pérelle avait prévenu qu'elle ne vivrait certainement pas.

Alors, on l'emmaillota et la coucha dans une boîte en carton débordante de laine de mouton imbibée de suif, près de la cheminée. C'était à peine, si l'on apercevait son bout de nez, à ce petit ange. Bien sûr, Rita l'avait ondoyée immédiatement en attendant l'arrivée du bon curé Hubert Picard. Pas question qu'elle meure sans avoir reçu la sainte onction ; celle qui transforme un païen en chrétien. Dans le silence de ses convictions, Rita la mit sous la protection de sa sainte Rita de Cascia et pria de toute sa foi.

Violetta, épuisée, but le lait de poule, mais aussitôt, le vomit. Le médecin, l'air anxieux, ne disait rien. Il répondait évasivement aux questions pressantes du Bastien et se contentait de signes de la tête et de mimiques que chacun essayait de traduire.

Rita s'approcha de Violetta et lui dit :

– Repose-toi ma fille, et ne te fais aucun souci. Sainte Rita veille sur ta petite. Sois sans aucune crainte.

À ces paroles, un faible sourire apparut sur les lèvres décolorées de la jeune maman, puis elle s'endormit. Ils restèrent tous auprès de sa couche, sans faire de bruit, guettant sa respiration, un clignement d'œil, un mouvement. Si elle passe la journée, avait déclaré le praticien, elle vivra. J'ai bon espoir malgré tout.

Et pendant ce temps, près de la cheminée, un bébé s'accrochait à la vie…

Virginie, une nourrice que Sébastien venait d'embaucher, lui prodiguait les meilleurs soins et surtout allaitait ce petit être si petit, si petit ! Pratique courante qui permettait à quelques ménages pauvres d'accroître quelque peu leurs maigres revenus. Logée, nourrie, blanchie, la nourrice épargnait ainsi un pécule non négligeable.

Lucie enfournait des bûches de bois sans discontinuer.

– Chauffez, chauffez, nom de Dieu, bourrez, bourrez l'feu, répétait inlassablement Sébastien fou d'inquiétude. Il marchait de long en large, de la chambre à la cuisine, revenait, repartait, regardait sa fille, retournait auprès de sa femme, caressait ses jumeaux, questionnait Rita…

Lorsque Violetta rouvrit ses beaux yeux, pour la première fois de sa vie, Sébastien pleura.

– Mon bébé ? murmura-t-elle péniblement.

– C’est une fille. Elle vit ! susurra-t-il à son oreille.

– Marie ! Je veux qu’elle s’appelle Marie.

Accouru dans la cuisine, il lança un magistral :

– Elle s’appelle Marie ! C’est joli Marie, hein ? Puis se penchant sur la boîte en carton, il chuchota : Bienvenue aux Blandins petite Marie !

Quelques jours passèrent. Le docteur Pérelle, homme consciencieux et compétent, passait régulièrement.

– Bien, je pense qu’il faut laisser faire la nature, dit-il. Avant de refermer la porte, il ajouta : Je ne pourrais trop vous recommander de faire attention, monsieur… Une autre grossesse rapprochée pourrait lui être fatale. Au revoir. Tenez-moi au courant.

– Je suis responsable de mes actes, répondit Sébastien. Il n’y aura jamais d’autres grossesses, ni maintenant, ni plus tard. Merci pour tout.

Violetta reprenait ses esprits tout doucement, mais les forces lui manquaient. J’ai l’impression d’être vide, disait-elle. Elle avala toutes sortes d’élixirs réputés infaillibles contre l’anémie. De l’eau de mélisse des Carmes, en passant par le vin de Bernard et celui d’Auguet préconisé pour les convalescents, le quinquina, l’huile de foie de morue ou le sirop de raifort iodé… Rien ne semblait efficace. Alors, Sébastien deux fois par semaine, se rendait à l’abattoir et rapportait du sang de cheval encore tiède. La malheureuse buvait cet horrible breuvage en rechignant.

– Quelle horreur ! grimaçait-elle. J’en ai marre d’avaler tout ce sang, bah ! C’est dégoûtant !

Mais ce vieux remède, si obsolète puisse-t-il paraître aujourd’hui, a sauvé plus d’une femme.

Marie, calfeutrée dans sa laine de mouton ensuifée, bien au chaud près de l’âtre bourré “hardi donc” jour et nuit, dormait tranquillement. Les garçons commençaient à se carapater à quatre pattes en gazouillant.

Petit à petit, la vie reprit son cours et Violetta, largement aidée et soutenue, retrouva de la vigueur. Quelle joie de tenir ses bébés sur ses genoux, après ces longs mois, de les serrer dans ses bras, de les couvrir de tendresse et de chanter :

– À dada sur mon bidet, quand il trotte, il fait des pets… Prout, prout, prout…

Plus d'une fois, entendant ce refrain enfantin, Rita essuya une larme au coin de ses yeux… Elle se souvenait… Son Adriano…

– À dada sur mon bidet, quand il trotte…

Par quel miracle Marie survit-elle, à la grande stupéfaction de tous ? Virginie, la nourrice consciencieuse, fidèle au poste, l'allaitait.

Afin de rester auprès du bébé jour et nuit, Sébastien lui fit installer un lit près de la cheminée. Virginie et son fils âgé de six mois demeuraient donc aux Blandins. Elle donnait son sein à l'un et à l'autre avec le même amour maternel. De temps en temps, son mari venait les visiter et prendre son petit dans ses bras. Une amitié naquit entre les deux mamans.

Adrien et Joseph trottinaient en se cramponnant aux pieds de table et à tout ce que leurs menottes pouvaient agripper. Et Marie profitait…

Rita n'en finissait pas de réciter chapelet après chapelet pour remercier le ciel de sa miséricordieuse protection. Un jour, elle dit à Violetta :

– Si le bon Dieu l'a laissée en vie, c'est qu'elle aura sûrement une mission à remplir. Chez nous, là-bas en Ombrie, on dit comme ça.

Sébastien redoublait de tendresse auprès de sa fille et la couvrait de baisers et de caresses. Il avait eu si peur de les perdre, sa mère et elle ! Mais maintenant, tout n'était plus qu'un mauvais souvenir et la famille baignait dans la joie et le bonheur retrouvé.

Lorsque Marie atteignit un peu plus d'un an, Virginie quitta les Blandins. Violetta s'est toujours souvenue de ce jour là. Les deux amies qu'elles étaient devenues s'embrassèrent en pleurant. Sébastien, témoin de la scène, l'invita à revenir autant de fois qu'elle le souhaiterait.

– Ce sera toujours une grande joie de vous recevoir avec votre mari et votre fils, lui déclara-t-il.

Sur le pas de la porte, il glissa dans la poche de son tablier un petit paquet. Surprise, Virginie le questionna :

– Qu'est-ce que c'est, monsieur Grange ?

D'un ton détaché, quasi insignifiant, il répondit :

– C'est pour vous, puis sans attendre, il se dirigea vers les écuries promptement.

Virginie ouvrit le paquet et resta bouche bée. Elle palpa une liasse de billets comme jamais auparavant elle n'avait eu la chance de pouvoir le faire. Se tournant vers Violetta, elle la lui montra, l'air complètement stupéfait.

– Prenez, lui dit celle-ci en souriant. Mon mari est tellement généreux ! Vous pensez, vous avez sauvé notre fille, et ça n'a pas de prix !

– Mais j'ai déjà été payée pour ça, insista Virginie qui tenait toujours la liasse dans sa main.

– Eh bien, considérez que vous méritez davantage. Et souvenez-vous mon amie, si un jour vous êtes dans le besoin, mon époux sera toujours là.

Une larme roula sur la joue de la gentille nourrice. Elle mit l'argent dans la poche de son *devanti* et, son fils dans ses bras, quitta la ferme. Elle emportait avec elle le souvenir d'une vie arrachée aux griffes de la mort, d'une maison où il faisait bon vivre, d'une famille unie et d'un homme d'une extraordinaire générosité.

Les années passaient. Violetta, toujours aidée de Lucie, tenait la maison. Elle ne s'investissait pas dans les travaux de la ferme.

– Ce n'est pas ta place, lui avait dit gentiment son mari. Une femme doit s'occuper de son ménage et de ses enfants. Le reste, je m'en charge.

Aussi, avec un réel plaisir, s'était-elle mise à la couture. Avec sa machine Brion, du nom de son inventeur, réputée pour son silence et ses coutures "indécousables", elle confectionnait de beaux habits pour ses petits. Jusqu'à l'âge de trois, quatre ans, les garçons portaient des robes. Avec habileté, elle maniait le crochet simple ou à onglette et l'aiguille. Réalisant de jolies broderies, elle agrémentait son intérieur de coussins, de napperons, dessus de cheminée ou de fauteuil. Ses doigts fins et habiles semblaient courir sur le tissu blanc de ses corsages qu'elle ajourait finement. Le soir venu, lorsque son époux rentrait, elle exhibait fièrement son travail. Sans être très expansif dans ses sentiments, Sébastien lui adressait un sourire. Elle connaissait cette mimique et n'en demandait pas davantage. Les enfants sautaient au cou de leur père. Marie occupait le plus clair de ses soirées.

– Elle ne "me moule" pas une minute, disait-il, fort satisfait d'ailleurs de l'amour infini que lui portait sa fille. Il le lui rendait ô combien !

Les jumeaux se montraient plus espiègles. Il comptait bien en faire de bons et solides paysans, donc, depuis leur plus jeune âge, pas question de sensiblerie excessive. A contrario, sa gamine n'était que douceur et tendresse.

Joseph et Adrien, peu réceptifs à l'éducation inculquée par leur mère, l'écoutaient d'une oreille évasive, tandis que leur sœur passait de longs moments à prier le "tit Yasus" !

– Les vraies valeurs, c'est avant tout l'amour de Dieu et le respect du prochain. Il ne faut jamais faire aux autres ce qu'on ne voudrait pas qu'on nous fasse. Vous entendez les garçons ?

Sébastien ne critiquait pas cette éducation chrétienne, mais se réjouissait néanmoins dans son for intérieur du peu d'intérêt que ses jumeaux portaient à l'enseignement par trop… calotin de leur mère.

Rita restait très présente dans leur initiation spirituelle. Il faut dire que les trois bambins aimaient se retrouver dans la petite maison et écoutaient attentivement les histoires contées par leur grand-mère.

À quatre heures, immanquablement, ils goûtaient chez elle. Elle leur cuisait de bons gâteaux dans le four du poêle et ouvrait un pot de confiture de sa fabrication. Après avoir ôté le papier trempé dans la gnôle qui recouvrait la gelée, elle en regardait l'état :

– Ah tiens ! Ça a un peu moisi sur le dessus, constatait-elle en raclant avec sa cuillère les boursouflures blanchâtres…

Rita tournait et retournait encore des barres de chocolat qui fondaient doucement dans le lait bouillant, en exhalant une odeur délicieuse. Comme c'était bon ! Parfois, elle préparait quelques pâtisseries italiennes, manière de leur rappeler que du sang ombrien coulait dans leurs veines. Moments délicieux d'une enfance heureuse bercée dans une famille aimante. Marie, en petite ménagère, mignonne et tellement gentille, aidait sa mémé à servir ses frères et ensuite montait sur une chaise pour faire la vaisselle. Elle frottait les bols un peu ébréchés dans une bassine en fer blanc, à l'aide d'une "patte" qu'elle tordait ensuite et mettait à sécher sur le rebord épais de la pierre d'évier en granit.

À la messe, les garçons se montraient turbulents. Ils s'agitaient sur leurs chaises et soupiraient, tandis que Marie, en vrai petit ange, ne perdait pas un pouce de l'office. Un dimanche, ils demandèrent à leur père :

– Dis, p'pa, nous on voudrait plus aller à la messe. C'est trop long ! Ouais, et pis, on comprend rien à c'qui dit ! Poulala…

Alors, Marie prit la parole :

– Ben, moi, j'touve qu'le tit Yasus, c'est top' tit…

Bientôt, les jumeaux prirent le chemin de l'école. Depuis 1883, Jules Ferry, franc-maçon, avait rendu l'enseignement primaire public, gratuit et obligatoire pour tous.

Ce pas de géant, destiné à compenser le handicap d'une masse populaire illettrée, par une jeunesse instruite et progressiste, donna accès à l'éducation dans les foyers les plus isolés. Une brèche dans les remparts du passé venait de s'ouvrir définitivement, et les "hussards noirs"[37] de la République entendaient bien l'élargir.

Ainsi, tous les enfants se retrouvaient sur les chemins et se livraient à des querelles sans fin. Adrien et Joseph, ennemis jurés de deux frères d'une famille voisine, s'affrontaient avec leur fronde dans des bagarres épouvantables. Bien rare que l'un ou l'autre ne revienne pas éclopé.

Un jour, leur père vint trouver Sébastien :

– Monsieur, vos fils ont blessé mon garçon. Son œil est pas beau, vous savez ! Faudrait pas qu'il perde la vue…

Sébastien demanda des explications à Adrien :

– Qui a fait ça ? Toi ou Joseph ? questionna-t-il d'un ton très sévère.

En chœur, les deux gosses répondirent :

– C'est nous deux, p'pa !

Sans aucun doute, Sébastien camoufla-t-il au fond de

37. Nom donné aux instituteurs sous la IIIe république.

lui un sourire, mais n'en laissa rien paraître. Il voulut en comprendre les raisons. Les deux gamins, mains derrière le dos, tête baissée, jetaient un coup d'œil en coin à leur mère qui ne bronchait pas. Après tout, c'étaient des histoires d'hommes.

– Il nous a traités de fils de ritale ! Et même que c'était vous qui le disiez, alors ! Même qu'y z'arrêtaient pas de nous narguer ! Y disaient comme ça : Nanananananère ! Macaronis, r'tourne dans ton pays ! Nanananananère !

L'homme, penaud, se tut. Sébastien ouvrit la porte et d'un ton qui ne demandait pas de réponse, tout en restant poli, le somma de sortir.

Après son départ, Sébastien se tint face à ses fils et les fixa droit dans les yeux. Pas un mot, pas un geste. Juste un regard pénétrant, réprobateur, qui perçait leurs plus intimes pensées dans un silence oppressant. Joseph et Adrien se sentirent mal à l'aise et pour la première fois de leur vie, ils eurent peur. Des instants longs, trop longs… Violetta se taisait, impuissante. Le chef de famille, et lui seul, décidait des sanctions. Son regard ne cillait pas et malgré son mutisme, sa prestance écrasait de reproches leur geste malheureux. Puis, après ce qui leur parut être une éternité, Sébastien tourna les talons et sortit.

Ce regard-là… Toute leur vie, ils s'en souvinrent. Certes, une gifle eût été plus vite oubliée !

Lorsque Marie atteignit l'âge de la scolarité, Violetta l'accompagna régulièrement. Pas question d'abandonner la petite aux mains de tous ces chenapans avides de querelles et de vengeances interminables.

Le soir, à la veillée, Violetta les serinait. Elle aurait aimé que ses enfants se montrent irréprochables dans leur conduite. Mais polissons ils étaient, polissons ils resteraient. Les sempiternelles histoires de "tire-vieille" les faisaient plutôt sourire !

– Attention ! disait-elle, ne vous approchez pas des puits

et des serves. La “tire-vieille” vous attraperait et vous tirerait vers le fond !

Cette espèce de croque-mitaine, laid à souhait, censé éloigner les imprudents des endroits dangereux, effrayait les enfants, au même titre que le “loup- garou”. La petite Marie tremblait à l’idée que cette méchante “chose” pourrait l’entraîner dans les profondeurs des eaux troubles. Les garçons n’en croyaient pas un mot…

À Saint-Jean, Violetta rendait visite à Virginie, son amie. Souvent, elle lui apportait les habits devenus trop étroits de ses jumeaux. Discrètement, elle sortait de son cabas un kilogramme de sucre, et, denrée rare et chère à l’époque, une boîte de café : “café des gourmets”. Le seul à avoir obtenu une médaille récompensant sa supériorité à l’exposition universelle de Paris en 1867. Durant quelques jours, sa fidèle nourrice délaisserait la chicorée au profit de ce délicieux nectar.

C’était également pour elle une échappatoire de la maison des Blandins. Choyée, elle ne manquait de rien, mais confinée entre le buffet, la table et son ouvroir, son caractère gai et enjoué s’étiolait quelque peu. Son mari s’en rendit compte. Soucieux de lui offrir une vie la plus dorée possible, il décida donc de la sortir dans les endroits en vue de l’époque. Ne négligeant aucun faste, il acheta chez Cachat, avenue de la gare à Roanne, un superbe phaéton à capote mobile, ce qui lui valut, une fois encore, les jalousies des envieux.

– Ah ! Ça tire pas chez lui ! Veut en foutre plein la vue, quoi ! Pour promener sa bourgeoise… Que d’ manières… Sort pourtant pas d’la cuisse de Jupiter la macaroni !

Au bras de son époux chéri, parée de ses plus beaux atours, la magnifique Violetta attirait l’attention de tous. Plus d’un homme devinait sous ses toilettes élégantes, rehaussées de ses bijoux en améthyste et diamants, les formes sveltes de son corps. Sans doute s’inventaient-ils de vaines aventures !

Fièrement, Sébastien se redressait, et courtois, lui ouvrait la porte, l'aidait à prendre place, la présentait à quelques connaissances rencontrées au hasard des soirées. Violetta affectionnait particulièrement le théâtre, ce magnifique édifice flambant neuf. Lovée dans la douceur de ses fauteuils chaleureux tendus de velours chatoyants, elle contemplait les enjolivures dorées du plafond et des murs. Toute la bourgeoisie roannaise se délectait des pièces jouées par des acteurs en tenue d'apparat.

Petit à petit, accompagnée d'un vieil ouvrier comme fidèle cocher, elle se rendit en ville. En quête de tissu, ou simplement pour le plaisir de se promener et de lécher les vitrines, elle empruntait la rue du Lycée, ainsi nouvellement nommée. Quelle ne fut pas sa surprise, un jour, d'apercevoir un drôle d'appareil sur lequel se dandinait un homme qui semblait d'ailleurs plutôt mal à l'aise ! Elle questionna un commerçant sorti sur le pas de la porte de sa librairie. Il admirait cette machine bizarre.

– Eh oui ! Ma p'tite dame ! On n'arrête pas l'progrès ! Ça s'appelle un vélocipède !

Il se frayait un chemin, tant bien que mal, entre les voitures hippomobiles et les Cars Rippert. Tous les passants, béats, les mains sur les hanches, le suivaient des yeux. Chacun y allait de ses commentaires :

– Moi, j'aime encore mieux prendre le Car Rippert, tiré par les deux bons vieux chevaux. D'accord, les roues font du bruit sur les pavés… Ça secoue aussi, ben oui ! On s'écoute pas parler dedans… C'est vrai, mais au moins, c'est plus sûr !

Sébastien hésitait à laisser sa femme se rendre seule à Roanne. Non pas qu'il fût jaloux ou méfiant. Non, pas du tout. Simplement les choses bougeaient en ville et les grévistes ainsi que les "syndico-anarchistes" se manifestaient bruyamment. L'agression ratée contre monsieur Bréchard par Pierre Fournier et la lourde peine dont ce dernier écopa avaient passablement enflammé les esprits. Si ce jeune tisseur roannais au chômage, âgé de vingt ans, avait tiré sur l'industriel, c'est sans doute qu' il avait eu de bonnes raisons, c'est en tout cas le discours tenu par la célèbre Louise Michel, figure de proue de la Commune, venue le soutenir et justifier son acte en date du 2 juillet 1882.

– *«L'acte de Fournier est légitime, déclara-t-elle. Ce n'est pas à coup de lois, mais à coups de fusils que nous devons faire la révolution. Tous les moyens sont bons pour conquérir nos droits et nos libertés, depuis la poudre jusqu'à la dynamite.»*

Violetta, à l'abri des murs protecteurs des Blandins, n'évaluait pas l'envenimement de la situation, mais en ces temps-là… Ça bardait ! Et mieux valait ne pas se trouver dans les rues à ce moment !

Les jours de marché, à Charlieu ou à Roanne, la ville bourdonnait. Un cacophonique mélange de cris et de bruits soulevait un brouhaha typique et une effervescence particulière. Les femmes, paniers au bras, déambulaient dans les rues. Elles se saluaient ou s'ignoraient, selon l'humeur ou les ragots qui avaient habillé l'une ou l'autre d'une verte amertume. Les étals regorgeaient de marchandises de toutes sortes.

Les paysans amenaient leurs produits.

Ici les bons œufs garantis du jour, sans préciser la date… Un brin de paille collée à de la punace[38] semblait en garantir l'authenticité.

– Allez, aujourd'hui, j'en mets treize à la douzaine. Approchez ! Approchez ! Treize à la douzaine… Treize ! Profitez-en mesdames…

Là, le beurre bien jaune festonné de jolis coups de fourchettes, d'où perlaient quelques gouttes blanchâtres… La fermière l'enveloppait dans une feuille de chou ou de vigne.

38. *Punace : crotte de poule.*

Puis les légumes de la saison fraîchement cueillis dans le potager… Patates, carottes, poireaux, raves, s'empilaient dans une charrette à bras.

Les fromages de vache, blancs, demi-secs ou secs étaient exposés sur de la paille. Dans une charrette tirée par un chien harnaché, une bartole[39] contenait ce qui s'appelait des fromages vieux. Une mixture épaisse de fromages moisis trempés dans de la gnôle.

– Alors, messieurs faites-vous en une bonne tartine sur du pain et un p'tit canon par là-dessus, croyez-moi, y a rien d' meilleur ! Par contre, faut pas embrasser votre bourgeoise après…

… Et ils riaient bruyamment !

Un peu plus loin, des lapins dont on gueulait fièrement le poids en les suspendant par les oreilles, couinaient.

Les volailles, pattes lamentablement attachées, se débattaient dans un bruissement d'ailes en soulevant un nuage de poussière. Des chiens squelettiques venaient les renifler, ce qui leur valait, immanquablement, un grand coup de trique du paysan.

La voix claire et harmonieuse d'une femme abritée sous un porche, s'élevait en une romance qui parlait d'amour et rimait avec toujours en roulant les R. Le cliquetis des pièces jetées sur le pavé lui arrachait des sourires dont elle gratifiait généreusement les passants.

Les chevaux et les mules attendaient patiemment à l'ombre des arbres en marquant leur territoire de crottins fumants et d'urine forte. D'autres attelages étaient remisés dans des cours intérieures.

Des gamins en haillons et aux pieds nus proposaient le fruit de leur rapine. Ces gavroches en herbe, à l'œil avisé, reluquaient les jolies toilettes. Là où il y avait de la monnaie,

39. Bartole : récipient en grès dans laquelle on faisait cailler le lait.

pardi ! Aujourd'hui, les poissons pêchés dans la Loire, une autre fois des champignons, des pissenlits au printemps et même des fleurs chapardées dans quelques jardins… Qu'importait ! Ces champions de la débrouillardise couraient après deux ou trois sous qu'ils faisaient rouler dans leurs mains sales, avant de les fourrer au fond de la poche de leur veste trop grande. Après ? Oh ! c'était simple… Derrière la vitrine du boulanger… Oui, celui qui les avait chassés à coups de pieds au cul en les traitant de voyous… Ce gros gâteau débordant de crème… Eh bien, ils entreraient à deux pour l'acheter. Avec un peu de chance et de malice, l'un ou l'autre pourrait barboter des bonbons… Bien fait pour lui, là ! Parce que, c'était pas de leur faute aux gosses de la rue, s'ils crevaient d'envie, le nez écrasé contre la vitre.

– Pas pour toi ni pour moi, mais pour l'autre... Né sous une bonne étoile !

À moins qu'ils ne préfèrent s'offrir un paquet de tabac gris et des feuilles. Cachés dans un coin, tapis derrière un tombereau, ils s'en rouleraient quelques-unes… Histoire de jouer à l'homme quoi !

– Tant pis si ça nous arrache la gueule ! On est des durs à cuire… Pas des poules mouillées !

Violetta prenait pitié de ces mômes et se montrait généreuse. Ils le savaient bien. Toujours à l'affût du bon coup. Celui qui leur rapportait gros !

Un jour, sur le marché de Charlieu, une vieille gitane l'accosta :

– Jolie m'dame, donne-moi une pièce pour nourrir mes p'tits-enfants. Ça t' portera bonheur.

Elle était belle derrière les rides qui rayaient son visage buriné. Ses yeux lançaient des éclairs d'un noir ténébreux et ses cheveux poivre et sel battaient le bord d'un fichu bariolé et déteint. Ses grandes robes sombres aux volants superposés recouvraient des chaussures éculées. Alors que Violetta plongeait sa dextre au fond de son sac pour lui offrir une obole, elle lui saisit le poignet. Leurs regards se croisèrent.

– Toi, t'es comme moi, dit la gitane, t' viens d' loin…

Violetta ne répondit pas. Elle sourit.

– Donne-moi ta main, je vais t'prédire ton av'nir.

La vieille femme caressa la paume, écarta de ses ongles noirs les lignes en balbutiant quelques paroles inaudibles.

– Toi, t'es riche, lui dit-elle, mais ta mère était une pauv' malheureuse comme moi. Un homme est mort, il te protège. T'as trois enfants et t'en auras jamais d'autres.

Tout à coup, son visage s'assombrit, elle baissa les yeux.

– Mon Dieu ! Par la sainte Marie, y a du sang ! Beaucoup de sang !…

Elle referma la main de Violetta et se signa. À cet instant, un forain s'approcha, la tira par le bras et se mit à l'injurier en la bousculant violemment :

– Espèce de vieille folle, veux-tu bien laisser cette jeune femme tranquille. Fous-moi le camp de là. Allez, dépêche-toi de déguerpir.

La bohémienne contrainte de quitter les lieux se retourna en direction de Violetta et cria :

– Souviens-toi de c'que j' t'ai dit. Y a du sang, beaucoup de sang !…

Contrariée par ses propos, Violetta resta figée. Elle n'entendait plus l'accordéon qui égrenait ses notes joyeuses au coin de la rue, dans une ritournelle populaire.

– Ne faites pas attention, susurra le commerçant, elle est complètement cinglée, et voleuse par-dessus le marché. Allez, jolie dame, approchez-vous plutôt de mon banc. Voyez ce savon de Marseille, ça c'est du vrai…

Sans dire un mot, Violetta retourna aux Blandins. Mais ces paroles la martelaient sans cesse. Qu'avait-elle voulu dire ?

«Y a du sang… Beaucoup de sang !»

Une nuit, Sébastien se réveilla en sursaut. Il entendit tousser dans la chambre voisine. Sa fille traînait un rhume depuis quelques jours, mais rien d'inquiétant. Pourtant, cette toux bizarre, comme une sorte d'aboiement qu'il percevait ne ressemblait pas à une quinte normale. Il se précipita et devina, horrifié, derrière les ombres incertaines de la lampe à huile, le visage dégoulinant de sueur de sa petite Marie assise sur le bord du lit.

– Nom de Dieu, Violetta, viens vite. Marie est malade, hurla-t-il en prenant son enfant chéri dans ses bras.

Violetta accourut. La gamine étouffait, semblait chercher sa respiration au plus profond d'elle-même. Son front brûlant et ses yeux brillants symptômes annonciateurs d'une forte fièvre, les paniqua. Ils avaient beau lui parler, la rassurer, éponger son visage avec un linge trempé dans l'eau fraîche, la petite étouffait de plus en plus. Sébastien courut chercher Pérelle. En chemin, le médecin le questionna :

– Elle tousse beaucoup, me dites-vous. Comme une sorte d'aboiement… ou de cri d'un coq. C'est certainement le croup, la diphtérie en terme médical, conclut le praticien.

– Ho la ! Mais c'est dramatique alors, fit le Bastien conscient de la gravité.

– Hum ! Eh bien… Enfin, nous verrons, mais…

En attendant, Violetta réveilla ses jumeaux :

– Courez vite appeler mémé, dit-elle. Votre sœur va très mal. Dépêchez-vous.

Pourquoi ? Allez savoir ! Des intuitions qui vous poussent

ou simplement le besoin de sentir sa maman présente à ses côtés dans les moments les plus difficiles. Elle allait mourir sa petite, c'était évident. Les enfants mouraient tous du croup, à ce stade.

Rita se précipita au chevet de la malade. Lorsque Marie l'aperçut, une lueur d'espoir passa dans ses yeux révulsés par l'angoisse. Rita dessina sur son front le signe de la croix en balbutiant des prières en latin.

– Fais-lui un cataplasme de farine de lin, dit-elle à sa fille, dépêche-toi. Si tu as du camphre…

Violetta délaya cinq cuillères de farine de lin dans de l'eau qu'elle mit ensuite à chauffer. La pâte s'épaissit, elle la saupoudra d'une pincée de camphre, l'enroula vite dans un linge fin et le plaça aux pieds de la malheureuse dont les lèvres commençaient à violacer. Ce procédé souvent utilisé servait à attirer le sang vers le bas et décongestionnait dans certains cas, le haut du corps. Tout à coup, elle se mit à baver en suffoquant.

– Fais bouillir de la camomille, demanda Rita, on lui fera respirer les vapeurs. Peut-être que… et puis des linges trempés dans de l'eau froide, vite… autour de son cou.

Adrien et Joseph, la mine consternée, assistaient, impuissants, à l'agonie de leur sœur.

L'auscultation rapide conforta le diagnostic. Il s'agissait bien du croup. Cette horrible maladie qui tuait les gosses en bas-âge. La pauvre gamine étouffait, s'arrachait les poumons à tousser. Elle portait ses menottes à sa gorge, la bouche grande ouverte et les yeux exorbités, elle happait l'air par des spasmes sifflants.

Violetta et son mari, complètement bouleversés, regardaient leur fille se déchirer la poitrine. Ils agitaient des torchons pour la ventiler, ouvraient portes et fenêtres. Elle s' arc-boutait en s'agrippant aux bras du médecin qui essayait de la détendre par des mots gentils.

Son état empirait. Ils essayèrent de lui faire avaler un peu d'eau dans laquelle ils avaient dilué un grain d'émétique, afin de provoquer des vomissements. Mais elle ne parvenait plus à déglutir et recrachait tout.

– Des cataplasmes bien chauds… sous ses pieds, vite, encore, demandait Rita.

Alors, Pérelle leur proposa le dernier recours qu'il pouvait tenter.

– Je sais que ça marche. Des confrères l'ont déjà pratiquée. C'est la trachéotomie, ce qui signifie un trou percé au niveau de la trachée artère. Vous comprenez, l'air passe directement dans les poumons et les peaux qui obstruent le passage au fond de la gorge, ne sont plus gênantes. Je ne vous cache pas que c'est à haut risque. Risque d'hémorragie, d'infection… Un coup de bistouri mal maîtrisé et c'est la catastrophe, mais de toutes façons…

Rita se retourna et le fixa presque méchamment.

À cet instant, une idée traversa l'esprit du Bastien. Il prit sa fille dans ses bras, renversa sa tête en arrière, plaça sa bouche sur la sienne et aspira de toutes ses forces. Une fois, deux fois, dix fois, jusqu'à ce que, tout à coup, une masse de "saletés" soit extirpée, dégageant ainsi les voies respiratoires. C'était fini. Marie était libérée. Pérelle n'en croyait pas ses yeux. Extatique, il dit simplement :

– Eh bien, monsieur Grange, vous avez sauvé la vie de votre petite ! Comme quoi, l'instinct d'un père peut faire des merveilles et supplanter largement la science. Prenez garde à vos fils, c'est contagieux cette cochonnerie-là !

Ils la veillèrent toute la nuit. Après avoir bu un peu d'eau sucrée avec du miel, pour adoucir sa gorge martyrisée, Marie, bien emmitouflée sous son édredon en plume d'oie, s'endormit tranquillement. Brusquement, elle se réveilla, s'assit sur le lit, fixa un point précis derrière la porte qu'elle montra de son index :

– Là ! Là ! La belle lumière, vous la voyez ?

– Non, ma poupée, on ne voit rien. Tu as encore beaucoup de fièvre, c'est ça. Repose-toi, on veille. Violetta replaça un cataplasme de farine de lin à ses pieds, l'embrassa tendrement et caressa son joli visage redevenu serein. Rita rejoignit sa maison à l'aube.

Elle dit à sa fille :

– Maintenant, je suis persuadée que Marie aura une mission à remplir sur la terre. Sainte Rita l'a sauvée deux fois. Elle aurait dû mourir à la naissance, et aujourd'hui. Le bon Dieu l'a laissée en vie, il a ses raisons !

– Maman, répondit Violetta, je sais que tu as une confiance totale en ta sainte patronne, et moi aussi, mais là, franchement, si mon Bastien n'avait pas eu cette idée de génie…

–Tais-toi donc, trancha sèchement Rita, n'as-tu pas encore compris que la providence de Dieu passait par les hommes. Ah ! Tiens, je vais me coucher… ça vaudra mieux.

Elle fit quelques pas, s'arrêta et sans se retourner, ajouta :

– Cette belle lumière… C'était pas la fièvre va ! Oh ! sancta Maria mater Dei ! Puis elle rentra chez elle en marmonnant des prières d'action de grâces.

Après cette terrible nuit, Violetta et Lucie lavèrent la maison à grande eau additionnée de javel, seul moyen de limiter les risques de contagion.

Les deux femmes brûlèrent les matelas, draps et couvertures des trois enfants ainsi que tous les linges qui avaient touché Marie de près ou de loin. Elles frottèrent les planchers à la paille de fer puis les lessivèrent, brossèrent, nettoyèrent tout, du sol au plafond.

Rita et sa fille confectionnèrent de nouveaux matelas et des oreillers en utilisant les frondes sèches de fougère considérée comme étant plus saine que la plume. Cette plante réputée antiparasitaire s'utilisait fréquemment dans les campagnes, particulièrement pour la literie des enfants maladifs ou rachitiques.

Les jumeaux solides comme des rocs échappèrent à l'épidémie. À peine rentraient-ils de l'école qu'ils jetaient négligemment leur cartable dans un coin et chaussaient leurs sabots pour aller "au cul des vaches". Leur père s'en réjouissait.

– Aimez votre terre, mes fils, répétait-il. Elle nous vient de nos ancêtres, nous n'en sommes que les légataires. Après vous, vos enfants prendront eux-aussi la relève et ainsi de suite. C'est comme ça la vie !

Marie grimaçait et se pinçait le nez pour avaler les horribles cuillères d'huile de foie de morue que sa mère l'obligeait à avaler.

– C'est dégoûtant ce truc ! grognait la petite en tapant du pied. Et pis c'est pas juste… Joseph et Adrien, eux, y z'en boivent pas !

– Oui, ma fille ! Mais tu as été si malade ! C'est pour te fortifier. Il n'y a rien de meilleur.

– Quelle horreur ! bougonnait la mignonne.

Avec ses guêtres cirées moulant ses petites jambes, sa bouche en cœur, ses yeux doux et ses cheveux bruns, on aurait dit une poupée de porcelaine. Image du temps de l'innocence, de la pureté, du bonheur retrouvé…

Les deux garçons inséparables rendaient déjà beaucoup de services. Emmener les vaches "en champ", les ramener, et même curer l'étable. En vrais petits paysans, ils se crachaient dans les mains avant d'empoigner le manche. Si la fourche de fumier était trop lourde, ils s'y mettaient à deux pour la soulever et la balancer dans la brouette et lançaient un magistral : Vain Dieu !

À chaque saison, sa peine.

L'hiver, ils rentraient le bois et vidaient les cendres qu'ils épandaient dans le jardin. Par la même occasion, *où grattau la neuge,* (ils grattaient la neige) *z'arrachau lu pourés pa la seupe* (arrachaient un poireau pour la soupe). *Le sei vé la tomban d'la neu, où s'impressau d'ramassi lus oués dins un pani* (le soir, à la tombée de la nuit, ils s'empressaient de ramasser les œufs dans un panier)… Après avoir rempli les vieilles gamelles de grain pour les volailles, ils fermaient consciencieusement la porte du poulailler. Il fallait faire bien attention car maître Goupil surveillait ! Les lapins tournaient en rond dans des cabanes (clapiers) et attendaient le foin, agrémenté de quelques *triures*. Mais ce que ces deux paysans en herbe affectionnaient le plus, c'était, soir et matin, " de donner aux vaches "[40] ! L'un, monté sur la fenière, lançait des fourches de foin qui s'échouait dans un nuage de poussière sur le sol en terre battue de la grange. Son frère le reprenait et, par la lucarne, enfournait une bonne ration

40. *Donner aux vaches : le pansage.*

dans le râtelier. Le travail achevé, ils sortaient et frottaient leurs habits couverts de fétus. À la manière des hommes, ils tapaient la casquette sur un genou et la revissaient sur leur tête d'un air entendu… Fiers du devoir accompli.

Sûr ! Ces gosses n'avaient pas l'habitude de rester les deux pieds dans le même sabot ! Habitués depuis leur plus jeune âge à travailler dur, ils trouvaient cela tout normal. Leur mère répétait à longueur de temps :

– Faites bien attention de pas vous faire *bocher* (taper) !

– Ouais ouais, m'man.

Le soir, à la veillée, au coin du feu, Sébastien leur apprenait à fabriquer des paniers en osier. On cassait les noix, mais leur père tenait beaucoup à les éduquer. Profitant des interminables soirées, il leur lisait des livres d'histoire de France à la lueur de la lampe à pétrole qui filait une fumée noire et âcre. L'épopée napoléonienne… Ils finissaient par la connaître par cœur. Le coup de Napoléon et de l'omelette du Pin Bouchin, ça les amusait toujours…

– C'est cher, madame ! Les oeufs sont rares par-ici ! clamait le Bastien d'un ton emphatique.

… Et les gosses répondaient en chœur, en déclinant un semblant de révérence :

– Mais non, ce sont les empereurs qui sont rares !

Ensemble, ils riaient.

– C'est important de savoir d'où l'on vient, disait-il.

Apprenez ! Apprenez ! Dans la vie, on peut pécher par bêtise ou par ignorance. La bêtise on n'y peut pas grand-chose, mais l'ignorance, si !

Curieux, les gamins questionnaient. Alors, il expliquait.

Un jour, Adrien demanda :

– Dis, p'pa, à l'école on nous parle d'un certain Chevassagne qui a été guillotiné parce qu'il avait tué la Noémie Chambonnier…

Le Bastien coupa court immédiatement et changea de sujet, préférant leur parler des sources.

– Quand c'est qu't'nous apprendras à les trouver, p'pa ?

– Bientôt.

Il renouvelait les gestes prodigués à Violetta, vingt-cinq ans auparavant et emmenait Marie voir le troupeau. Un rituel quasiment. Ils s'asseyaient sur le même mur en pierres sèches léché par le lierre sauvage qui se balançait au gré de la brise du printemps et il lui parlait longuement. Le soir, la petite se blottissait sur ses genoux, calait sa tête contre son cou et s'endormait. Il la tenait tendrement dans ses bras.

Violetta rayonnait de bonheur. Rita restait avec eux parfois, mais, très discrète, préférait retourner dans sa maison.

Ce jour-là, Marie, assise près de la fenêtre, brodait un abécédaire au point de croix. Agée de treize ans, elle paraissait encore enfant.

Son attention fut attirée par un crissement de roues sur les gravillons de la cour. Elle écarta le rideau écru fait au crochet et aperçut deux religieuses, drapées dans de grands manteaux noirs à capuches, qui descendaient d'une voiture tirée par un beau cheval bai conduit par un vieillard. Elle appela sa mère qui, aussitôt, se précipita pour les accueillir. Marie se hasarda sur le pas de la porte.

– Bonjour madame, dit l'une d'elles. Nous sommes les petites sœurs des pauvres et nous passons quêter pour nos malheureux. Ils sont si nombreux et nos maigres rentrées d'argent ne suffisent pas. Nous en appelons donc à la générosité des gens. Si vous pouviez nous aider, soyez assurée que nous prierons pour vous et pour votre famille.

– Bien sûr, bien sûr ma sœur, je vais vous chercher quelque chose.

Sur ces entrefaites, Marie s'approcha des religieuses.

– Tu es une bien jolie jeune fille, comment t'appelles-tu ?

– Marie, répondit timidement la gamine.

Violetta, discrètement, glissa dans la main d'une sœur des billets pliés en quatre.

Elles remercièrent chaleureusement leur donatrice puis échangèrent quelques mots amicaux. Tout à coup, Marie prit la parole :

– Mes sœurs, quelle est exactement votre mission ?

Elles restèrent stupéfaites. Violetta regarda sa fille d'un air interloqué. Après un bref silence, elles expliquèrent.

– Notre ordre a été fondé par Jeanne Jugan, une misérable fille, née à Cancale, qui est devenue sœur Marie de la Croix, une personne très humble, d'une immense bonté et d'une charité sans limites. Alors avec quelques autres, elles ont formé une petite communauté destinée à recueillir tous les pauvres vieux sans distinction de race ou de religion. Elle donnait même sa paillasse aux indigents qui venaient frapper à sa porte. Peu à peu la congrégation s'est agrandie, rejointe par d'autres novices. Mais les besoins étant énormes, elles durent quêter pour nourrir et soigner ces misérables jusqu'à leur mort. Depuis, on perpétue son œuvre, voilà jolie Marie, brièvement, le résumé… de notre mission comme tu dis.

– Bien ma sœur, je vous remercie pour cet enseignement, répondit la gamine avec un tel aplomb que Violetta perplexe, la fixa et dit :

– Mais qu'est-ce que tu as, enfin ?

Elle se tut, tourna les talons et entra dans la maison en chantonnant. Les religieuses saluèrent leur bienfaitrice, la remercièrent de nouveau et discrètement, remontèrent en voiture. Le vieil homme agita doucement les rênes sur la croupe de la brave bête qui se mit en route.

Cette année-là, les jumeaux passaient leur certificat d'études. Ah ! quelle histoire ! Mais surtout quelle libération pour les deux turbulents qui n'avaient qu'un désir : plaquer l'école et s'adonner au travail de la ferme. Mais leur père s'était montré intransigeant. Ils devaient réussir cet examen, condition sine qua non qui mettrait un terme à leur scolarité et leur permettrait d' aborder la vie en homme instruit. Ce n'était certes pas à la portée de tous.

Le matin, le premier volet des épreuves comportait une

dictée assez difficile avec des mots pièges, un problème de calcul, et très important à l'époque, des questions sur l'histoire et la géographie. L'après-midi, des interrogations portaient sur les départements français, et des noms de capitales de pays éloignés. Voilà qui leur serait d'une grande utilité pour soigner les bestioles, tiens ! En dernière épreuve, le dessin était mis à l'honneur. Mais pas n'importe lequel ! Non ! Une étoile ! Voilà qu'on leur demandait de dessiner une étoile ! Eh bien, les deux frères Grange furent reçus au C.E.P. avec mention s'il vous plaît. Ouf, finie l'école ! Fierté ou libération ? Peu importe… Avec les autres du "certife ", ils ont braillé :

«... Les cahiers au feu, le maître au milieu...»

À partir de ce jour, ils assumèrent leur travail à la ferme avec détermination et écoutaient les enseignements de leur père attentivement pour ne pas dire respectueusement. Conscients qu'ils hériteraient d'une magnifique propriété, ils comptaient bien faire fructifier ce patrimoine familial dans les meilleures conditions.

Marie, depuis quelque temps changeait de comportement. Elle était "grand-fille[41]", comme le lui avait sommairement expliqué sa mère. Elle paraissait songeuse, absente parfois, ce qui intriguait le Bastien. Mais elle répondait gentiment, ni oui, ni non d'une façon évasive.

Un soir, les hommes étaient occupés dehors tandis que Violetta, assise sur une chaise, le moulin à café serré entre ses genoux, tournait la manivelle. Marie s'approcha et vit, sans la voir, sa mère ouvrir le petit tiroir, passer son doigt dans le café moulu puis se remettre à tourner la manivelle qui grinçait en écrasant les grains. Violetta sourit à sa fille, qui, timidement, s'installa près d'elle. L'air absorbé, elle se mit à bredouiller…

– Maman… Je… Je crois… J'ai… J'ai… Enfin, je voudrais…

– Mais qu'est-ce que tu bafouilles à la fin ? trancha sa mère. Parle !

– Enfin, voilà, j'aimerais… Tu sais j'ai longtemps réfléchi, et je pense que…

– !…

– Enfin, je veux être religieuse.

– Oh mon Dieu Marie ! Veux-tu bien te taire. Si ton père t'entendait… Mais tu es folle ! Sais-tu ce que ça veut dire ?

– Oui, maman, je sais. Mémé m'a tout expliqué.

– Hein ? Quoi ? Mémé t'a… T'a tout expliqué !

L'arrivée de Joseph et d'Adrien coupa court à la discussion.

41. Terme employé pour dire qu'une jeune fille était pubère

Le soir, ils avalèrent la soupe, comme d'habitude avec le fidèle Morloup. Les journaliers mangeaient dans la maison des commis. Ils parlaient de choses et d'autres. Violetta, le cœur chagriné, ne laissait rien paraître. Avec Lucie, elle servait les hommes affamés après une rude journée de travail. La routine quoi.

Le lendemain matin, à la première heure, Violetta frappa à la porte de la petite maison de sa mère. Pour la première fois de leur vie, une violente dispute les opposa. Mais, en ces temps-là, le respect dû à celle qui vous avait enfantée, prévalait sur vos états d'âme. Rita conclut en ces termes :

– Que voulais-tu que je fasse ? Quand elle est venue m'en parler, après le passage des sœurs, j'ai su tout de suite qu'elle était touchée par la grâce. Ne comprends-tu pas, ma fille, que c'est le plus beau cadeau que Dieu puisse faire à une famille ?

– Cadeau ! Cadeau ! Eh bien, t'en parleras à son père… Tu verras le cadeau, tiens ! Mais vous êtes folles toutes les deux ou quoi ? Il envisage un beau mariage pour elle, avec une dot fabuleuse et a déjà en vue le fils d'un maître teinturier de Roanne. Un jeune homme bien "comme il faut"… Un très bon parti. Alors hein…

– Ne me parle plus jamais comme ça, t'as compris ! Je suis ta mère, ne l'oublie pas. Vous pourrez dire tout ce que vous voudrez, si c'est la volonté du bon Dieu, vous n'y pourrez rien. Maintenant, sors d'ici.

Violetta gardait toutes ces choses enfouies au fond de son cœur en espérant de tout son être que sa fille chérie réfléchisse et change d'avis.

Les semaines, les mois passaient. À la maison des Blandins, il était question de Herd-Book de la race bovine charolaise pure. Un nouveau livre généalogique de la société d'agriculture de Charolles et du conseil général de Saône-et-Loire qui visait à sélectionner les bêtes dans leur plus parfaite lignée. Les garçons, avant-gardistes, pressentaient un moyen d'affiner encore la sélection du cheptel et évaluaient l'efficience de cette nouveauté.

Ils parlaient concours, rentabilité, revenus, avenir, encouragés par ce père ravi de leur ambition. D'ailleurs, conseillé par un ami notaire, le Bastien s'apprêtait à placer son argent. Des publicités de toutes sortes incitaient les investisseurs à déposer leurs fonds dans les banques.

– J'ai aucune confiance aux banquiers. Ces requins qui joueraient avec mon bien, disait-il. Je veux, pour mes enfants, un placement sûr, solide et fiable.

Il décida de spéculer dans l'acquisition de bois.

– Sur les hauteurs de la côte roannaise, là où les vignes ne produisent pas en raison de l'altitude, c'est là qu'il faut miser, pensait-il.

Alors, il acheta à bas prix des parcelles incultes, en vue de les défricher et de planter des sapins. Avec ses fils, il calculait l'investissement, le temps de rapport et les bénéfices à long terme, par des équations complexes.

Marie, discrète, effacée, les écoutait silencieuse. Son idée était ailleurs ! Quant à ses motivations… Parlons-en ! Abstinence ; privations ; chasteté ; pauvreté ; obéissance ; séparation ; humilité.

Un jour, elle se confia à sa grand-mère :

– Tu sais, mémé, même si mon papa refuse, j'attendrai ma majorité, mais je rentrerai au couvent. À la maison, ils ne parlent que d'argent, à croire que rien d'autre ne compte pour eux. Mais moi, j'ai quelque chose, là, au fond de mon cœur, que je ne peux pas expliquer et qui me tient jour et nuit. Je ne sais pas comment ça finira, mais moi, je sens bien, je suis certaine d'être appelée. En même temps, je ne voudrais pas faire de peine à mes parents, je les aime tant !

Un coup de poing d'une violence inouïe s'abattit sur la table de la cuisine. Un verre se renversa. Un filet de vin rouge dégoulina et gicla jusque sur le sol en gouttes poisseuses.

– Nom de Dieu de nom de Dieu ! hurlait le Bastien fou de colère. Jamais, t'entends ! Jamais tu n'entreras au couvent. Ah ! Je voudrais bien voir ça, tiens ! Putain de Dieu ! Une Grange chez les sœurs ! T'es complètement folle ma pauvre fille. Qui t'a mis cette idée en tête, hein ? Ta mère ou ta grand-mère ? Nom de Dieu de nom de Dieu ! Écoute-moi bien. Tu es bientôt en âge de te marier, et tu te marieras. Il faut vite te sortir cette imbécillité de la caboche, parce que, de mon vivant, il n'est même pas question d'y penser. Tu te vois en train de laver le cul des pouilleux ? J'ai travaillé toute ma vie pour vous laisser un bel héritage, c'est pas pour que tu ailles faire la boniche chez ces putains de curés et de nonnes.

Il fusilla sa femme du regard et vociféra :

– Terminé ! C'est fini vos petites sorties toutes les deux ! La messe, les vêpres, la mission et toutes vos conneries. Ter-mi-né ! Dorénavant, vous ne sortirez plus des Blandins, ni l'une ni l'autre. Je suis chez moi, ici, et c'est moi qui commande. N'oublie pas Violetta, sans moi tu n'étais rien. Tu aurais traîné ta misère toute ta vie, comme ta mère. Je vous ai tout donné et vous m'avez trahi. Vous avez trahi ma confiance, et ça vous me le paierez toutes les deux.

Défiguré par la haine, les mâchoires serrées, il criait en assenant de violents coups de poing sur la table. Les jumeaux ne pipaient mot, terrorisés par ce courroux aussi subit qu'inhabituel. Violetta, les yeux baissés, tenait sa fille blottie contre elle, paralysée par l'incroyable virulence de cette scène. Le patriarche dans toute sa splendeur venait de donner l'estocade, celle qui vous déchire jusqu'au tréfonds de l'âme. Le Bastien sortit en claquant la porte violemment. Marie pleurait dans les bras de sa maman. Il entra de nouveau, s'approcha de sa fille et l'empoigna brutalement.

– Je préfèrerais te voir morte, t'entends ! Morte. Ça me ferait moins de mal, cria-t-il en la secouant de toutes ses forces. Bordel de Dieu ! Quant à Rita, si j'apprends quelque chose… Je la fous à la porte ! Dehors ! Virée ! Je suis chez moi. Souvenez-vous en tous ! Chez moi ! Et sans moi, vous n' êtes rien du tout…

Il sortit de nouveau en jurant comme un charretier. Puis il revint et interpella Joseph et Adrien :

– Vous deux, au boulot ! tonitrua-t-il. Allez "donner aux bêtes". Vous voulez pas devenir moines au moins ?

Rapidement, les jumeaux le suivirent. Marie contrite s'écroula en larmes, la tête enfouie dans ses mains.

– Ça, ma fille, il fallait t'y attendre, susurra sa mère en caressant ses cheveux.

– Mon papa ! Mon papa ! hoquetait la jeune fille. Mon papa que j'aime tant. Pourquoi préfèrerait-il me voir morte ? Mon Dieu, aidez-moi ! Ayez pitié de moi !

– Tais-toi, tais-toi. S'il t'entend, gare ! Allez, offre toutes tes peines au bon Dieu. Rien n'est jamais perdu, chuchota-t-elle à son oreille. Ses desseins sont impénétrables. Fais-lui confiance.

Les jours qui suivirent furent terribles. Le Bastien ne décrochait plus un mot. Il mangeait, les yeux rivés sur son assiette. Le repas terminé, il refermait son couteau, et d'un geste, donnait le signal de départ. Joseph, Adrien et le Morloup lui emboîtaient le pas en silence. Violetta et Marie, debout près du fourneau, attendaient, tremblantes, pour passer à table. Une ambiance oppressante planait et l'heure n'était plus aux réjouissances. Elles restaient terrées, soumises à la volonté du "daron".[42]

42. *Daron : chef*

Oh ! Bien sûr, vu de l'extérieur, l'activité battait son plein. Rien ne laissait supposer un tel mal-être au sein du foyer.

Cependant, depuis quelque temps, le grand Morloup préférait manger dans la *maison des commis*, car, avait-il dit au Bastien :

– Mon vieux, c'est que… Patron, vous êtes guère commode ! Je sais pas ce qui se passe chez vous depuis ces derniers mois… Et ça me regarde pas, mais ça me fait quelque chose de voir la patronne et la petite Marie si tristes.

– Fais ce que tu veux.

Violetta confiait les tâches ménagères et la fabrication des conserves à sa fille. Sans doute, pensait-elle, en multipliant les occupations, lui ôter cette idée.

Marie entrait dans sa dix-septième année. Le Bastien demeurait inflexible. Assis en bout de table, les yeux rivés sur son assiette, il avalait ses repas sans dire un mot. Si les jumeaux le questionnaient sur tel ou tel sujet concernant le travail, il émettait quelques grognements en hochant la tête ! Il semblait ignorer sa fille. Quant à son épouse, tout au plus lui adressait-il quelques paroles… Violetta souffrait de ces conflits et ne savait plus comment gérer la situation, désorientée entre sa fille et son mari.

– Tu dois obéir à ton père, lui répétait-elle inlassablement. N'oublie pas que grâce à lui, nous vivons confortablement. Regarde autour de toi. Pour la plupart des gens, c'est la misère. Il ne cherche que notre bien. J'avais ton âge quand je me suis mariée, et il a toujours été un bon époux et un excellent père. Que ce soit ta mémé ou nous, nous n'avons jamais manqué de rien. À mon avis, il ne tardera pas à te présenter ce jeune homme dont il t'a parlé. Tu peux être certaine, ma fille, qu'il aura fait le meilleur choix pour toi. Il veut ton bonheur, tu sais bien comme il t'aime !

Mais à chaque fois, la gamine rétorquait :

– Je sais maman, je sais. Je le respecte infiniment. Mais, c'est plus fort que moi.

Serrant son poing sur sa poitrine, elle ajoutait presque tristement :

– C'est pas de ma faute ! Ça me tient là !

Patronne ! Patronne ! hurlait le grand Morloup en courant, casquette à la main, en direction de la maison. Nom de Dieu de nom de Dieu ! Venez vite ! Ah vain Dieu de vain Dieu…

– Mais qu'est-ce qui vous arrive ? cria Violetta en descendant les marches d'escalier de la cuisine.

– C'est… C'est le patron ! Ah bon Dieu de…

– Quoi le patron ? Répondez voyons. Qu'est-ce qu'il a ? Où est-il ?

Violetta sentit tout à coup son cœur battre la chamade. Elle s'arrêta net. Ses jambes se mirent à flageoler et une angoisse incontrôlée lui noua la gorge.

– Un… Un accident ! Le patron… Il voulait faire téter le veau et puis…

Sans en écouter davantage, Violetta releva ses longues jupes et courut vers l'écurie.

Un cri rauque lui déchira les entrailles :

– Bastien ! Bastien ! Oh non, c'est pas vrai !

Elle se précipita auprès de son mari qui gisait, grimaçant de douleur, les mains serrées sur son ventre.

Le Morloup entra à son tour en compagnie de Rita.

–Ah bon Dieu d' bon Dieu…

– Commencez par arrêter de jurer, intima Violetta, et venez plutôt m'aider à le tirer. Mon Dieu mon Bastien ! Ne t'en fais pas on va te sortir de là.

– Doucement ! Allez-y mollo ! supplia-t-il. Je suis fracassé de partout. Allez chercher le docteur Pérelle et mes fils.

Dépêchez-vous !

Alertée, Antoinette, la bonne nouvellement embauchée, fila rapidement. Elle refusa de revenir dans l'automobile du docteur. Cette machine bizarre et pétaradante qui roulait toute seule dans un bruit de mécanique inconnue ne lui inspirait aucune confiance. Le médecin arriva et vola au secours du Bastien. Violetta, à genoux dans la paille imbibée de bouse fraîche, tenait la tête de son mari entre ses mains et le couvrait de baisers en caressant son front. Elle le réconfortait, comme seule une tendre épouse sait le faire.

Pérelle l'ausculta consciencieusement :

– Bon, au niveau des membres inférieurs, rien de cassé. Il faut l'emmener dans sa chambre maintenant. Doucement. Couchez-le sur une échelle. Attention à sa colonne vertébrale !

– À mon avis, balbutia Sébastien, c'est dans le ventre. Les coups de pied, je les ai pris en plein, là. J'ai les entrailles éclatées je vous dis.

Avec précaution, les hommes le placèrent délicatement sur une échelle, et le portèrent lentement jusqu'à son lit. Chaque secousse lui arrachait des cris de douleur. Violetta, tétanisée, le fixait en feignant un sourire qui se voulait réconfortant. Rita lui parlait.

Finalement, le diagnostic tomba.

– Je crois qu'effectivement, comme vous le disiez, monsieur Grange, les viscères abdominaux sont passablement touchés. Je crains un éclatement des intestins et une hémorragie interne. Il faudrait vous diriger de toute urgence à l'hôpital.

– Docteur ! Je vous arrête dit-il. Vous savez mieux que moi que si c'est tout éclaté là-dedans, il n'y a rien à faire. Je vais crever, et de toutes façons, je ne supporterai pas les secousses, alors… Laissez-moi tranquille.

– Non ! hurla Violetta, non ! Je ne veux pas que tu meures. Pas toi mon Bastien. On va te soigner.

Sur ces entrefaites, Joseph et Adrien arrivèrent en courant. Leur mère les regarda tristement. Cloués sur le pas de la porte, ils scrutèrent le visage de leur père, allongé dans ce lit, la mine défaite. Pour la première fois de leur vie, ils le voyaient différemment.

Se tournant vers le docteur, Sébastien le remercia :

– Vous pouvez partir, dit-il entre deux gémissements. Je vous remercie infiniment pour votre présence. Chaque fois que j'ai fait appel, soit à votre défunt père, soit à vous, vous avez toujours été très compétents l'un et l'autre. Une dernière question… et j'attends une réponse franche. Combien de temps il me reste ?

– Bien… Disons…

– Allez ! N'ayez crainte. La mort ne m'effraie pas. Mais je veux savoir la vérité, insista dignement Sébastien, les deux mains serrées sur son ventre douloureux.

– On ne peut jamais dire exactement, monsieur, et vous le savez…

– Combien ? j'ai dit…

– Peut-être une journée… Peut-être moins…

– Très bien, je vous remercie.

– Vous ne voulez vraiment pas aller à l'hôpital ? hasarda de nouveau le praticien.

– Au revoir docteur, trancha Sébastien. Enfin, disons plutôt, adieu.

Violetta secouée par d'énormes spasmes pleurait à chaudes larmes. Elle embrassait son mari avec une tendresse infinie. Les jumeaux abasourdis la tenaient par les épaules sans quitter leur père des yeux.

– Bon, il va falloir être forts, tous. J'ai quelque chose d'important à vous dire. Mais où est Marie ? Ma petite Marie… Qu'on me l'amène, vite, intima le Bastien.

Ils étaient là autour du lit, présents mais impuissants. Rita égrenait son chapelet. Violetta défigurée par le chagrin épongeait le front de son époux couvert de sueur. Marie, à genoux au côté de son papa, pleurait en lui caressant la main. Les garçons, décontenancés, ne bronchaient pas.

Dans la cour, le Morloup expliquait les circonstances de l'accident aux journaliers :

– Il a détaché le veau du coin de l'écurie pour l'amener téter, comme d'habitude quoi ! Mais cette charogne s'est mise à courir en tirant comme un fou sur la chaîne. Le patron a glissé et s'est retrouvé sous le ventre d'une autre vache… La Finette. Elle a eu peur, c'est même pas d' sa faute… Affolée elle l'a carrément piétiné. Ah bon Dieu d'bon Dieu…

– Envoyez les employés hors de la maison, demanda Bastien. Puis, scrutant la réaction de son épouse, il ajouta : Va me chercher le curé.

Ils se regardèrent mutuellement. Déraisonnait-il ? Rita n'en croyait pas ses oreilles. Violetta resta pantoise, sans broncher. Elle jeta un regard interrogateur en direction de sa mère.

– Allez ma femme, va chercher Picard. Sois sans crainte, j'ai toutes mes facultés. La vache… Elle m'a boché (tapé) le ventre, pas la tête ! Je veux voir le curé avant de crever.

–Mais ?

D'un clignement d'œil accompagné d'un faible sourire, il conforta sa demande.

– Sachez une chose et souvenez-vous, insista-t-il, tout ce que j'ai fait, je l'ai fait pour sauver mes terres, ma ferme et mon bétail. Ne me jugez pas mal.

– Mais mon papa, hoqueta Marie, qu'est-ce qu'on pourrait te reprocher ? Tu as toujours été un bon père qui a pris soin de nous, de notre mère et de notre grand-mère…

– Ma fille, ma toute petite, toi que j'ai tant aimée, réponds-moi franchement. Veux-tu toujours entrer au couvent ?

– Non, non papa, je veux plus. Je veux pas te faire de

peine. D'énormes larmes inondaient son visage. Sa poitrine se soulevait, oppressée par l'angoisse. Sa lèvre inférieure tremblait.

– Je ne te demande pas de décider en fonction de moi. Toi, ton vœu le plus cher… C'est bien de devenir religieuse, non ?

– J'aurais bien aimé, mais tu…

– Alors, ma gamine, soit ! Tu as ma permission. Fais ta vie selon tes choix et si tu désires encore prendre le voile, fais-le et sois heureuse. C'est mon souhait ma petite.

La jeune fille secouée par les sanglots se pencha sur le bord du lit, posa sa tête sur l'oreiller et l'embrassa tendrement.

– Quant à vous, mes deux fils, le sang de mon sang, je vous lègue les Blandins. Faites-le fructifier, travaillez intelligemment. Choisissez de bonnes épouses et inculquez l'amour de la terre à vos héritiers. Protégez toujours votre mère et votre grand-mère. Occupez-vous bien aussi de votre sœur, que tout aille bien pour elle. Soyez attentifs, qu'elles ne manquent jamais de rien.

Monsieur le curé Picard, debout sur le pas de la porte, hésitait à entrer. Violetta le pria de s'approcher.

– Monsieur Grange, vous m'avez appelé à votre chevet. Me voilà. Dois-je en conclure que vous désirez recevoir l'extrême-onction ? Vous confesser peut-être ? Dans ce cas, si votre famille veut bien nous laisser seuls…

– Non. Qu'ils restent tous. Ce que j'ai à dire, je veux qu'ils l'entendent. J'ai quelque chose à révéler avant de mourir, et j'ai pensé que vous étiez la seule personne à qui je pouvais me confier.

– Mon Dieu ! répondit le bon prêtre, si je peux vous être d'un quelconque secours.

Sébastien se tut quelques instants. Il ferma ses yeux enfoncés dans des cernes noirs puis il soupira longuement. Une grimace de souffrance creusa son visage livide.

– C'est moi qui ai tué Noémie Chambonnier à Combeloup. Chevassagne n'y était pour rien. Voilà.

Un silence lourd, pesant, épouvantable, plana quelques instants. Les souffles s'arrêtèrent. Tout le monde se regarda, hébété.

– Voyons monsieur Grange, hasarda le curé Picard, vous délirez. Voyons, voyons ! Ressaisissez-vous. Que nous dites-vous là ? C'est impossible, allons, allons… Un homme comme vous…

– C'est moi qui l'ai tuée. Chevassagne n'y était pour rien, répéta-t-il calmement.

– Mais… Pourquoi ? Pourquoi ?… Comment ?

– Ne me faites pas trop parler. Je vais tout vous expliquer :

– Noémie était "en champ" à Combeloup avec ses bêtes et je passais par là. Je revenais de chez le vieux Buisson, dit le Béchot au lieu-dit La Bonnie. J'étais allé chercher une source dans sa propriété. Elle m'a salué. Je lui ai répondu en continuant mon chemin. Alors elle m'a interpellé au sujet de ses parents que j'avais embauchés comme journaliers. Le ton a monté. Elle me parlait mal, on s'est disputé et puis… et puis voilà. Ça a dégénéré, j'étais jeune et fougueux. La tête près du bonnet quoi… Je l'ai tuée et je suis parti en courant. À ce moment, j'ai vu le Chevassagne qui arrivait. Je me suis caché. Il s'est précipité vers elle et l'a prise dans ses bras en grognant, selon son habitude. Il la secouait comme un prunier, peut-être la croyait-il encore vivante. Je l'ai vu lui donner des gifles, pour la ranimer sans doute, et Vêtre et Sagnet sont arrivés juste à ce moment. Un véritable cauchemar, quoi. J'allais me réveiller, forcément… Ça m'a hanté toute ma vie.

– Hein ? Vous voulez dire que vous êtes l'assassin de la petite Chambonnier ? Que vous avez laissé un innocent se faire guillotiner, sans rien dire ? À votre place ? Mais vous rendez-vous compte du mal que vous avez fait ? Et la pauvre vieille Benoîte, sa malheureuse mère… Morte de chagrin dans des conditions atroces… Rejetée par tous, et vous n'avez jamais levé le petit doigt pour les sauver ? Mais vous avez tué trois fois. C'est monstrueux. Mais pourquoi ? Pourquoi au nom du Christ qui vous regarde, avez-vous commis un tel crime ?

– Je sais, je sais, balbutia le Bastien. Vous croyez que je n'y ai jamais pensé ? Mais pas un seul jour ne s'est écoulé sans que ce souvenir ne me hante, ne me torture l'esprit. Lui, il n'avait rien à perdre, moi, j'avais ma ferme et mes terres.

–Mais… L'enquête de gendarmerie, alors ?

– Avec de l'argent, on achète un faux-témoin facilement.

– Mon Dieu ! Jésus Marie Joseph ! Ayez pitié ! Quel était ce faux-témoin ?

Je peux le dire aujourd'hui. Il n'est plus de ce monde. Comment le vieux Béchot aurait-il pu payer la réfection de la charpente de son "grand-couvert[43]" ?

Il espérait me faire du chantage et m'escroquer toute ma vie. Mais il est mort avant, et ça je n'y suis pour rien. Puisque je revenais de chez lui, je lui ai simplement demandé de dire que j'y étais resté tout l'après-midi.

– Simplement demandé ? Simplement demandé ? Mais étiez-vous inconscient ? Que vous ayez paniqué, je peux encore le comprendre, mais cette histoire a duré des mois, et vous avez gardé le silence !

Une forte envie de vomir contraignit le brave curé à sortir de la chambre en pressant le pas. Il s'arrêta dans la cour, une main contre le mur de la maison et l'autre tenant sa tête. Une nausée épouvantable le tenaillait. Durant son sacerdoce, il avait

43. Type d'habitation typique de la région roannaise, à la charpente porteuse imposante, d'où son nom, dans laquelle vivaient les gens et les animaux et où se stockaient fourrage et matériel agricole sous un même toit, recouvert de tuiles canal creuses. Un magnifique grand-couvert se visite aujourd'hui, à Saint-Hilaire-sous-Charlieu.

entendu maintes confessions, mais jamais, au grand jamais il n'avait eu à gérer telle situation. Sans doute implora-t-il l'aide de Dieu, en réfléchissant.

Alors, tout lui revint en mémoire.

Les gens de Saint-Jean s'étaient posé moult questions au moment des faits…

Cette fameuse nuit durant laquelle le Victor avait suivi le Béchot qui se rendait chez Grange… Il se rappelait très bien maintenant, en farfouillant dans ses souvenirs. Le Victor les avait entendus se disputer et cette réflexion que personne à l'époque n'avait comprise : “sangsue” ! Ah la la ! Mon Dieu ! C'était donc ça ? Effectivement, cette vieille charogne de Béchot avait fait réparer le toit de son grand-couvert, changer les tuiles. Quand on connaît les frais entraînés par de tels travaux, ils s'étaient bien demandé :

– De Diou ! De qui donc qu'il a hérité le vieux ?

Parce que le Béchot, personne ne lui connaissait de famille. Il vivait seul comme un ours, et les six cents mètres carrés de la charpente du grand-couvert tombaient en ruine, quand, du jour au lendemain, tout fut réparé. Suivant la tradition, après avoir posé le fanion sur le faîte, il avait même payé une tournée générale aux voisins et aux curieux. Mais enfin, qui aurait pu supposer une telle manigance ?

– Pauvre Lucien se lamenta le curé… Le coupable idéal ! Malheureuse Benoîte… Les humbles sont des proies faciles. Tout ça pour l'argent, non, ce n'est pas possible.

Rita s'approcha du prêtre en pleurant :

– Monsieur le curé, ayez pitié de nous, supplia-t-elle. C'est pas de notre faute. On n'y est pour rien. On n'était pas au courant. On ne savait pas. Oh mon Dieu, Jésus Marie, bienheureuse Rita de Cascia, priez pour nous !

– Je sais ! Vous, votre fille et la petite Marie êtes de bonnes chrétiennes. Mais mon Dieu, que dois-je faire ?

Il réfléchit encore quelques instants, puis, pensif, retourna auprès du mourant.

– Monsieur Grange, ce que vous venez d'avouer est trop grave. Cette affaire a fait tant de mal. En mon âme et conscience, je ne peux vous donner l'absolution.

– Oh ! s'exclama Violetta, je vous le demande à genoux. Ne laissez pas mourir mon mari en état de péché mortel.

Et à cet instant précis, les prédictions de la vieille gitane rejaillirent dans son esprit…

«…Il y a du sang… Beaucoup de sang…» C'était donc ça ! Mais quelle horreur !

Dans le silence oppressant et la moiteur de la chambre, planait une atmosphère d'angoisse mêlée aux bruits des sanglots étouffés.

Le prêtre, tourmenté par un affreux dilemme, les yeux fermés, réfléchissait encore. Après quelques minutes interminables, il déclara :

– Ce que vous avez commis est épouvantable et irréparable, vous le savez. Il vous reste une seule chose à faire. Redire devant des témoins dignes de foi cette confession, et alors, je réhabiliterai la mémoire de ces deux malheureux qui ont payé de leur vie votre inconséquence. Vous leur devez bien ça. Êtes-vous prêt à le faire ?

– À une seule condition, balbutia Sébastien. Je ne veux pas que ma famille ait à en souffrir. Ils n'y sont pour rien. Dans ce cas, et seulement si vous m'en donnez votre parole, je suis d'accord.

Le curé hésitait, cherchait la meilleure solution. Complètement abasourdi, mais en gardant la dignité qui sied aux grands hommes, il répondit :

– Jamais votre nom ne sera prononcé et j'attendrai une année avant de divulguer quoi que ce soit. Je ne peux pas mieux faire. Mais sachez, monsieur, que c'est uniquement par égard pour votre femme, vos enfants et votre belle-mère. Il ajouta, un tremblement dans la voix… Certainement pas par compassion pour vous.

– Je ne vous demande aucune compassion, renchérit Sébastien qui, malgré son état, se voulait encore… Maître de la situation !

– Allez chercher l'instituteur et le maire, demanda le prêtre. Faites vite !

En présence de ces deux notables, Sébastien Grange réitéra donc ses aveux :

– C'est moi qui ai tué Noémie Chambonnier. Lucien Chevassagne était innocent. Il a été condamné injustement. Je l'avoue aujourd'hui, avant de mourir.

Péniblement, il ajouta : C'est tout.

Dans cette chambre, on eût cru qu'un vent de désastre avait soufflé et que le chaos en résultant s'accrocherait aux murs pour l'éternité. Un mutisme morbide, entrecoupé de sanglots, de souffle court, de déglutition saccadée coincée au fond des gorges… Un silence oppressant, empreint de souffrance et de malheur… Un secret enfoui au plus profond des consciences.

Les trois témoins de cet aveu se retirèrent sans prononcer une parole, muets, littéralement assommés par cette confession publique. Ensemble, ils se concertèrent. Quelques instants plus tard, une éternité pour Violetta et sa famille éplorée, ils revinrent, et l'air hagard, s'adressèrent au Bastien :

– Nous ne reviendrons pas sur la gravité des faits et les drames engendrés à l'époque. Nous avons donc décidé que selon votre volonté, nous réhabiliterons le malheureux Lucien Chevassagne, mais afin de ne pas nuire à votre famille, nous ne ferons état des faits que dans une année, comme monsieur le curé vous l'a proposé. Nous ne stipulerons jamais votre nom, soyez en sûr.

Le prêtre renchérit :

–Dieu sera votre seul juge.

L'instituteur et le maire regardèrent Violetta et, d'un signe de la tête, la saluèrent. Ils quittèrent cette chambre de malheur sans se retourner, emportant avec eux ce terrible secret.

–Maintenant, laissez-nous seuls, fit le prêtre.

La famille se retira. Marie en proie à une véritable crise de nerfs hurlait. Rita la consolait de son mieux. Les garçons soutenaient leur mère brisée par le chagrin et la honte.

«… Il y a du sang… beaucoup de sang…»

Picard demeura longtemps auprès du mourant. Des minutes interminables où le temps semblait s'arrêter… Où le tic-tac de la grande horloge martelait leurs entrailles… Où la vie suspendue à un souffle incertain, à un battement de cœur irrégulier ne tenait plus qu'à un fil. Enfin… Lorsque la poignée tourna, que la porte s'ouvrit, qu'un pan de la soutane apparut, que l'émissaire de Dieu sortit en baissant les yeux rivés sur les lames du parquet… ils se sentirent défaillir. Et alors, tristement, mais avec la satisfaction du devoir accompli jusqu'à la nausée, pour l'amour du Tout-Puissant et de son prochain, le saint homme en se signant déclara :

– C'est fini. Que Dieu ait pitié de lui !

Les cris et les pleurs retentirent encore dans la belle maison des Blandins lacérée à jamais par cet horrible drame.

Rita, selon un ancien rituel, arrêta de son index le balancier de la grande horloge. Le tic-tac cessa. Le temps semblait suspendu aux aiguilles désormais figées au cadran de la mort.

Violetta se précipita près de son bien-aimé, et laissant libre cours à son immense chagrin s'agenouilla. Elle prit les mains de son époux chéri et les inonda de ses larmes.

Ses mains laborieuses… Ses mains qui avaient vibré sous la baguette du sourcier… Ses mains qui l'avaient guidée sur les chemins de l'enfance, sécurisée dans sa vie de femme…

Ses mains qui avaient tant caressé leurs enfants, sa petite Marie particulièrement… Ses mains aimantes, réconfortantes… Oui, mais…

Ses mains assassines !

... Une année plus tard...

Les cloches carillonnaient à toute volée en ce saint jour de Pâques ! Tous les fidèles endimanchés se pressaient sur le parvis de l'église de Saint-Jean. La lumière qui tombait du soleil printanier inondait la place et faisait vibrer les couleurs. La lumière de la foi, quant à elle, illuminait les cœurs en adoucissant les épreuves d'une vie le plus souvent rude. Ce long temps de carême enfin terminé ouvrait la voie à la renaissance. Les discussions animées allaient bon train. Les hommes qui, majoritairement, n'assistaient aux offices que pour les "fêtes carillonnées", bavardaient entre eux. Ils parlaient de cet hiver rigoureux qui leur avait déclenché des "crises de douleurs" dans tout le corps. Du temps qu'il ferait cette année ! Pas fameux ! La pluie du jour des rameaux n'augurait pas une bonne saison.

Alors voici que le curé sortit, brandissant une feuille de papier manuscrite. Se saisissant d'un petit marteau, il la cloua vivement sur la porte.

– Comme le Christ en croix, hurla-t-il des tremblements dans la voix.

Tout le monde se tut. Ceux qui savaient lire s'approchèrent. Du brouhaha montèrent des « Oh » indignés ! Puis un silence épouvantable. Un silence de culpabilité, de mort. Quelques mots balbutiés :

– Lucien Chevassagne... Innocent... Un repenti... Des aveux... Mort pour rien... Benoîte victime de la méchanceté... Oubli... Horreur.

Des questions fusaient :

– Quoi ? Qu'est-ce qu'y a ? Hein ? Qui donc ? Y a pas de nom ? Pourquoi ? Secret de la confession ? Ah oui… Mais alors ?

– Que quelqu'un lise comme il faut une bonne fois pour toute, diable !

Mais il était déjà l'heure. Tout le monde entra. Les hommes se découvrirent et se regroupèrent tous du même côté. Les chantres montèrent dans les stalles du chœur. Les femmes prirent place de l'autre côté et les enfants, sous l'œil sévère de la demoiselle de la cure, s'installèrent aux premiers rangs.

Lorsque l'abbé Hubert Picard monta en chaire, il toisa l'assemblée recueillie… Recueillie ? Bouleversée ? Il les fixa ainsi longtemps, longtemps. Des minutes qui vous glaçaient le sang dans les veines. Des silences si pesants qu'ils eurent l'impression qu'une chape de plomb les écrasait tout à coup et leur faisait courber les épaules. Violetta endeuillée, accompagnée de sa mère et de ses trois enfants, baissait la tête. Personne n'osait broncher. Pas un mot, pas un bruit. Pas un raclement de gorge ou une toux dissimulée. Pas même un froissement de robe, non, rien. Et ce prêtre qui n'en finissait pas de se taire. Enfin, leur jetant un dernier regard qui en disait long, il redescendit les marches… Comme il était monté. Sans un mot.

Puis, dos à la foule, il entonna :

…– *Credo in unum Deum, Patrem omnipotentem*[44]… mais ce jour-là, les voix se firent tremblantes et malaisées… Le : *factorem cœli et terrœ* s'étrangla au fond des gorges nouées. La pauvre Violetta retint à grand peine les larmes qui brûlaient ses jolis yeux. Ses enfants ne bronchaient pas. Rita égrenait son chapelet, comme à l'accoutumée ! Personne ne devait se douter de quoi que ce soit. Quelle horreur ! En vrai hussard noir de la République, l'instituteur, fidèle à ses rouges convictions, n'assistait pas à ce pitoyable spectacle. Heureusement ! pensait

44. Prière du : Je crois en Dieu en latin

Violetta. Mais le maire, bien que socialisant, demeurait fidèle aux préceptes reçus. Il était là, “pour faire ses Pâques”.

Toute sa vie durant, elle se souvint de ce terrible jour.

De retour aux Blandins, elle ouvrit la porte de l’horloge, saisit la clef et remonta le mécanisme muet depuis un an. Elle lança doucement le balancier qui reprit le perpétuel : “tic-tac ; tic-tac” ; tic-tac…

Une dizaine d'année plus tard…

Le temps des larmes était dépassé. Joseph, uni par les liens sacrés du mariage à une jeune fille de bonne famille, avait déjà deux fils. L'aîné, Gabriel avait hérité des beaux cheveux noirs de sa grand-mère ; quant à Antoine, son cadet, il "tirait plus" du côté maternel.

Adrien était resté célibataire. "Vieux-garçon", comme on disait, mais ne fêta pas Saint-Nicolas !

Les deux frères, liés par cette complicité gémellaire à nulle autre semblable, faisaient fructifier la ferme. Se référant aux enseignements de leur père, d'un commun accord, ils achetaient et revendaient leurs bêtes issues d'une sélection de plus en plus affinée.

– Inséparables dans la vie comme dans les affaires ces deux-là… disait leur mère en souriant !

Rita avait vieilli "tout d'un coup". Certains se demandaient pourquoi…

Toute la famille vivait heureuse, sous le même toit. Une sorte de fratrie indéfectible que jamais, rien ni personne ne pourrait briser.

Dehors, les branches du vieux tilleul chuchotaient au gré de la brise légère et les feuilles jouaient à cache-cache avec le pâle soleil.

Onze heures sonnaient à la grande horloge qui continuait inlassablement à rythmer de son tic-tac sonore les heures de la vie.

Violetta, assise près de l'âtre, caressait les mèches brunes et frisottées courant sur les épaules de ses deux petits-fils, blottis sur ses genoux. Elle avait l'habitude de les tenir à califourchon, chacun sur une de ses cuisses, et jouait à les faire sauter en chantonnant ce refrain venu du fond des âges, et qui avait si bien su bercer son enfance :

– À dada sur mon bidet, quand il trotte, il fait des pets… Prout… Prout… Prout !

Les rires des petits résonnaient jusqu'au dehors.

– Encore mémé, encore… Chante la chanson !

– À dada sur mon bidet quand il trotte, il fait des pets…

Et ensemble, laissant éclater leur joie, ils s'égosillaient :

– Prout… Prout… Prout !

Sa belle-fille souriait en tricotant la layette. Un heureux événement se profilait. D'ici quelques mois, pour leur grand bonheur, la famille s'agrandirait.

Rita, très âgée, ne parlait pas, ou plutôt ne parlait plus depuis longtemps. Toute maigre et recroquevillée dans ses habits noirs, elle restait enfoncée dans son fauteuil Voltaire en velours grenat, ses pieds sur la chaufferette en fonte remplie de braises chaudes. Ses yeux semblaient ne fixer que le sol de tomettes qui étendait ses joints irréguliers. Ses vieilles mains ridées, aux doigts déformés par les rhumatismes, trituraient un chapelet aux grains usés. Quand sa fille lui avait appris la canonisation de sa chère Rita de Cascia, le 24 mai 1900, elle ne cilla même pas.

Joseph, vif comme l'éclair, entra et tendit une lettre à sa mère que le facteur venait d'apporter.

Son regard se posa immédiatement sur le cachet de la poste : Italia ! Ses longues mains tremblantes tournaient et retournaient l'enveloppe sur laquelle elle reconnut l'écriture de sa fille. Marie ! Elle l'ouvrit rapidement. Dépliant le papier avec précaution, elle commença la lecture en silence :

Ma chère Maman,

Notre mère supérieure, dans sa grande bonté, m'a autorisée à t'écrire.

Tu devines la joie que ce fut pour moi de prendre la plume pour te dire qu'en ce moment, avec quelques-unes de mes sœurs, nous nous trouvons au pèlerinage de Saint-François et Sainte Claire d'Assise et à Cascia. Dans cette terre d'Ombrie foulée par mes ancêtres. J'ai prié très fort pour mémé et pépé. Comme c'est beau ici ! Tu sais je prie beaucoup pour toi aussi ma chère maman et pour mes frères. Je n'oublie pas mes neveux ; ils doivent déjà être grands maintenant. Je les imagine très beaux. Je vous porte tous dans mon cœur. Mais je dois dire que je pense tout particulièrement à mon père.

Puisqu'il avait manifesté le désir de confession avant de mourir, qu'il y avait vraiment du repentir dans son cœur, alors je suis sûre que Dieu dans son infinie miséricorde lui aura pardonné.

Une larme roula le long de la joue de Violetta. Elle serra cette lettre sur sa poitrine. Sa fille… Sa gamine… Sa toute petite. Elle ferma les yeux et sentit son cœur bondir. Une menotte potelée caressa tendrement sa joue.

– Pourquoi tu pleures mémé ? ânonna une voix fluette.

Elle effleura la tête des chérubins tout étonnés qui la fixaient de leurs yeux noirs. Mais elle se tut. Elle ne pouvait parler. Sa gorge nouée par l'émotion bloquait les mots au fin fond de ses entrailles. Alors, elle continua la lecture :

Ici, tout paraît tellement différent. Tout n'est qu'amour ! Il n'y a aucune place pour la haine ! Que Dieu en soit béni. Sache ma chère maman que je suis pleinement heureuse. Jamais je n'aurais pu vivre autant d'amour dans le monde. L'amour, je le vis au quotidien, autour des pauvres que je soigne. En chacun d'eux, je vois le Christ souffrant. Je m'efforce de les secourir avec le plus de tendresse possible. À travers eux, c'est aussi un peu toi que je chéris. Tu es présente à chaque instant de ma vie.

Nous allons bientôt repartir, mais je crois que certaines d'entre nous resteront dans une communauté en Italie ; peut-être à Sienne. J'aimerais bien être du nombre... et apprendre l'italien !

De toute manière, ce sera la volonté de Dieu et non la mienne ; je suis sa servante et j'irai là où il m'appellera.

Il se fait tard, la lumière commence à baisser, aussi je vais terminer en te redisant toute ma reconnaissance. Nous restons unies par la prière jusqu'au jour béni où, dans sa grande miséricorde, nous nous retrouverons tous en paradis pour vivre ensemble, une éternité d'amour.

Je t'embrasse très fort maman ainsi que toute la famille. Un baiser plein de tendresse à mes neveux.

Ta fille qui t'aime.

Sœur Maria.

Violetta éclata en sanglots. Larmes de joie ? Larmes du souvenir ? Le savait-elle seulement ? Là-bas, loin, si loin, comme lui disait sa mère, il y a la terre de nos racines… Il y a sa fille, sous son habit religieux, qui offre sa vie pour toutes les misères du monde et pour le salut de l'âme de son père. Quel merveilleux cadeau ! Quel déchirement à la fois ! Mais c'était sa décision. Après tout, n'était-ce pas le meilleur choix ?

Cette lettre qu'elle triturait sur son cœur l'avait bouleversée et rassurée quelque part. Son esprit voguait par-delà les frontières.

– Dis, mémé… Tu nous chantes la chanson ?

– Euh ! Ah oui mes petits ! Mes tout-petits !

Elle les serra de toutes ses forces dans ses bras et les embrassa tendrement.

– Allez, mémé… Chante-nous la chanson !

Alors les faisant sauter sur ses genoux, elle murmura :

– À dada sur mon bidet…

– Plus fort mémé ! Plus fort ! Allez !

– À dada sur mon bidet, quand il trotte il fait des pets…

Les rires enfantins inondèrent la cuisine… Comme autant de notes d'espoir en l'avenir. À pleine voix, ils reprirent tous en chœur :

– Prout… Prout… Prout !

– Plus fort mémé, encore… Encore.

– Prout… Prout… Prout !…

Épilogue

Des mois, des années se sont passés, rythmés par les saisons assorties de leurs travaux des champs. Que sera demain ? Qui peut présager de ce nouveau siècle ? Dans une centaine d'années. Ce sera l'an 2000 ! Alors, que restera-t-il de toute cette histoire ?

En parlera-t-on encore le soir, durant les veillées avec les voisins, entre la saucisse chaude, le petit canon et la présentation des filles à marier aux prétendants ?

D'ailleurs, les veillées existeront-elles toujours ? Il paraît que le modernisme arrive à grands pas et que tout va changer, alors ! Les trains vont de plus en plus vite et quelques avions déchirent le bleu du ciel.

Le pays se dote d'infrastructures de plus en plus avant-gardistes. Un système boursier, financier et bancaire chapeaute un commerce novateur en pleine expansion.

La littérature et l'art en général faussent compagnie à la rigidité ecclésiastique, qui elle-même subit de plein fouet la séparation de l'État et de l'Église. Prêchera-t-on encore les missions ?

Sur les journaux, il est coutumier de lire les nouvelles des autres pays…

D'ailleurs, certaines n'augurent rien de fameux. Des complots ourdis, des grèves, des appels à la révolte, et puis cette guerre de 1870 que l'on traîne tel un boulet, comme une injustice notoire qui réclame vengeance.

Des bruits de bottes se font entendre outre-Rhin. Un conflit contre la belliqueuse Allemagne est-il envisageable ?

Oui ! Que sera ce siècle qui s'ouvre à la face des nouvelles générations, celles de Gabriel et Antoine Grange ?

Ère de paix ? Ère de guerre ?

On dit que le temps efface tout. Qu'avec le temps, tout s'en va… Tout s'oublie ! Qu'il ne faut pas vivre avec les morts ! À quoi bon remuer le couteau dans la plaie ?

Personne n'est responsable des fautes de ses ancêtres et le fardeau est bien assez lourd à porter. Inutile d'en rajouter. Mais qui serions-nous, si nous occultions les erreurs passées ?

Au milieu de tous ces chambardements, se trouvera-t-il une petite place pour la mémoire d'un pauvre diable victime d'une terrible erreur judiciaire ? Quelle importance ?

Construirons-nous un avenir meilleur en tirant les leçons qui s'imposent ?

Est-ce qu'à ce prix nous chasserons les démons ?

Alors ?

Alors ? Y aura-t-il une personne ? Une plume ? Prête à réhabiliter le Lucien ?

Dans un siècle… En l'an 2000…

2010… Peut-être ?

Note de l'auteur :

Lorsque je suis allée récemment dans ce village, devenu aujourd'hui un gros hameau, sans commerce, un peu déserté, victime de l'exode rural, j'ai rencontré "des anciens", comme on dit…

– Oh la ! Si on s'en souvient ! Dame que oui ! Pensez donc, une affaire pareille. Dans les temps, nos vieux disaient qu'il se passait pas un mois sans qu'ils en parlent à la veillée. Tiens, moi, l'autre jour, je l'ai racontée à mon petit-fils.

Je n'ai posé aucune question. Je n'ai pas voulu savoir ce qu'est devenue la "ferme des Blandins" ni la descendance du *Bastien des sources*.

La lumière brille pour les justes…
Bien à eux…
Pour ces temps…
Devant !

Ce livre a fait l'objet de recherches minutieuses,
auprès de différents corps de métier.

(par ordre alphabétique) :

Avocat ; antiquaire ; bijoutier ; chercheur en nautique fluviale ; chevillard ; couturière ; éleveurs ; exorciste ; gendarme ; historiens ; juré d'assises ; maquignon ; médecin ; paysans ; photographe ; préhistorien ; religieux (euses) ; sourcier ; tisseurs (euses) ; vétérinaire.

*Les archives de Ressins et de la médiathèque de Roanne ;
*Les archives et la bibliothèque du musée Joseph Déchelette de Roanne ;
*Le musée Alice Taverne d'Ambierle ;
*Le musée de l'hôpital et de la soierie de Charlieu ;
*Le musée de l'école de Chatelus ;
*La mémoire locale fidèle et indispensable par le biais de nombreuses personnes rencontrées.
* La mémoire brionnaise.

Que tous ceux qui m'ont accueillie avec gentillesse et disponibilité, qui ont donné de leur temps et de leur connaissance, soient remerciés.

Merci à mes deux Parrains :
Jean Cabotse, écrivain, historien du Roannais ;
Paul Perrève, médecin, écrivain, peintre et préhistorien.

Merci à :
Claudine ; Christiane ; Dominique ; Florence ; Louis ;
Nicole et Suzanne.

Merci à la petite Julie Pintado qui a posé pour la photo de couverture avec François.

Je tiens également à remercier Eulalie C. qui m'a raconté cette histoire transmise par ses ancêtres.

Il n'est de secret qui un jour ne soit dévoilé !...

Dépôt légal 4ème trimestre 2010

Diffusion - Distribution
Editions De Borée

Achevé d'imprimer par Présence Graphique
2, rue de la Pinsonnière - 37260 MONTS
N° d'imprimeur : 091036693

Imprimé en France